Beast
by Judith Ivory

闇の中のたわむれ

ジュディス・アイボリー
岡本千晶［訳］

ライムブックス

BEAST
by Judith Ivory

闇の中のたわむれ

主要登場人物

シャルル・アルクール……………………フランスの貴族アルクール公、調香師
ルイーズ(ルル)・アメルダ＝メイ・ヴァンダミーア…アメリカの大富豪の一人娘
ハロルド・ヴァンダミーア……………………ルイーズの父親、海運業を営む
イザベル・ヴァンダミーア……………………ルイーズの母親
ローランド・モンテベロ……………………駐仏アメリカ全権公使
ピア・モンテベロ……………………ローランドの妻、シャルルの愛人
コンスタンティーヌ・ドメトリ・アルクール……シャルルの遠い従兄弟、通称「ティノおじ」
メアリ……………………ルイーズの従姉妹
ジョンストン……………………ルイーズが乗っていた客船の航海士

1

「この獣《けだもの》、ろくでなし、人間のくず！　なんて卑劣なの！」

　ピアは両手を開き、むき出しの腕をムチのように振り回している。シャルル・アルクールは頭の下から引き出した枕を盾にして彼女の殴打をかわそうとした。だが、攻撃は止まらず、シャルルは暗闇の中、ベッドの上を転がって反対側に逃れた。「ちゃんと話そうと思ってたんだ」彼はマットレスの縁から裸の両脚をぶらつかせながら言った。

「思ってたって、いつ？　私に結婚式の招待状を渡したときでしょう」ピアはまたののしり言葉を並べ立てた。「牛の皮をかぶった、頭が三つある獣よ……」

　その声にかぶさるように、単調な船のエンジン音が急に大きくなった。鋼鉄製の二軸スクリューを備えた、大西洋航路定期船「コンコルディア号」の複合蒸気エンジンだ。シャルルは音が静まるのを待ってから話さなければならなかった。「大げさに考えすぎだよ」

「結婚パーティがあると言われて、その花婿があなただとわかったっていうのに、私が動揺しないとでも思ったの？」

　シャルルは立ち上がろうとして腰を浮かせながら言った。「思ったさ。でも、こんなヒステリーを起こすとは——」だが、その声は響き渡るエンジン音にかき消された。暗い船室が傾き、浮き上がり、ぐるぐる回転し、彼は突然ベッドの縁に尻もちをついた。

この一時間というもの、エンジン音はこんな具合に大きくなったり小さくなったりを繰り返し、定期船はそのリズムに合わせて海上を突き進んでいた。ニューヨークを出航した船は、一一〇〇人の客を乗せ、嵐が近づきつつある外洋を航行している。

「ああ、いまいましい」傾いていた船が大きな揺れとともに元に戻り、ピアが叫び声を上げた。文句を言っているのは海が荒れているからだろう。シャルルがそう思った瞬間、何かが肩の後ろに当たった。ちょっと前までピアの腹の下にあった首枕だ。彼にはライル糸を使ったクローシェ編みの模様の感触がわかったのだ。

「やめろよ」シャルルはそう言って、頭と肩をひねった。

ベッドに目を走らせ、ピアを見つけようとしたが、豪華な特別船室《キャビン・ドゥ・グラン・リュクス》の寝室を照らすのは、揺れ動くカーテンからちらちらと入ってくる航海灯の光だけだった。ベッドの反対側の端から、ローズ・ゼラニウムのいやなにおい（シャルルの好みではなく、彼女の夫ローランドの好きな香水だ）がかすかに漂ってくる。ピアはそこにいるのだな。それ以外に彼女のにおいをかぎ取ることはできなかった。

シャルルは顔をしかめた。自分の服がある場所を突き止めるほうが簡単そうだ。

彼は今度こそ上手く立ち上がった。船のエンジンの振動が両脚に伝わってきたが、それと同時に、まったく別の感覚を覚えた。何か冷たい湿ったものが太ももの内側にパタパタと当たっている。それは半分はまったままになっているコンドームだった。「英国人の帽子《カポート・アングレーズ》」と呼ばれる代物だ。シャルルはいらいらしながら、それを引きはがした。こんなものを着けたくはなかったが、ローランドは雄猫のように女の尻を追い回し、相手構わず関係を持っている男だ。とんでもない病気をうつされることが心配だった。だから、ピアと楽しいひと時を過ごすときは必ず、自分の馬車に幌をかぶせるようにしているのだ。

シャルルは片方の目の端で、ピアの乳白色の肌がきらりと光るのをとらえたが、彼女はベッドの天蓋《てんがい》の下で再び陰に隠れてしまった。かすかにカチャカチャと音がして、シャルルは警戒態勢を取った。両手を上げ、次々と飛んでくる尖った硬い物をかろうじてはねのける。彼のカフスリンクと飾りボタン、宝石がはめ込まれたピアの櫛《くし》、彼のパスポート、札入れなど、彼女はナイトテーブルからかき集めたものを何でも構わず投げつけている。シャルルは最後に飛んできた、きらっと光る自分の懐中時計をつかもうとしたが、完全に失敗した（彼は昼間でも距離感覚がまったくない）。ピアがさらに何かかき集めている音が聞こえてくると、シャルルは投げ捨てられた物の山を縫ってベッドを横切り、腹立たしい香りが漂うほうに進んでいった。暗い片隅で、ピアの足首を探し当ててつかみ、彼女を自分のほうに引き寄せる。

ピア・モンテベロはほとんど重さを感じさせなかった。身長はわずか一五二センチ。ただし、同じ一五二センチでも、どんな女性よりもなまめかしく、見事な曲線美の持ち主だ。男なら誰でも手を出したくなるような女性。シャルルは彼女を抱き寄せた。身長一八三センチ、体重九〇キロ強のがっしりした筋肉の持ち主にはたやすいことだ。

ピアはもがきながら、母国語のイタリア語で悪態をついた。「くそったれの裏切り者《トラディトーレ・ディ・メルタ》、鼻持ちならないくそったれ《メルドーゾ》、ちんけなくそったれ《メルドナッチョ》、あんたなんか聖母のくそよ《メルダ・ディ・マドンナ》……」枕を蹴飛ばし、シャルルが手を開かせようとすると、サテンのベッドカバーを跳ね上げた。また投げつけてやるとばかりに何かを握り締めている。

シャルルはピアの説得を試み、「ちゃんと話すつもりだったんだ」と弁解した。「ニースで、もっといい状況で話そうと思ってたんだよ」

「よくも、そんなむかつくことを何度も……」彼女は相変わらずイタリア語で話している。

「一週間前に決めたばかりなんだ。それに、あの一家がそろって今度の便に乗船するなんて、本当に知らなかったんだ。彼らだって僕は先月フランスに戻ったと思ってる」

つまり、問題はこういうこと。その日の晩餐のとき、ピアの席からさほど離れていないテーブルで、あるグループが「アルクール家とヴァンダミーア家の結婚パーティ」のことで、ヴァンダミーア家の人々にお祝いを述べているのがピアの耳をかすめたのだ。その後、彼女はシャルルと愛を交わし、夜もふけてからようやく、「あなたと同じ名前だなんて、おかしな偶然の一致があるものね」と口にした。これが偶然の一致ではなく、そのアルクールという人物がまさに今、自分の上にいる男性であり、彼がほんの一週間前に、肩書き、土地、財産ともども、ヴァンダミーア家と婚約を交わしていたとは一瞬たりとも思わなかった。

シャルルがその事実を認めても、ピアは彼がずっと冗談を言っているのだと思っていた。

そう信じて疑わなかったのだ。

シャルルは今、いわば拘束服のようにピアを抱え込み、そのこぶしを少しずつこじ開けていた。そして、彼女自身の持ち物である、小ぶりながら、ダイヤモンドと黒ヒスイをあしらった見事なチョーカーを手の中から解放した。シャルルは彼女にこういう物をプレゼントするわけにはいかないのだ。

「君は結婚してるじゃないか」彼は文句を言った。

「だから私たちの人生はややこしいことばっかりなのよ！」

「じゃあ、離婚しろよ」

ピアは鼻を鳴らし、彼を押しのけようとした。「そう言うと思ったわ！　離婚なんかできないとわかってるくせに」この話題が上るたびに口にしてきた理由をまた一つ残らず並べ立てる。「子供……スキャンダル……お金……ローランド家の地位。私には家庭があるの」

「僕も家庭が欲しいんでね」シャルルはチョーカーをシーツのどこかに放り投げ、身をくねらせているピアを解放した。

彼女はベッドからぽんと跳び下りた。揺れ動くカーテンから差し込む明かりに照らされ、小柄な体がくっきりとシルエットを描いている。「あなたって意地悪な人ね」彼女は身をかがめ、コルセットらしきものを拾い上げた。

「僕は現実主義者なんだ。もう若くないし――」

「あら、シャルル、あなたなら、その気になればいつだって、たとえもうろくしたって、誰とでも結婚できるわよ」ピアは彼のほうを向き、大げさなお世辞を言った。「あなたは魅力的だし、賢いし、人からものすごく好かれているもの」そして、とどめの一撃を加えた。「それに、その意地悪で冷酷な態度。ものすごく決まってるわ」

シャルルは暗がりで顔をしかめていたが、そのしかめっ面がやや緩んでしまった。こんなお世辞に乗せられてたまるか。彼は自分の外見をものすごく気にしていると同時に、鼻にかけてもいた。彼は長身でがっしりしているが、少し障害を持っている。たとえば、片方の目には視力がなく、傷跡が残っていたし、脚も片方が不自由で、膝の古傷に居座っている関節炎が時々気まぐれを起こすと、脚を引きずって歩かなければならない。

ところが、お世辞を言ってせっかく優位に立てたのに、ピアはその立場を台無しにした。「おまけに、皇帝並みにお金持ちで、ばかみたいに立派な称号を持ってるじゃない。そういうものがあれば、あなたの魅力が損なわれることはないのよ、色男《ベッロ》さん」

シャルルは鼻を鳴らし、立ち上がった。

彼は自分の財産を過度に評価されないよう、これまで金持ちの女性としか付き合ってこなかった。称号に関して言えば、名前の添え物にすぎない。アルクール家のほかの兄弟姉妹、親戚と区別するため、フランスの法律によって与えられた暗号のようなものだ。「それ、君のコルセットだろ？　着けるのを手伝ってあげよう。でも、行かないでくれ。怒るなよ」

ピアはまったく取り合わない。「いいこと、結婚なんかする必要ないわ」

シャルルは素早く息を吐き出した。「それでもするつもりだ。冷酷でむごかろうが、無節操だろうが、君と結婚できないなら、その娘《こ》と結婚する。父親がこの船の持ち主なんでね」

「この船？」ピアは彼の言葉をそのまま繰り返した。「なぜあなたにこの船が必要なの？」

「船じゃない。竜涎香《アンバーグリース》が欲しいんだ。ヴァンダミーアはあらゆる種類の船を持ってる。大規模な捕鯨船団も所有していて、いつも相当な量のアンバーグリースが採れるんだ」

「アンバーグリース……」ピアの声はぼんやりしていた。

「そこが鍵なのさ。アンバーグリースはものすごく高価で、ある種の香水の原料になる」

「ああ、なるほど」ピアは小さく舌打ちをした。

シャルルはある共同企業の経営権を持っており、そこで様々な高級品を製造していた。イタリアの革製品、シャンパン、そして、彼が特に入れ込んでいるのは、プロヴァンスの自分の畑で栽培している花から作る香水だった。

「じゃあ、それだけのことなのね？」ピアはいらいらしながら尋ねた。「お金と、いまいましい化粧水のために結婚すると言うのね」

ただの化粧水ではない。それに、シャルルにとって調香はお金以上の意味がある。とはいえ、ヴァンダミーアが結婚の取り決めの一環として捕鯨船団の数を倍に増やし、集まったアンバーグリースはすべて譲ると言ってくれたのは確かにありがたかった。あきれてしまうほど太っ腹な——しかも有益な——取り決めだ。恋愛結婚ができないとすれば、自分にとって大事なものを手に入れるために結婚したっていいじゃないか。

しかし、シャルルの次の言葉に嘘偽りはなかった。「ピア、違うんだ。こんなことになったのは、ローランドが留守か船酔いしているときでなければ君に会えないからだ。ローランド好みのブルジョアくさい香水をぷんぷんさせてる君とコンドームなしで愛し合えないからだ。そのうえ、旦那に気づかれてしまう物は何一つ君にプレゼントできないし、好きなときに君と食事もできないし、思い立ったときに君をどこかに誘ったりもできない。それに、夜になるとベッドに横たわり、むかむかしながらこんなことを考えてしまう。女遊びに走ってる君の不愉快な旦那はいつでも君を抱けるばかりか、いつか病気をうつして、君を殺してしまうんじゃないかってね。ピア、ローランドはいやらしい男だ。あいつは下品で――」

「ずいぶん嫉妬深いのね」

「ああ、嫉妬するあまり、僕のいいほうの目は、僕よりローランドのほうが君に対する権利をたくさん持ってると考えただけでかすんでしまう」

やや穏やかな間があり、ピアはようやく口を開いた。「ああ、シャルル、それは結婚するなってことよ。絶対に結婚しちゃいけないわ」

「いや、神にかけて、僕がひとかどの人生を送るためには結婚したほうがいいんだ」

暗闇の中、ピアは途切れがちに長く息を吸った。「あなたってすごく身勝手で――」彼女はそこで息を継ぎ、すすり泣きを始めた。それから、さらに何度か息を継ぐ音が聞こえてきたかと思うと、彼女はコルセットをシャルルに投げつけた。こんがらがったひもが彼のむき出しの腕に当たって跳ね上がり、コルセットは物陰に落ちた。

ピアは裸足のままその場を去り、時々鼻をすすったり、弱々しく息を吐いたりしながら、

ャルルはピアの声を追った。彼女はドアのそばの真っ暗な角のほうに移動したらしく、
都合の悪いことをしろと言うのね」
ピアはまたしても半べそをかいたような声で言った。「あなたは、私にとって、す、すごく
それを聞いているシャルルは、彼女の言うとおり、自分が卑劣で身勝手な男のように思えた。
「だから、こんなことをするのね」ピアの言葉は、湿っぽくしゃくり上げる声で時々途切れ、
「ああ、よくないよ。でも、僕にはどうしようもない」
「よくないくせに」
「別にいいさ」
「離婚はできないわ」
げさだよ。僕は君が離婚しないことをようやく受け入れたから結婚する。それだけさ」
シャルルは暗闇に向かって言った。「君はそうやって傷ついたり怒ったりしてるけど、大
れば、裸で突っ立って言い争っているシャルルとピアはいい見世物になってしまうだろう。
けてもよかったのかもしれないが、壁という壁のカーテンが開いていたため、明かりをつけ
専用テラスの張り出しが明かりをさえぎり、居間は寝室よりもさらに暗かった。電灯をつ
もっと満喫できるようにしたいと思ってる」
別れたいわけじゃないんだ。お互いの生活のバランスを上手く取って、二人で過ごす時間を
シャルルが彼女のあとを追う。「ねえ《シェリー》」彼は手のひらを上に向けて前に差し出した。「君と
寝室から居間へと歩いていってしまった。

彼はローズ・ゼラニウムの香りをたどって位置を突き止めようとした。「違う……」シャルルは、ピアの肉づきのいい、丸みのある肩を探し当てた。ちょうどそのとき、無情にも船がまたゆっくりと傾いた。そのあとの出来事はピアがわざとしたことなのか、単に彼女がバランスを取るべくドアをつかもうとしてそうなっただけなのか、シャルルはこの先もずっとわからないだろう。いずれにせよ、船が斜めに浮き上がるとともに、両開きのドアの掛け金がキキーと泣き叫ぶような大きな音を立ててはずれ、扉が部屋の内側に勢いよく開いた。廊下の黄色い明かりがシャルルの裸身をなめるように映し出す。彼はその場に踏みとどまるべく、何でもいいからつかもうとした。だが距離感覚がないため、あと数センチのところで、近くにある扉の端をつかみ損なった。そのため、ピアが彼をぐいと押し戻して逃れると、彼は一瞬、バランスを失い、船がぐっと沈みこんだ拍子に前につんのめって廊下に飛び出し、突き当たりの壁にぶつかった。

背後でも地球の重力に従ってドアが音を立てて戻っていき、バタンと閉まってしまった。ピアは再びドアを開け、シャルルを中に入れることができたはずだ。だが彼が耳にしたのは、ドアが開く音ではなく、掛け金がかかる音だった。閉ざされたドアの小さな窓には評決のごとく、英語とフランス語とイタリア語でこう書かれていた――「入室ご遠慮ください」

この事態を受け入れるまでに、しばらくかかった。シャルルの最愛の恋人は、計画的だったのか、これはチャンスと思ったのか、部屋の主である彼を閉め出したのだ。真夜中をとっくに過ぎたこんな時間に、着る物一枚――コンドーム一枚すら――持たせてくれなかった。

彼は背中を丸めて向きを変え、両手を振り上げてドアを叩こうとした。必要とあらばドアを壊してやる。なんて大人気ない、ばかなことをする女なんだ。だが、彫刻を施したドアを思いきり叩こうとしたその直前で、彼の動きはぴたりと止まった。このデッキには特別船室があと三つある。この時間、どの部屋の客も眠りに就いているはずだ。ドアを叩く音で彼らが目を覚まし、いったい何の騒ぎかと廊下に顔をのぞかせたらどうなる?

そうしたら、廊下にアルクール公が真っ裸で立ってたんです。一糸まとわぬ姿で、泊まっていた特別船室から閉め出されてしまったんですよ。誰にって、これが聞いてびっくり、駐仏アメリカ全権公使の奥様だったんです。どうやら公爵はあのご婦人と……。

ちくしょう、皆、僕は今ごろフランスで結婚の準備をしていると思っているというのに。なんとしても婚約者の両親には信頼できる健全な男だと思わせておかなくては。あのアメリカ全権公使の目を避ける必要があるのは言うまでもない。あいつが妻と「フランス人のお友達」の関係を疑っているのは明らかなのだから。だめだ、騒げば厄介なことになる。そう考えたシャルルは、もっといい方法を思いついた。廊下の突き当たりは一等船客用の遊歩甲板《プロムナード・デッキ》に通じる甲板昇降口になっている。そこに並んでいる籐のデッキチェアの上に毛布があるはずだ。それを見つけて、ひさしの下で椅子にもたれていれば、身を隠すことができる。そこでピアが着替えを済ませ、部屋を出ていくのを待つとしよう。

2

シャルルとヴァンダミーア家のやり取りは五カ月前から始まった。

一九〇二年二月九日
マイアミにて

拝啓、アルクール殿下
先日はお目にかかることができまして、家内のイザベルともども、大変楽しゅうございました(よくも悪くも、アメリカ人はどうしてもヨーロッパ人の称号に感心してしまうもので、我々も例外ではございません)。ご親切にもお招きを受け、殿下の仕事場や花畑や工場を案内していただき感謝しております。殿下がグラースとカンヌで手がけておられる事業は実に素晴らしい。ヴァンダミーア海運の積荷となるものを拝見して目を奪われてしまいました。それに、アンバーグリースからあのようなものが作られると知って、心惹かれたことは言うまでもありませんし、弊社の子会社も新しいお客様にアンバーグリースを出荷することを了解しております。もちろん、地中海に臨む素晴らしいご自宅にお招きいただいたことには、それ以上に感謝しております。あのお屋敷は見晴らしといい、海といい、庭といい、豪華で大変美しかったと、今も夢中になって妻と語り合っているのです。

さて、少々差し出がましいことを申し上げたく存じます。私もイザベルも、殿下のお宅、優雅な物腰、洗練されたものの考え方、事業、お友達、気前のいいもてなしぶり、要するに、殿下にすっかり感心してしまいました。そこで、恐れ多くも、こんな考えが頭に浮かんだのでございます。私どもにはルイーズという娘がおりまして、今シーズン、社交界にデビューいたしました。まだ若いですが、自慢の娘です。非凡なる才能を持ち、素晴らしい教養を身につけ、フランス語も流暢に話します。それに旅好きなのです。殿下は独身の紳士でいらっしゃいますから、ぜひ娘との婚姻によって当家と縁組していただけますよう、強くご提案申し上げます。近ごろの若者は、自ら相手の方と会い、この手のことを決めたいと思っているところがあるようでございます。そこで、殿下をお招きしたく存じますので、ご都合のいいときに我が家をお訪ねください。私と家内は間もなくニューヨークに戻ります。春になりましたら、いらしていただくというのはどうでしょう?

きっと殿下のような紳士は、世の多くの父親からこういった話を持ちかけられてきたことと存じます。では、なぜ私はこんな勇気が出たのでしょう? 知り合って間もない間柄だというのに。我々が殿下とお付き合いをすることで心を動かされたように、殿下も我々にお付き合いくださったことで何か影響を受けておられるだろうと思っているのです。しかし実を申せば、私に勇気を与えてくれたのはルイーズなのです。ルイーズはこちらでは多くの殿方から求婚されておりますが、私も家内も、いとしいルイーズの結婚相手として、殿下ほどふさわしい人物はいないと認めざるを得ません。どうかご無礼にあたりましたら、お許しください。しかし、心からの望みを口にせずにはいられないのです。この件につきまして、できるだけ早くお返事いただければ幸いに存じます。

敬具

ハロルド・P・ヴァンダミーア

一九〇二年二月一九日
フランス、ニースにて

拝復

先日は親切なお言葉およびご提案をいただき、大変嬉しく存じます。しかしながら、目下、事業のほうにすべての時間を取られておりまして、とてもアメリカへはうかがえそうにありません。惜しみないおほめの言葉をいただき、ありがたく思っておりますが、そちらをお訪ねして、お嬢様とお会いすることは謹んでご辞退申し上げます。きっと素晴らしい方なのでしょうね。

我々の取引関係が互いに実り多きものとして継続していくことを楽しみにしております。

敬具

アルクール公シャルル・アルクール

一九〇二年三月二日
マイアミにて

拝啓、アルクール殿下

　私の差し出がましい提案（とはいえ、私はすっかり乗り気になっておりまして、よかれと思って申し上げたしだいです）は受け入れかねるとの殿下のご決断、もちろん尊重いたします。

　バハマのナッソー港にいるミッチェルから連絡をもらったのですが、彼のところに三五キロ分ものアンバーグリースがあり、殿下がこの思いがけない授かり物を全部買い取りたいとのこと、私どもとの仕事上の付き合いを広げたいと思っておられること、たいへん嬉しく存じます（義理の息子であれば、捕鯨船団を所有し、実費のみでクジラの胆汁を好きなだけ手に入れることができましょうに。いや、これは殿下の鼻をつねるためのちょっとしたジョークですけどね）。どうかご理解いただきたいのですが、当方は、殿下のほかにも最低限のご要望にお応えしなければいけないお得意様を何人か抱えております。しかしながら、殿下には獲れたものの大部分を破格値でお譲りするよう、ミッチェルに伝えてございます。

相変わらずマイアミでこの手紙を書いております。私の貨物船用として新たなドックを確保すべく交渉中でございまして、その間はずっと「冬用」の別荘に滞在しております。マイアミであれどこであれ、お会いできるのであれば、殿下をお招きしたい気持ちに変わりはございませんので、どうぞ安心してお訪ねください。マイアミは小さいながら、非常に洗練された街で、甘い香りのする珍しい花が咲き乱れております。ひとたびそのにおいをかげば、殿下もご自身の植物園になんとしても加えたいと思われることでしょう。

敬具

ハロルド・P・ヴァンダミーア

追伸
どうか親ばかをお許しください。私の美しい花、愛娘ルイーズの写真を同封いたします。

一九〇二年三月三〇日
ニューヨークにて

拝啓、アルクール殿下
夫が言い忘れたことをお伝えできればと思い、ペンを執りました。ハロルドと私は、今もしょっちゅう、リヴィエラを旅したときのことを話しているのですよ。なんて愉快なひとときだったのでしょう！　いちばん楽しかったのは、殿下のお屋敷のゲストとして過ごした時間です。アメリカへの旅をご検討いただけたら、どんなにいいかと存じます。ルイーズには結婚をほのめかすようなことを申すつもりはございません。友人としていらしていただき、出荷や調達の手配についてハロルドと話し合っていただければいいのです。その後ルイーズをご紹介しますので、お互いうまが合うかどうかお確かめいただければと存じます。

ところで、殿下の従兄弟でいらっしゃるガスパール様にお目にかかることができました。お若くて、礼儀正しい紳士でいらっしゃいますね。ガスパール様とは、とても楽しく過ごしているのですよ。あの方はルイーズにとても惹かれておられるようです(ああ、でも私たちがあくまでも支持するのは正真正銘の公爵様ですからね!)。ガスパール様は殿下に少し似てらっしゃいますね。でも、そのお顔を拝見していると、私もハロルドもため息をつき、ニースのお友達が訪ねてきてくれたらどんなにいいかと思ってしまうのです……。

真心をこめて
イザベル・ヴァンダミーア

一九〇二年四月一一日
フランス、グラースにて

拝啓、ヴァンダミーア様
これを読まれたら、びっくりされることでしょう。急なお知らせですが、三週間ぐらいのうちにアメリカに行くことになりました。まあ、一度連絡を取り合うだけの時間はあるでしょう。ニューヨークに一泊してから、ほかでもないマイアミに向かう予定です。ニューヨークにいるあいだ、お宅に寄らせていただくか、ご夫妻とお嬢様を夕食にご招待できれば幸いに存じます。あいにく自由になる時間があまりございませんが、ニューヨークまで来ておいて、皆さんにご挨拶もせずに行ってしまうわけにはまいりません。

敬具

アルクール公シャルル・アルクール

一九〇二年五月二日にニューヨークからニースに送られた電報。

とてもわくわくしています。ニューヨークに着いたら、ぜひご連絡ください。それから、当方、鉄道の車両を一つ貸し切りにできますので、そちらでマイアミまでお送りいたしたく存じます。心から歓迎いたします。残念ながらルイーズは卒業旅行のようなものに出ています。詳しい話はまたあとで。娘がどこにいるか定かではないものの、いそうな場所に、すぐ帰宅するよう伝言を残す所存です。いらしていただけること、嬉しく思います。ハロルド&イザベル・ヴァンダミーア

3

真夜中に真っ裸で前甲板に出てみると、外はとんでもなく寒かった。海はうねり、じめっとした凍てつく風が吹いている。海水が手すりの上まで高々としぶきを上げ、甲板が濡れていた。シャルルが体を覆うものを探そうと思っていたデッキチェアは、この天候のせいで奥にしまわれ、全部縛りつけられていた。これでは座れそうにないし、とても上に乗ったり、毛布を探したりはできそうにない。さらに困ったことに、身を隠せる真っ暗なところといったら、デッキチェアがロープでくくられているその一帯、すなわち、甲板昇降口の下と舷墻《げんしょう》（波が甲板に入ってこないようにする壁）沿いしかなかったのだ。この階の甲板のすぐ下で航海灯の列がぼんやりした赤い光を放ち、船の中央部から流れてくる明るい光が追い討ちをかけている。広い談話室はまだ明かりがこうこうとついており、まばゆい白い光がもやのように闇のほうへ広がっていた。こんな遅い時間にパーティをしている連中がいるらしい。

そんなわけで、湿気、揺れる影、遠くで聞こえる音楽という、不安をあおるような雰囲気の中、シャルルは三枚の毛布を探し出し、古代ローマ人よろしく体に巻きつけた。ところが、彼が向きを変え、快適に隠れられそうな場所はないかとあたりを見渡していたそのとき、またしてもありがたくない驚きに遭遇した。甲板中央の白い輝きの中から二つのシルエットが姿を現したのだ。若い女性が足早に近づき、そのあとから若い男が追いかけてくる。

シャルルは昇降口の下でひょいと頭を下げた。それから、階段の下に無理やり体を押し込み、高波を切って進む船の動きに合わせて、倒れぬよう両腕で体を支えた。女性は重心がずれて上手く逃げられなくなり、脇にそれて、そのまま手すりにぶつかった。そしてくるっと向きを変え、手すりをつかんだまま追跡者と向き合い、笑っている。男は手すりまでやってくると、彼女の両脇に手を置いた。その若者は白い制服を着た次席航海士で、しばらくのあいだ、彼女が身動きできないようにしていた。シャルルは突然現れた邪魔者に半ばいらいらし、二人のパントマイムに半ば惹きつけられながら、一メートルと離れていないところで演じられる、終わりのないゲームを見守った。すると、女らしい、甘い残酷な笑い声が聞こえてきた。若い男を楽しげに苦しめる、からかうような声。その笑い声はしばらく風に乗って漂っていたが、やがて聞こえなくなった。手すりの向こうで、海が盛り上がる様子が目に入ってきた。高く膨らんだ大波は、白い泡の巨大な網目で覆われ、まるで海に浮かんだレースがどこまでも続いているようだった。と同時に波は落ちて砕け、しぶきが甲板に飛び散った。若い女性と連れの男がしぶきを浴び、彼女が悲鳴を上げる。それから、二人は走りだし、まっすぐシャルルのほうに向かってきた。

シャルルはびっくりして体を引き、毛布のほかに何もまとわず甲板に出ている事情について、もっともらしい、上品な言い訳を大慌てで考えた。あのカップルは絶対にこの昇降口の下にやってくる。鉢合わせしてしまうぞ。

若者のほうがそのつもりだったのは間違いない。というのも、彼女が再び向きを変え、階段の下に行くのではなく、階段を上っていったとき、若者は彼女の手をつかみ、シャルルが潜んでいる小さな暗闇のほうに引っ張ったからだ。しかし、彼女は電光石火の早業で大きな扇を取り出し、彼の指の背をピシャリと叩いた。その音はシャルルの耳にも届くほど大きく響き、若い士官が急に手を引っ込め、甲をぎゅっとつかむ様子が目に入ってきた。

若者が叫んだ。「ひどいな、骨が折れるじゃないですか！」

彼女は若者から逃れると、小走りで階段を六段上り、向きを変えて腰を下ろした。衣擦れの音とともに、踏み板のあいだからたっぷりしたシルクのスカートとひだ飾りがすとんと落ちてきて、毛布から出ているほうのシャルルの肩と腕にじかに触れた。彼は息を殺し、それから芳しい花の香りを深く吸い込んだ。と同時に、階段から急いで手を離さなければならなかった。さもないと、彼女のかわいらしい足に指を踏まれてしまう……。

彼女のにおいはシャルルの肩のあたりで雲のように漂っていた。ジャスミンの香水だ。アカシアとクローバーの香りも少し入っている。ジャスミン系の香水としては最もエレガントなブレンドの一つだが、完璧と言うにはミドル・ノートが少々すっきりしない。パリのベルヴィアンの香水だろう。一瞬にして、その香りは彼の記憶に刻み込まれた。だが次の瞬間、香りは複雑になった。何か別のにおいがする。本物のジャスミンだ。それは紛れもなく彼女のドレスのにおいであり、彼女の全身から漂う、彼女そのもののにおいであり、かすかに香る新鮮な生花のにおいだった。自然のものでなければこういうにおいはしない。夏の終わりにシャルルの香水工場の床に腰の高さまで積み上げられる花を連想させるにおい。布を張った枠に広げられ、オイルに浸されることになる花たちのにおいだ。彼女が頭を前に倒すと、怪しい強烈な光が後頭部を下から照らし、理由が明らかになった。美しいブロンドの髪に上手く隠れていたが、そこには、髪よりもさらに美しい、星形の小さな白い花が挿し込まれていた。ジャスミナム・シンプリシフォリアムだ。このかわいらしい花の群れがシニヨンから垂れ下がり、袖付け位置を下げたドレスの肩飾りと絡み合っていた。

一方、若い男は手すりをぐるっと回って階段を一、二段上った。片腕を舷墻に置き、今度は階段で彼女に詰め寄っている。

「骨が折れるところでした」彼はしつこく言う。

彼女は軽く笑ったが、その声には少し冷たい響きがあった。「そんなことないでしょう。あれぐらいで骨は折れません。痛かったことは確かでしょうけど」

若い士官は彼女の反応に苛立った。「じゃあ、もうそんな物で叩かないでくださいね」

シャルルの耳元で、彼女は階段に肩をもたせかけた。「だったら、いやがる私をつかまえたりしないでいただきたいわ。おいたはだめですよ、ジョンストン大尉。その手が傷つかないうちに、今夜はもうお帰りになって」

そんな警告はものともせず、若き大尉は前かがみになり、両肘を曲げながら片方の膝を彼女のたっぷりしたスカートの中に突っ込んだ。そして、体を前に押し出し、彼女にキスしようとした。だが、彼は突然、体を引いた。もっと正確に言えば、押し返されたのだ。シャルルの目の前を、丸みのあるむき出しの肩が通り過ぎ、その先には彼女の伸ばした腕があった。今回も扇の助けを借りたらしく――それは銃剣のようにまっすぐ差し出されていた――腕の長さを超えて男を遠ざけている。

大尉は顔を上げて再び彼女と向き合い、大尉は自分の胸を突いている物を見下ろした。「ミス・ヴァンダミーア、ばかなまねはおよしなさい」

彼女は笑っただけだった。

大尉は一生懸命、異を唱えている。「あいつは悪魔です」

「ええ、あなたは一晩中、そのようなことをほのめかしてらっしゃったわね」

若き士官は突然、大きな笑い声を上げた。「おやおや、それじゃあ遠回しに言うのはもうよしますよ。はっきり申し上げましょう。アルクールはひどい男で……」

アルクール？　ミス・ヴァンダミーアだって？　シャルルは眉をひそめ、頭をひねってシルクのたっぷりしたスカートを、続いて階段の反対側にいる若者のほうをにらんだ。

「片脚が悪くて、ぞっとするようなやつですよ。怒りっぽいし……」

暗い地下牢の扉がキーッと鳴るように、シャルルは自分の虚栄心が目覚めるのを感じた。間抜けな若者はさらに続けた。「ざっくばらんに話してくれる連中に訊いてごらんなさい。あいつは片目が不自由で、もう片方の目も不気味で見られたもんじゃない。脚も引きずってるんです。それに年を食ってる。少なくともあなたの倍はね」

年なんか食ってるもんか。それに倍も年上じゃないぞ。彼女の年齢はシャルルの結婚の条件に合っていなかった。自分が一八のときでさえ、一八歳の少女を好きになったことなどなかったのだ。もっとも、年が若いという彼女のほうの欠点は、いずれ時が解決してくれるだろう。だが、人を悪者にして女を口説く、おしゃべりな間抜け野郎にはどうやって思い知らせてやればいいのだろう……。

「あの男は怒ると……というか、しょっちゅう怒ってるんですけどね、化け物みたいに誰かれ構わずどなり散らすんです……」

それは違う。時々若い大尉どもが豪華客船の任務をはずされ、浚渫船《しゅんせつせん》（水底の土砂を掘削して除去する機械を乗せた船）で南極に向かう任務に就くようにしてやっただけさ。

「あいつは底意地が悪いし、他人と衝突してばかりいるし……」

間抜けなやつも色々いるだろうに……よりによって、愚かな小娘からキス一つ奪えない、生意気な大ばか野郎にこんなことを言われるなんて。

だが、その愚かな小娘は大尉の長ったらしい文句を笑い飛ばし、そのときシャルルは、彼女の陽気さの中に、大尉が思ってもいないであろう性格をかすかに感じ取った。彼女には横柄なところがありそうだが、抜け目のなさもある。

「あいつは奇妙なクジャクみたいな格好をしてるんです。まるで見せものか何かみたいに。実際、そうなんですけどね」若者は嫌悪感をあらわにした。「すごく醜いやつで……」

シャルルは歯ぎしりをし、自分の「醜い」手が踏み板のあいだからぬっと伸び、この若造の首をつかむところを想像して楽しんだ。だがそのとき、ミス・ヴァンダミーアは彼女なりに、相手の首を絞める方法を考えついていた。「あなたのおっしゃりたいこと、当ててみましょうか。〝僕こそ君にふさわしい〟でしょう？　あの人の代わりに自分が夫になりたいと思ってらっしゃるんでしょう？　少なくとも今夜は」

　大尉は口ごもり、一瞬、答えることができなかった。「いや、もちろんそんなんじゃありません……」彼が咳払いをする。「いや、そうかな。本当はあなたに求婚してたんです」

　彼女はまた笑ったが、それは実際の年齢よりもずっと年上の人間がするような、ぶっきらぼうな笑い方で、大尉をあからさまにばかにしていた。「航海士さん、私が一晩お付き合いしたから、僕と駆け落ちしようとおっしゃるの？」

「まあ、そういうことだったと思います……」大尉はしばらくまごまごしていたが、やがて滑稽とも言えるきまじめぶりを発揮して再び話を始めた。「ミス・ヴァンダミーア、僕はあなたを見て、すっかり憧れてしまった。そして、あなたは僕とこうして出てきてくれた。一目ぼれなど信じないと言うんですか？」

「ええ、愛なんかちっとも信じておりません」彼女はきっぱりと言った。

　それでも大尉は話をやめず、なれなれしく「ルイーズ」と語りかけた。「自分をよく見てごらんなさい。あなたは想像を絶するほど美しい。美しいなんて言葉では足りない……」少しのあいだ、間抜けな若者は文字どおり言葉を失ったが、妙にうやうやしく、こんなことを言った。「あなたは素晴らしい人だ。どうしてあんなアルクールみたいな悪魔と――」

「もう、おやめになって。シャルル・アルクールがどんな人かはわかっています。きっといい夫になってくれるはずです」

その言葉に、シャルルも若者も一瞬戸惑った。

シャルルの頭上で光に照らされて立っている若き航海士は、それ以上何も言わず、何もしなかった。彼は窮地に追い込まれていた。

一方、階段の下にいる男は当惑するばかりだった。彼女がきっぱり言いきってくれたことはなんとなく気分がよかったが、状況は皮肉だった。というのも、彼女はシャルルではなく、自分が笑いながら暗闇に連れ出した若者にそう伝えたのであり、彼らは二人きりでそこに座っていたからだ。いや、ほぼ二人きりと言うべきか。

三人はしばらく荒海を眺めていた。目を向けざるを得ないほど荒れた海を。そしてシャルルだけは妙な連帯感を覚えていた。二人の男と一人の女がそれぞれ同じように体を曲げ、同じ方向を向き、それぞれの体と感情を上下に揺さぶる海にあらがっている。小さなつぶやき声を耳にしたとき、シャルルは最初、聞き間違えたのかと思った。

彼女は誰に話しかけるふうでもなく、ほとんど聞き取れない声でこう言ったのだ。「あの人、本当に脚が不自由なの？」

「そうです」若者はきっぱりと答えた。

違う。シャルルは自分を弁護したかった。**脚を引きずることはあるが、たまにだし、そういうときは、とても上品な杖を使っている**。その瞬間、なんとも屈辱的なタイミングだったが、本当に膝が痛みだし、徐々に硬直していることに気づいた。湿気のせいか、気圧が低くなったせいだろう。船が再び沈み込むと、彼はいちばん近くにあるもの、すなわち下の段の踏み板をつかんで体を支えねばならなかった。

「変ねえ」彼女はそうつぶやき、「そんなこと、父も母も何も言ってなかったわ」と言い添えた。「アルクール公爵は正統派のハンサムではないという話は聞いていましたけど」

「醜い男ですよ」大尉の声は低く、怒りがこもっていた。

シャルルは心の中で悪態をつき、唇をぎゅっと結んだ。

船が次の波に突っ込んだとき、彼女は階段に座ったまま体勢を整えた。シャルルの指に何かが当たって揺れ動く。シャルルは彼女のドレスの裾を握っていた。自分の体を安定させようとしてつかんでしまったのだ。

彼女は膝を曲げ、布地をぐいと引っ張った。シャルルはすぐに手を離した。

「どうしました？」頭上の男が尋ねる。

「何でもありません。ドレスが何かに引っかかったんです」

大尉と彼女は自分たちの影に向かって一緒に頭をかがめ、彼女のスカートを引っ張ったが、不可解なことに、もう裾は引っかかっていなかった。大尉はその位置から顔を少し前に押し出したに違いない。その直後、彼女のドレスが引っかかった理由はわからないまま、大尉は彼女にキスをしていた。

彼女はそっとため息をつき、顔を少し上げて背中をそらせた。今度は誘いに負け、大尉がキスをしながら彼女のむき出しの肩をもんでも、されるがままになっている。

　大尉は一〇秒ほど成功を味わっていたが、その間シャルルのいらいらは、ちょっかいを出している若い航海士から、想像力のない、うぶな小娘に向けられた。彼は脚の不自由な悪魔であり、それが彼女の気分を損ねたらしい。姿を見たわけでもないというのに……。

　暗闇の中、シャルルの虚栄心に火がついた。僕は類《たぐい》まれな男だ。普通の基準で判断してもらっては困る。見た目も悪くないし、会えば素晴らしさがわかる。それに個性的だ。怒りの炎が燃え盛る。冗談じゃない。ここにいるのは僕の婚約者であり、自分の名前や財産や地位、それがもたらすあらゆる敬意、報酬をこの女性に与えることになるのだ。それなのに、彼女はいったい何をしている？　ほかの男と、しかも結婚式に向かう船で知り合った見ず知らずの男とキスをしているなんて。彼女が漏らす小さなかすれ声が聞こえてきそうじゃないか。

あばずれめ。ふしだらな女だ。

　僕がここにいる言い訳などどうでもいい！　まずは彼女に説明してもらおう。自分がここでしていることと、そのわけをきっと説明できるはずだ（それにしても、彼女の両親はどこにいるのだろう？）。シャルルは甲板昇降口の下から出ようとした。

　そのとき、ぶざまで哀れな大尉が少し背中を丸めて両腕を前に伸ばし、突然、彼女の胸を――おそらく乳房を――つかもうとした。その動きは唐突で、彼が船の機関室でいつもしている動作、つまり蒸気を上げる二つのバルブをきつく締める動作に似ていなくもなかった。彼女は急に体を引き、大尉を押しのけると、次の瞬間、立ち上がって階段から飛び降りた。

それから、ふんと鼻を鳴らして彼と向き合ったが、その際、彼女の体が明かりの中に半分出ることになった。

シャルルは動きを止めた。船の明かりが下から彼女の片側を照らし出し、銀色がかった藤色のドレスが見えた。彼女の手が現れ、首元のネックレスをもてあそぶ。彼女は幾重にもなった黒真珠のネックレスを着けていた。小ぶりで粒のそろった、きらきら輝く丸い真珠は糸に通したキャビアのようだ。それがいくつもの輪になって、クリームのように白い喉元を飾っている。彼女が顎を上げた。頭が少し横を向き、顔がのぞく。

ハロルド・ヴァンダミーアに限ってそんなことはあり得ないと思っていたが、なんと、彼は謙遜していたのだ！

「いとしいルイーズ」は美しいなんてものではなかった。ブロンドの髪、麗しい瞳、高い頬骨やふっくらした赤い唇――そんな特徴を列挙するだけでは足りない。彼女には独特の魅力がある。生まれながらの美しさを、金の力でぴかぴかに磨き上げているのだ（黒真珠をキャビアにたとえたのはぴったりだった。これくらいのサイズと色をした黒真珠は、大粒で灰色のベルーガ・キャビアによく似ている。シャルルはふと、もし彼女と本当に結婚したら、かなり維持費のかかるものを手に入れることになるのだなと思った）。ルイーズ・ヴァンダミーアという女性は、建築にたとえるならタージ・マハルのごとく、華やかで、上品で、豪奢だった。ちらっと白黒写真を見ただけでは、彼女を評価することはできないのだ。

それに、彼女の父親が送ってきた写真にははっきり表れていない別の特徴があった。彼女は驚くほど若い。

彼女を見たとき、シャルルは悟った。「一八歳」とはどういうことか、実はわかっていなかったのだ。彼女は鎖骨にかかったネックレスをいじりながらふっくらした下唇を突き出しており、その様子はジャスミンの香り漂う、とても美しい、不機嫌な若者という表現がぴったりだった。彼の首の毛が逆立った。

この風変わりな娘は、年に似合わない落ち着き払った態度で、自分をじっと見つめている大尉と目を合わせた。彼女はひとこと、こう言っただけだった。「ばかね」それはきっぱりと、最後通告のように響き、シャルルでさえ、性に不器用な若者のきまり悪さがわかってぞくっとするほどだった。

それから、彼女は大きなスカートを楽々と波打たせ、ふわっと向きを変えた。あの白い光のもやのほうに戻っていくとき、彼女の腰はまるでコンコルディア号そのもののように左右にゆっくりと揺れた。船は傾き、起き上がり、揺れ動き、真っ暗な夜を押しわけて、全速力で弾むように進んでいた。

4

夜が明ける直前、シャルルはナイトシャツの上に部屋着をまとい、宿泊している特別船室のテラスに出た。天気に誘われたのだ。風が強い。嵐がすぐそこまで来ている。遠く四方の海上から、シューシューと激しい雨音が迫ってくるように感じられた。そこに立っていると、気持ちが引き締まるような湿った風が、シャルルの顔や部屋着――実際には、ゆったりしたアラビア風のカフタン――に当たり、外国船のカラフルな帆のように横に膨れ上がった。このような雰囲気の中、実に奇妙なことだが、彼の心は穏やかと言ってもいいほどだった。ピアは船内の電話を使ってすでに二度、連絡をよこしており、そのたびに、彼女のひそひそ声の向こうからローランドのいびきが聞こえていた。**終わりにするわ。いいこと、もうお別れよ。女たらしの裏切り者。あんたなんか、大嫌いよ。**

だが、シャルルにはわかっていた。関係を終わらせるために二度も電話をしてくる女性はいない。電話など一度もしてこないのが普通だ。ピアとは長い付き合いだが、これまでよりも強い確信があった。彼はついに優位に立ったのだ。

シャルルは目を閉じ、風が顔をかすめていくにまかせていた。自分が自然とすっかり調和しているのがわかる。夜の闇は晴れ、紫がかったくすんだ灰色の夜明けへと移り変わっていく。今にも降りだしそうな空はかすかに光り、生き生きとして前途を期待させた。

昨晩の出来事はもうすっかり済んだことだ。ピアは思いのままだし、甲板昇降口の下で盗み聞きした話については、これ以上深く考えることもないではないか。ルイーズ・ヴァンダミーアは結婚という、人生を左右する重大な決断を前にして、若い女性なら誰でも陥る、ありきたりのパニックを経験しているところなのだろう。昔から数えきれないほどの女性がそういう思いをしてきたのだ。確かにルイーズには外見をひどく気にする浅はかなところはある。それは認めよう。しかし、彼女は若くて美しいから、自分に備わる若さゆえの美しさを重視しすぎるきらいがあるのかもしれない。だからこそ、たいがいの女性よりも少々軽率に戯れにふけったのだろうし、結局、それにもすぐ挫折してしまったのだ。

そうさ、何もかも忘れて、許してやればいい。ルイーズは自分の目で確かめたわけでもないのに、彼の噂を聞いてぞっとしてしまった。ぞっとするあまり、愚かな若者とふらふら暗がりに出て遊び戯れていたのだ。もし彼女が実際にシャルルを見たら、そのときは……。

自分は見た目だって十分、好感が持てる男だとシャルルは信じていた。友人もたくさんいるし、人気もある。それに、これはシャルルの自慢だが、彼には多くの恋人がいて、その中にはコート・ダジュールで最も美しい、最も洗練された女性たちも名を連ねている。そのうえ、彼は古典的な教育を受け、優秀な成績を収めていた。女なら喜んで彼の妻になるだろうし、実際、プロヴァンスには喜んでそうしたであろう女性が一〇人あまりいた。皆、美的センスがあって、個性を評価し、見た目ではなく中身や品位を重んじる女性たちだ。
シャルルは自分に文句を言った。いやはや、貴重なアンバーグリースを得るべくフランスとアメリカを行き来し、交渉に骨を折ってきたが、素晴らしい船荷がすべて手に入るかどうかは、自分の美しさにうぬぼれている軽薄な娘との縁談しだいだというのか？　現実は少し違っているかもしれないのに、自分自身の不安を根拠に、あらゆる恐怖を連想するゲームにいとも簡単にはまってしまう娘が頼りだというのか？

ちくしょう、だからきれいな若い女はいやなんだ。いつも着飾って、気取ってばかりいるし、世間知らずで、人生というものがわかっていない。シャルルはそういう女性が嫌いだった。これまでだって、いいと思ったことは一度もない。相手が彼のような優美な男のよさを理解するには、ある程度、世の中で経験を積んでいる必要があったからだ。

この時点でシャルルは癇癪《かんしゃく》を起こし、うぬぼれた心に駆り立てられ、部屋に入らずにはいられなくなった。両腕を後ろに一回大きく振ると、開いたドアを通過し、居間の壁いっぱいに掛かった分厚いカーテンの隙間を通り抜けていく。

「さらに悪いことがある」シャルルはグランドピアノに向かって言った（ピアノを弾いたわけではない。弾くことがあったとしても、それはパーティのときぐらいだった）。「あのやんちゃな小娘は、明らかに自分の意志で、船の暗がりをこそこそうろつきかねない。社交界デビューした女性として、面白くもない役目を果たしているあいだは、さわやかなあどけない顔をしているが、できるだけ早く外に出て、自分を汚そうとするのだろう」この点がいちばん厄介だ。シャルルの最も恐れていることが束になって可能性を帯びてきた。あの大尉がいなくても、ルイーズ・ヴァンダミーアは実験を続けるつもりなのだ。自分の陳腐な基準をもとに、目鼻立ちの整った、ほかの男を見つけるのだろう。ルイーズは僕をばかにするに決まっている。

いや、**おまえは結論を急いでいる。シャルルは自分に言い聞かせた。すぐに腹を立てるもんじゃない。深く考えるな。そんなふうに、ぶつぶつ文句を並べてはだめだ。**

そう思いながらも、シャルルは力強く歩いていった。片方の脚を少しかばいながら、フランス天の絨毯を横切り、ピアノの脇にある大きなカナッペ・テーブルをぐるっと回って、フレンチドアのついた壁までやってきた。両開きの二つのドアは主寝室のほうに開いている。寝室に入ると、天蓋のついたクルミ材のベッドの脇に大きなドレッサーがあり、その上に薬箱が載っていた。箱の中をあさり、肝油と麦芽エキスの乳剤を探す。それはエーテルと少量のペパーミントだけを加えて口当たりをよくした調合薬で、関節炎の薬だった。痛みの発作を防いでくれることもあるが、効かないこともある。彼の膝は猛烈に痛んでいた。

シャルルは肝油を飲み、これで治るだろうとは思ったが、用心のために麦芽エキスの乳剤も飲んだ（ただし、何を飲んでも効き目は長続きしなかった）。それから杖を見つけ、脚を引きずりながら居間を抜けて部屋の入り口までやってきた。彼は椅子にどさりと座り込み、痛む脚を別の椅子に載せてから、膝の上でノートを開いた。

実を言うと、シャルルにはやることがほとんどなかった。その前に猛然と働いて仕事は済ませてしまったので、あとはローランドの船酔いをいいことに、大西洋を渡ってフランスに戻るまでのあいだずっと、誰にも邪魔されずピアと楽しめるに違いないと思っていたのだ。

シャルルは深いため息をつくと、何かやることはないかとノートを見直し、頭の中でお気に入りの計画を慈しんだ。

シャルルは生涯の目標に向けてスタートを切ろうとしていた。それは彼ならではの特別な香水を作り出し、調合し、販売すること。グラースにある彼の香水工場では通常、バラ、ジャスミン、ラヴェンダー、ミモザといった花のエッセンス、すなわち香油だけを製造している。彼はパリにある多数の香水店に精油を供給し、そういった店の製品の模造品も少量ながら販売していた。彼はかすかな香りをかぐだけで、ほぼどんな香水でも組成を突き止めることができる。わずかな成分の違いをかぎ取り、特徴を識別できるのだ。そして、ちょっとした調合を施し、成分量を決めれば、どんな香水であれ、ほぼ完璧に再現できた。しかし、どれほど完璧でも、ほかの香水の模造品を作ることにはまったく興味がなかった。ほかに類を見ないほど優雅な、誰にもまねできない香りを作りたかったのだ。アンバーグリースと、もう一つの原料が十分調達できれば、いつでも香水作りに取りかかれる。そして奇跡的に、アンバーグリースもほかの原料も、この船に一緒に積み込むことができた。

もちろん、ヴァンダミーアはアンバーグリースを供給してくれるだろう。しかし、シャルルが大西洋を渡ってアメリカに向かうことになったのは、アンバーグリースよりもさらに貴重なもう一つの原料が手に入る見込みがあったからだ。

シャルルは自分の香水に用いる成分として、何か素晴らしい、それでいて比較的識別しづらい原料はないものかと、もう何年も探していた。ほかの調香師にはかぎ分けられないものがよかった。なぜなら、シャルルと同じく香水を模造する名人、いわゆる「鼻が利く」調香師はほかにもいたからだ。だが、そんな心配はもういらない。彼はほかの調香師を困らせる手段を発見した。マイアミに出向いたのは、伝説の中にしか存在しないと思われていた珍しいジャスミン、すなわち「ウェディング・ナイト・ジャスミン」こと夜香花《ジャスミナム・ノクトルム》を自分の目で確かめ、においをかぎ、なんとかして手に入れるためだった。マイアミの植物学者と手紙のやり取りをしていたところ、いくつかの手がかりがもたらされ、今や彼はその苗木をどっさり手に入れ、帰路に就いている。伝説の花は存在したのだ。ジャスミンの苗と刈り採った枝は、目下、船の花屋が保冷用の容器に預かってくれている。

本当に存在したこの植物は、新世界の原産種に南米種を交配させたものであることがわかった。さらに好都合だったのは、このジャスミンがこれまで出合った中で最も甘く芳しい香りのする種類だったことだ（ただ、少々好奇心をそそられたのは、このジャスミンが昼間はつぼみを閉じた貧弱な低木で、夜になるとそれが開花し、甘い香りを放つという事実だった。花が開くのは夜だけなのだ）。シャルルは、グラースやカンヌ周辺のいちばんへんぴな場所にある畑で、下枝を払った台木にこのジャスミンをひそかに接ぎ木するつもりでいた。昼間はきっと不作な畑に見えるだろう。今年は出来が悪かったのだと思われるはずだ。そして夜になったら、花びらを集めて香りを抽出し、ブレンドする。このジャスミンをベースに、アンバーグリースで香りを安定させ、慎重に調合した複雑な構造の新しい香水を作るのだ。神々しい香りを放つが、分析が難しく、構造をあばくことができない調香師泣かせの謎の香水。

そう考えるとわくわくした。まれにみる美しい作品を作ろう。香りはたいてい彼をわくわくさせてくれる。おそらく片方の目しか見えないため、嗅覚が鋭くなり、香りをより立体的に感じられるのだろう。確かにシャルルの鼻は大半の人より識別能力が高かった。彼は世の中の多くのことを嗅覚を通じて経験してきた。においはあらゆるものを圧倒する。瞬間の記憶を強化し、においが引き金となって過去は鮮やかによみがえる。シャルルはにおいで記憶を呼び出すことができた。まるで感覚の思い出が詰まったスクラップブックをめくるように。たとえば、目を閉じてジャスミン・グランディフロラムの香りを思い出すだけで、プロヴァンスの花畑に行くことができた。彼はそこの階段にいて、頭上にはうっとりするような甘い花の香りが立ち込めている……。

シャルルははっとして目を開けた。髪にジャスミンを編み込んでいたあのいまいましい小娘。ルイーズ・ヴァンダミーアは彼の花畑とそっくりなにおいがした。海水と雨のにおいが混ざったジャスミンのバリエーションではあったが。いまいましい小娘。愚かな少女。なぜかそんなことを考えていたら、彼は肘のところにある電話を見つめていた。

そして突然、こんな考えが頭に浮んだ。麗しいミス・ルイーズ・アメルダ＝メイ・ヴァンダミーアに関し、自分が抱いている不安が当たっているのかどうか試してみよう。彼は受話器を取り、クランクを何度か回した。

船の電話交換手が出た。「はい、お名前とお部屋の番号をお願いします」

「ローズモント・スイートの者だが」特別船室に宿泊する客の特権として、シャルルは自分の名前を乗客名簿に載せないようにしてもらっていた（あるとき、隣の部屋から出てきた男を見たら、退位させられたどこかのイスラム教国君主《アミール》の息子だった）。「ミス・ルイーズ・ヴァンダミーアは独りで部屋を取っているのかね？　それともご両親と一緒か？」

なかなか返事がない。何も言わないのは、この質問がいかに不適切かということを示している。ただし、交換手が相手にしているのは、理屈で非をとがめることのできない特別船室の宿泊客。そのような客にはありとあらゆるサービスを提供しなければいけないことになっていた。「ルイーズ様はお独りで一等船室に宿泊してらっしゃいます」鼻にかかった声で返事がきた。

「部屋の番号を教えてもらえるかな？」

「それはいたしかねます。どんな事情であれ、ご婦人が泊まっておられる一等船室の番号はお教えできません。ご本人にうかがってみてはいかがでしょう？」

シャルルは一瞬考えたが、すぐに答えた。「そうだな。部屋につないでくれ」

カチッという音がして、しばらくすると回線を伝ってブーンという音が聞こえてきた。電話がつながり、単調な声が答える。「もしもし？」

ブーンという音がかすかにかぶっていたが、シャルルはその声を覚えていた。滑らかな低い声。独特の調子があり、女性にしては太い、よく響く声をしている。年齢に似合わない、まったく若くない声だった。

話をするつもりではなかったが、交換手の回線が切れる音がすると、シャルルはいつの間にかしゃべっていた。「君は少々危なっかしいことをしているね」

「どなた？」

「あの若い大尉は大ばか者だ。君はあいつをばか呼ばわりしたが、まったくそのとおりだ」

「何ですって？」音楽のような心地よい低い声の端に、わずかながら慌てている様子が聞き取れる。

「もう少しゲームを進めたいなら、君に興味を持ってもらえそうなことがある」シャルルは一瞬ためらったが、誘惑はあまりにも強かった。甘い香りを放つこの女性に、そうとわかっていながら、あえてそのかすようなことを言った。「ジャスミンだ」

「ジャスミン？」

「ジャスミンが好きなんだろう？」

「ええ」

「これは変わったジャスミンでね。君にちょっと似ているところがある」ふと気づくと、シャルルはこの、なんとも奇妙な縁でつながった子供っぽい女性の様子を思い浮かべ、ジャスミンの香りを放つ魅惑的な光景の中にしばし漂っていた。船の明かりが彼女のドレスの片側に当たり、斜めからその顔を照らし出す様子がよみがえる。少しのあいだ、彼はもう一度、あの白いジャスミンを思い出すことができた。彼女が向きを変えて去っていったとき、ゆったりと動く金色の髪が陰になり、そこにあの花は挿し込まれていた。「じゃあ、よく聞いて。君に見た目があまりぱっとしないジャスミンの花束を送ろうと思う。受け取ったら水につけておいてくれ。そして、夕食が終わったら、そうだなあ、だいたい九時ごろ、花を見にいってごらん。花は夜しか開かないんだ。この世のものとは思えない、いい香りがする。もしもお気に召して、この花についてもっと知りたいと思ったら、深夜零時に会いにきてくれ」シャルルはいったん言葉を切った。構うものか。「右舷の階段昇降口で会おう。船の中央部からプロムナード・デッキの前のほうに向かって歩いていくと、最初にある昇降口だ」

「あなた、どうかしてるわ。私は行きませんから」

「いいだろう。つまり、ゲームをしようなどという考えがなぜ危険なのかわかってきたということだな。それなら僕と会うのはやめたまえ。もしそうでないなら会うべきだ」

「どうしてそんな――」

「ジャスミンはすぐに届くと思う」シャルルは電話のフックを下げ、受話器を置いた。

次にかけた電話は一〇秒とかからなかった。シャルルは花屋に連絡し、ローズモント・スイートの者だが、預けてあるジャスミンを何本か、ミス・ルイーズ・ヴァンダミーアの部屋に届けてくれと伝えた。それから椅子に深く座り直し、自分の行為にあきれていた。

こういうことをすると、自分でもいつもびっくりしてしまう。おまえはそこまでプライドが高いのか。そこまでうぬぼれているのか。それでも、シャルルは心が弾み、いやな気分にもならず、自分が恥ずかしいとも思わなかった。ある考えが……ぼんやりとした、少々ふらちで愉快な、そして何よりも、満足感を与えてくれる考えが実現しつつある。そうだ。よし、そうしよう。あの娘がどれほど人の道にはずれたことをしているのか、「醜い」フランス人の夫をばかにしてやろうと思っているのかを確かめる実に面白い方法がある。

シャルルは自ら彼女を暗闇に誘い込み、ゆうべ目撃した若者より、はるかにあかぬけたやり方で交際を申し込んでやろうと思った。その「ちょっとした違い」がいかに魅力的で、洗練されたものであるか、彼女に思い知らせてやる。少なくとも彼女がそれを認めたら、今度は誘惑してやろう。夜、僕の姿がよく見えない船の暗がりで彼女を口説いてやろう。それが上手くいったら、白日のもとで彼女の目を覚まし、「モンスター」の正体、すなわち未来の夫の姿をわからせてやろう。あいつは「年を食って」いて、変わり者だと聞かされ、助けを求めて美しい若者に走ることになった彼女に、その男の姿を見せつけてやる。

なんて気の利いたジョークなんだ、とシャルルは思った。というのも、彼は人の浅はかさを思い知らせる術《すべ》を心得ていたからだ。シャルルは椅子に載せていた悪いほうの脚を上げ、もう片方の脚と一緒に伸ばした（膝の痛みもよくなっている。何かの前兆か）。暗澹《あんたん》たる気分は晴れていた。少なくとも気分転換ができたことは確かだ。その計画は丸ごと、しゃれた一流のジョークであり、これから起こり得ることを考えると、彼のユーモアの暗黒の部分はおおいに刺激され、わくわくした。

5

ルイーズ・ヴァンダミーアは受話器を置き、あっけに取られてそれを見つめている。誰かがこっそり私を見張っていた。それから、さらにびっくりするような考えが頭に浮かんだ。両親かもしれない……。自分の親を敵とみなすなんておかしい。だが、思いきって独りでモントリオールに行ってみたことが親にばれてからというもの、見張られるのも実はあり得ない話ではなかったのだ。

いらいらして立ち上がると、首の後ろで襟がぱたっと開くのがわかった。それから、手を上に伸ばして背中に回し、再びボタンを掛けはじめた。やりかけたところで電話がかかってきたため、中断していたのだ（メイドは両親の船酔いの薬をもらうため、船の診療所に使いにやっており、彼女は一人で着替えをしていた）。船室が傾くと、バランスを取るためにベッドの枠組みに腰の片側を当てて体を支え、立ったままボタンを掛ける。床が水平になり、彼女は動きを止めた。ふと、もっと現実味のある解釈が浮かんだのだ。

誰が見張っていたわけでもない。こんな人騒がせな電話をかけてきたのは、ゆうべ出会った、あのばかで愚かな次席航海士だ。ああ、ひどい。結局、彼は私が思っていたような人ではなかったということね。今になって偉そうに、秘密をべらべらしゃべって私に仕返しをしている。電話は彼からか、一緒に遊んだ彼の仲間のうちの誰かだ。

捜し出してやる。ルイーズは最後のボタンを掛け終えると、電話のほうに戻り、黒い受話器を取って交換台を呼び出した。

「一〇三号室のヴァンダミーアですが、何分か前、こちらに電話をつなぎましたよね？　かけてきた方を教えてくださらない？」

鼻にかかった声が答えた。「ローズモント・スイートからのお電話をおつなぎいたしました。男の方でしたが、お名前はおっしゃいませんでしたので」

ルイーズは一瞬、頭が混乱した。「どうもありがとう」受話器を置き、眉をひそめる。ローズモント・スイートの宿泊料を考えれば、あの大尉の友人である可能性は低い。あそこは船前方の上甲板に四部屋ある特別船室の一つで、いちばん広い一等船室の五倍以上の宿泊料を取られるのだ。プライバシーが完全に守られるため、目玉が飛び出るような値段がついている。それから、もう一つ、ある事実がルイーズの意識に上ってきた。あの人、ちょっとイギリスなまりの英語を話していたけど……。いや、別のなまりもあった。わずかながら、英語を母国語としない人が英語を学んだときのような響きが確かに聞き取れた。なんて妙な話なんだろう。ヨーロッパの人？　ルイーズの知っているヨーロッパ人は数えても片手で足りる。彼女の乳母をしていた女性が一人と、一家の執事を務める男性が一人。

ルイーズは、あの声の調子やなまりについてもう少し考えてみた。ほかにも何かある……。

ジャスミンが好きなんだろう？（どうして赤の他人がそんなことを知っているの？）彼女はしばらくその言葉について考えていたが、やがて立ち上がった。いいえ、何もないわ。人をからかって喜ぶ、ばかな人間がほくそえんでいる声のほかに何も聞こえなかったじゃないの。

もちろん父ならあの男の名前を調べられるだろう。こんなことがあったと話してみようか。しかし問題は、電話の内容を明らかにすることなく、いかにして父親の助けを借りるかだ。だめよ。ゆうべ自分がしたことを考えれば、電話の件はまだ父に知られないほうがいい。あの男の正体を突き止め、自分でどうにかしよう。

二〇分後、ルイーズが部屋を出ようとしたちょうどそのとき、緑色のつぼみがついた、みすぼらしい木の枝が一束届いた。彼女はその醜い代物を両手で一瞬、回転させたが、うんざりしたように鼻を鳴らすと、くずかごに放り込み、そのまま部屋を出て朝食に向かった。


ルイーズは両親が泊まっている個室に立ち寄り、船酔いの薬が届いているかどうか確かめた。両親は薬を受け取っており、彼女のメイド、ジョゼットはすでに使用人用の大食堂に出かけたあとだった。というわけで、ルイーズは両親と三人きりになってしまった。本当はそんなつもりはなかったのに。両親は並んでベッドに横たわっていた。二人とも青い顔をして、額に氷嚢《ひょうのう》を載せている。ルイーズは体をかがめて、それぞれにキスをし、すぐに立ち去ろうとした。しかし残念なことに、立ち上がって最後に頬にキスをしたそのとき、母親が彼女の手を握り締めた。そこからが苦痛の始まりだった。

母親はいつもの忠告を口にしはじめた。レディらしく振る舞いなさい、慎みをわきまえなさい、自分の地位にふさわしく堂々としていなさい。その一方で「恵まれない人には、十分、親切にしてあげなさい」とも言う。

「それに、もっとお友達を作るべきよ」母親はそう付け加えた。

ルイーズの母親は、娘には「上流階級の人間らしい態度」で超然としていてほしいと思うと同時に、父親の召使いから母親のオペラ仲間に至るまで、誰からも心から愛される存在でいてほしいと願っていた。ルイーズは誰とも束の間の友情など結ぶ気にはなれなかった。ぴりぴりして口やかましくなってきた両親が相手では、とりわけそんな気は起きなかった。

まるでこの世の運命はルイーズが卵料理をどう注文するか、彼女が誰の隣に座るかにかかっているかのように、両親は自分たちが同席できない朝食の席で彼女がどう振る舞うべきか、代わるがわる助言をよこした。それから、父親は仰向けの姿勢で鼻と口だけを見せ、お決まりのお説教を始めた。「目標のない若者のような行動を取るものではない。おまえには未来がある」ルイーズは一週間前に帰宅したばかりで、それ以来、父親は何度もこのせりふを口にしている。これで一〇〇回目だったに違いない。「自分の目標を見失ってはいかん」

ルイーズは文句を言った。「つまり、お父様の目標ってことね」

「それと、失礼な態度を取るものではない」父親は頭を起こし、氷嚢を持ち上げ、もじゃもじゃの眉をひそめて下から彼女を見た。「おまえはとても生意気になってきたぞ、ルイーズ・アメルダ＝メイ」

ルイーズは少しいらいらしながら言った。「私は何にもなっていないわ。お父様は自分の頭で考えなさいと私に教えたでしょう。それを今さら、私の考えていることが気に入らないからと言って、全部撤回するつもりなのね」

たとえば、ルイーズが何を気に入っていたかと言えば、モントリオールだった。そこでとても楽しく一日半を過ごしたところで、居場所を突き止められてしまったのだ。両親が突然、話題にしはじめたのがこの出来事であることは言うまでもない。例の公爵が慌ただしく結婚を申し込んできたため、たとえ短い家出だったとはいえ、ルイーズがなぜそんなことをしたのか、この親子は適当な機会を見つけてよく話し合う必要があったのだ。

父親は娘をじっと見つめていた。「何を考えてたんだ?」

「何を?」ルイーズは避けられないことを避けるべく、最後のパスを使った。

だが、このひとことで母親も氷嚢をはずしてしまった。ルイーズは心の中で舌打ちをし、両親と向き合った。二人とも娘の答えを待っている。

ルイーズは自分を弁護した。「何も考えてなかったわ。たまたまモントリオール行きの列車が来てたのよ。メアリのところに何日かいるものと思っていたんでしょう。私はちゃんと行って帰ってこられるし、誰にもばれやしないと信じていたのに」

父親が尋ねた。「いったい何のために行ったのだ?」

「ミュージック・ホールがあって、そこでは皆、お金を賭けてバックギャモンをやっているの。私だって勝てるかもしれないと思ったのよ」

母親が悲しんでいるような、途方に暮れているような表情をした。娘の動機や理屈を知る足がかりすらつかめない母親の顔を見るのは、ルイーズにとってつらいことだった。母親は力なく尋ねた。「そんなこと、ニューヨークにいたってできたでしょう」

「できたわ。でも今回はフランス語でやってみたかったの。ちゃんとやれるかどうか確かめたかったのよ」

「ニューヨークでもギャンブルをやったのか？」父親が口を挟む。

「何度か」

「それで、できたの？」母親が尋ねた。

「できたって何を？」

「フランス語でギャンブルができたの？」

「ええ」

父親は妻をちらっと見た。「あのな、イザベル、そんなこと、どうでもいいだろう……」

これを境に、両親の会話は少々錯綜して進んでいった。二人が同時にしゃべり、それぞれが相手の話を終わらせるといった具合に。「わかってます、みっともないことですよ、娘が家出したなんて……まったくだ、旅をしてたとは……公爵にお伝えするべきだったでしょう……そうだな、そうしたら、ほかの人間には気づかれないように用心してくれただろう……考えてもごらんなさい、誰かにすっかりばれてしまったら……まったくだ、旅に出たと思ったら、ついにあんなことをしでかしたんだからな……私にはまだ理解できないわ……美人で賢いわが娘が……この社交シーズンでは、誰よりもほめられて人気者だったのに……なぜなんだ、ああ、本当に、どうして……こんな仕打ちをするなんて、私たちがいったい何をしたって言うの……」

もう、わかったわよ、とルイーズは思った。頭のいいやり方じゃなかったわね。というより、彼女の冒険にこんな深刻な事態を引き起こす価値がなかったことだけは確かだ。それなのに両親は――そうするだろうとは思っていたけれど――話を大げさに膨らませている。ルイーズは二人の話をさえぎった。「ねえ、私は一生の仕事としてギャンブルを始めたわけではないのよ。またやることになっても、別に構わないけど。私はただ――」

父親がルイーズのほうを向いた。「ただ何だ？　親が決めた結婚をいやがっていたコンスエロ・ヴァンダービルトがついにマールバラ公と結婚したから、自分もバラ色の前途を台無しにできるかどうか確かめようとしたというわけか？」

「私は何も台無しにしてないわ。むしろ、もっとよくしようとしているのよ」

「親が干渉するからこそよくなるんだ」

皮肉な返事が出かかったが、ルイーズは唇をかんで我慢した。いざとなったら親の「干渉」に頼ればいい。そんなことわかってた……。お父様がちゃんと後始末できないようなことは何もやってないわ。

母親がさらに続けた。「人様に知られたら、いったい何て言われるか……。汽車の車掌からホテルで夜勤に就いていたベルボーイに至るまで、あなたはいろんな人に見られてるのよ。

もし、お父様がその全員に口止め料を払えなかったら、どうなると思っているの？」

ルイーズは反撃に転じた。「お父様もお母様も、人の意見なんか気にすることないわ。二人とも、昨日の午前中はずっとこの部屋にいたのよね。船が出る前からそうだった。甲板に出てたほかの人たちは、そういうのはちょっとおかしいんじゃないかって思ってたわ。それぐらい想像できないの？」ルイーズにとって、両親の仲がいいことはいつも心の支えであり、人生のよりどころだった。けれどもこの数カ月、二人が一緒になって自分に立ち向かってくる様子を目にすると、なぜか見放された気分になるのだった。彼女は言葉を続けた。「それに、二人とも人前で手をつなぐでしょう。結婚して二〇年以上になるっていうのに。つまり、そういうのを見せつけられると、私はお邪魔というか――」ルイーズは言い直した。「役立たずというか、いなくてもいいんだなという気分になってしまうのよ。親がそれほど年を取っていなければ、どうしてこんなに腹が立つのかわからないんだろうけど――」

「ルイーズ！」父親が娘の痛烈な攻撃を止めた。

父親も母親もベッドの上でしゃちこばって座り、娘を見つめている。

ルイーズの顔には赤みが差していた。彼女は言ってはならないことを言ってしまったが、自分が何を言ったのかよくわかっていなかった。しかし、両親はショックを受けた顔をしている。傷ついているようだ。二人はまったく同時に、ぼう然とした表情を見せた。

ルイーズは謝りたかった。でも言葉が見つからない。それに正直なところ、自分が両親にこれほど大きな打撃を与えられて満足している部分もある。このところ、親を侮辱したくなることが何度もあった。誰かを、あるいは自分自身を侮辱したくなってしまう……。

途切れ途切れに言葉が出てきた。「ああ、私は――」ルイーズはばつが悪くなって顔を背けた。恥ずかしいという気持ちと、いや当然のことをしたまでだ、私はひどい目に遭ったのだから、という気持ちが同居している。彼女は部屋に視線を走らせた。開いたカーテン、立てて置いてある旅行用トランク、父親のフロックコート、母親のドレスが掛けてある椅子へと目を移しながら、名状しがたいもの、おそらくここにはないものを探していた。それから一呼吸置き、息を吐き出した。膨れ上がった欲求不満を吐き出すかのように。「ああ、どうすればいいかわからないだけなの」ルイーズは怒ったように早口で言った。「つまり、いらいらしてるのよ。朝から気分がさえなくて」うっかりばかなことを言ってしまい、無性に腹が立った。どうすればいいかわからないわけでもないし、混乱もしていないし、ほかに何か幼稚なことを考えているわけでもない。彼女は目の前にいる両親のことで怒っていた。二人で結束し、必死に自分自身でいようとする娘を好き勝手に責めるこの両親に、当然のごとく、すっかり腹を立てていたのだ。

母親はと言えば、何であれ性的な話に触れるのをはばかり――自分のこととなればなおさらだ――ルイーズが大げさに並べ立てた文句にしても、なかったことにしてしまった。「いいのよ。モントリオールはもう過去のこと。先のことを考えなくちゃ」

父親も渋々その路線に従い、ぼそぼそと言った。「そうだな。これも経験だ。おまえはまだ若い。人生を探求するときは、くれぐれも、もう少し慎重になりなさい」

そう、そのとおりよ、とルイーズは思った。人生を探求しなくちゃ。人生に乾杯！　だが、ルイーズは昼用の扇とフリンジのついたショールを取り上げ、ささやくような声で控えめにこう言っただけだった。「朝食に行ってきます。二人とも、お大事にね」

両親の部屋を出る際、ルイーズは自分が厄介者になっていたのだと悟った。両親が自分のことで慰めあっている声が聞こえてきそうで、泣き叫びたくなった。最近までずっと、自分と両親は上手くやっていると思っていた。それが今や、親のほうは、うちの娘は親の期待がわかっていない、いつも期待に応えてくれるとは限らないと言わんばかりに振る舞っている。親の期待していることはわかっているし、それを受け入れてきたというのに。

あらゆることが慌ただしく、立て続けに起きているだけなのだ。若い女性にとっては人生のいちばん楽しい時期であるはずなのに、ルイーズはいつもいらいらして、落ち着かず、時には気が滅入ることさえあった。まるで、自分がしようと思っていた一〇〇のことがずっとできずにいる気分だった。ただ、やりたいことなど一つも思い浮かばなかったし、自分がやっていないことが何なのかも思い浮かばなかった。自分のための計画は思いつかず、徐々に明らかになりつつあることとしか考えられなかった。私はこれから素晴らしい結婚をして、子供をもうけ、世間で尊敬される地位を得て、恵まれた優雅な人生を送る。それの何が悪いと言うの？　ルイーズは不満をずっと胸にしまい込んできた。少なくともそうしようと努めてきたが、あるときふと思ったのだ。どこかほかの場所に行ってしまえたら……。モントリオールとか。あるいはフランスとか。

そんな状況の中、自分と両親はかつての調和を少し取り戻したのだろう。両親が大喜びで娘を外国の貴族に嫁がせることはわかっていた。国外の人なら、彼女のとてもほめられたものではない行いについて、まだ噂を耳にしていないだろうから。両親にとって、ルイーズとアルクール公爵の結婚は、娘の評判を最も高める手段であると同時に、一家が人もうらやむような名前で呼ばれるための手段であり、妙な気まぐれを起こして外国の街をぶらついてきた娘の行いに対し、何の報いも受けずに済む手段だった。

ルイーズ本人は、また旅行ができておおいに満足だった。フランスでは誰も彼女のことを知らない。彼女は見ず知らずの人からとやかく判断されることから解放されたい、自分の第一印象から解放されたいと思っていた。「あなたは誰?」新しい目的地に到着すると、決まってこう訊かれる。ええ、私もそれが知りたいの。私は何者? しかるべき話題で会話をし、しかるべき人たちと知り合いで、しかるべき本を読み、買い物をし、幼いころからいい印象を与えてきた人たちを一晩中、感心させるために化粧をするような、そんな愚かな人間ではないはずよ。

6

両親の個室からダイニングルームまではそれほど距離はなく、どちらも船の中央部に位置していた。だがルイーズは真鍮の手すりにつかまり、時々一方の肩でマホガニーの羽目板をこすりながら、のろのろと歩いていた。途中で船が傾くと、手すりから引き離され、反対側の壁の手すりのほうへゆっくり、よろめいていくしかない。こんな調子で左右に揺れながら、ふらつく足取りで進んでいくと、彫刻を施した羽目板張りの、短い迷路のような廊下の先に、一等船室のダイニングルームへと通じる大きな階段があった。

ルイーズは、この幅のある急な階段のいちばん上から、豪奢な部屋を見下ろした。ダイニングルームは船の幅をめいっぱい使った広々した部屋で、三つの甲板を貫くように上に延び、奥行きは一〇〇メートル近くあった。金の装飾を施した白いイオニア式の円柱が並び、高いアーチ型の格天井《ごうてんじょう》を支えている。天井には陽光を浴びてきらめく大海原と、海を囲むように七つの大陸が描かれていた。壁にはスペイン産のマホガニーが使われ、彫刻と象牙の象眼《ぞうがん》が施されている。船の鋼鉄に囲まれた空間というより、宮殿の大広間のようだ。床にボルトで固定された回転式の椅子の多くは無人で、がらんとしていた。どうやら、勇気を出して朝食にやってきた客は三分の一程度にすぎないようだ。

その中の小さなグループにいたルイーズの従姉妹メアリが手を振り、部屋の中央から声をかけた。この挨拶で、数十人の客が顔をそちらに向けた。ルイーズが階段を下りはじめると、彼女のほうを向き、ぽかんと口を開けて見とれる人の数はどんどん増えていった。ルイーズはもう慣れっこになっていた。どこへ行っても、たくさんの視線が彼女を追ってくる。皆、彼女を目にすると、ぽかんと見とれてしまうのだ。見ず知らずの人も、友人も、使用人も、友人の家の使用人もそう。会社のお偉方も、子供も、郵便局員も、掃除婦もそう。こんな具合だったから、ルイーズは自分が美しいことを自覚していた。通りで交通を止めたこともある。彼女が部屋に入ってくると、若い男たちは話をしている途中で口がきけなくなってしまう。もっと幼かったころは、そんなことをされると恥ずかしくて、サーカスの見世物になったような気がしたものだ。今はもう、自分の容貌をあるがまま受け入れている。程度の差はあれ、彼女の外見は、人と出会い、人を知り、人に好かれるうえで一種の支配力になると同時に障害にもなっていた。

ダイニングルームの奥にある中央のテーブルで、グループのもう一人の女性がルイーズにいらっしゃいと手招きをした。その女性はメアリの向かいに座っていて、隣にはガスパール・ド・バルボがいた。ガスパールは礼儀正しい若者で、ルイーズのことを申し分なく丁寧に扱ってくれた。普通の人間のように扱ってくれたのだ。テーブルにはほかにも何人か知らない人たちがいた。手招きをしていた女性はルイーズが隣に座れるよう、ガスパールに席を詰めさせた。好意が感じられるその仕草はルイーズの心を惹きつけた。というのも、ほかの女性がいるところに彼女が現れると、必ずしも温かく迎えてもらえるとは限らなかったからだ。

ルイーズはその人たちのほうに向かっていったが、その様子は、斜めに傾いたゲーム盤を転がっていくピンボールに似ていた。あらゆるものが床に固定されていたが、ルイーズと食器類や花瓶だけが例外だった。食器や花瓶は、それを押さえている人たちと一緒に、時々するすると滑っていく——彼らは陽気に振る舞おうと決意したかのように、上機嫌で笑っていた。部屋には耐え難いほど笑いが満ちている。いらいらしたような、それでいて勇ましい笑い。皆、嵐の影響を受けはじめていた。

「ほら、私の隣にお座りなさい」ルイーズがやってくると、例の愛想のいい女性が言った。小柄でほっそりしていて、髪は赤みがかったブロンド、大きな口は表情豊かだったが、目の下にはくまができていた。皿には何も塗っていないトーストが一枚載っている。ルイーズの視線の方向に気づき、その女性は言った。「大丈夫よ。夫の船酔いの薬を少しくすねてきたから。夫は本当に具合が悪くて」よく動くその目は、コール墨で描いた細いラインによって強調され、まつ毛も黒く塗られていた。頰には紅が入っていて、眉も引いている。ルイーズの基準からするとやりすぎだったが、上手な化粧ではあった。その人は言葉を続けた。「こんなひどい航海、経験したことがないわ。あなたはどう？」

「海を渡るのは初めてなんです」ルイーズは腰を下ろした。ちょうどそこへ給仕係がメロンの載っていた皿を下げにきた。彼女はうなずき、自分の皿も片づけさせた。

「いつもはもっと快適な航海なのよ」その女性は片手を差し出した。「ピア・モンテベロと申します。駐仏アメリカ全権公使、ローランド・モンテベロの家内です。私たちでお役に立てることがあれば、何でもおっしゃって、ミス・ヴァンダミーア。フランスのいちばん素敵なところにお住まいになるそうね」

ルイーズはぽかんと見つめている。「ニースの近くに住むことになってますの」握手に応じる間もなく、差し出された手は引っ込められた。皿が膝のほうに滑ってきたので、モンテベロ夫人はそれを両手で押さえた。

最初の料理がやってきた。スパイスを利かせた溶かしバターがかかった生ガキだ。モンテベロ夫人は小さくうめき、頭を横に振りながら、その料理をきっぱりと断った。それから顔を背けてナプキンで口を覆い、淑女らしからぬ大きなげっぷをした。夫人は弱々しく笑いながら言った。「ローランドの薬がもうちょっと必要かもしれないわね」

ルイーズはカキが好きだったが、隣にいるデリケートな胃の持ち主のために、料理に対する意気込みははっきりと見せないようにした。かわいらしいカキの身をフォークで刺して、真珠色の殻からするりとはずし、皿に載っているカップの中でバターソースに浸してやる。それを丸ごと口いっぱいにほおばったそのとき、モンテベロ夫人がこう言った。「もうすぐご結婚なさるそうね」

「うっ」最初はそれしか言えず、ルイーズはそうですと言う代わりにうなずいた。

「それはわくわくするわねえ」

ルイーズは夫人を見た。この人は何かを知りたがっている。彼女の愛想のよさには目的があるのだ。「ええ」ルイーズはそう言ってから、カキをもう一つ口に放り込んだ。

メアリが頼まれもしないのに説明を始めた。「ルイーズは本物の公爵《プリンス》と結婚するんです。ロマンチックだと思いません？」

ルイーズは従姉妹をじろっとにらんでから尋ねた。「メアリ、今日は犬舎に行ってきたの？」

「いいえ」

「私、朝早く行ってきたんだけど、絶対、誰かが船にノミを持ち込んだのよ。今朝、ベアにたかってたのを二匹殺したわ」「ベア」とは、ルイーズが新しい子犬につけた名前で、そのチビすけ《バガー》に正式な名前がつくまではそう呼ぶことにしていた。

「まあ、たいへん！」メアリはテーブルから跳び上がりそうになった。「かわいそうなカイエンヌ！　あの子はとても敏感なのよ」カイエンヌはメアリの猫で、ノミにかまれると、かさぶただらけになり、皮膚がぼこぼこになってしまうのだ。

「カイエンヌは無事よ。コートの下に隠して、こっそり私の部屋に連れてきたから。お風呂に入れて、私のベッドに寝かせてきたわ。朝食が済んだら会えるわよ」メアリは両親と同じ部屋《スイート》に泊まっているので、猫を連れていくわけにはいかなかった。

メアリはほっとして、椅子に座り直した。「ああ、どうもありがとう。ほんとによかった

「……」それからテーブルを見回したかと思うと、いきなり我を忘れたように、愛猫のおどけた仕草について語りはじめた。そして、ルイーズの話題から、見ず知らずの人がひどくなれなれしくしてくるという話題へと見事に会話の流れを変えてしまった。

また別の会話に移ったところへ、オムレツとトマトのグリルとオックスフォード・ソーセージが出てきた。豪勢な朝食だったが、メアリでさえ、旺盛な食欲は見せなかった。そのテーブルでは、唯一ルイーズの胃だけが、無邪気に空腹感に反応していたようだ。メアリはと言えば、ペットの話から学校の友達、パリにしか売っていない口紅の話に至るまで、おおいにおしゃべりをすることで食欲のなさを埋め合わせていた。ルイーズは興味を失った。

そのとき、ジョンストン大尉がテーブルの向こうからやってくるのに気づき、退屈どころではなくなった（航海士は自由時間には一等船室の乗客と交じって、共有スペースで過ごすことを奨励されていた。一等船室で旅をする一行の多くは男性の数が不足していたからだ。裕福な家庭の母親やおばや娘たちが旧世界《ヨーロッパ》で爵位を持つ独身男性をあさっているあいだ、父親たちは事業から目を離さないようにするため、家に残る傾向があった）。大尉が腰を下ろす。ルイーズにとっては見込み違いの男性が、にこにこしながら彼女にうなずいてみせた。ゆうべはこの人を見て、とても素敵な、ぴんと来るような好奇心を抱いたのに。

完全に招かれざる客である大尉がルイーズにウインクをした。まるで二人が何かを共有しているかのように。ルイーズは口をゆがめ、こんもりした詰め物の周囲で崩れかけているトマトのグリルに意識を移した。確かに、大尉がこの船でいちばんハンサムな部類に入ることは変わらない。だが、彼の美しい外見は明らかに失望の原因になっており、この失望感は、不可解な、それでいて徐々になじみの感覚となりつつある不安を引き起こした。なんとも呼びようのない、雑音のような小さなパニックがルイーズの胸を締めつける。

というのも、最近明らかになったもう一つの失望が待ち受けていたからだ。まさか両親が、顔に傷跡があり、片目が不自由で、脚を引きずっている男性に自分たちの「素晴らしい宝物」を嫁がせようとしていたなんて。この一カ月、その人の外見は「独特」で「素晴らしい」とさえ言っていたのに。だが昨日の晩、両親が床に就く前に問いただしたところ、少々遠回しではあったが、二人はあっさり白状した。「脚を引きずっているかですって？　ねえハロルド、そうだったかしら？　よく覚えてないわ。でも、そうね、確かに目は不自由よ。でも、だからといって魅力的じゃないってことにはならないわ。とても人目を引く方なの」人目を引く……。「ノートルダムのせむし男」が人目を引いたのは確かだ、とルイーズは思った。

ルイーズはこっそりテーブルを見渡し、男性陣に視線を向けた。年上の男性は、年を取りすぎていない限り、見た目は気にならない。でも、不器量な顔や変な顔、それにまったくさえない顔は……。ルイーズはどんな男性とも付き合えるほど美しかった。私はハンサムな男性と付き合ってはいけないの？　せめて結婚する前に一度だけ許されてもいいでしょう？

それに、シャルル・アルクールが予想どおり醜い人だとしたら、ひょっとすると結婚してからも時々なら……。

ルイーズはわかりやすい理屈で考えた。あらゆる点でアルクール公は彼女にぴったりの相手だった。もてなし上手で、知的で、気前がよくて、立派な爵位を持っており、彼女と同じくらい富に恵まれている。しかし、ルイーズにとっては見た目の美しさも大事だったのだ。そう思わない人がいるのかしら？　美しさに何らかの価値がないとしたら、彼女の人間としての価値は間違いなく下がってしまう。彼女はハンサムで親切な人、ハンサムで知的な人、ハンサムで気前のいい人と出会い、ふざけあい、キスをし、親しく付き合いたかった。それから、彼女は首を伸ばし、周りにいる、ごくごく普通の男たちを一人残らず眺めたが、自分がモンテベロ夫人の向こう側まで見ようとしていたことに気づいた。

夫人はにこっと笑い、目を合わせられるように頭を動かした。「それで、あなたは何を勉強なさったの？」どうやらこの人はメアリのおしゃべりにはぐらかされなかったらしい。

ルイーズは皆が何の話をしていたのかわからなかった。「どこでですか？」

「もちろん学校でよ」夫人は指導するように言った。「お裁縫？　音楽？」

夫人は誠実な関心を寄せていたが、なぜか質問の内容にはそれが感じられなかった。

ルイーズはオムレツにフォークをめいっぱい突き刺した。

彼女が答えずにいると、夫人はのみこみの悪い子供と接するときのように明るく、我慢強く言った。「お作法かしら？　あなたは身のこなしが本当に美しいもの」

ルイーズは夫人のほうに再び目を走らせ、オムレツを食べてから答えた。「数学です」

「数学？」夫人は思わずクックと笑った。

「あと語学も」

忍び笑いをしていた夫人は、声を上げて笑いだした。「それは若い男性向けの教育よ。私をかついでるのね？」

「違います」

夫人は軽い調子で尋ねた。「じゃあ、何語を勉強したの？」

「フランス語とイタリア語とドイツ語と――」

「まあ、ずいぶん忙しかったのね……」

「フラマン語とスペイン語とサンスクリット語です」

夫人はおとなしくなり、今度はイタリア語で尋ねた（イタリア語はルイーズが本当にしゃべれる外国語の一つだった）。「あなたはいつも、こんなにうぬぼれ屋さんなの？」

メアリが割り込んできた。「ああ、そんなことおっしゃらないで。ルイーズは本当に何カ国語かしゃべれるんです。でも、こんなにたくさんじゃありません」メアリは目をきょろきょろさせている。「彼女、自分の知識をひけらかすことがあって」しかし、こんな不平を口にしたあと、メアリはルイーズの顔ににこやかに笑いかけた。「私たち、いつも言っているんです。ルルはやりすぎだって」

夫人はかすかに微笑んだ。「ルル？」

「ニックネームです」メアリが説明した。「小さいころからそう呼んでるんですよ」

モンテベロ夫人は片方の眉をすっと上げた。「じゃあ、それほど昔の話じゃないわね」夫人は顔をしかめながら、薄い色の丸々したソーセージを手でつかんでかぶりついた。

ケーキとコーヒーが出てくるころには、ガスパールとその隣の上流階級の奥様とメアリは、よりにもよって豪華客船の惨事を話題にしていた。皆、自分たちを安心させるようなジョークを言ったり、嘘っぽく笑ってばかりいて、とてもくつろいだ会話とは言えなかった。それから話題は食べ物へと移り、この船の食事は豪勢だという話になったが、なんとも残念だったのは、皆の胃がその話題を十分楽しめる状態ではなかったことだ。誰かが、ゆうべ飲んだワインは胃を落ち着かせてくれた、本当に上等な、年代物の赤だとわかったと言った。

ルイーズは反射的に、その情報の間違いを指摘した。「あれは若いワインです。年代物の赤は船旅にすごく弱いんですよ」

「何とおっしゃいました？」

「外洋航行をする船で上等なボルドーが出されることはありません」

会話が途切れ、ルイーズはワインの話をしていたのがモンテベロ夫人だったことに気づいた。夫人は一瞬、彼女をにらみつけ、「あら、突然、知識の泉になられたのね」と言ったが、すぐにそつのない笑顔を取り戻した。「でも、あなたの言うとおりだわ」そして、夫人は「ね、ルル」と言い添えた。

ルイーズは落ち着かなくなり、ささやくような声で「ごめんなさい」と言ったものの、何のために謝っているのかは、よくわかっていなかった。

「いいえ、いいのよ」夫人はそう強調したが、また心にもないことを口にしているのは明らかだった。「正しいことを言ったのだから、謝ったりしてはだめ」そう言って笑う。「私はそんなことはしないわ」笑い声が静まると、微笑んでいたその目に、鋭く監視するような表情が残った。夫人はルイーズをじっと見つめてから、椅子に深く座り直し、両腕を肘掛けに置いた。そして、出し抜けにこう言った。「あらまあ、それにしても、あなた、ずいぶんお若いのねえ」夫人は再び声を上げて笑ったが、今度はずいぶん楽しんでいるように見えた。

ルイーズにはそのユーモアが理解できなかったが、そこに不愉快な意味合いがあることはわかった。彼女は、ガスパールの言ったことに何か返事をしている夫人に背を向けた。

だが、そのとき、朝食の席で最も興味深い出来事が起こった。ダイニングルームの奥にある個室から、中東の人々の集団がばらばらと大広間に繰り出してきたのだ。それはめったにお目にかかれない光景だった。というのも、彼らは船の目的地である地中海地域の居住者で、それらの国々で新大陸へ旅行に行く金のある人、頻繁に出かける人、西欧で暮らしている人はほとんどいなかったのだ。全員男性だった。彼らはルイーズの脇を素早くすり抜け、そのあとから、小声でささやかれるアラビア語の会話が、間隔の詰まった波が移動していくように通り過ぎていった。きらめく絹の布を頭に巻いた人々が、流れるようなウールの衣服を後ろになびかせ、それが異国情緒あふれるカラフルな一本の川となっていた。もっとも、彼らは一人残らず、その衣装の下に西洋のズボンをはいていたのだが。

モンテベロ夫人の視線もこの行列を追っていることに気づき、ルイーズはあえて訊いてみた。「あの人たちをご存じなのですか?」

「いいえ」夫人は頭を横に振り、テーブルのほうに向き直った。「一瞬、あの背の高い人が知り合いかと思ったのだけど」言葉と矛盾するように笑うと、夫人は扇と小さな手提げ袋《レティキュール》を手に取った。

ルイーズも立ち上がり、遠ざかっていく男たちの行列を見守った。「あの人たち、今までどこにいたのかしら？　ゆうべはどこで食事をしていたのでしょう？　今、初めて見ましたけど、どういう人たちなのですか？」

モンテベロ夫人も顔をそちらに向け、二人の女性は互いの好奇心のためにぎこちない休戦状態に入り、並んで立っていた。「どこかの家長《シャイフ》か司令官《パシャ》が、お付きの者を連れてきているのだと思うわ」モンテベロ夫人が言った。「きっと最上階のお部屋に泊まっているのでしょう。あそこは食事でも何でも、頼めば全部、部屋に運んできてくれるのよ」

「本当に？」ルイーズは、自分より一四、五センチは低い夫人を見下ろした。「特別船室のことですか？」そういえば、アラビアは高価なジャスミンの香水で有名なところだ。ルイーズの興味はますます深まった。

夫人はそれ以上、答えなかったが、アラビアの男たちが階段を上って消えていく様子をルイーズと一緒にじっと見続けていた。

ルイーズの背後のテーブルでは、ほかの人たちが立ち上がって出ていこうとしていた。しかし、彼女が向きを変え、椅子に置いておいた自分の持ち物を取り上げたとき、またしてもモンテベロ夫人にじろじろ見られていることに気づいた。

再び視線をとらえられ、夫人は笑ったが、その声にはいらいらした自意識過剰な響きもあれば、もう我慢できないといった感じの、妙にはしゃいだ高笑いのような響きもあった。夫人はかすかに肩をすくめた。「信じられない。あなたがこんなに若い人だったなんて」

ルイーズはあきれたように目を上下に動かし、自分の顔の「若々しい」魅力を発揮した。

「ゆうべのワインよりは年を取ってますわ。少なくとも……」

その言葉にモンテベロ夫人は片方の眉をすっと上げ、一瞬、本当に意地悪な表情に変わった。上流階級の人らしい上品さもなければ、ごまかしもない。夫人はルイーズに言った。

「あら、あなたって本当にお利口さんね。あなたみたいになれたら、きっと素敵でしょうねえ。どこへ行っても、いつもその部屋でいちばん賢くて、いちばん若くて、いちばん美しい女性でいられるんですもの」夫人の目は悪意に満ちた怒りでぎらぎらしていた。

ルイーズはぼう然としてしまい、激しい敵意をあらわにする顔をじっと見つめ、正直に答えた。「いいえ。人からそんなふうに扱われると寂しい気持ちになるし、とてもいやなんです。いちばん憎たらしい敵にだって、そんな思いはしてもらいたくありません」

シャルルは二階上のバルコニーの通路から一五メートル下のダイニングルームをのぞき込み、ピアとルイーズ・ヴァンダミーアがいる場所に目を向けた。紫色の肌をした二人の女性が、紫色のドレスを着て、紫色のパノラマの中に立っている。彼が見ている場所からだと、バルコニーの縁以外は何もかも紫に見える。シャルルは、紫色のレンズが入ったサングラスを鼻に沿って指で引き下ろし、レンズの上から眺めた。今朝、あのアメリカ人の少女の声を再び耳にしたあと、もっと明るいところで彼女を見てみたい衝動に勝てなくなったのだ。そして、彼女は今そこにいる。思っていたより背が高い（靴を履いた状態で一七五センチはあるに違いない）。思い出す限り、彼女は（ピアにちょっとした意地悪をされても）落ち着き払っていたし、香気のように上品だった。それに……ほかにも何かがある。シャルルは頭を少し傾け、彼女をじっと見つめた。

少女の顔にはほとんど表情がなかった。きっと冷静沈着な子なのだろう。シャルルが観察しているあいだ、彼女が垣間見せた表情はどれも同じだった。顔色はいっさい変わらず、冷静で、よそよそしい。ひょっとすると何か見逃していたのかもしれない。なにしろ、二人の距離は相当あったのだから。しかし、これだけ遠くからでも、彼女にどこか寂しげなところがあるのはわかった。

シャルルは彼女に対する同情を振り払った。彼女は自己中心的な、ませた若者で、向こう見ずな冒険をしようとしている。そういう、ありとあらゆる可能性を持ち合わせた少女なのだ。お遊びの標的にされて当然じゃないか。

そのとき、可憐な少女が顔をこちらに向け、目を上げた。美しい長い首を少しそらせ、上方を見渡す。まるでシャルルがそこにいるとわかっているかのように。二人の距離は一五メートルもあったし、あいだに柱も一本あったが、彼女の視線は迷うことなくシャルルを見据えていた（シャルルが選んだ変装そのものが彼を目立たせていたことは言うまでもない。本人はそんなことになるとは思っていなかったのだが）。広大なダイニングルームの距離と、デッキ三つ分の高さを超えて二人の目が合った。シャルルは背筋にさざ波のように鳥肌が立つのを感じた。不気味だ。彼はサングラスをしっかり眉に押しつけ、カフタンとカフィエ（アラビア人の男性が用いる頭巾）の脇をつかんで素早く引っ張った。

ルイーズは頭上の男性が、向きを変える様子を見つめた。ほとばしる色彩がそのまま人間の姿を借りているかのようだ。彼が立ち去っていく。ゆったりとした長い衣服が紫、青、黄金色の層になって広がり、真紅の帆となって彼の後ろにふわふわと漂っていた。あれはさっきの人だ。アラブの王《シャー》だかシャイフだか君主《スルタン》だか知らないけれど、アミールでもパシャでも何でもいい。あの人は、ダイニングルームの隠れた個室から出てきた背の高い人、特別船室に泊まっている人。その人が私を見ていた……。

ルイーズは跳び上がった。「それでは失礼。皆さん、またのちほど――」だがそのころにはもう、いとまごいの言葉をさらに言う必要はなくなっていた。朝食をともにした人たちは、声の届かないところにいたからだ。彼女はダイニングルームを端から端まで早足で横切っていった。あちこちで椅子の背につかまってバランスを取りながら前へ進む。階段のところで、ルイーズは足を速めることができた。手すりをつかんだ手を滑らせながら、コツコツと足音を立てて彫刻を施した階段を上っていく。そして、いちばん上までくると、彼女は大胆な行動に出た。全速力で駆けだしたのだ。

7

背後から誰かが呼んでいる声がしたが、シャルルは自分には関係ないと思っていた。ルイーズ・ヴァンダミーアが追ってくるとは思っていなかったし、走ってくる足音がコツコツと聞こえてきてもそれは変わらなかった。

「ねえ、あなた！」しっかりした大きな声がした。

シャルルはちらっと振り返り、そこで目にしたものに激しく動揺した。そして、思いがけない魅力的な光景に足が止まった。華麗なるミス・ヴァンダミーアが息を切らし、揺れ動く船の狭い廊下を大慌てでジグザグに走りながら、こちらに近づいてくるではないか。シャルルがいきなり立ち止まったため、ルイーズは突っ込んだも同然の状態となり、シャルルは彼女の背中を支えて立たせてやらなければいけなかった。彼女の細くて引き締まった腕の温かみを手の中に感じたときは、どれほどびっくりしたことか。それから、体を引いて頭を倒し、顔の前にカフィエを垂らした。シャルルは人目を気にするかのようにサングラスを触り、位置を確かめ、後ろへ下がった。彼は背を向けようとした。

「だめよ、そこにいて！」若い傲慢な声が言った。

一本の指先が胸に押しつけられるのがわかった。シャルルはその指を押しのけた。「何とおっしゃいました？」彼は頭を下げ、その姿勢を利用して、サングラス越しに彼女を見ている自分の視線を隠そうとした。ああ、なんてこった。彼女がこんなに近くにいる。

ルイーズは目を細めた。真っ青な、スミレ色と言ったほうがふさわしいその目は大きくて、澄みきっており、濃い長いまつ毛に縁取られていた。たっぷりとした艶やかな髪は珍しい色をしている。こめかみのあたりは灰色がかった暗めのベージュだが、その先はすぐに密な縞模様になっていて、ブロンドと言ってもクリーム色がかった金色から、銀色がかった白に至るまで、様々な淡い色が入り混じっていた。一方、肌は皿に盛ったクリームの表面のようにしみ一つなく、長い首、高い頬骨、くぼんだ頬を持つ顔の美しさを際立たせていた。非の打ちどころのない高貴な美しさだ。どんな距離から見ても、どんな角度から見ても、この少女は信じがたいほど華麗だった。

「あなたなんでしょう」ルイーズは絶対的確信をもって言った。「わかってるのよ」船が再び傾き、その一瞬の間に、彼女は心を決めねばならなかった。そして、彼に近づくのではなく、後ろに下がって、離れたところにある手すりをつかむことを選んだ。

シャルルも後ろに下がり、何でもいいから物陰を探し、そこに身を隠そうとした。廊下の床には小さな電灯が並んでいる。それほど明るいわけではなかったが、電灯はどこにでもあった。壁には、もっとまばらに、六メートルほどの間隔で、小さな電球のついたウランガラス製のキャンドルが、燭台に載って品よく並んでいた。柔らかな輝きとはいえ、思いのほか、ものがよく見えてしまう。シャルルは明るい場所にいることは避けたかったが、明るい光のもとでルイーズ・ヴァンダミーアの姿をよく眺めたかった。

「認めたほうがよろしいんじゃありません？」ルイーズは感心するほどしっかりと立っていた。足を踏ん張り、揺れながらも膝でバランスを取っている。「声でわかったの。あなたがしゃべる英語をひとこと、ふたこと聞いただけでね」

それはちょっと怪しい。シャルルは尻尾をつかまれたくないと思い、すべて否定したくなった。しかし、とにもかくにも、シーソーのように傾く廊下で、こうして彼女と向き合っていることはとても意外であり、とても興味深かった。そして、思わずこう言ってしまった。

「君を傷つけるつもりはない」シャルルはもう何歩か後ろに下がったが、ルイーズはキツネを追う犬のようについてきた。シャルルは笑いたくなった。度を失ってはいたが、慌てて、うろたえている自分をおおいに楽しんでもいた。どうして彼女はこんなことをしたのだろう？　ほかに大勢の人がいる中で、どうやって僕を見つけだしたのだろう？　どうして僕が例の男だと思ったのだろう？　「それに、僕らは別の場所で会うべきだ。嵐が来ているから、吹きさらしの甲板は、どこであれものすごく危険だからね」

彼が自分の正体を認めたため、彼女は立ち止まり、こぶしを腰に当てた。「どこであれ、あなたに会うことはありません」

シャルルは再び頭を少し下げ、後ずさりを続けた。「どうぞお好きなように。君が探し求めているものは、別の方法で見つけたほうがよさそうだな。何を求めているにしろ、ああいう追いかけ方は危険だ」

「私が何を追いかけようと、大きなお世話だわ。そんなこと……私のことなんか、あなたには関係ないでしょう」

シャルルは動きを止めた。うつむき加減にしているし、二つの照明の陰の部分にいるから、かろうじて安全だ。「本当に困った子だな。ますます興味をそそられてきたがね」出し抜けに彼は強くそう感じた。本気で言ったのだ。「ルイーズ、君は何を望んでいるんだ？」

彼女は眉間に深くしわを寄せた。「どうして私の名前を知っているの？　あなたは何者？」

「何でもいい。君がそうであってほしいと思う人物だ」

「え？」

「今夜、来てほしい。場所はあとで伝えよう。そのとき、聞いてほしいことがあるなら、僕の耳を貸してあげるよ。同情がほしいなら、それもかなえてあげよう。アドバイスがほしいなら、それも用意しておこう。キスをしてほしいなら、僕の唇を重ねてあげよう。僕は君のものだ。何でも命令していいんだよ」

「どうしてそんなことをするの？」

「君を喜ばせる楽しみを味わうためさ」

「私が美人だからでしょう」ルイーズは前の晩と同様、少し面白がっているような、恩着せがましいような言い方で尋ねた。「私に憧れているの？」

シャルルは笑った。「そういう言い方はできないな。それなりに明るい場所で君を見るのはこれが初めてだしね」

ルイーズはその点について考えた。ほっそりした弓形の眉が中央に寄り、一本の筋になる。「じゃあ、どうして？　なぜ、私のために何かしたいなんて思うの？」

「君がうたぐり深いからさ」シャルルは再び笑い、後ずさりを続けた。ルイーズも追い続けたが、今はもっと慎重に、もっと距離を取っていた。「それに頑固だから」シャルルは、あきれ果てたように頭を横に振った。「あと、君は頭がよくて、今夜、僕に会いに行くのはちょっと危険だとわかっているが、好奇心でいっぱいだし、少しうぬぼれているし、どっちみち会いに来るだろうと思っているからさ。ああ、それとね、君はジャスミンのようなにおいがするからだよ。ジャスミンよりずっといい香りだ」

ルイーズは一つだけきっぱり否定した。「私はうぬぼれてなんかいません」

その抗議はどこか悲しげだった。恐れていたことが本当だったと思い知った子供が哀れな叫び声を上げているといった感じだ。シャルルは、こんなにかわいらしくて、頭の回転が速くて、大胆この上ない彼女が気の毒になり――そんなふうに思うのは確かに間違っているもの――ひどく心が痛むのがわかった。それから、もっと具体的に、何かがかかとに当たるのがわかった。廊下の曲がり角で壁にぶつかったのだ。「いや、そんなことはない。僕が思うに、君は自分が美しいという事実、美しさを頼りに生きているという事実から逃れられずにいるんだろう。でも、今夜は違う。今夜、僕に会いにきてくれれば、君は暗闇の中でその事実から逃れられるんだ」

「いいえ、行くもんですか」

シャルルは素早く向きを変えると、服をなびかせ、廊下の角を曲がった。

彼は一瞬、ルイーズがまた追いかけてくるだろうと思った。だが、彼女はそうはせず、角を回って背後から声をかけてきただけだった。「いいわ。会いにいきましょう。でもそのときは父も一緒よ。あと船長も……」

そんなこと、彼女がするはずがない。シャルルにはわかっていた。彼は笑いながら、とても愉快な気分で歩いていった。ルイーズにこんな攻撃性があったとは予想外だが、こう思っていてまず間違いはないだろう。今、背後に立っている若いお嬢さんは、常にルールの裏をかいてきた。ルイーズ・ヴァンダミーアは、権威というものにほとんど敬意を示さない。だから、すぐさま権威に守ってもらおうとはしないはずだ。


それについては疑いの余地はなかった。ルイーズ・ヴァンダミーアは、シャルルが聞かされていたような、非の打ち所がない、かわいい女の子ではなかった。父親のかわいい宝物というより、かわいい悩みの種と言ったほうが近いだろう。どちらにせよ、シャルルは彼女についてもっと知りたかったし、その情報を得るにはどこに行けばいいかわかっていた。突然、あの若い娘のことで頭がいっぱいになり、彼女のことがすっかり気に入ってしまい、彼女の隣でピアが朝食を取っていたことを思い出したのだ。

というわけで、シャルルは船尾の階段を上がり、来た道を逆戻りしていった。ピアは日に何度も着替えをする。今はどこかで午前中の最初の着替えをしているはずだ。シャルルが偶然ピアを見つけたとき、彼女は着替え用の船室から後ろ向きに出てきたところだった。ピアとローランドの夫妻は、大西洋を渡るときに必ず部屋を二つ取っていた。一つは夫妻の寝室用、もう一つはピアのトランク用だ。ピアはこの二つ目の部屋に持ってきたトランクをすべて並べ、そこから服を出して着替えるのだが、一日に四、五回着替えることを考えると、このやり方は実に便利だった。彼女は後ずさりをしながら部屋を出て、ドアに鍵をかけようと前かがみになっており、シルバーサテンのスカートのドレープと裾が膨らんで、廊下を半分ふさいでいた。

シャルルはそれを脇によけてドアの側柱に寄りかかった。

ピアはびくっとして直立不動になり、それから顔をしかめた。「シャルル?」彼女はそう言って片手を胸に当てた。「あなたなの」

「それ以外の誰だって言うんだ?」シャルルは笑みを浮かべ、サングラスを鼻に滑らせ、レンズの上からピアを見た。

「朝食のとき、ダイニングルームにやってきたのもあなただったの?」

「朝食?」シャルルは首を横に振った。「朝食なら一人で食べたが」そう言ってから、ピアが混乱している原因を悟った。彼が身に着けていたカフィエとアガール(カフィエを押さえるためのひも)だ。シャルルの部屋の隣は例の老アミールの息子の部屋だったが、そこの前で警備に立っていた男を説得して、頭にかぶっていたものを貸してもらったのだ(シャルルは老アミールと面識があったし、アラブ人が頭にかぶるものに祝福を与え、敬意を表することを心得ていたので、問題なく貸してもらえた）。そして彼らが朝食に出かけるとき、シャルルもアラブ風の衣装で着飾って部屋を出たというわけだ。サングラスとカフタンはシャルルの持ち物だった。なかなか上手な変装だったし、彼にとっては、ある程度なじみのある服装だった。数年前チュニジアにいたときに、こういう格好で過ごしていたのだ。シャルルは眉をぴくつかせ、レンズの上から、にやっとピアに笑いかけた。「どこから見てもアラブの王子だろう？」

ピアはほっとしたが、その気持ちは悔しさへと変わった。彼女は気分を害したような顔をして、「どこから見ても大ばか者よ」とささやいた。「こんなところで何してるの？　ローランドが中にいるのよ」ピアは一つ隣の、しんとした閉ざされたドアのほうを顎でしゃくってみせた。それからもう一度、体をかがめ、ドアの錠に鍵を差し込もうとした。しかし、シャルルの肩が邪魔をして、ドアをきちんと閉めることができない。ピアは体を起こしてくるっと向きを変え、顔をしかめて何か言おうとした。

そういえば、彼女を怒らせていたのだった。けんかをしていたことをすっかり忘れていた。シャルルはピアの開いた唇にお義理で人差し指を当て、上体を近づけた。それから彼女の耳をそっとかみ、ささやいた。「もう怒りは治まったんだね？」彼女はいいにおいがした。ジャスミンのようにとはいかないが、いい香りだ。それに、彼女は大人であり、成熟した女性であり、そこが強みであることは言うまでもない。彼はもっと熱っぽく彼女の耳をかんだ。

ピアはシャルルを強く押した。「やめて」シャルルの顔をちらっと見上げ、全身に目を走らせ、眉間に深くしわを寄せる。「何かたくらんでいるんでしょう。いったい何なの？」

「急にいい考えが思い浮かんでね。ローランドの妻を寝取ってやろうと思ったのさ」シャルルはにやっと笑い、ピアのむき出しの肩に指を走らせた。

ピアは渋い顔をして、彼を思いきり押し返した。「シャルル、朝食のテーブルであなたのかわいいフィアンセとご一緒したの。正直なところ、ヴァンダミーア家のお嬢さんとの結婚は冗談としか言いようがないわね。あきれた。相手はまだ子供じゃないの」ピアは腕組みをし、今度こそ慌てまいと意地になっている。

これでは協力的雰囲気とは言えない。そこでシャルルは遠回しに攻めてみようと思った。「ローランドの具合はどうだい？」そのとき、足の下で床がゆっくりと前に傾き、彼はバランスを取るべく、背筋を伸ばさなければならなかった。

「ひどいものよ。お医者様が何か処方してくださったけど」船はずっと傾いたままで、いよいよ耐えられなくなったピアは、体が倒れこまないように、手のひらで壁を押さえなければならなかった。船のどこか下のほうで、鋼鉄がギーと長く低いうなり声を上げている。ピアは顔をゆがめ、小声でつぶやいた。「いまいましい船。私もローランドの薬を少し飲んだのよ」彼女はシャルルを見つめた。「あなた、ちょっとぐらい気分が悪くなったりしないの？」シャルルが首を横に振り、ピアは首をかしげた。「それで、何かたくらんでいるんでしょう？　おっしゃいなさいよ」

「何も」シャルルが微笑んだ。

「〝何も〟じゃないでしょう」ピアは言い張った。「よからぬことをたくらんでいる顔よ」そして話は急に飛躍する。「あなたの花嫁になる人――」ピアは満足したように、無言で含み笑いをした。「どういうわけか人をいらいらさせるのよね」その声にはずる賢そうな響きがある。「〝ルル〟って呼ばれてるのよ。かわいらしい呼び名だと思わない？」

「いや、ぱっとしないね」シャルルは片方の眉をぴくっと動かし、からかうように微笑んでみせた。「でも幸い、彼女はそんな呼び名とは似ても似つかない人だよ」

ピアはすっかり上機嫌で、彼の言葉を無視した。「知ってる？　あの子、船の犬舎に子犬を預けているの。それに部屋には猫が一匹いるんですって。子供は本当に動物が好きね」

シャルルが鼻を鳴らした。

ピアが笑う。「要するに一八なの。あの子はまさしく一八歳なのよ、シャルル。朝食で話題にしたのは、猫のカイエンヌや、ベアという名前の子犬のこと、それに学校で勉強したこと。ああ、それと、パリでしか手に入らないフランス製の新しい口紅の話をしてたわね。それでも一八歳の子がいいと言うなら――」

ピアはシャルルが若い女性を好まないことを知っている。だが彼はちょっとひねくれた態度を取りたくなった。「赤ん坊のようなすべすべした肌や、子犬のように熱心な子を好きになってみようかと思ってね。それほど難しくないはずだ。彼女はすごく魅力的だから」

わずかながら、ピアの笑顔が消えていった。「あの子がそれほど魅力的だとして、じゃあ、あなたはいったいどうしたっていうの？　そんな格好でうろうろして何をやってるのよ？」

彼女はシャルルの服装を指摘した。

「部屋でじっと君を待っていればいいと思ってるのか？」

「だって、そういう計画だったでしょう？」

「ローランドは船酔いするから、僕らはほとんど一緒にいるっていう計画だったんだ」

「彼は今、本当に具合が悪くて――」

「だから、さっさと部屋に引っ込めと言うのか？　君は僕の部屋へ行こうとしていたのかい？」

「いいえ」ピアは威厳を傷つけられ、ため息をついた。それから、シャルルをちらっと見て言った。「楽しんでるんでしょ。私にはわかるのよ。自分のちょっとしたたくらみにのめり込んでいるんだわ。シャルル、あなた本当に何をしてるの？」

「力を貸してくれないか？」

「貸したら、あの子との結婚はやめてくれる？」

「まだ、どうするか決めてないんだ」シャルルはルイーズ・ヴァンダミーアの印象をもう一度よく考えてみた。「確かに彼女は、僕が思っていたよりずっと若いし、自由奔放だ。それに――」シャルルはいったん言葉を切った。「どういうわけか、ちょっと悲しそうだった」

「悲しそう？　もう、シャルルったら。あの子は生意気な小娘よ。ものすごく利口ぶった口の利き方をするし、うぬぼれてるわ」

シャルルは笑った。「見事な焼きもちだな。それで、力を貸してくれるのかい？」

ピアは握り締めたこぶしの上にヒップを載せて壁に寄りかかり、シャルルの質問について考えていたが、やがて答えた。「たぶんね。何が問題なのか話してくれるなら」

「どうやら僕の婚約者は、自分が脚の不自由な片目の男の妻になるとわかってがく然としているらしい」

それを聞いてピアは思わずくすくす笑ってしまった。「ああ、シャルル、そんなの、くだらないことじゃない……」

「そのとおり」

「でも、子供をもてあそんでいるんだもの。当然の報いよ」

「彼女は若いと言ったって、自分の言動や約束を守ることに責任を持たなくて済むほど若いわけじゃない」

「そうね」ピアの笑みがゆっくりと広がっていく。「じゃあ、あの子が何かひどいおいたをしていることがわかったのね？」

「彼女には、特に好きな男がいるのかな？」

ピアは片方の眉を上げた。「男？」

「彼女は誰に思いを寄せているんだろう？　そういう男がいるのか？」シャルルはさらに、すでに知っていることを口にした。「あの若いジョンストン大尉じゃなくて」

ピアはぶすっとした表情を向けた。「そんなこと、私にわかるわけないでしょう？」

「おいおい、頼むよ。君はこの手のことにものすごく長けてるじゃないか。彼女はどんな男にこっそり目を走らせているんだ？　彼女が顔を赤らめるのはどんな男かな？」

「顔を赤くするような子じゃないわよ」ピアは眉をひそめて彼を見た。「どうしてそんなことを知る必要があるの？」

シャルルは肩をすくめた。「必要ってわけじゃない。彼女の部屋番号を教えてくれ」

「何ですって？」

「どの個室に泊まってるんだい？　中央部にある一等船室にいるのはわかってる。でもあそこには四〇部屋ぐらいあるみたいだね。どの部屋だろう？」

「知らないわ」

「調べられないか？」

ピアがまたため息をつく。「調べたとしても、はたしてあなたに教えたくなるかどうか……」

「堅いこと言うなよ、愛しい人《シェリー》」シャルルはピアの手から鍵を取り上げると、ドアを引き、彼女に代わって鍵を閉めようとした。

しかしシャルルがドアノブを握ったそのとき、ピアは彼の手をつかみ、歯のあいだから息を漏らすような声でささやいた。「隣の部屋にローランドがいるんだからだめよ！」

シャルルはわけがわからず、目をしばたたいたが、すぐに悟った。どうやらピアはシャルルがドアを開け、彼女を部屋に入れ、中から鍵をかけようとしていると勘違いしたらしい。正直なところ、そんなばかなことをしようと思ったことさえなかった。だから、彼女のさらに踏み込んだ抗議を耳にして途方に暮れてしまった。

「中には入らないわよ、シャルル。そこはだめ。どこだってだめよ。あなたが、あのばかな小娘から解放されるまではだめ。かわいいルル・ヴァンダミーアと彼女の家族全員に言ってやりなさい。クジラの吐瀉《としゃ》物をたくさん手に入れたいというだけの理由で知らない人と婚約したのは、まったくばかげた考えでした、とね」

シャルルのあいまいな表情から、彼がなんてひどい計画なんだと思っていることがうかがえ、ピアは固く口を結んだ。「まあ、勝手にすればいいわ。とにかく、何か手を打つまで私には近づかないで。本気で言ってるのよ、シャルル。あなたには会わないわ。あなたがこの件にきっぱり片をつけるまではね。こんなこと、私は認めないわよ」

8

夕方を迎えるころにはもう、コンコルディア号はきしみだしていた。まるで船内のどこか低いところで巨大なコントラバスがギー、ガーと二つの音をゆっくり奏でているかのようだ。乗客の大半は、この物悲しい二つの低音に怖じ気づき、陽気なふりをするのはやめて、船室に閉じこもっていた。だから、シャルルが麗しのルイーズと落ち合う場所は、ほぼどこでも構わなかったのだろう。

しかし、問題は「ほぼ」というところだった。シャルルは、大広間やダイニングルームは密会の場所には向かないと気づいた。楽観的な乗組員が、その晩のディナーとダンスの準備をしていたのだ。男性用の喫煙室には、しこたま酒を飲んだ男が四人おり、図書室には、元気そのものといった感じの初老の女性が一人陣取っている。広々した娯楽室では、三人の客が一つのテーブルを囲み、嵐をやり過ごすべく、退屈しのぎにトランプをしていた。トルコ風呂には客や乗組員の姿はなく、ボイラーの火も消えていたが、足首が浸かるほど水が入っていた。また、隣のポンペイ式温水プールは、嵐にもまれる海を船内で再現しているらしく、はねた水が大理石の床じゅうにあふれていた。そこからずっと行ったところにある子供用の遊戯室には鍵がかかっていた。

どうやら誰でも出入りできる場所はすべて、次のルールに従っているらしい。閉まっているか、人がいられるような状態ではないか、シャルルと同様、揺れにすぐ対応できるバランス感覚と丈夫な胃とで嵐を耐え抜く一部の乗客に占領されているかだ。

そのような客の中に麗しのルイーズがいるかもしれないことにふと気づき、シャルルは嬉しくなった。それに、ルイーズが彼を追いかけ、よろめきながら廊下を走ってきてからというもの、よくも悪くも、彼女は「僕の」ルイーズになっていた。彼はルイーズが実に魅惑的な女性であることに気づき、驚いてしまったのだ。苛立って詰問する様子といい、無邪気とは言いがたい反抗的な青い瞳といい、未熟な若者にありがちな傲慢さといい、鼻持ちならない娘だと思ってもおかしくなかっただろう。しかし、それだけでは済まなくなった。ルイーズはからかう相手としては申し分なかったが、それ以上の存在になっていたのだ。

シャルルはルイーズという人間が持つ、いくつかの側面に心を惹かれた。頭の回転の速さ、度胸、根気強さ。彼はルイーズが気に入った。彼女に対する興味は、性的な問題にとどまらない。単に三〇を過ぎた男が若い女性のスカートのひだ飾りをかぎ回り、若いころ逃したチャンスをものにしようというのではないのだ（彼は、本当の意味で若い女性と付き合った経験がないことを思い出し、若かったころの自分に初めて頭を抱えてしまった）。

しかし、何よりも肝心なのは、いかにも彼女らしいその性格にシャルルがたちまち深い結びつきを感じ取り、自分と相通じるものがあると気づいたことだった。彼はルイーズのまなざしに、敵意を併せ持つ深い愛着、いわば愛と憎しみを感じ取っていた。

　少し癪にさわるし、見当違いをしているところはあるにしろ、この魅力的な少女と自分のために、シャルルは鼻歌をうたいながら、真夜中の待ち合わせにふさわしい、安全で、乾いていて、人目につかない暗い場所を探し求めた。できるだけ自分が主導権を握れる場所がいい。婦人用の休憩室や書斎やベランダのカフェではだめだ。運動室やスカッシュ用のコートもだめ。結局、シャルルはピアのおかげで待ち合わせ場所を決めることができた。ピアがその話を出さなかったら、船に犬舎があるとは思わなかっただろう。彼は犬舎を探し、いちばん上の甲板でようやく目的の場所を見つけた。そこまで上がってくると、船は遊園地の乗り物のように常に揺れ動いていた。

　おびえて低くうなっている動物たちを除けば、あたりには人っ子一人いなかった。天気が荒れているときに、こんなところで多くの時間を過ごす人はまずいないだろうし、天気がよくても、真夜中にやってくる人はほとんどいないだろう。それに、ここならミス・ヴァンダミーアも場所を知っている。

　さらに都合のいいことに、犬舎は完全に囲われていて、外に面している窓が一つもない。つまり光が注いだり、ほかから注目を引いたりしないということだ。唯一の難点は消毒薬のにおい。だが、犬や猫や猿が何十四もいることを考えれば、そのにおいをかぐよりはましか。シャルルは、塔のように並ぶ金属製ケージに挟まれた通路を歩いていった。大半のケージは空っぽだったが、彼が通りかかると、突然、犬が吠えだすこともあった。頭上には、通路と平行に八基のライトが一定の間隔で並んでいる。ルイーズに姿を見られたくないなら、スイッチを壊すか、上までのぼって電球をはずしておく必要があるだろう。

　通路の中ほどまで進み、シャルルは「ヴァンダミーア」と書かれたラベルが貼ってあるケースの前で立ち止まった。少し身をかがめると、一匹の子犬が鼻を付き合わせてきたが、彼に言わせれば、犬というより、小さなシロクマといった感じだった。ずんぐりしていて、ふわふわと毛羽立った汚い白い子犬だ。人懐っこいその犬は、さっそく外に出たがった。シャルルは、出してやれないのに期待を持たせて犬をじらすことはせず、その場を立ち去った。

　彼は犬舎の下調べを続けた。床はタイル張りで、溝と排水口がついており、目立たない場所に蛇口とホースと流し台が設置されていた。いくつかのケージは水を流したばかりらしく、まだ床が濡れている。通路の突き当たりにあるドアを開けると、屋根のない甲板に出た。そこが犬の散歩場所になっているのだ。だが、さらに興味深かったのは、壁の中ほどまで積まれた荷箱の列のあいだに通路があり、そこを数十センチ下ると、右舷に並ぶケージのちょうど裏手に出ることだった。門で隔てられたその場所は室内散歩道、いや、単にペットを放し飼いにして遊べる空間といったところかもしれない。円形のソファーが三つあるだけで、各ソファーは、コリント式の円柱をかたどったランプスタンドを囲むように置いてある。ランプには少々ばかげた感じで、緑色のシルクのシェードがかぶせてあり、その下で電球が一つ、こうこうと輝いていた。部屋の反対側からケージを照らす明かりのほかには、その三つの電球が唯一の照明だった。

シャルルはランプからランプへと移動し、電球をすべて取りはずした。居心地のいい細長いスペースは、ついに暗いぼんやりした穴蔵と化した。シャルルはそこを出て再び犬舎の中央部に戻った。それから通路の突き当たりまで行き、そこにあるケージの山の、覆いのない金属部分をよじ登ると、いちばん高さのあるケージから腕一本でぶら下がり、首が動かせる、波形模様の入った緑色のガラス製照明具から電球を取りはずしていった。

頭上にある六つ目の照明具を片手でつかんでいたとき、犬舎の外の廊下から物音が聞こえてきた。犬舎じゅうの動物たちが騒ぎだした音に、シャルルは警戒すべきだったのだろう。ところが、動物がケージ内で動き回ろうが、犬が時々吠えようが、それは外の音をかき消したにすぎず、彼は作業に集中するあまり、気づいたときにはほとんど手遅れの状態だった。犬舎の入り口の向こう側に誰かが立っている。

シャルルはぶら下がっていたケージのてっぺんによじ登った。急に力が加わったせいで、膝が悲鳴を上げている。ほぼ同時に、ドアが勢いよく開いた。犬が騒々しく吠えだし、彼らが閉じ込められているケージの金属の床がカタカタと音を立ててくれたおかげで、シャルルはその音に紛れてケージの上をはって進み、自分が作り出した闇の奥に逃げ込んだ。通路の向こうを見下ろすと、まだ明かりが残っている部分との境目のあたりで若い女性が一人、前かがみになってケージの一つをのぞき込んでいる。彼女が口を開くまでもなく、シャルルは確信した。こんなふうに彼女がすぐそばにひょっこり姿を現すことがずっと続いているのだから、二人は一つの手漕ぎボートで旅していると言ったほうがいいくらいだろう。

ルイーズ・ヴァンダミーアは自分の子犬のケージを開けて言った。「さあ、おいで。あらやだ、おまえ、くさいわねえ！」ルイーズがそう言って笑うと、子犬は一生懸命クンクン鳴きながら突進してきた。彼女は子犬を抱き締めようとしたが、顔をなめられてしまい、思わず子犬を胸に押し当てた。「もう、農家の庭みたいなにおいがするじゃないの」彼女はずっとしゃべりかけながら、ぼろきれをつかんでケージをきれいに拭き、それが済むと、今度は子犬を流し台に連れていった。「それに、ライトはどうしちゃったの？」彼女は子犬がちゃんと返事ができる相手であるかのように尋ねた。

シャルルはゆっくり体を起こして座り、空のケージから片脚をぶらつかせながら、ルイーズを見ようと少し前かがみになった。洗い場に連れていかれた子犬はもう大喜びで、激しく尻尾を振るものだから、全身がぴくぴく引きつっていた。流し台の中で後ろ脚で立ち、前脚をルイーズの胸に当てて、彼女の顎をなめようとしている。シャルルが目にした、人間を相手にしているときのルイーズと比べると、確かに子犬といるときのほうが打ち解けているように思える。彼女は子犬を蛇口の下に押しやり、体をかいて洗いながら笑っていた。

ルイーズはドレスが濡れるのもお構いなしに子犬をきれいに洗った。犬が胸にじゃれついたり、体をくねらせて彼女によじ登ろうとしたりしても、そのままにさせている。その一方で、彼女は犬と会話をしているように振る舞っていた。

「いいえ、午後も朝に比べて、それほどましだったわけではないわ」ルイーズは質問に答えるように言った。「え？　違う違う。お天気の話をしたり、皆ににこにこしたりするのはもう、うんざりなの。あのね、今日、ある人が私の結婚を喜んでくれたんだけど、こう言ったのよ。あなたは本物のお姫様《プリンセス》みたいねって。ねえベア、どういう意味なのかしら？」

　身をかがめ、流し台の下を見るとタオルがあったので、ルイーズはそれで子犬の体をくるんでやった。「本当のことを言うとね、私が結婚する男の人は、王子様《プリンス》でも何でもないの。国を持ってるわけじゃないし。つまり、私はまさしく〝プリンセスでもなんでもない〟人ってこと？」ルイーズはタオルで子犬をふきながら、いったん言葉を切った。「ねえ、私の望み、知ってる？　人にどう呼ばれたいかというとね――」彼女は一瞬、言葉を探した。「賢いと言われたいわ」それから、あざけるような低い声で続ける。「そう、あのルイーズ・ヴァンダミーアという子は、それはそれは賢いのよってね」ルイーズは声を立てて笑った。「あるいは、才能があるとか、人に頼らないとか、情け深いとか。でも、誰もそんなことに気づかないと思うのよね。もし私に地球上でいちばん洞察力があったとしても」彼女はもがく子犬を通路の端まで連れていき、スイッチを入れてライトをつけようとした。

　もちろんライトはつかない。「うーん、おかしいわねえ」ルイーズは子犬を肩に乗せ、遊び場に通じる門のほうへ歩いていった。彼女の姿はすっかり見えなくなり、声だけが聞こえてくる。「そうそう、挙げ句の果てに、今日ジョンストン大尉がメモを書いてよこしたのよ。私は残酷なんですって」ルイーズは突然くすくす笑いだした。「ええ、確かにそうだったわね。でも、それも洞察力のうちでしょう。あの人はそれだけのことをしたのよ。ほかに何て言ってきたと思う？」下の暗がりから聞こえてくるルイーズの声は大げさになり、夢中になって熱弁をふるいはじめた。「こう書いてあったのよ。〝ミス・ヴァンダミーア、あなたの細やかな感情を傷つけてしまった自分にぞっとしています。あなたの美しさがいけないのです。僕はあなたの瞳の青いワインに酔っていました〟」笑ってしまって最後のひとことはほとんど言葉になっていなかった。「青いワインですって……」彼女はそう繰り返し、子犬に何かとがめられたかのように文句を言った。「わかったわよ。また意地悪してるって言うんでしょう？　でもね。こんなたわごとに女は何て言えばいいの？」

シャルルの耳に、ケージの背後の暗がりから、カチッ、カチッとライトのスイッチを入れる音が聞こえてきた。ルイーズは相変わらず子犬を相手に話をしていたが、犬のほうは慣れっこになっているらしく、話しかけられておとなしくなっているようにさえ思えた。「すごくおかしいでしょう、ベア。男の人が私にメモをよこすなんて。皆、私と話したがるの。でも、私が真っ先に答えたくなる話をしてくれそうな人はいないわね。それから、あの全権公使の奥様みたいに、私をとことん嫌っている人たちがいるのよ。私の何がいけないっていうの？　どこが気に入らないの？　いい子でいようと努力はしてるのよ。自分がいい子じゃないこと、お行儀がよくないことはちゃんとわかってるわ。でも、どうしようもないの」

ルイーズが戻ってくる音が聞こえてきた。わずかに照明が当たっている場所との境目に彼女のシルエットが現れ、声が再び近づいてくる。「それにしても、おかしいわねえ。ライトはどうしちゃったのかしら？」

しかし、今度は子犬が何かを目にしたか、においをかぎつけたに違いない。ルイーズの腕の中で突如、タオルと毛皮のかたまりと化し、激しく吠えながらシャルルのいる方向に跳び出そうとした。

ルイーズは最初、子犬をしかりつけた。「やめなさい、ベア！」子犬が静かになると彼女は暗がりに目を凝らし、ためらいがちに尋ねた。「誰かいるの？」

シャルルは抑えることができず、声を立てて笑った。「こんなふうにばったり会うのは、おしまいにしなくちゃいけないな」

ルイーズは驚きのあまり動けなくなり、キャンキャン吠える子犬を抱く手に力をこめた。彼女の気を楽にしてやろう。「君にも楽しめることがあるんだとわかってよかった」シャルルはこう言ってからかった。「たとえそのお相手が犬だけだとしてもね」

ルイーズは歯に舌を当て、いらいらしたような声を出した。「またあなたなのね。どこにいるの？」彼女のシルエットが暗闇を見上げ、一歩一歩、近づいてくる。

「僕はここだ。ケージの上に座ってる」

「あなたがライトをはずしたの？」

「そうだよ」シャルルがまた笑った。「全部はずしきれなかったけどね。ここは、今夜二人で会うにはうってつけじゃないか？　つまり、よく揺れるし、ジャスミンみたいなにおいがしないし――」

「あなたには会わないわ。言ったでしょう」

「でも、ここにいるじゃないか」

ルイーズは急に黙ってしまい、しばらくして、こう尋ねた。「面会スペースのライトをつけてくださらない？」

「面会スペース？」

「向こうの」ルイーズの影が暗くなった囲いのほうを指差した。

「ライトはない。忘れたのか？」

ルイーズはさらに苛立ち、また小さく舌打ちをした。「犬と遊びたいのよ」

「犬は明かりがなくたって平気さ。僕が保証する」

「あなたのゲームはばかげてるわ。そんなのちっとも面白くない」ルイーズは軽蔑したように鼻を鳴らした。「それで、何をしたの？　電球はどこにやったの？」

ルイーズはソケットを調べ、電球がなくなっていることに気づいたのだ。シャルルは質問には答えず、こう言った。「じゃあ、君はどうして明かりが必要なんだ？」彼の頭にふとある考えが浮かんだ。「今日、君をすごくいらいらさせた会話を全部思い出してごらん。皆が暗いところで話をしていたらどうだっただろう？　誰も君がどんな顔をしているか知らなくて、君のほかの長所を頼りに話をするしかなかったとしたら？」シャルルは黙っているルイーズを見て含み笑いをした。「君には、ほかにいいところがあるんじゃないのかい？　ルイーズ、君は賢いんだろう？」

ルイーズは鼻を鳴らした。「あなたが何をたくらんでるかわかるほど賢いわ」

シャルルは再び笑った。理由は自分でもわからないが、彼女はとても笑わせてくれる。

「あなたはどうして見られたくないの？ 今朝はずっとかがんだり、頭を下げたりしてたでしょう。だから、あなたのこと、よく見えなかったわ」

「まあそのうち」とシャルルは言った。「君とはむしろ先入観抜きで知り合いたいんだ」彼は一瞬、間を置いた。「僕の端整な顔を見せずにね」シャルルの声はしだいに真剣になり、犬に色々な告白をしたルイーズにならって、分別もなく自分の話を始めた。「僕も君と同じさ。ありのままの自分として人と接することができたらどんなにいいかと思う。見た目より、もっと僕の心に近い部分で僕を知ってもらいたいんだ」

ほの暗い明かりの中、シャルルにはルイーズの顔がよく見えなかったが、彼女の姿勢が少し変わり、体重を移しているのがわかった。彼女は渋々シャルルに注意を向けている。

「残りの明かりを消してくれ」シャルルは静かに言った。いいじゃないか、彼女はここにいる。僕もここにいる。偶然の出会いをおおいに利用してやろう。

ルイーズはそこにぼんやり突っ立っていた。子犬のほうが元気だ。

「さあ早く」

すると驚いたことに、シャルルがそれ以上促すまでもなく、ルイーズは明かりを消しにいった。シャルルに背を向け、壁のスイッチに近づきながら彼女は言った。「ベアを連れていくわ。あなたがそうしたければ、面会スペースにいらっしゃれば？ 私はあそこでこの子と遊ぶの。私の邪魔をすると、かまれるわよ。すごく頼りになる子なの」

シャルルはあまり動じなかった。彼も犬を八匹飼っている。外で飼っている犬もいるし、室内で飼っている犬もいる。ルイーズの犬はちっともどう猛そうには見えなかった。それに、犬という生き物は若い女性にそう似ていなくもない。脅したりせず、本質的な性格を尊重してやれば、多くの場合、すぐにこちらが望む反応が返ってくる。

ちらちら光っていた最後のライトが消え、ルイーズと子犬が再び通路を進んでいく様子がうかがえた。子犬は彼女の足元であえいでおり、爪がカチカチ床に当たる音がする。ルイーズが門を開け、キーとかすかにきしる音がした。

ルイーズが門の向こうに行ってしまうと、シャルルはケージの正面に体を沿わせて下に降り、足音のペースが一定になるように注意しながら、ゆっくりとついていった。膝に痛みはあったが、意識をよそに集中させていれば我慢できる程度のものだった。

囲いの中、つまりルイーズが言うところの面会スペースで、シャルルは彼女がどこにいるのかにおいで正確に特定できた。今日は髪に花を挿していないが、ルイーズはゆうべと同じ香水をつけており、もう一つ、別のにおいも漂わせている。それは彼女だけの特別なにおいであり、シャルルは部屋にあふれんばかりの女性がいてもかぎわけられるし、目隠しをされても、そのにおいを頼りに彼女に近づけると確信しつつあった。ルイーズ・ヴァンダミーアはある石けんを使っていて、その香りと、彼女の清潔で温かい体のにおいが入り混じっていた。たとえばサトウキビからオイルを蒸留できたとしたら、そのオイルと、搾りたてのミルクのにおい、いや、ミルクを飲んだばかりの赤ん坊の口から漂う、甘い健康的な香りとが一緒になると、ルイーズの体のにおいに近づくのだろう。

ルイーズから三〇センチと離れていないところでシャルルが腰を下ろすと、彼女はびくっとし、後ずさりをする音がした。子犬がやってきてシャルルのにおいをかいでいるが、鼻の使い方はシャルルのように慎重というわけにはいかなかった。シャルルは子犬が満足するまで、股間をかがせてやった。そのあと子犬がペチャペチャと大きな音を立てて彼の親指をなめてもそのままやらせておいたが、犬はようやくシャルルを押しのけていった。

「ずいぶんしつこいのね」ルイーズが言った。

「そうでもないよ。心が決まっていて、いささか自信があるというだけのことさ」シャルルは脚を伸ばし、両肘で体を支えて背中をそらせた。すると子犬が戻ってきて、彼の肘のにおいをかぎ、次に床に沿って前腕のにおいをかぎ、彼の脚に沿ってにおいをかいでいった。

「いったい何を決めたっていうの？」

「君はよからぬことにふけっている。その点についてはかなりずる賢く振る舞っているね。でも、どういうわけか君には孤独な一面もある。そこが謎なんだ」

ルイーズは言われたことについてしばらく考えていた。「あなたは私を喜ばせたいだけだと言うけど、そんなの信じるもんですか。まったくのたわごとよ」

シャルルはまた笑い、片手を頭の下に入れて仰向けになった。もう一方の手は、彼を放っておいてくれない子犬を仕方なくじゃらしている。「そうとは限らない」シャルルは犬の耳を引っ張り、腹をかいてやった。

「あなたの望みは何？」

「君だ」

「話し相手になるだけじゃないってことね？」

「もちろん」

「私には婚約者がいるの」

「ああ、永遠に君が欲しいとは言ってない。この航海が終わるまでの話さ」

シャルルの言葉に、ルイーズはふっと笑った。「それなら私があなたの腕に飛び込んでくるはずだと思っているんでしょ？」

「まさか。そんなのちっとも面白くないね。望みは何かと訊かれたから答えたんだ。どうやって望みを実現するつもりか話したわけじゃない」

「あなたの顔を見せて。私はきっと何か見落としてるのよ。あなたはずいぶん自信たっぷりな言い方をしているけど――」

「確かに君には見落としていることがある。なぜなら、何でもかんでも自信たっぷりに言うのはばかだけだからさ。それに、ポーカーの達人は何を考えているか顔には出さないものなんだ。君には視覚のほかに四つの感覚があるだろう。それを使わなきゃだめだ」

ルイーズが移動する音が聞こえてきた。しばらくのあいだ、暗闇はモスリンとシルクの衣擦れの音に満たされ、彼女のいる位置が変わったことで、ジャスミンとは違う、草のような、搾りたてのミルクのような芳しい甘い香りが強く漂った。そうこうしているうちに、その場所にはまったく明かりがなくなり、影やシルエットさえ見えなくなった。シャルル自身は、視覚に頼らないこの実験がかなり気に入っていた。彼はルイーズの息づかいを聞き、温かみのある、青々したにおいをかいだ。なかなか愉快なチビ犬と一緒に、彼女と自分しかいないこの真っ暗な場所で、彼女に触れ、そのうえ味わうことができたら申し分なかっただろう。

前とは少し違う場所からルイーズの声がした。数センチ下の、数センチ離れたところで、彼女は腕を後ろに回して背をもたせかけているようだ。「あなたは本当にアラブの人なの？そういうふうには聞こえないけど」

「オックスフォードにいたんだ。八九年の卒業生さ」当たらずとも遠からずだ。シャルルは英国のもう一つの学校、すなわちケンブリッジで英語を学んでいた。それに、北アフリカや中東の裕福な人たちはたいていヨーロッパの大学で教育を受けている。

ルイーズはフランス語で尋ねた。「それと、あなたはポーカーの達人なの？」意外にも、彼女のフランス語は完璧で、よくありがちなアメリカなまりがなかった。

しかし、シャルルは当てつけがましく英語で答え、我ながら驚いてしまった。「フランス語はあまり上手くしゃべれないんだ」なぜ嘘をついたのか自分でもわからない。

「教育のあるアラブ人はフランス語を話すものと思ってたわ」

「こんなことを言うのは気が進まないが、断言しよう。フランス語は我々を虐げてきた人々の言語だ。それに、アラブ社会にはフランス語が必要ない地域もあるんだよ」

「たとえば？」

シャルルは一瞬、考えなくてはならなかったが、答えを思いついた。「エジプト」

「あなたはエジプト人なの？」

「いや」もちろん、それが嘘であろうが、本当のことであろうが、どうでもよかったのだ。シャルルの答えは麗しのルイーズをいくぶん説得できたようだ。二人のあいだに静寂が訪れた。シャルルは袋小路にはまり、窮地に陥ったが、それは彼の謎めいた部分として受け入れられた。つまり、彼女はとりあえず納得することにしてくれたわけだ。

ルイーズはしばらく口を閉ざし、そばに伏せていた犬に心を集中した。それから、出し抜けにこう言った。「誤解しないで。さっき、この子に愚痴をこぼしていたときのことだけど。私、今の自分が好きなの。きれいな自分が好きなのよ。とっても」

「わかってる」

ルイーズは唐突に「どういうことかわかるの？」と尋ね、それからこう言い直した。「自分の外見を鼻にかけている人間に望みはあると思う？」

「もちろん、そうであってほしいけどね」シャルルは穏やかに笑った。

ルイーズは少し間を置いた。「あなたはハンサムなの？」

「そこから逃れられないんだね？」

「そこからって、どこから？」

「人の見た目」

「でも、ハンサムなんでしょう？　笑い方でわかるわ。自分の容姿を鼻にかけて得意になりすぎてしまうのよ。それがどういうことかわかってるんでしょう？」

シャルルはため息をつき、認めた。「うぬぼれてしまうこともある」

「コントロールできるの？」

「何を？」

「うぬぼれを」

「いや。ただし、うぬぼれが僕をコントロールすることもないがね」

「説明して」

唐突だったとはいえ、ルイーズはこのひとことで、心から語りたかった話題にたどり着いたらしい。「説明して」という彼女の要求には、満たされない者の苦しみが感じられた。彼女の中で大きく欠けているものがくっきりと明らかになった。ルイーズは人間関係が苦手だが、貧しく飢えた者がパンを欲しがるように、人と上手く付き合いたいと強く願っている。シャルルは、なぜか自分がルイーズの願いを実現するためのよりどころになっていたことに気づいた。単に彼女の信頼を獲得したというのではない。彼女は不器用に、そして有無を言わさず、友情の域に入り込んでいた。

シャルルは期待にそえるよう努力した（別の言い方をすれば、現在、過去、未来を問わず、自分が犯しているあらゆる不誠実の埋め合わせをしようとした）。「そうだな……」シャルルはこう切りだした。「僕は自分の感情を抑えたりはしない。誰もそんなことはできないんだ。でも、感情に対する反応は抑える。僕は――」シャルルはここで主語を変え、自分が望む方向に注意を向け直した。「君は悪い態度を取ろうと選択することもできるんだ。たとえば、そうしていれば安心だ、楽しい、満足できると思えば、好きなだけうぬぼれていればいいし、それでは自分の幸福を危険にさらす、あるいは他人を不当に扱うことになるかもしれないとわかっているなら、うぬぼれから生まれる満足感を抑えればいい。君は自分が感じたことを感じるのであって、程度の差はあれ、それを受け入れているんだよ。だから、この程度なら健全だと思える範囲で振る舞えばいいんだ」

ルイーズは言われたことについて、しばらく考えていたようだが、やがてこう言った。

「両親は、おまえも喜んでくれるはずだ、幸せだと思わなきゃいけないって言うの。そんなふうに思えないときだってあるのに」

「ご両親は君に幸せなふりをしてほしいんだろうな。問題を起こしてほしくないのさ」

衣擦れの音をさせ、甘い香りを放っているこの少女は、シャルルにこう言われると、どんな船乗りにも負けないくらい大きな音で、ばかにしたように鼻を鳴らし、勢いよく悪態をついた。「冗談じゃないわ。石を食べろと言われたほうがましよ」

「まあ、親というものは、我慢ならない存在なんだ。僕の両親も間違いなくそうだった」

「本当に？」ルイーズはそう尋ねたが、答える暇はなかった。彼女は心から喜んで、嬉しそうに笑った。シャルルにとって、ルイーズが心から面白がっている様子を耳にするのはこれが初めてだった。心の奥底からさざ波のように広がってくる、澄んだ力強い笑い声。シャルルの腕に鳥肌が立ち、首の毛が逆立った。

その一方で、シャルルは思いつくまま悪意のない意見を口にしたことで、ルイーズの心の束縛を解いたようだ。彼女は湯気の立つ鍋に落とされた貝のように口を開き、くだけた調子でせきを切ったように打ち明け話を始めた。

従姉妹のメアリにはほとほとうんざりさせられるけど、それでもなぜか彼女のことが大好きなの。それから、駐仏アメリカ全権公使の奥様は、優しくしてくれたかと思うと、きついことを言うし、誰かの手先みたいで信用できないわ（このピアへの決別宣言にはシャルルも笑ってしまった）。ニューヨークに住んでいる婚約者の使いは、今はこの船に乗っているんだけど、感じのいい人で、私のたった一人の新しいお友達。めめしい感じがするわけでもないのに、男の人があんなにかわいい顔をしていて、ばかとは言えないまでも、あんなにぼんやりしているなんてびっくりだわ（それは従兄弟のガスパールのことだと気づき、シャルルはおかしくて大笑いしそうになったが、必死でこらえた）。

麗しのルイーズは両親を敬愛しているが、それを認めようとしなかった。なぜなら、今は両親に腹を立てていたからだ。彼女が信じているのは美であって愛情ではない。だが、確かに父と母のあいだには何か通い合うもの、深い経験というものがあるのだろうと思っている。それにしても、両親は自分を見失い、最悪のタイミングでこんなことを決めてしまったのだ。ルイーズ自身の人生について言えば、まだ若い彼女は、自分を深く理解できるようになる「決定的瞬間」を待っていた。自分がどんな人間で、どこへ向かおうとしていて、本当に何か意味のあることをしたいと思っているのかという点に関し、彼女は明らかに混乱していた。

ルイーズはのべつ幕なしにしゃべり続け、シャルルはもううんざりして、ついていかれそ話はいっさいしなかった。彼女は動物や学校のこと、パリでしか買えない口紅といった子供っぽい話ばかりした。そして最後には、目の前に迫った結婚について話し――これがいちばん難しい問題だったのだが――自分は会ったこともない醜い人と子供をもうけることになるのだと気づいたと語った。ルイーズは性的なプロセスについて何も知らないわけではなかった。いや、むしろ早熟だった。彼女の純潔はもう過去のものになっているのではないか？

そう思った瞬間、シャルルはだんだん興奮してきた。人の心を躍らせる、この生意気な小娘が、ベッドをともにする相手として突然、前よりも身近で、受けいれやすい、満足できそうな女性に、そして想像していた以上に好奇心をそそられる女性に思えた。居心地のいい暗闇の中で、シャルルは彼女の性的な魅力についてぼんやり考えながら、子犬をかいてやったり、甘い香りのする彼女のスカートに軽く触れたり、彼女のことを笑ったり、そのせいで膝を（しかも悪いほうの膝を）ぶたれたりしていた。すっかり魅了され、何を考えればいいのかほとんどわからなくなってしまった。そして、時は流れていった。

「たいへん！　夕食に遅れちゃう！　父と母に、あの子はどこに行ったんだって言われてしまうわ！」ルイーズが突然そう叫んだとき、シャルルは今が何時なのかまったくわかっていなかった。

ルイーズとシャルルはともに立ち上がり、子犬を連れて暗闇の中を進んでいった。

また一人、味見をするに値する男性が現れたわ。ルイーズは思った。彼女の足元には毎日のように様々な男たちが並べられる。彼はそんなぜいたくなビュッフェ・テーブルからつまんでみたいと思わせる、エキゾチックで魅力的な男性だった。知的で、賢くて、年上の人。年齢は二〇代後半だろう。気の利いた会話ができて、自信に満ちているのは年齢と関係があるような気がする。若い彼女はそのとき初めて彼の年齢に興味を抱いた。これまではあの大尉ぐらいの年齢の男性、つまり自分と年の近い男性と親しくなるのが常だった。だから、違う文化を持つ、この成熟した男性と関係を持つことを考えると、自分がとても世慣れた、大胆な人間に思えたのだ。

さらに、ケージが並ぶ通路に足を踏み入れた途端、ルイーズは彼の肉体的な印象を思い出した。確か、背がとても高くて、幅の広い肩はなだらかな曲線を描いていて、ちらっと見せた笑顔が素晴らしかった……。彼女は朝食のあと、つまり、彼が踊り狂うイスラム修道僧《ダルウィーシュ》のように、頭を下げたり後ずさりをしたりしながら行ってしまう前、あの束の間の対面をしたときの記憶をできる限り思い出そうとした。彼のいかつい、ハンサムな顔立ちは覚えている。色黒で、目も黒っぽくて、そう、目は暗い色をしていなかったかしら？　セム系の美しい顔だった。それに、彼には女性をいとも簡単に惹きつける落ち着きがある。彼は大変なハンサムだ、とルイーズは結論づけた。裕福で地位のある人。私にふさわしい人。

キスをさせてあげよう。彼はそのつもりなのだから。許してあげよう。これまでのあらゆる兆候からして、私はキスを楽しむことになるだろう。

ルイーズは通路を歩きながら、彼がぴったり後ろをついてくることに気づき、冷たい金属の格子がはまったベアのケージまで、どれくらいの距離があるのか推測した。そしてついに、扉の開いているケージを見つけた。「これだわ」それから、できるだけあっさりした言い方で付け加えた。「ここのライトをつけたいの。スイッチを探してくださる?」

どうやら彼女についてきたパシャにもライトは必要だったようだ。というのも、彼はそのままルイーズにぶつかってしまったからだ。だが、そのとき彼が後ろに下がらなかったため、二人はほとんど向き合っていた。彼はルイーズのほうに体をかがめていて、彼女はそれを耳で感じ取っていた。そうよ、これでいいのよ。だが、いつまでたっても何も起こらなかった。彼はルイーズの頭上に留まっている。

ルイーズがついに尋ねた。「私にキスするつもりなんでしょう?」

彼女の顔からわずか数センチのところで、彼のささやく声がした。「いや。君は暗闇の中で見知らぬ男とキスをするのはどんな感じなのかと、興味というか好奇心を持ってるんだろうけど、それだけでは足りないな」

彼の反応にルイーズは当惑し、苛立った。「足りない?」

「興味も自主性も目的も十分じゃないとね。女性のほうが僕のキスを期待して、胸をときめかせ、キスしてもらえないんじゃないかと不安になるまで、する気にならないんだ」

ルイーズは彼のうぬぼれを笑い飛ばした。これまで男の人にキスされないかもしれないなどと不安に思ったことは一度もなかったのだ。ルイーズは彼に背を向けた。ばかな人。それなら待たせてやればいい。彼女は子犬を抱き上げ、犬舎のケージにすっと押し入れた。ベアが不恰好な小さな体を格子状の金属床に横たえ、ルイーズは扉を閉めて掛け金をかけた。おかしなアラブ人は相変わらずそばにいる。ルイーズは向きを変え、一方の肩をケージにもたせかけた。二人は、どちらが相手を遠くまで押しやれるかを競うゲームをしており、ルイーズは後ろに下がろうとも、道を譲ろうともしなかった。

「あなたはどんな顔をしているの？」答えがなかったので、ルイーズはこう続けた。「明かりをつけるわよ。二歩も行けばスイッチはあるんだから。あなたのゲームにこれ以上付き合うつもりはないわ」

彼は腕を下げ、手をルイーズの腰に置いた。肋骨とヒップのあいだのくびれをぴったりと覆った手のひらは温かく、自然にフィットしていた。彼の声が途切れたのは、容姿についても、ライトについても、暗闇についても話をするつもりはないということであり、彼はどれもこれも議論の余地はないと考えていた。

対照的に、ルイーズはシャルルに手を置こうとしなかった。だが、そうなると、今度は手のやり場に困ってしまう。彼女は肘を上げ、気持ちを抑え、鎖骨にかかる真珠のネックレスに指を一本引っかけ、くるくるとねじっている。

頭の上でシャルルがささやいた。「ルイーズ、僕はこう思うんだ。君にとって自分の肉体的な魅力は常に息苦しい存在であって、君はそこから逃れたいんだろう。実は自分の美しさにおびえてるんだ。そして、ふと考えた。美しさ以外に立派なところがないとしたら、どうなるんだろう、とね。でも、いいかい、自分はうわべだけの人間かもしれないと不安に思うのは、中身の充実に向かって着々と進歩しているということなんだ。だから、視覚に訴えるものを思い出すのはやめなさい。何でもかんでも、見た目はどうかという観点で考えるのはやめるんだ」

「いやよ」ルイーズはあくまでも言い張った。「私は目が見えないわけじゃないし、あなたのために見えないままでいようとも思わないわ。私には明かりが必要なのよ」

「スイッチを入れるなら、僕は帰る」

ルイーズは笑った。「無理よ。私が通路をふさいでるんだから」

「僕は姿を消す。本当だ。僕は君の想像の産物にすぎなかったと思えるほど、確実にね」

ルイーズは考えてみた。そんなふうに思えるわけないじゃない。でも、少し怖い。この午後の出来事は何もかもとても魅惑的で、魔法にかけられていたと言ってもいいくらい。なんだか彼は私が創り上げたものに思えてならない。でも、まあいいわ。彼はまたあとでつかまえることにしよう。「じゃあ、これだけは白状して。あなたは私と同じように、人から注目されるような顔をしているんでしょう?」

シャルルはクックと笑った。その低く、重々しい声に、彼女の中で何かが動揺し、胃がきりきりした。「君はその子犬みたいにしつこいんだな。自分でわかってるのかい?」

「ええ。見せてくれないなら、言葉で言って」

彼の笑い声は太くて美しい低音《バス》だった。人を魅了し、広がっていく甘美な声。だが、そこには、ばかなことをしたとうぬぼれを認め、後悔しているような、そして渋々降参しているような響きがあり、ルイーズはそれをはっきりと聞き取っていた。「そうだな。僕らは注目に値するカップルだ。明るいところで見れば素晴らしいカップルだろう」彼はそこで声を低めた。「だが、暗闇ではもっと素晴らしいカップルだ」彼は体を前に傾けた。

シャルルの広い胸をぐっと押しつけられ、ルイーズはその温かみと、頬にかかる熱く湿った吐息を感じた。

ルイーズは本当にどきどきしていた。心臓が喉まで飛び出し、彼の唇が自分の唇に触れるのを待っているように思えた。首が脈打っているのがわかる。すでに彼女の唇は期待に満ち、「ああ」と言うべく、ひとりでに小さく開いていた。

シャルルは彼女の下唇を濡らした。彼の舌の感触は驚くほど親しげで、心地いい。彼が軽く息を吹きかけると、ルイーズの唇は興奮し、熱くなったり冷たくなったりした。それから、シャルルは彼女の頬に「まだ足りないな」とささやき、体を引いた。

ルイーズの唇と顔は、何か物足りないような、不思議な感情でぞくぞくしていた。もっと触れ合いたい。その欠落感はさらにみぞおちへと音を立てて伝わった。顔がたちまちほてってくる。彼女はその場に釘づけになり、今、起きているらしきことが信じられなかった。

ルイーズに主導権はなかった。自分をどうすることもできなかった。彼女の中の一部分が喜びの声を上げる。この人こそ、正真正銘、私と同等の人、一緒に戯れることのできる友達、私と同じくらい情熱的に付き合える人よ！　だが別の一部分は激しく抗議の声を上げている。何をしでかすかわからない、見下げた男だわ！　私の願望より自分の願望のほうが優先すると思っているなんて。

シャルルのつぶやきは続いた。「今夜、真夜中に会おう。僕が贈ったジャスミンの小枝を髪に挿して、かわいい口を今のように開けて、またここにおいで」彼はルイーズの唇に指を置くと、しばらくのあいだ、指先を中に入れて歯の縁をさわっていた。「そのとき、君が本当にそうしてほしいと思うなら、キスしてあげるよ。もし、話をするだけのほうがいいと思えばそうすればいい」彼は面白がっているように、穏やかな声で言った。「そう、自分で言うんだよ。話をするだけにしようって」

ルイーズは突然、布地が触れるのを感じ、自分の前で何かが動く気配がした。出口は彼女の後ろにあったので、まさか彼が出ていくとは思わなかった。だが、それと同時に、彼が行ってしまったことに気づいた。ルイーズは顔をしかめた。あの人は何をしているの？　明かりをつけなくちゃ。彼女は向きを変え、跳ねるように数歩進んで、電気のスイッチを入れた。たちまち、頭上で二つの照明がこうこうと光を放ち、犬舎の前部と、ケージに挟まれたタイル敷きの通路が現れた。だが照明は半分以上ついておらず、明るさは徐々に薄れて通路の先は真っ暗になっている。

あのアラブ人は通路の奥の暗闇へと消えていった。軽やかなウールとシルクが色鮮やかな帆のようにはためいたが、ルイーズはそれをちらっと目にしただけだった。すると突然、あり得ないことだったが、冷え冷えとした風が室内に流れ込んできた。湿った強い風が吹きつけ、ドレスが脚に当たる。ああ、なんてこと、あの人は犬用の遊歩道から出ていったんだ。ルイーズは彼を追いかけ、暗闇を目指して通路を走りながら大声で呼びかけた。

「じゃあ、キスなんかしないで！　キスしてくれる人はいくらでもいるんだから！」ルイーズは彼をなじった。「ついでに言うけど、あなたは怪物のような顔をしてるんでしょう。でも私には確かめることもできないのよ。あなたになんかキスしてほしくないわ！」

ルイーズが揺れ戻ってきたドアをつかみ、そこをすり抜けて外に出ると、突然、霧雨が吹きつけてきた。彼女は歩いて甲板に出た。足の下では船が勢いよく進んでいる。一瞬、雨がまともに顔に当たり、次に、背中を流れていくのがわかった。困ったことに、目に入るものはさらに輪郭がぼやけ、視界が悪くなっていた。夜空は、すぐ近くに黒い天井があるかのようだ。低くたなびく紫がかった黒い雲を背景に、手が届きそうなほど近くで、ほの暗い月明かりが後光のように揺れていた。甲板には誰もいない。それに何も見えない。船の煙突は巨大な輪郭しかわからず、どこを見ても、その先は煙突の下の暗闇に吸い込まれていた。そのうちの二本の煙突は、ルイーズの前方で不気味な幽霊のようにそびえ立ち、黒いものを吐き出している。犬舎の後ろにさらに二本煙突があることは彼女も知っていた。それを除けば、広々した甲板は全体的に手すりのほうに向かって開けている。

ルイーズは、船が前に傾くのに任せて前進し、いちばん近くにある手すりをつかむと、身を乗り出し、六メートル下の甲板を見た。落ちたら危険な距離だ。それから、船首のほうに目をやり、あそこからなら、距離は半分になると気づいた。もしも手すりを飛び越えてそこからぶら下がり、特別船室のプライベート・テラスに降りたとすればだが……。

そういうことだったのね、とルイーズは思った。あのシャーだかスルタンは（おそらく彼はそんな称号はもらっていないだろうが、中東で用いられるありとあらゆる称号を思い出すのは楽しかった)、船の端から端まで走って、部屋に飛んで帰ってしまったのだ。そのとき、またしても船が突然前に傾き、ルイーズはバランスを崩した。泣きっ面に蜂とはこのことだ。彼女は足を滑らせ、手すりをつかもうとした。

ネックレスが跳ね上がり、真珠が手すりに引っかかったため、彼女は手すりをつかんだときにネックレスも一緒につかんでしまった。首は解放された。首の後ろを強く引っ張られる感じがしたかと思うと、真珠をつないでいた糸が切れ、黒い真珠がはじけ飛び、高く、勢いよく弾みながら、甲板のあちこちに転がっていく様子は見事なものだった。真珠はすぐ下の甲板にも落ちていったが、独特の光沢を放つそのしずくは、たちまち湿った夜に飲み込まれ、かたかたと転がっていく音も、海の波打つ音にすぐにかき消されてしまった。

ルイーズの手には濡れた糸だけが残された。ドレスはびしょ濡れで、髪は乱れ、なんとなく痛む首には何連かのネックレスがかかっていたが、いちばん長い部分はすっかりなくなっていた。

9

シャルルは異常なほど美しい女性が好きだった。病的偏執だと言う人もいるだろう。どちらにせよ、この偏った好みを分析すると、それはおおかた、自分が醜いと思われることに対する恐怖と関係していた。つまり、美しい女性と腕を組み、見せびらかして歩くには、彼自身の見た目がよくなくてはならないということらしい。そうでなければ、オリュンポスの山から下りてきた女神たちは彼のそばにいることが耐えられないに決まっている。理由はどうあれ、シャルルがとびきりの美女に惹かれるという話は有名だった。彼が美女にやたらともてて、それが災いのもとにも、彼の名を高めることにもなっているという話も有名だった。

たとえば、フランスでは大半の人が、ピアはシャルルの愛人なのではないかと思っていた。ピアと関係しているおかげで、シャルルはコート・ダジュールのどこへ行っても満足感を味わうことができた。というのも、コート・ダジュールでは、人気のある美女と遊び戯れることは、女を見る目があって、大胆で、その人自身に有無を言わせぬ魅力がある証拠とみなされるからだ。だが、一方のピアはあまり思いやりのある女性とは言えなかった。

たとえば、その晩、ピアがシャルルの部屋に電話をしたときのこと。シャルルは、今、食事中なので、三〇分後にこちらからかけ直しても構わないかと、とても丁寧に尋ねた。するとピアは、あなたなんか、食べ物を詰まらせて、テーブルに突っ伏して死んでしまえばいいと言い、電話を切ってしまった。シャルルは応接間の控えの間に立ったまま、片手で電話機の首の部分をつかみ、もう一方の手に雑音が流れる耳当てを持っていた。しばらくして彼はため息をつき、律儀にもピアに電話をかけた。彼女があれほど怒っていたとすると……。シャルルは結論を推察した。

しかし、二度目の短い会話も、一度目よりましとは言えず、ピアは現実的なことを話しだした。「つまり、私は結婚していても許されるけど、あなたは許されないってことよ」

シャルルはスケジュール帳の上にフォークを置き、椅子に腰を下ろした。「ピア、慣れてくれないかな。僕はあの子と結婚する。その気にさせる理由が山ほどあって、やめるわけにはいかないんだ」

「そういうことなら、私はあなたの愛人でいるつもりはないわ」

「いいじゃないか。僕は二年以上も君の愛人をしてきたんだ」

「同じことじゃないでしょう。わかってるくせに」

シャルルは笑った。「わからないね。同じことだよ」

「いいえ、同じじゃないわ」ピアは言い返した。「二人の女を相手にできる男なんて、とんでもない下劣なやつか、それ以下よ」

シャルルがまた笑った。「それ以下って？」

返事がない。

シャルルがまた尋ねた。「二人の男を相手にできる女は何と呼ばれるんだい？」

ピアは返事の代わりにわざとらしく咳払いをし、電話は再びガチャンと切れた。

シャルルは、何分かしてピアの気が静まったころに電話をかけ直した。我ながら妥当な質問だと思いつつ、彼は尋ねた。「なぜ、皆と一緒に食事をしないんだい？　気分はどう？」

「最悪よ。昼食は戻してしまったわ。吐き気がひどくて立ってられないの。もう、こんな船、見るのもいや」

シャルルは少し間を置いてから、思いきって際どい質問をした。「最後の生理はいつだった？」

「今、まさにそれなのよ。お腹も痛いし」

「ああ、それならよかった。いや、その……申し訳ない」シャルルはばつが悪そうに話を進めた。「つまり生理痛なんだね。何か届けてあげようか？」

「そうね、ルイーズ・ヴァンダミーアの頭をお願いするわ。もしよろしければ」

言われた途端、腹が立ち、シャルルは顔をしかめて黒い送話器をじっと見下ろした。「それは彼女が使用中だと思う。だから自分のを使ってくれ。ピア、そういうことを言って、僕をいじめないでくれよ。膨れっ面をしたり、癇癪を起こしたりするのはやめないか」

電話は再び切れた。

シャルルは食堂に戻って食事をしようとしたが、結局、自分が何をしているのかよくわからないまま、何が心をかき乱すのかわからないまま、不穏な気持ちで部屋をあてもなくさまよっていた。また電話が鳴る。だが、彼も今度は出なかった。電話は十数回鳴って止まり、再び鳴りだした。シャルルはようやく電話のほうへ近づいていったが、そのとき、スケジュール帳の背に黒真珠が一粒載っていることに気づいた。犬舎で遭遇した後、ルイーズはシャルルをあちこち探し回り、彼はそのあと、この真珠を拾ったのだ（あのとき、ルイーズは近くを見ればよかったのだ。シャルルは犬舎の開いたドアの陰にいたのだから……）。

シャルルは、戦利品であるこの一粒の黒真珠をじっと見つめていたが、腰を下ろし、受話器を取った。

「もしもし」もなく、ピアのすねたような、か細い声が聞こえてきた。「でも、どうしてあの子を口説く暇があったのか、私にはそれさえわからないわ」

「僕は口説いてない。口説いてきたのは彼女の父親だ」シャルルは指で真珠を転がし、明かりにかざしてみた。真珠としては小さいほうだが、彼はこの高価な真珠がルイーズ・ヴァンダミーアの胸に優美に掛かっていた様子を、ビーズで飾られた甲冑《かっちゅう》のように張りのある胸の曲線を思い出した。

シャルルの答えは雑音交じりの沈黙に遭遇したが、やがて反応があった。「会ったこともない子と結婚するのが、いい考えだと思ったの？」

シャルルは椅子にもたれかかり、真珠を置いた。ここは抜かりなく答えたほうがいい。

「いや。そんなのはばかげてると思ったさ。でも、ずっと手紙をもらっていたのでね。気を悪くさせてしまうんじゃないかと心配だったんだ」

「その話は前にも少し聞いたわ。自分たちが貸し切りにできる鉄道車両で、あなたをニューヨークからマイアミまで送って、大盤振る舞いしてくれたという家族でしょう」

「そのとおり」

ピアは鼻を鳴らした。「でもいつ、どうやって？　あなた、私と一緒にニューヨークにいたときに――」その言葉を口にしなければ現実にならずに済むかのように、彼女は言いかけた言葉を避けた。「あの子と関係を結んだのね？」

「違う。ローランドが戻ってきて、君が彼と一緒に三日間のニューヨーク見物に行ってしまったあとの話さ」シャルルはピアが何か言ってくるのを待った。雑音とかすかな風しか聞こえない。彼は大きくため息をついた。「つまりこういうことなんだ。二週間足らずのあいだに、僕はヴァンダミーア夫妻から宝物を差し上げますと言われた。僕のために取っておいた大事な宝物だと言うんだ。僕はその申し出を断ったが、それでもあの人たちは僕を王様のようにもてなしてくれた。そして僕はニューヨークに戻ってきた。ローランドがワシントンにいるあいだ、僕らは何日かくつろいで過ごしたけど、彼が予定より早くニューヨークに戻ってきてしまった。だから彼の手前、僕らの友達には、僕は一週間前にフランスに帰ったってことにしてあるんだ。かくして、僕はホテルに缶詰になった。誰にも気づかれないよう、本名さえ隠してね。一方の君は、思いも寄らなかった三日間の休暇に出かけた。ローランドにティファニーでネックレスも買ってもらったんだろう。そのあいだ、僕はと言えば、ホテルの部屋に独りぽつんと座っていた。退屈だったし、腹も立った。そのとき、素晴らしい選択肢が僕の顔をじっと見つめていることに気づいたんだ。だから、その選択肢を試してみることにした。まずフランスにいるおじに電報を打ち、僕の名前でヴァンダミーア家の人たちに電報を送り、もう一度訪ねてきてほしい、交渉の仕切り直しをしたいと伝えておいてくれと頼んだんだ。僕はニース経由でもう一本の電報を打った。ニューヨークにいる従兄弟のガスパールがよこした質問に即答するという形でね。彼は僕の代理人として結婚契約書にサインすることになっていた。提案された契約の中身は短くまとまっていたよ。それが電報で二度ニースに送られ、ニューヨークに転送されてきた。ヴァンダミーアは引退を考えていて、義理の息子として僕に何もかも譲り渡すと言ってきたんだ。いわゆる〝恩給をもらって退職〟ってやつさ。ただ、彼が要求している額が莫大でね。それでもこれは素晴らしい提案だった。だから、二日後にガスパールが契約書にサインしたというわけさ。これでわかってもらえたかな」

しばらく間があって、ピアの静かな声が聞こえてきた。「電報代に大枚をはたいて、さんざん面倒くさいごまかしをして、一度も会ったことがない子と身売り同然で結婚するというの？」

シャルルの口調はだんだん穏やかになった。「ちょっと違うな。家に初めて招かれたとき、彼女の肖像画は見たからね」と白状したが、言い訳がましく、こう付け加えた。「いや、これがばかみたいな話で。よくありがちな絵なんだろうと思ったんだ。金持ちの親が自分の子供をよく見せるために描かせる類のあれだよ。実物よりもずっと整った、理想化された絵だと思っていた。まさか実際の彼女のほうがずっと素晴らしいだろう、はるかに美人だろうなんて一瞬たりとも思わなかったんだ」

「はるかに美人？　シャルル、彼女は子供じゃないの」

シャルルの指は再び上の空で真珠をもてあそんでいた。「ルイーズ・ヴァンダミーアは八〇になっても美人だよ。骨格とか、目の収まり方とか、髪の質感のおかげだな」

「本当に、そこまで魅力的だと思っているの？」

「見た目の美しさという点ではね」

ピアは怒ったように少し息を吐き出した。「男として、大人の男として、口ばかり達者な一八歳の小娘の体が本当に魅力的だと思うわけ？」

シャルルはここで嘘をつくべきだったのだろう。ピア本人に面と向かって直接語りかけていたら、そうしていたかもしれない。しかし、控えの間の机に座って、親指と人差し指で黒真珠を転がしていると、真実があまりにも意外なことに思え、自分をごまかすような選択肢は浮かびもしなかったのだ。自分でも驚くばかりだったが、彼はこう答えた。「ああ、まったくそのとおりだ」

ピアがまた電話を切った。今回はものすごい切り方をしたものだから、シャルルはびっくりして耳当てを遠ざけてしまった。

三〇分後、ピアは再び電話をかけてきた。受話器からその声が飛び込んできたとき、彼女は泣いていた。わめくように泣きじゃくっている。「もう終わりにしましょう。あの子をあきらめないなら今すぐに。永遠にお別れよ」

「ばかなことを言うなよ、ピア。陸に上がったら後悔するぞ。君は具合が悪いから、いらいらしてるんだ」

「そうよ」ピアはしばらくのあいだ無我夢中ですすり泣いたり、しゃくりあげたりを繰り返していた。「女の尻を追いかけ回すあなたにはもう、うんざりなの」

シャルルは笑った。「この二年間、君のベッドからさまよい出ていったことは一度もないじゃないか。僕はずっと君を愛していたし、尊敬してきたし、何度もプロポーズした」

「じゃあ、もう一度して」

シャルルは緊張して尋ねた。「ローランドは？」

「眠ってるわ。私の隣で」

シャルルは突然、大きな声で笑った。ほっとしたのだ。だが、それは表に出さないようにした。

ピアは自分の気持ち以外のことは何一つ眼中になく、自分が言い出した条件をもう一度口にした。「あの子との結婚はやめると今すぐ誓って、この件を片づけて。この船に乗っているあの子の両親に、また遠回りで電報を出してちょうだい。それがだめなら、シャルル、私たちはもうおしまいよ。永遠のお別れだわ」

シャルルはとても穏やかな心境で、自分の言葉を聞いていた。「わかったよ、ピア。それなら永遠のお別れにしよう」

こんなにもあっさり終わってしまうなんて。シャルルは電話を置き、受話器をフックに掛けた自分に驚いた。指で机をコツコツ叩きながら、やるせない、孤独な気持ちになるのを待つ。だが、長年感じてきた気持ちと比べて、解放されたような、自由な、いい気分を覚えるばかりだった。ピアとはもうこれっきりだ。終わったのだ。打ちのめされた気持ちになるかと思いきや、シャルルはその場で背筋を伸ばしてすっくと立ち、あたりを見回しながら伸びをした。

机の上に目をやると、真珠が一粒載っている。シャルルはしばらくのあいだ、本やノートの上、処方箋の上、スケジュール帳の上で、ぼんやりと真珠を転がしていたが、やがてそれをズボンのポケットにしまい、もう一方の手でスケジュール帳のページをめくった。小さな部屋のほの暗い明かりの中、立ったまま頭を横に傾け、上から下へと表に目を走らせ、自分の未来の追加事項や余白の書き込みを読む。そして、ルイーズ・ヴァンダミーアと結婚するのはビジネスのためだが、まったく予想外の理由で、彼女の夫になることを楽しもうと思っている自分に気づいた。彼女を抱きたくてたまらず肌が引きつり、彼女のことを思うと、へらのついたバター攪乳器が回転するように下半身が脈を打つ。自分の気持ちを深くまで見抜き、それを認めただけでシャルルは興奮し、川から丸太を引き上げることもできそうだった。

なぜなんだ？　シャルルはあれこれ考えた。僕は遅ればせながら、青春期の欲望のようなものを感じているのではないだろうか？　遅れてやってきたにもかかわらず、頭がのぼせ上がるような、この激しい欲望にはとりわけ快い刺激があった。そんなことを考えていたものだから、シャルルは自分が若いころ目をつけた、ある女の子を思い出した。ルイーズに負けず劣らずの愚か者だったが、やはり美しい子だった。その子は——確かジネットという名前だった——ミサのとき、シャルルの隣には座ろうとしなかった。彼は質問を一つしただけで、それ以上、彼女に話しかけることはなかったのだ。「この席、空いてる？」

　ジネットもばかな答えを返しただけで、それ以上、彼をまともに扱うことはなかった。「ええ、あ、やっぱり空いてないわ。つまりその……もうすぐ誰かほかの人が来たら座るから」

　今になって、シャルルは恐る恐るこう結論づけた。あんなふうに気分を害されたあと、僕はすぐさま、ジネットは「若すぎる」し、「本当に幼稚だ」と思うことにしたんだ。彼が求めているのはもっと成熟した女性だった。そして、色々な意味で、そのような女性を相手にしてきた。だが、一八のころは地元でいちばんの美人を追いかける自信もなかったのだ。

　シャルルは今、かつて味わえなかった満足を味わっていた。この数年で出会った中では間違いなく、いちばん美しい若い女性が自分を気に入ってくれている。彼はそう確信していた。それに、望みが実現することは約束されている。この船の上で上手くいかなくとも、シャルルにはフランスが待っていた。結婚が、初夜が待っていた。ありがたい《ハレルヤ》。

ピアはどうする？　シャルルはもう一度自問した。この二年間、どれほど不安と憧れと希望を抱いてきたことか。彼女は成熟した女性だろうか？　いや、別にそういうわけではない。ただ、彼女は世知に長けていて、経験豊富で、色々なことをたくさん知っていた。では、自分は彼女を失って惨めな気分なのだろうか？

いや、僕が感じているのは……空腹だ。食べかけの夕食はどうなったのだろう？

シャルルは食堂に戻ってテーブルに着き、最初の電話が突然かかってきたときに手をつけたばかりだった料理をむさぼるように食べた。ぷっくりしたアーティチョーク、こんもり盛られたワイルドライス、クリームとハチミツと青胡椒のソースがかかったキジ肉、サラダ、それからデザートの洋ナシ、三種類のチーズ、甘口白ワイン《ソーテルヌ》二杯。料理はさめていたが、文句なしに美味しかった。というより素晴らしかった。その後、シャルルはシャンパンを一本頼んだ。

思いきり祝杯を挙げたい気分だったのだ。

10

一等船室の乗客六〇〇人弱のうち、夕食に出てこられたのは五〇人ほどだった。メアリでさえ部屋に残ったままだ。テーブルの奥にいる年配のおばを除けば、ルイーズの知り合いはピア・モンテベロしかおらず、そのピアにしてもダイニングルームにやってきたのは、食事も終わりに近づき、チーズと果物が出されるころだった。もっとも、ピアもやはり、部屋で寝ていたほうがよかったのでは、と思わせる顔をしていた。しっかり化粧をしてごまかしてはいるものの、血の気が失せ、目が腫れて真っ赤になっているのがわかる。それでもなお、ピアはルイーズがいるグループの端のほうの席に着いた。そのグループには、ある資本家と、スタンダード・オイル社の共同経営者（ロックフェラーではなく、もう一人の鉄道関係者）、それに、小さな男の子を連れて――その子の両親は嵐で揺れる船の犠牲となってしまったらしい――廊下の向こうからやってきた社交界のご婦人などがいた。

ダイニングルームの細長い窓の外では、雨がかなり激しく海に降り注いでいて、ルイーズは隣の男性（若い医者で、新婚旅行中の花婿）の声もよく聞き取れなかった。雨が甲板を叩き、窓に当たる。いつもはクリスタルグラスや、銀のナイフやフォークが磁器と触れ合い、チャイムのような音を奏でるのだが、今日はその音もくぐもって聞こえる。外の景色はどんどん流れていき、水に灰色と紫をにじませたようにかすんでいた。船内では夜会用の楽団がオーケストラからクインテットに変わっていた。騒々しい雨音をしのぐように、ブラームスの調べが断続的に聞こえてきた。泣かせるような弦楽器の装飾音や、勢いよく下降するメロディがその場の雰囲気によく合っている。

そうこうするうちに、皆が船長のテーブルに集まっていた。船長はたいがい食事の席には現れないのだが、その晩は皆の士気を高めるため、ダイニングルームに来ていたのだ。そして全員分のシャンパンを注文し、酒がどんどんふるまわれた。それを除けば、アルコールが入ったおかげで、ほろ酔い気分の笑い声は多少聞かれたものの、嵐にもめげず集まった人々はあくまでも礼儀正しく振る舞っていた。船長はぱりっとした白い制服に身を包み、度量の大きなところを見せながら、正装した男たちとおしゃべりをしている。女性も男性と同様、サテンやレースを使った夜会服を着て、資本家の夫と有利な結婚をしたことで得た戦利品で腕や首を飾り立てていた。うんざりするほど同じ種類の人たちばかりだ。アラブ人は一人として見当たらない。

ルイーズには、今夜のダイニングルームが――いや、船全体が――まがいものの上品さが詰まった小さなバケツに思えた。きらびやかなニューヨーク、アッパー・イースト・サイドの桶からすくい上げ、現実という、もっと素晴らしいものの上に浮かべたような上品さだ。実は、ルイーズはこの嵐が気に入っていた。椅子の背に投げつけられたり、ずっと前のめりになったりする感覚が好きだったし、会話をかき消す嵐の力、叫び声をしだいに高め、音楽を圧倒してしまう嵐の力が好きだった。嵐は外からやってきて、あらゆるものを打ち壊す。そのわくわくするような活力のおかげで、とにもかくにも、船上の生活にぴりっと刺激が加わった。

「皆、死んでしまうかもしれませんわね」あるとき、ルイーズはこう切りだした。「これがこの世で最後の夜だったらどうするか？」というゲームを始めるつもりで言ったのだ。その考えは病的な魅力で彼女の頭を満たしていた。彼女にとってそのゲームは、明るくて、食べるものがたっぷりあって、雨にも濡れない暖かな安全な場所に座ってする室内遊びにすぎなかった。

だが、ゲームであろうがなかろうが、ルイーズのひとことで皆の話はぶつっと途切れてしまった。彼女はすぐに、当たり障りのない会話に努め、礼を失さない程度に無関心な態度を取った。そこへデザートがやってきた。それにコーヒーも。今夜もそれまで過ごしてきた幾多の夜とまったく代わり映えのしないひとときとなった。五時間前のお茶も、その前の昼食も、その前の朝食も、その前の晩の夕食もがっかりするほど同じだ。こんな日々が果てしなく続いている。

当然ルイーズの身辺でも、いつものパターン、いわば主題《ライトモチーフ》のバリエーションが繰り広げられた。デザートを食べているあいだずっと、新婚の若い医者が一生懸命、彼女に何か言おうとしていた。彼がためらったり、口ごもったりしていたのは、周囲の音に邪魔されたせいもあるが、本人がきまりが悪くて、言いたいことを言い出せなかったせいでもあった。雨の音が多少収まった瞬間を見計らい、彼はついに、胸に載っていた巨大なおもしをどけるかのように言った。「こんなこと、しょっちゅう言われているんだろうね……。つまり、僕は妻のことは大好きだけど……もちろん、まったく客観的な目で見てということなんだけど……君はびっくりするほどきれいで――」

「それはどうも」ルイーズは相手の言葉をさえぎり、コーヒーにクリームを入れてかきまぜた。

さらに、テーブルの向かい側にいた小さな男の子も――きっと六歳ぐらいだろう――食事のあいだずっと、彼女を見つめており、こんなことを言った。「家庭教師の先生がいつも本を読んでくれるんだ。それで、僕ずっと考えてたんだけど、おねえさんは女神様なの？」

ルイーズは男の子ににこっと笑いかけた。「そうよ。それに、この嵐を起こしたのも私なの。だから、いい子にしてないと船を沈めちゃうわよ」

男の子は、女神の存在が永遠に不滅であることを理解したのか、こくんとうなずき、目を大きく見開いた。

それから、皆が立ち上がった。そのまま舞踏場に移動し、この茶番劇を続けようというのだろう。そのとき、ついにモンテベロ夫人がルイーズの注意を引いた。ほかの人たちが立ち上がると、夫人はほとんど走りながらテーブルをぐるっと回ってやってきた。それまでは反対側の四つ先の席に座っていたため、ルイーズはかろうじて夫人の存在に気づかないふりができていた。

だが、もう夫人に腕をつかまれてしまった。

「ねえ、シャルル・アルクールのことだけど――」

ルイーズは振り向いて夫人を見た。

「あなたが結婚するお相手の公爵って彼なんでしょう？」

「ええ」

「私、彼と知り合いなのよ」

ルイーズはどう反応していいのかわからず、目をしばたたいた。「今朝はわからないことばかりだったのに、夜になったら本当にお詳しくなってるんですね」

「ええ」夫人はわかったような、少し残忍な笑みを浮かべ、その顔は本当に恐ろしく思えた。うんざりしているような、怒っているような、いらいらした顔。夫人は少しのあいだ、ルイーズの反応を待ったが、先に話を続けた。「ある人が教えてくれてね。公爵と聞いて考えたのよ。そういえば、フランスに公爵はどれくらいいたかしら、とね」

ルイーズはぽかんとして言った。「何人もいますよ。私が間違っていなければ」

「じゃあ、彼がどんな人か知りたいんじゃない？」

「もうわかっています。両親がかなり長いこと、その方と一緒に過ごしましたので」

「私もそうなのよ」夫人は意味ありげな言い方をした。

この人は何を言っているの？　ああ、そうか。ルイーズはふとあることに気づいた。私の未来の夫には愛人がいる。あるいは、いたんだわ。もしかしたら、もめているのかもしれない。この人と……。アメリカの外交官仲間の一員であるモンテベロ夫人はアルクール公爵とベッドをともにしていた。そして、その事実を私にわからせたいのだ。

「ひょっとして、彼の見た目がどんな感じか聞きたいんじゃない？」

「ちゃんとわかっていますから」だが、どっちにしても夫人が話すつもりでいることは明らかだ。ルイーズはため息をついた。「じゃあ、見た目はどんな方なんですか？」

「そうねえ、とても素敵な人よ」

ルイーズは眉をひそめ、この新しい解釈に驚いて目をしばたたいた。

モンテベロ夫人が続けた。「大柄で、たくましくて、堂々としているの。それに、いざとなると攻撃的なところもあって――」夫人は突然、笑いだした。まるでこれは冗談よ、と言いたげに。「あらやだ、そんなこと、今、初めて気づいたわ。でも、彼はすごく恐ろしい相手でしょうね。つまり若い女の子にとっては――」

男性を知らない女性にとっては。夫人はそう言いたいのだ。ルイーズは夫人の厚かましさに驚き、あ然としたが、聞かされた話そのものは別になんとも思わなかった。つまり、独眼の婚約者は、魅力的な女友達と火遊びができるほど金持ちで、強靭な人なのだ。たとえ、その友達がかなり年のいった人――モンテベロ夫人は少なくとも三〇には手が届いているはずだ――であっても。よかった。それなら、彼のことで私が嫌悪を覚えるような部分は、この人が面倒を見てくれるのだろう。

モンテベロ夫人は何か言おうとしたらしい。だが、さらに悪ふざけを続けようにも、その方面の話は中断された。

全員が同時にその音を耳にした。外から、いや海のほうから大きな鈍い音がして、上にも下にも、とにかく船内全域に響き渡ったようだ。室内では壁板が震えていた。ダイニングルームは左舷のほうに傾いて音から遠ざかり、そのままの状態が続いたが、今度は部屋の前のほうで泣き叫ぶような、何かがこすれる低い音がして、それがだんだん船尾のほうへゆっくりとずれていく。

そのあいだずっと――五、六秒だったろうか――会話も音楽も人の呼吸もすべて止まってしまった。やがて、その音は鳴りだしたかと思うと突然やみ、船は水平になった。

誰かがうめき声を上げ、まだテーブルのいちばん奥に座っていた女性がめそめそ泣きだした。間違いない。コンコルディア号は何かにぶつかったのだ。

その直後、照明が明滅して消えた。室内は大混乱に陥った。人々が次々に悲鳴を上げたが、ルイーズはそこに立ちすくんでいた。走ってきた男にぶつかられ、テーブルの周囲を駆け回る人たちに何度も押しのけられ、壁際まで達したところで、鏡に押しつけられた。「救命ボート」という言葉、その次に男の声が聞こえてきた。「女性と子供が先だ。通してやってくれ。女性と子供を救命ボートに乗せるんだ」

皆が気持ちを落ち着かせようとするまでに、おそらく二、三分かかっただろう。その後、意外にも、部屋の奥のライトが再び灯ったのだ。照明の半分は相変わらず消えたままだったが、じっと見つめれば互いの顔がわかる程度の明るさはあり、皆、自分たちが巻き込まれているパニックが突然ばかげたことのように思えた。

船長が前に進み出た。「皆さん、どうぞお座りください。船橋《ブリッジ》を見てきますので。状況については、よく判断したうえ、すぐに乗員からお知らせするようにいたします」そして、船長が出ていった。

腰を下ろす乗客もいた。ルイーズは壁際に立ったまま、深彫り彫刻を施した分厚い鏡のフレームをぐっとつかんでいたが、そこであることに気づいた。本当に死ぬという実感は、ちっとも魅力的ではないし、まったくゲーム感覚で話すようなことではない。それに私は女神ではない。いずれ死ぬ運命にあるのだ。この船が泡立つ海に消えたら、私も死ぬのだろう。

ルイーズともあろう人が、度胸のあるルイーズ、冷静なルイーズが、まったく予想外の反応を示していた。まだ一八なのに。心が叫んでいる。やりたいことがまだたくさんあるのに。近場へ何度か旅行したのと、台無しにされたけど、モントリオールに一回行ったことを除けば、大人らしいことはこれっぽっちもやれていないのに。この束縛された生活から脱出するための行動は何一つ取っていないのに……。彼女は少し腹が立ってきた。私は面白味のある人間になっていない。かわいいだけなのよ！　でも面白い人間になれる資格はあるわ。絶対に。ここで彼女は訂正をした。いいえ、私は面白味のある人間になりたいんだわ！　本当の自分になりたいの。それなのに、自分がどんな人間なのかもわかっていないんじゃない。私は世の中のことを身をもって知りたいし、探求したい。そしてどこが自分のいるべき場所で、どこがそうではないのか知りたいの……。

ルイーズは震えだした。膝ががくがくするのではなく、筋肉が小刻みに震えている。しつこい震えは止まりそうになく、はるばる内臓まで伝わっていく。

船長は乗員をよこすのではなく、自ら「現在の状況で考えられる、最善のニュース」を伝えに戻ってきた。「今のところ、万事順調です。二枚の隔壁に穴が開きましたが、ほかの一四枚が完璧に水を防いでくれているようです。コンコルディア号が沈むことはありません。近くにいらした方はおわかりでしょうが、船は氷山に衝突いたしました。サーチライトがとらえ損ねた、とても小さな氷山です。機関長たちは、二枚の隔壁の穴をふさいで水をくみ出すことも可能だと考えております。でも、この嵐ですから、私は全速で前進することに力を注ぐべきだと思います。海の荒れ方がひどいので、静止した状態で修理をすることはできないでしょう。つまり船の前の部分に関しては、不必要な電力はすべて切っておく必要があるということです。ご不便をおかけしますが、どうか気を悪くなさらずに、少しのあいだご辛抱ください。ボイラーが故障し、主発電機に影響が出ておりますが、こちらもまた動くようになります。皆さん、大丈夫です。助かりますよ。この船は沈みません。コンコルディア号はこの海でいちばん安全な、最新式の船です。氷山にぶつかったことでそれを証明してみせました。もっと小さな船なら、今ごろ海の底に沈んでいたでしょう」

船長はいくつか問題点を口にした。「何もかも通常どおりです。ちょっと右舷のほうに傾いていますが、修理が済むまでの辛抱です。電気の使用も制限されますが、発電機の故障が直れば使えるようになります。ええ、緊急用の石油ランプはあるのですが、残念なことに、石油を積まずに出航してしまいまして。こちらの手落ちです。大変申し訳ございません。しかし、ご不便をおかけするのは最小限に留めますし、短い時間で済みますので。できるだけ早急に完全復旧を目指します……」といった具合に、この船の責任者であり、乗客の命を預かる船長は、あともう少しの辛抱だということを皆に確信させた。それから、ブリッジに戻らないといけませんのでと言い、素早く向きを変えて部屋から出ていった。

ルイーズはぼうっとしながら一人で自分の部屋に戻っていった。体がまだ震えている。途中でメアリの部屋に寄ってみると、彼女は家族の胸の中でしっかり慰められているところだった。それからルイーズは両親の部屋に寄り、父親と母親は娘を迎え入れた。父親は船が衝突したときに、ひどく頭を打ったらしく、今はそこが卵大に腫れ上がっている。今夜はここに泊まっていきなさいと言われたが、ルイーズにそのつもりはなかった。父親は母親に看病をしてもらって喜んでいる。この二人は大丈夫。相変わらず二人でいられれば、それで十分なのだ。彼女がうなずきながら「ええ、私なら大丈夫」と答えると、娘の様子にいつもと変わったところは何も見受けられないと思ったらしく、両親はそれ以上は勧めなかったし、余計な勘繰りをすることもなかった。ルイーズは両親を抱き締め（二人はひどいにおいがし、気分が悪くなった）、両親はお返しに娘を軽く叩いて、とても思い出深い旅になりそうだと言った。ルイーズは微笑みながら、そうね、万事上手くいってるわと答え、部屋をあとにした。そしてよたよたとした足取りで、廊下の反対側にある自分の部屋に戻った。

中に入ると、メイドの姿がどこにも見当たらなかった。だが、ほかのものがある。これまでかいだこともない強烈なジャスミンの香りがルイーズを襲った。甘く強烈な、うっとりさせる香り。ルイーズはくずかごのほうに引き寄せられた。そして、暗闇に向かって体をかがめ、しおれかけてはいたが、花を咲かせている枝の束を拾い上げた。試しに明かりをつけてみよう。

ちらちらしながら明かりが灯った。ルイーズは花をつかんで鏡の前に立っており、その様子はまるで亡霊のようだった。血の気がなく、目は落ちくぼみ、一人静かに震えている亡霊だ。怖くて寒気がしたが、何が怖いのか自分でもよくわからなかった。

ルイーズは鏡に何かがちらっと映るのを見た。暗闇だ。**私が暗闇なんだ。私自身の暗闇。**私は自分のことを何も知らない。彼女は顔を背けた。鉄枠の窓の向こうに見える海は黒々としていた。海は彼女をのみ込みはしないだろう。今夜のところは……。彼女は生きている。とりあえず刑の執行は免れたのだ。

そのとき、電話が鳴った。

受話器を取ると、あの声が聞こえてきた。「電話は使えるんだな」彼の声だ。深みのある、穏やかかな、自信に満ちた声。「大丈夫かい？」心から心配しているような訊き方に思えた。

「いいえ」ルイーズは少し間を置いてから尋ねた。「あなたは誰なの？」

「どうして、いつまでもそんなことを訊くんだ？　こっちに答えるつもりがないのはわかってるくせに」彼は待った。それから笑いながら続けた。「今、船の前半分でなら、どこででも会えるだろう。中央部より前の甲板はどこも洞窟みたいに暗いからね。船の航海灯さえついていない。コウモリが幸せそうに眠りながら僕らと一緒に航海していくかもしれないな」

ルイーズは笑わなかった。笑えなかったのだ。「暗いところはあまり好きじゃないの」彼女にはそれしか言えなかった。

電話の向こうで一瞬の間があり、彼が答えた。「まあ、そうだろうね。でも、君は闇ともっと仲よくなるべきだ。闇だって日の光と同様、自然なことなんだよ」

「暗闇は嫌いよ。自分がばかみたいに思えるんだもの」

「さっきは大丈夫だったじゃないか」

彼の言葉にルイーズは泣きたくなり、彼に向かって叫んでやりたくなった。だが、そうはせず、怒ってこう言っただけだった。「もしも神様が、私たちに人生の半分を暗闇で過ごしてほしいと思っているなら、電気なんかお与えにならなかったはずよ」

彼は、なかなか上手いジョークだと言わんばかりに、クックと笑った。「じゃあ、神様は今夜、電気を取り上げたんだよ、ルイーズ」彼の滑らかな声は、理解を示すような、寛容な響きを帯びてきた。「闇がなければ、明かりは何の意味も持たないだろう。闇と明かりは互いの意味を明確にしているんだ」彼はほとんど間を置かずに続けた。「もう、あの犬舎にはあまり行きたくないな。あそこは電気がある。君は本当に電源を入れてしまうかもしれないだろう。だから、神様から素晴らしいチャンスをいただいたことだし、今度は舞踏場ではどうかな？　あるいは図書室とか。はっきり言って、今なら誰にも邪魔されないと思う。君はどっちがいい？」

ルイーズは答えなかった。いや、答えられなかった。喉が詰まって言葉が出てこない。

「聞こえてる？」彼はもう一度、尋ねた。「大丈夫かい？」

ルイーズはそこに立ったまま、一方の手で耳当てをつかみ、もう一方の手で、花をたくさん咲かせた、よい香りを漂わせる枝の束をつかんでいたが、彼の質問で、あることに気づかされた。とても穏やかな気持ちとは言えないものの、彼女の心はもう震えていなかったのだ。

「じゃあ、どこにする？　僕は舞踏場のほうがいいと思うんだがね。真夜中にあそこまで来られるかい？」

ルイーズは答えたが、その声は自分の耳にも遠くから聞こえてくるように思えた。「いいえ、あなたに会うつもりは――」

「もう、一度会ってるじゃないか」

「会ってないわ」

「何を怖がってる？」

「わかりきったことでしょう」

「つまり？」

自分が言い返していることは、いつも母が口にしている言葉だ、とルイーズは気づいた。すべて母が言いそうなせりふだった。「あなたは赤の他人よ。私は、あなたがどんな人かわからない。私を絞め殺すかもしれないし、もっと悪いことをされるかもしれない」

彼は胸の奥から響く声で笑った。「もっと悪いことって、いったい何なんだ？」それから口調を和らげてこう言った。「僕は赤の他人ではない。もうそんな存在ではないよ。それに、君を傷つけようと思えば、とっくにそうしていたはずだろう。そのことを考えてごらん」

ルイーズは考えた。だが、自分の言葉で反論しようにも、それがどこにあるのか突き止めることができなかった。深い海の底で小さく吐いた息が泡となり、水面にぽんと浮かび上がってきたかのように、胸の奥から声にならないむせび泣きがこみ上げてきた。「あなたがどんな顔をしているのかもわからないのよ」ルイーズは力なく言った。

「僕は君がそうであってほしいと思うような顔をしている。前にもそう言っただろう。君の望みどおりの男になってあげるよ。さあ、ルイーズ、想像力を働かせるんだ」

　私の名前……。彼がそれを口にするのは自然なことのように思え、ルイーズは気持ちが和らいだ。違う、彼は赤の他人のような気がしない。この瞬間、彼がたった一人の友達のような気がした。彼女は決心を固め、それと同時に、自由の身になった。再び血が通いだし、体が熱くなった。

　これは私の決断。私の選択。母親が決めたことでも、父親が決めたことでも、電話をかけてきたこの男性が決めたことでさえない。

「いやよ。舞踏場も犬舎もだめ。そういう場所では会わないわ」

ルイーズは気が変わらないうちに急いで電話を切った。

ジャスミンを一枝折り、残りはベッドの上に放り投げた（心の平和を台無しにされたメアリの猫は、なんて無礼なと言いたげに、一声ミャオと鳴いて床に飛び下りた）。ルイーズは取り合わず、現実世界のありとあらゆることを無視した。手袋もショールもイヴニングバッグもそこに置いたまま、ジャスミンの小枝を髪に挿し、急いで部屋を出ると、暗くなった廊下を進んでいった。

シャルルは電話の耳当てを持ったまま、だいぶ聞き慣れてきた女性の声がする不可解な物体をじっと見つめていた。そのとき、ドアをノックする音がした。素足で上半身も裸だった彼は、部屋着の袖に腕を通しながら、ドアのほうに向かった。きっと先ほどシャンパンを持ってきた客室係だ。ちょっと前に船をかすめた氷山について詳細を知らせにきたに違いない。だが、ドアを開けたとき、彼は小さな氷山が水面下に隠れていたことを喜びたいくらいだった。ああ、明かりがなくてよかった。それに、客室係ではなくてよかった。

シャルルの気持ちを表現するのに「驚いた」という言葉はふさわしくなかった。彼が肝をつぶし、ぼう然とし、すっかり参ってしまい、驚愕の海で途方に暮れていると、ほっそりとした人影がジャスミンの香りを放ちながら脇を通り抜け、部屋に入ってきた。

シャルルは本当にびっくりして向きを変えると、後ろに体を倒し、全体重をかけてドアを閉めた。それと同時にルイーズ・ヴァンダミーアが、というより、明かりがないところでしなやかに動く物体が尋ねた。「あなたのこと、何て呼べばいい？　名前があるんでしょう？それとも、これからは〝私のパシャ〟と呼んだほうがいいかしら？」

11

ドアが閉まるとほぼ同時にシャルルの部屋の電気はすべて消えた。奥の寝室と同様、居間を照らしているのはカーテン越しの月明かりだけになった。この外側の二部屋でさえ、物の見え方は控えめに言っても、今一つだったのだから、食堂、書斎用の小部屋、大理石の浴室、水洗トイレといった内側の部屋が真っ暗だったことは言うまでもない。シャルルはこの四五分というもの、石油やロウソクを探して部屋じゅうをうろつき回っていた。だから、電気が使えなくなったというのに、この部屋には、光を放つ物が何一つないと断言することができた。マッチ一本、見当たらなかったのだ。船のサーチライトも消えている。あたりを照らすはずのかすかな光さえ、まだ目にしていない。コンコルディア号は荒れた海を盲目のまま進んでいた。いや、船尾のライトはついているようなので半盲と言うべきか。船はわずかに傾き、それだけでもシャルルは床が一、二度傾斜しているのがわかるほどだった。なんという皮肉だろう。この巨大な船は、鋼鉄と鋲《リベット》の上にシャルルと自らの運命を乗せ、まるで彼の仲間であるかのように、片目、片脚が不自由な状態で航行している。

暗闇の中、シャルルの正面にはルイーズ・ヴァンダミーアが平然と待っており、背後のテラスでは雨の海が耳障りな音を立てていた。ルイーズは彼の名前を尋ねたのだ。もっと重要なのは、彼女がアラブ人の名前を期待していることだった。シャルルは突っ立ったまま、何か思いつこうとしていた。

「ラフィだ」頭に最初に浮かんできたのは、チュニジアにいる友人の名前だった。

「ラフィだけなの?」

シャルルは顔をしかめ、腕組みをした。アラブ人の名前は長くてややこしくなければいけない。「ハーミド――」ムハンマドと同じ語根から派生した名前だ。**息子が一〇〇人いるなら、全員にムハンマドと名づけるべし**。「アブド＝アル＝ラーマン」これならいかにもそれらしく聞こえるだろう。あとは若いルイーズが僕と同様、この話題に疎いことを祈るばかりだ。

「それは本当にあなたの名前?」

「いや」

ルイーズは、両手のほこりを払うように彼の努力の成果をさっさと退けてしまった。「それじゃあ、あなたを〝シャルル〟と呼ぶことにするわ」

シャルルは息が詰まりそうだった。「今、何て言った?」ルイーズの言い方は「シャール」と聞こえた。フランス人の友達や知り合いは皆、そういう言い方をする。

「これだってどの名前にも負けないわ。それに、そう呼んだほうがよさそうなの。結婚してから、夫でない人の名前を呼んではいけないときに呼んでしまう可能性がなくなるから」

シャルルは言葉もなくドアに寄りかかり、彼女がテラスのカーテンの前を通り過ぎ、シルエットの輪郭がはっきり描き出されていく様を見つめた。しなやかな曲線がおぼろげに目に映り、彼が贈った花が異国的な甘い香りを放っている。この信じがたいジャスミンの幻影は彼の居間を横切り、大きな椅子の陰に回った。

彼女は火の入っていない暖炉のそばにあったその椅子に座り、信じられないことを口にした。「ねえシャルル、それで私たち、今夜は何をするの？」

彼が何をしたかったかと言えば、ルイーズをぴしゃりと叩き、追い出してしまいたかった。男の部屋にさっさと入ってきて、いったい何をやっているんだ？　いつもこんなことをしているのか？　恋人のことは全員〝シャルル〟と呼んでいるのか？　多かれ少なかれ、彼はルイーズをこうした状況に陥れようとしていた。それはもちろんなのだが、かろうじて行動を開始したばかりだったのだ。事が簡単に運びすぎている……やり方が間違っているのだろうか。

シャルルがしばらく何も言わなかったため、暖炉のそばの椅子からルイーズが言った。

「私がここに来たこと、怒っているの？」

「少しね。どうしてこの部屋だとわかった？」

「交換手に聞いたの」

シャルルは顔をゆがめ、電話の向こうで彼にはひどく非協力的だった、あの耳障りな交換手の声を思い出した。女の陰謀か。「鍵がなければ、特別船室の区域には入れないはずだ」

「舞踏場の外にある通用口を通って、脇の甲板昇降口に出れば大丈夫よ。私の思い違いでなければ、ゆうべ、あそこのいちばん上から、私がジョンストン大尉と一緒にいるところを見ていたんでしょう?」

いちばん上からというわけじゃないが、かなり近い。いいだろう。こっちは仕返しをされて、次の手がなくなったわけだ。

ルイーズが脚を組んだ。脚を一蹴りすると、ごわごわしたサテンのスカートが跳ね上がり、彼女の厚かましい自信と調子を合わせるように、暗闇の中でシルクがシュッと音を立てる。彼女がまた脚を蹴り上げた。「そういうわけで、私はここにいるの。あなたに訊きたいことがあって、それがもう頭から離れないのよ。私をどうしようっていうの?」脚を蹴るたびにスカートがシュッと鳴る。シャルルが何も言わないので、ルイーズは続けた。「暗闇の中、船を半分縦断してあなたを見つけ、言ってみれば、秘密の隠れ家みたいなところに入っていってあげたら、あなたの不安も治まるんじゃないかと思ったの」

「不安?」

「そう。私が興味を示さないかもしれないとか、キスしたくなるほどの相手じゃないと思われるかもしれないとか、そういう不安。だって、自信のある男性なら、キスしたければ、女をひざまずかせる必要なんてないでしょう?」彼女が脚を蹴り、スカートが鳴る。

シャルルが笑った。「したくなかったのかもしれないな」

一瞬、ルイーズの脚が止まり、また動きはじめた。暖炉のそばの暗がりから聞こえてくる彼女の声は素っ気なかった。肩をすくめているのだろう。「私よりよくわかっているみたいね」それから間を置き——脚を蹴り、スカートが鳴る——再び尋ねた。「それで、今はキスしたいと思っているの、シャルル？」

ルイーズがシャルルという名前を口にするたびに、彼のうなじの毛が逆立った。まったく、いまいましい小娘だ。もちろん、僕は君にちゃんとキスしてあげるつもりだよ。

シャルルは寄りかかっていたドアから体を離し、暖炉のそばにある二つの椅子の輪郭を目指して前に進んだ。暖炉の脇にあるピアノがお化けのように不格好で、ばかでかく感じられる。明かりがないのは自分にとって有利だ。それはわかっている。だが、空いている椅子の近くまできたとき、ルイーズが座っている椅子の台座を蹴ってしまい、シャルルは思わず椅子の背をつかんだ。彼の手と足に押され、椅子がタイル張りの炉床の上を滑る。彼は前かがみになり、詰め物をした肘掛け部分に両手を置いて体を支えた。

ルイーズが驚いて声を上げ、姿勢を保とうとして組んだ脚を戻したとき、ドレスの衣擦れの音がした。彼女は脚を蹴り上げるのをやめ、椅子に座ったまま背筋を伸ばして体をそらし、シャルルから離れようとした。シャルルは低くかがみ込み、ルイーズの影の中に頭を突っ込んだ。弱い、ちらちらした光ではあったが、月明かりが彼女の頭頂部を後ろから照らしている。ウエーブした髪が一本一本、優美に並び、不安混じりの吐息のように、彼女の頭の周りに光の輪を放っていた。

「君はなぜここにいるんだ？」シャルルはルイーズの顔に向かって尋ねた。彼女はジャスミンのにおいがする。後頭部の下のほう、おそらくうなじのあたりから、甘い、圧倒するような香りが漂ってくる。

ルイーズはあまり自信がなさそうに答えた。「なぜって……私、びっくりしてしまって――」

「何だって？」シャルルは疑うように訊き返した。

「私……あなたが話しかけてきたから……」ルイーズはなんとか冷静さを保とうとしていたが、シャルルのせいでおびえていた。ありがたい。彼女もおびえることがあるんだな。シャルルはこの傲慢な少女が不思議に思えてきた。彼女はいつもこんなに勇敢なのか？　ルイーズは話を終わらせようとした。「船が衝突したでしょう。それで私――」彼女はそこで何かをこらえたが、再び勇気を出し、こんなことを口走った。「話し相手を探していたの。今日、私たちがしたような、ああいうおしゃべりがしたいなと思って……」

シャルルが肘掛けをつかんでいた手に力を込めたため、椅子全体ががくんと動いた。「勘弁してくれ。君がしてくれた話からすると、この船には、君の両親やおじさん、おばさんがたくさんいるじゃないか。その人たちと話せばいいだろう」

「無理よ」ルイーズは腹立たしげに言った。「両親は私のことなんか、ほとんどわかってないし、従姉妹は私を崇めたてまつるか、変わった人間だとみなすかどっちかだもの。おじやおばは、私を恐れているわ。私はたいがいの人から不良娘とは言われないまでも、気難しい子だと思われているの」

そんなこと想像できるだろうか。シャルルはそう思いながら立ち上がった。あたりを見渡してみる。どこもかしこも真っ暗だ。自ら選んだわけではない暗闇だった。まるで自分のジョークが独り歩きを始めてしまったかのようで、これ以上ない不気味な気持ちに襲われた。彼はズボンのポケットに両手を突っ込んだ。

すると、硬くてつるつるした、丸い小さな真珠が入っていることに気づいた。シャルルは真珠を取り出すと、とっさに手を伸ばし、それをルイーズの頰に当てた。彼女はたじろいだ。「何なの……」

「静かに。目を閉じて……。いいかい、ルイーズ、ほかの感覚を働かせるんだ。それから、これが何か、僕に話してごらん」

シャルルは指先を使って真珠を動かした。まず、彼女の頰のくぼみに転がし、そこから口の端を経て、顎を横切ってから鼻と口のあいだの溝まで移動させ、しばらくそこに止めておいた。「何だと思う?」ルイーズが椅子に少しもたれ、いくぶんリラックスしているのがわかった。

シャルルの手のひらに、ルイーズの温かい吐息がかかる。彼女がしゃべると、それに合わせて真珠も動いた。「ひんやりしていて、硬くて丸い物」ルイーズは少しためらった。「わからないわ」彼女はあてずっぽうで言った。「あめ玉?」

シャルルが笑った。「君は子供だな」

だが、シャルルは真珠を彼女の肌に当てるという、この思いつきが気に入った。彼は再び椅子の上に身をかがめると、片手で体重を支え、もう片方の手は相変わらず、彼女の鼻の下の溝に真珠を押し当てていた。彼のもくろみは、それを唇の上に転がしていくことだった。ひょっとすると、そこから顎を通って首に沿わせ、鎖骨を越えて胸の谷間に真珠を入れよう、あるいはそこの暗闇に落としてしまおうと思っていたのかもしれない……。

ルイーズは頭を少し上げて、真珠を下に転がし、唇で挟もうとした。シャルルの指先から真珠を吸い取り、口にくわえる。真珠が彼女の歯に当たる音がした。「取ってごらんなさい」ルイーズはそう言って、少し息が漏れるような低い声でクックと忍び笑いをした。それは、少女が川の中で水をかぶりながら遊んだり、からかったりしている声に思えた。あるいは、孵化《ふか》したばかりの若き海の精セイレーンが本領を発揮し、彼を水に沈めるべく、その美声で誘惑しているようにも思えた。シャルルは心が決まらなかった。

彼は一方の手を宙に浮かせたまま、もう一方の手に体重をかけ、魅惑的な笑い声のほうに顔を向けて、一面に漂う甘いジャスミンの香りをかいだ。なんていい香りのする子なんだ。シャルルは考えを改めた。一八歳は子供だとずっと自分に言い聞かせてきたはずなのに、彼女は子供ではなかった。シャルルは頭を傾け、ルイーズにキスしようとした。

そのとき、彼女の顔がぶつかりそうになった。

どうやらルイーズはシャルルの動きに気づかず、座ったまま急に体を前に傾けたようだ。空気がかすかに動き、彼女が放つ華麗な芳香の流れが変わったことに気づいた彼は、頭をひょいと横にずらした。ルイーズの額は彼の肩をかすめ、もう少しで頭とぶつかるところだった。彼女は椅子の影のほうに体を傾けた。おそらく真珠を吐き出したのだろう。「これ、私のだわ」話し方からすると、もう口には何もくわえていないようだ。「私の真珠よ！　どうしてあなたが持ってるの？」少しずつ事情がのみ込めてきたらしく、彼女は叫んでいた。

「あそこにいたのね？　どこにいたの？」

「ドアの陰で闇に紛れていた」シャルルは顔をしかめ、再び立ち上がった。「君がびしょ濡れになっているのをそのあたりから見てたんだ」

「部屋に戻ったのかと思ってた。船の端まで走っていって、手すりを飛び越えるか何かして、下に降りたのだろうと思ったのよ」

「まさか」ロマンチックなたわごとに口元をゆがめ、シャルルはまだ開けていないシャンパンのほうに歩いていった。もうあまり祝杯を挙げる気分でもなかったが、飲まずにはいられなかった。「そんなことをするなら穴の中でヘビと格闘するほうがましだ」

「何ですって？」

シャルルはシャンパンを見つけた。客室係は氷の入ったクーラーにボトルを入れ、部屋の反対側にあるピアノの脇のカナッペ・テーブルに置いていったようだ。「シャンパンでもどうだい？」

「あなた、イスラム教徒じゃないの？」

飲酒。預言者の教えに反する行為だ。アッラーの神に誓って、このお嬢さんは驚くほど色々なことを知ってるな。シャルルはできるだけ誠実に聞こえるように努力した。「嬉しいな。君はイスラムについてずいぶん詳しいみたいだね。西洋の女性にしては珍しい」

「あら、今朝はあまりよく知らなかったのよ。でも、そのあと図書室に行って、一日じゅう、本で調べたの。今はほんの少し、詳しくなったわ」

素晴らしい。ひょっとすると、ルイーズはシャルルより詳しくなっていたかもしれない。だからこそ、シャンパンのボトルをつかみ、コルクを抜き、イスラム教徒に囲まれて暮らしていたころに知った事実を皮肉っぽく口にしなければいけなかった。「裕福になればなるほど、イスラム教徒は素行不良になるものでね。国を遠く離れていればなおさらさ」

コルクが勢いよく飛び、シャンパンがシューッと音を立てて泉のように流れ出た。シャルルは手探りでグラスを一つ見つけ、腕やカフタンの袖を濡らしながら、泡立つシャンパンの雨を感覚を頼りに受け止めつつ、シーソーのように揺れる床でバランスを取っていた。

背後でルイーズの声がした。「それじゃあ、〝素行不良に乾杯〟ね。ええ、私にもそういうところがあるもの。それと、ヘビと格闘するほうがましって、どういうこと？」

「え？　何だって？」

「高いところが嫌いなの？」

シャルルは上の空で、グラスの縁に親指を置き、シャンパンの入り具合を確認しながら言った。「ああ、そうだね」そして、親指が濡れるまでシャンパンを注いだ。

「でも、すごく高さのある船の最上階に泊まっているじゃない」

「高いところから外を見る分には平気だ。でも、飛び降りるとなると話は別でね。子供のころ、父は僕をポニーから引き離さなくてはならなかった。たてがみから、まさに蓋をこじ開けるみたいに指をはずして、泣き叫ぶ僕をぐっと引っ張るんだ。動物に乗るのは好きだったが、ぱっと下りられるようになるまでに何年もかかってしまった。高い場所については、まあ、とりあえず、僕は階段を一段ずつしか下りないし、手すりを飛び越えることはないとだけ言っておこう」シャルルはシャンパンをなみなみと注いだグラスをルイーズのほうに持っていき、彼女の影に向かって差し出した。「分け合って飲まないといけないな。お客さんが来るとは思っていなかったんだ」

二人の手が互いを確認しあった。ルイーズの手はひんやりしていて滑らかで、子供の手のように柔らかかったが、長い指をしていた。ルイーズがその指をシャルルの手の下に滑り込ませ、彼はグラスを手渡した。それから、シャルルはピアノ用の長椅子を引き寄せ、彼女の脇に腰を下ろした。「それで、ルイーズ、さっきの話だけど――」

「ルルと呼んでもいいのよ。友達は皆、そう呼ぶわ」何かがシャルルの肘に当たった。ルイーズの腕だ。「あなたもいかが？」

シャンパンが差し出された。シャルルはグラスを手に取り、暗闇の中、二人はもう一度、指で愛撫し合い、肉体的な触れ合いがなされた。彼女が軽々と、器用な手つきで重たいグラスを渡すのがわかった。そのシャンパングラスは鉛を含んだクリスタルガラス製で、一面に複雑なカット模様が施されていた。

そして、グラスの中身はほとんど空だった。

やれやれ、本当にたい《ル》した子《ル》だ。「それじゃあ、ルル――」シャルルは一瞬ひるんだが、頭を後ろに倒して彼女の飲み残しを流し込んだ。「こんな夜に、どうして君は、まっすぐここに来る気になったんだい？　大好きでもあり、大嫌いでもある家族の誰かを見つけて話し相手になってもらえばいいだろう」

「言ったでしょう。それはできないの」

「君にその意志がないんだ」シャルルは彼女の言葉を訂正した。「君は文句を言っているけど、今日の午後ずっと、回りくどい言い方で、家族を大事に思ってるってことを口にしてたんだぞ」

「私が？」

「そう。両親は君にまったく注意を払わない。ただし、君が気まぐれを起こすたびに、その後始末をしてくれる。従姉妹はばかげたことを言うけど、君は時々それを自分のせいにするほど、その子のことが大好きなんだ。おばさんは、君を周りに悪影響をおよぼす問題児だと思っているけど、食事の席で君を自慢したりするんだろう」

一つ一つ列挙されるのを聞いていると、ルイーズはいらいらした。そういう表現をしたわけではなかったが、もちろんシャルルの言うとおりだった。彼女はあの人たちが好きなのだ。

「じゃあ、私は恩知らずの意地悪な子ということになるのね」

ルイーズは、家族の話なんかやめてほしいと思った。家族はここに来ようと思った彼女の決心をよしとしないだろうし、理解もしてくれないだろう。彼女は自分が注目を集める明るい場所をわざと離れ、次に何が起きるかわからない、誰のルールで支配されているのかもわからない場所へ行ってみようと思ったのだ。

ルイーズにわかるのは、犬舎で出会った男性の部屋へやってきたということ、その人は暗い場所にいると落ち着くということだけだった。明かりの消えた傾いた船でくつろげる人がいるとすれば、ここにいる彼がその人だ。私のパシャ。西洋風のズボンをはいた素行の悪いアラブ人。時々、彼の片脚や広い肩のシルエットがちらっと目に入ってきたし、彼が動くと、ゆったりした部屋着の裾が巻き上がるのがわかった。こういったことをヒントにしたほか、数時間分の読書で得た知識にそそのかされ、ルイーズはおかしな想像を働かせていた。

暗がりの中、床に置いてあるシルクの枕が目に浮かぶようだった。その横にはトルコ産のたばこを詰めた水キセルがある。部屋には、ひらひらと揺れ動く、ごく薄いカーテンが掛かり、ミルラという香木がぎっしり置いてある棚に、お祈り用の絨毯が丸めて立てかけてあるのだ。足を踏み入れたその瞬間から、ルイーズにとってこの禁断の部屋は、エキゾチックな静寂と心の秘密を守れる場所となり、神聖なモスクとなった。あるいは、後宮《セラグリオ》……ハーレム……婦人部屋《ゼナーナ》かもしれない。

数々の言葉たち。今日、図書室で開いた本には、断片的な知識、おおざっぱな要約と並んで、不可解な概念がちりばめられていたが、どれもこれも西洋の偏見で解釈されたものだった（イスラム教徒は酒を飲まないが、高潔な理由で殺し合うことは許される。一日五回、祈りを捧げるが、女性は悪徳にとらわれるといけないので、客や隣人の目に触れないようにしている。アラブ人、ベドウィン、ベルベル人、ムーア人といった民族は太古の昔から存在し、激しやすく、執念深い。彼らの土地は文明発祥の地である)。本で読んだことの大半は表面的な印象にすぎず、ひょっとすると、どれもこれも過度に一般化された、間違った認識だったかもしれない。そんなことはわかっていた。だが、ルイーズにはこういったイメージがそれはもう興味深く思えた。彼女が感じ取った自分とこの男性との大きな違い、すなわち文化の違いを象徴するものと思えたのだ。ルイーズは彼のことが知りたくてたまらなかった。いや、彼といると興奮を覚えた。いや、その両方だった。

それに、妙な話だが、ルイーズはうっとりして平静を失い、彼に微笑みかけることも、彼の目を惑わすこともできずにいた。

ルイーズは椅子にじっとしがみつき、立ち上がることができなかった。

だが、パシャは違った。彼は立ち上がり、ルイーズに背を向けて部屋のいちばん暗いところへ歩いていった。ルイーズの耳に、ボトルがグラスにぶつかる音、液体が注がれる音、発泡する音が聞こえてきた。

「非難したわけじゃない」部屋の向こうから彼の声がする。「今の話。両親や、おじさんやおばさんに対する矛盾した感情のことだけど」ルイーズが答えずにいると、彼はこう言い添えた。「そういう感情を抱くのは珍しいことじゃないが、表現の仕方が独特だと思ったんだ。はっきりと鋭いことを言う。君は若くて、複雑な女性だ。目下、自分が抱える矛盾を理解するという、なかなか楽しい経験をしている最中なんだよ。僕は敬意を表するね」

ルイーズは笑った。軽く笑えていればいいのだけれどと思いながら……。「お世辞を言えば、何でも思いどおりになるでしょうね」ルイーズの笑い声は、本人が意図したよりも、はにかんでいるように聞こえた。「そのシャンパン、持ってきてくださらない？」

自分の態度があまりにも浮ついていることはわかっていた。もう飲みすぎだ。けれども、こんな状況にあるせいで、そうでなければこの男性のせいで、あるいは、おそらく自分が抱えている「矛盾」のせいで――ルイーズはこんなふうに、いつもより無礼で挑発的な態度を取っていた。何も見えないこの部屋は一瞬心地よく思えたが、次の瞬間にはそうではなくなり、漠然と不安な気持ちになった。一方、部屋の向こうにいるシャルルは、暗闇の中を移動しながら、その闇を吸い込み、飲み干している。まるでそのために生まれてきたかのようだ。

ルイーズは闇の中におけるシャルルの優位を実感した。彼はルイーズよりもやすやすと闇になじんでいる。彼女の動きや姿勢の変化を感じ取っているらしい。彼女はシャルルの部屋、つまり彼の領域に座っているわけだが、そんなこととはいっさい関係のないやり方で、彼は相手の姿が見えているかのように、その動きを感じ取っている。あの犬舎と同様、暗闇そのものがシャルルの領域だった。彼にとって、暗闇は力を得られる場所なのだ。

シャルルの穏やかな声が、相変わらず部屋の反対側から聞こえてきた。「お世辞じゃない。僕は心からそう思っている。君と両親との関係はおおいに混乱しているけど――」彼は少し間を置いた。「僕の国ではそれを愛と呼ぶんだ」

ルイーズの顔が赤らんだ。彼女は苛立ち、むっとした気分で椅子に座ったまま体の位置をずらした。ふと気晴らしのつもりで言っただけなのに、シャルルはあまりにも深く興味を持ちすぎている。ルイーズは文句を言った。「どうして、こんなに自分のことを話してしまったのかわからないわ」

「僕は楽しませてもらったよ」シャルルは心から言った。「今、こうして君をちょっと困らせているのも楽しいけどね。いったい、いつの間に——」彼の笑い声はだんだん優しく、豊かになっていく。「僕に何でも包み隠さずしゃべってくれるようになったんだろうな」そして、こう言い添えた。「あるいは、話し方がすごく面白かったと言うべきかな」

「面白かった?」ルイーズは顔をしかめたまま膝を見下ろした。輪郭のぼやけた指がドレスのひだを探るように滑り、サテンのへこみで真珠を転がす様子を見つめている。

「そうだよ。君は僕を楽しませてくれた」シャルルはさらに続けた。「それに驚かせてくれた。君はとてもきれいだけど、それ以上に、とても頭がいい。正直な人でもあるんじゃないかな。心も広いし、自分が愛している人たちに多くのことを譲っている」

ルイーズは怖い顔をして言った。「シャンパン、持ってきていただけないのかしら?」

自分が心の広い人間だとか、面白い人間だなどと思ったことは一度もない。人に自分のことを包み隠さず話したことだってない。

シャンパンを注ぐ音はしたが、シャルルがいつ向きを変え、いつ自分のほうに歩いてきたのかはわからなかった。どうやら彼はずっと部屋の端を歩き、いちばん暗い場所に来てから、静かに近づいてきたらしい(つま先の部分がカールした赤いスリッパを履いているか、素足なのだろう、とルイーズは想像した)。はっきりとわかったのは、シャルルが突然、再び自分のそばに現れたということだけだ。

ルイーズはシャルルの存在を感じることができた。彼が近づくと、それを一風変わった方法で意識する。神経を研ぎ澄ませて、彼が呼吸する音、体温、肌の湿気を感じ取るのだ。シャルルは備え付けの石けんのにおいがした。入浴したばかりなのだろう。髪は湿っているのかもしれない。何かほかのにおいもする。石けんではなく、もっと個性的な、男性用化粧品のにおい。たぶんベルガモットだろう。

ルイーズは、シャルルが再び腰を下ろし、シャンパンを口に含み、静かに飲み込む音を耳にした。椅子の肘掛けから彼のほうに身を乗り出し、手を伸ばす。あたりは暗かったが、彼の膝の上でしっかりバランスを取っている、たっぷり注がれたグラスを探り当てた。

「いいかしら?」ルイーズは彼が持っているグラスを取り上げようとした。だが、次の瞬間、それは消えていた。彼がさらに高いところに持ち去ったのだ。

窮地に追い込まれ、ルイーズの落ち着きは空《くう》に溶けてしまった。シャルルの反応を読めたらどんなにいいか。彼はこちらを向いているの? それとも顔を背けているの? からかっているの? それともまじめなの? 今、何をしているの? 考え事? 裏を返せば、ルイーズはこう言いたかったのだ。**私を見て。私を理解して。**自分の目に見えない部分の美しさを照らし出せたらいいのに、自分に関するほかの評価から彼の目をそらし、見えない美しさをもっと明るく輝かせることができたらいいのに。

ルイーズは肘掛けからさらに体を乗り出して手をぶらつかせていたが、ようやく指先がシャルルの脚をかすめた。「あなたは聖職者か何かなの？　シャンパンのせいで、ちょっと堕落してしまったのかしら？　聖職者だから私にそういう話し方をするの？」

「そういう話し方？」シャルルが繰り返した。

「司祭みたいでしょう？　あなたはそういう人なの？　カリフか何かなの？」

シャルルは「ハッ」と驚きの声を発し、椅子に深く座り直した。**もっと飲まなきゃ、やってられん。**シャルルはシャンパンを飲み干し、再びグラスを満たした。こんなときでも、ボトルを抱えて持ってくるほどシャルルは冷静沈着だったのだ。彼はグラスの縁までシャンパンを注ぐと、親指をなめ、ボトルを後ろに置いた。

だが、再び前を向くか向かないかのうちに、腕がルイーズにぶつかった。「飲ませてくれるの？　くれないの？」

シャルルは手に持ったグラスをそのままルイーズにつかませ、彼女がシャンパンをするあいだもずっとそうしていた。

ルイーズは両手で彼の手とグラスを口に持っていき、それを傾け、ごくごく音を立てて飲んだ。それから、シャルルは自分の指がグラスから引き離されるのがわかった。「ありがとう」ルイーズはそう言ってグラスを手に取った。「じゃあ、あなたは禁欲してるのね。そうなんでしょう？」いつもははっきりしている発音が、少しあいまいになっている。ろれつが回らないというほどひどくはなかったが、ほろ酔いになっていることは確かだった。シャンパン二杯で……。

「禁欲？」シャルルはぽかんとして尋ねた。

「ねえ、私にキスなんかしたくないんでしょう？　だって、ちょっと不思議だったのよ。キスしようともしないんだもの」

シャルルは鼻を鳴らし、彼女にこう言った。「君は若い船員たちのやり方に慣れっこになっているみたいだな」

シャルルの頭にゆうべの記憶が鮮やかによみがえった。美しい、甘い香りがするだけの記憶ではない。それとは対照的な、触覚に訴える少女の記憶。露のように滑らかな喉元を飾り、サテンのドレスのネックラインの上で盛り上がる完璧な乳房にかかっていた、あの小さな真珠の硬い感触……。乳房の丘に邪魔をされた真珠のネックレスは、回り道をして切り立った谷に下りていた……。ネックレスは何連にもなっていて、長いものはゆらゆら揺れながら、張りのある滑らかな胸に危なっかしくぶら下がり、ほっそりしたウエストからあちこちに広がるように揺れていた。その様子は、登山家のハーケンがはずれて命綱が激しく揺れているようでもあった。

ルイーズの影は、シャルルに言われたことについてしばらく考えていた。どうやらそれが彼に考える余裕を与えたようだ。彼女が椅子に深々と座り、クッションとシルクが擦れ合う音がする。

シャルルは闇の中で手を伸ばし、ルイーズの腕に触れた。それから、彼女の前腕に手を滑らせていくと、シャンパンにたどり着いた。**ああ、どうにかしてくれ。**指先がぞくぞくする。体が穏やかに興奮するのがわかり、シャルルはそのとき初めて、ズボンの縫い目や前ボタンにかかる圧力と格闘した。ピアノの椅子に座ったまま体を前にずらし、彼はルイーズの手の甲から手のひらへと指先を滑らせた。そんなふうにしてグラスを取り返して高く掲げると、胸をぐっとそらせ、目を閉じた。呼吸が速くなっている。

　ルイーズの言うとおりだ。確かに僕は欲望に抵抗している。なぜなんだ？　僕はこの生意気で大人びた、魅力的な少女が好きだ。彼女を傷つけたり、意地悪なジョークで物笑いの種にしたりするのはいやだ。それに、僕に怖い思いをさせられるかもしれないと彼女に気づかせることは、もうたいして面白く感じられない。

　その一方で、シャルルはルイーズにキスしても構わないと思っていた。言ってみれば、未来の花嫁をちょっと味見するようなもの。**彼女はなんて魅力的なんだ。**ことによると、丸ごと味見をしてもいいかもしれない。彼女に慎ましさを教えてやろうなどという、おこがましい考えはもうどうでもいい。シャルルは新たな計画を思いついた。まったく安全なやり方で、ルイーズに僕との情事を経験させてやろう。自分のプライドがばつの悪い思いをすることもないだろうし、お互い恥ずかしい思いをすることもないだろう。それから彼女を送り出してやればいい。結婚したら貞節を守るんだぞと言って見送ってやればいいんだ……。**貞節。**シャルルがその言葉に眉をひそめると、目の傷跡が髪の生え際の皮膚を引っ張った。彼は訊かずにはいられなくなり、できるだけ何気ない言い方で尋ねた。「結婚したら、君は誠実でいられると思うかい？」

「誰に？」

「夫に決まってるだろう」

「さあ、どうかしら」ルイーズはあまり注意を払っていないようだった。「いつか誰かにそうできたらいいと思うけど。誰かに誠実を誓えたらね……」その声はあてもなくさまよっていた。

ルイーズは椅子の肘掛け越しに手を伸ばし、シャルルのほうに身を傾けた。彼女の手は彼の太ももと、そこに上手く載っているグラスを探り当てた。それを独り占めしたあとも、彼女は座り直すことはせず、またしても音を立ててシャンパンをがぶ飲みした。それから、シャルルの太ももをテーブルとでも思っているのか、その上にもう一度グラスを置き、自分の腕もだらりと垂らしたままにしている。「このシャンパン、船長が夕食のときにごちそうしてくれたやつよりずっと美味しいわね」

ああ、三杯目も飲んでしまった。いったいこの子はどれくらい酔っているのだろう？とはいえ、彼女の美しい手を見ているとすぐにどうでもよくなってしまう。

暗闇の中、シャルルは少し斜めになった船の上で体を傾け、この若い美女のほうに徐々に近づいていった。彼女は逃げ場を求めてやってきた。ここはきっと、彼女の人生において、とても安心できる場所なのだろう。彼女が求めているのは異性の魅力。絶対にそうだ。そう思うと、シャルルは目の奥が熱くなった。

シャルルはルイーズにキスをするつもりだった。彼女もそうしてほしいと思っている。にもかかわらず、彼は気が進まず、そこに座ったまま、とにかく今、起きているらしき事態になぜか——理由は神のみぞ知るだ——慎重な態度を取っている。

ルイーズはそんなシャルルを見てからかった。「口がなくなっちゃったの？　それとも、なくなったのはほかの部分かしら？」彼女は自分が口にした卑猥なジョークに、クックと神経質そうに笑い、こう続けた。「私、酔ってなんかいないわ。言っとくけど、酔ってませんから。絶対に」片手を高々と上げると、カーテンから漏れるほの暗い明かりが薄い手のひらの輪郭を浮かび上がらせた。まるで宣誓をしているようだ。「何でも訊いて」とんでもなく酔っ払っているわけではないが、かなりだらしがなくなっている。「イスラムに関する質問なんてどう？」

冗談じゃない！　彼女を黙らせるためにキスをしてやろう。

シャルルはルイーズのほうに手を伸ばし、頭頂部の丸みと、後頭部のひんやりした滑らかな感触を探り出した。しだいにセクシャルな気分に陥り、心の平静ががたがたと崩れていく。ルイーズ・ヴァンダミーアはいとしくて、人の意表をつく、わけがわからない子だ。頭がよくて、面白くて、かわいらしい。自由奔放で、人から誤解されている子。一〇分もすれば、自分をこんな単純素朴な評価を下したことに歯ぎしりするのだろう（そして一月もすれば、自分を撃ち殺したくなるだろう）。だが、今この瞬間、シャルルは闇を縫って体を前に傾け、ルイーズの唇を探しながら、その評価が彼女にぴったりな表現とは言えないものの、自分をその気にさせる表現であることは間違いないと思った。

一方、ルイーズはその場に釘づけになっていた。明るいところでまったく姿を見たことがないこの男性が、片手で彼女のうなじを包み、暗闇の中、自分の口元に彼女を引き寄せた。唇が触れ合い、彼のためらいはいっさい消え失せた。シャルルは頭を動かし、飢えたようにキスをする。ルイーズの五感に火がついた。それはまばゆい白光を放ち、この部屋の中でいちばん明るく輝いていた。ルイーズはまるで太陽を求めるようにキスのほうに顔を向け、シャルルは彼女の口の奥深くまで進んでいく。そこは挑発的な、濡れた熱い場所だった。彼女はさらに口を開き、たちまち訪れた信じがたいほどの快楽に溺れた。

少しひび割れた温かい唇が押しつけられ、よく滑る湿った舌が口の奥を深くまで探っている。シャルルのキスには相手を煽るような、はっきりとした激情が感じられた。ルイーズの鼓動はどんどん速く、激しくなっていく。彼にキスされると、彼女の両手はひとりでに肘掛けから持ち上がり、官能的な衝撃の渦に巻き込まれたまま宙に浮いていた。ついにルイーズのパシャは、彼女の肘のすぐ上をつかんで立ち上がった。そして彼女を引き上げ、錨を下ろすことなく漂う闇の中へといざなった。

もう椅子はない。支えるものもない。船が荒れた海を前のめりで進んでいくのがわかるだけだ。ひどい揺れのせいで、ルイーズは背の高いがっしりした体格の男にもたれかかった。彼の胸は広く、腕は引き締まっていて、思ったより筋肉質だった。とにかく運動選手のようだ。だが、それも彼の太ももにはかなわない。硬くて厚みがあり、筋肉の発達した、たくましい太もも。強靭な騎手の太ももだ（彼女は、鞍なしで騎手を乗せ、砂漠を行くアラビア種の牡馬を想像した）。ルイーズはシャルルに体重をかけて体を支え、シャルルもルイーズに体重をかけている。二人は一緒に船の動きに逆らっていた。シャルルが再びルイーズにキスをしたそのとき、何かがこぼれ落ちた。先ほどの真珠だ。真珠はタッタッタと音を立てて弾みながら床を横切っていく。音の間隔は徐々に短くなり、最後は炉床のタイルの上をすーっと転がって暖炉の中に入った。

真珠とともに、二人の遠慮や自制もすべて流れ去ってしまった。

シャルルがルイーズの両腕を自分の首に回すと、彼女は爪先立ちで彼にしがみつき、体を押しつけた。なんて不思議な感覚なんだろう、とルイーズは思った。何かをしたいという意欲が盛り上がってくるこの感覚。これまで味わったことがないわけではないが、これほど素早く、激しく、ほとんど一気に、立て続けに盛り上がってきたのは初めてだった。シャルルの両の手のひらは、ごく自然に、ルイーズの腕の下側を通ってわきの下に入り、手首の部分が乳房の縁にぴたりと寄り添った。その手は、肋骨の上で最初に現れた小山を揉み、少しのあいだ、かすかな快い刺激を与えたかと思うと、山を取り囲むように滑っていった。シャルルはルイーズの乳房をすっかり手中に収めた。彼女は息をのみ、彼の口の中に大きなうめき声を吐き出した。

シャルルはそれをのみ込み、ルイーズの口の奥までもう一度、激しく攻め入った。彼女の肺の中の空気を吸って生きていきたかった。シャルル自身の呼吸は乱れ、蒸気機関車のように激しく息を吐いている。ほかに出せる音といったら、ルイーズの左右の乳房を押しつけたり、いったん手を離して再びつかんだりしながら吐き出す満足げなうなり声だけだった。ルイーズの乳房は豊かに盛り上がり、触ると温もりがあって、ドレスのネックラインを押し上げている部分は、サテンよりもすべすべしていた。シャルルは彼女の乳房を持ち上げ、押しつけ、重みを感じながら、その間ずっと、その先端を親指でなでていた。それから、深い谷間に沿って湿った熱い息を吹きかけ、唇と舌でキスをした。

ルイーズは頬を肩のほうに寄せ、うめいた。心臓がどきどきし、激しい鼓動は放射状に広がって喉で脈打ち、腹部へも伝わっていく。彼女は祈った。体中の至るところにシャルルの手と口がありますように。わずか数センチでも私の体からそれませんように。闇の中にいるこの男性は、あらゆる想像を超えていた。がっしりしていて……臆病ではないし、禁欲主義でもない……それに、この熱い唇、滑らかな手、温かい胸……。というより、裸の胸というべきだ。ルイーズは、自分の両手が彼の肩を覆う部屋着の内側、つまり素肌の上に置かれていたことに気づいた。シャルルはズボンと部屋着しか身に着けていない。原始的な民族のパシャらしく、半裸だった。濡れて冷たくなった部屋着の片方の袖がルイーズに軽く触れていた。部屋着の内側にある彼女の指がシャルルの首を愛撫する。首の付け根の部分の髪は湿っていた。ルイーズは彼の頬にふれた。彼の顔に、彼の顎に、彼の鼻に、彼の目にキスしたかった。

だが、彼女は手首をつかまれた。シャルルは抱擁をやめ、後ろへ下がった。

二人は暗闇の中で突っ立っていた。激しい息づかい。ルイーズの手首をつかんだままのシャルル。

ルイーズは唇を濡らし、呼吸を整えようとした。

シャルルは軽い調子で「オラ」と言った。「オララ」という感嘆表現を短くしたもので、厳密に言えばフランス語だ。次の瞬間、何か叫ばなければと悟り、一〇年前に覚えたアラビア語の言葉がふと頭に浮かんだので、ばかげたことと思いつつ、それをそのまま口にした。「ラー・イラーハ・イッラッラーフ」ばちあたりなことを言ってしまった。「アッラーのほかに神はなし」だなんて。だが、彼にとっては信仰告白も同然だった。天の使徒はムハンマドではなく、ルル・ルイーズだ。なんてことだ……。シャルルの腕に抱かれている彼女はこの世のものとは思えなかった。この地球では出会ったことがないような存在だった。

寝室はどこだ？　どっちへ行けば寝室なんだ？　シャルルはルイーズの指に自分の指を絡め、進む方向もわからないまま、彼女を引っ張って歩きだそうとした。だが、彼は足を止め、暗がりに向かって顔をしかめた。この五分というもの、闇の中でゆっくり回転しながら、彼女の体のあちこちに手をはわせていたものだから、方向感覚がなくなったのだ。彼はそこに立ったまま寝室の方向を捜し、欲求不満をつのらせ苦しそうに息をしながら、非常に従順な若い女性の手を握っている。横にいる彼女は、シャルルの腕の下で体をぴたりと押し当ててきた。結局、彼は向きを変え、腰を少し曲げて彼女に再びキスをした。もう一度、惜しげもなく、情熱的なキスを。

キスはさらに続く。シャルルはもう満足できなかった。ルイーズの口は柔らかい。今までこれほど滑らかで柔らかい唇に触れたことがなかったが、口の内側はさらに柔らかかった。彼はルイーズの向きを変え、自分の真正面に連れてくると、舌でその口を愛撫した。そして、両手で彼女の腰を探り、禁断症状に陥ったかのように唇をむさぼり、舌を入れるリズムに合わせて、もっと近くに、もっとぴったりと彼女を引き寄せた。それは燃えるような、荒々しいキスになっていった。ルイーズはキスを求め、受け入れ、自ら貢献し、目の前にいるシャルルの部屋着をぎゅっとつかみながら、爪先立ちになって腰を押しつけている。しばらくすると、シャルルはまた抱擁を中断した。笑っていて、なかなかしゃべることができない。「困ったな――」彼は肺に深く息を吸い込み、ルイーズの背中をなでながら息を吐いた。「このままだと、こんな、暖炉とピアノのあいだですることになってしまう……」彼はまた息を吸おうとした。「ベッドのほうがずっと快適なのに」

シャルルは膝のことを気にしていた。目の詰まった東洋の絨毯が敷いてあるとはいえ、何度も床にぶつかったら、膝がもたないだろう。

彼は右も左もわからなくなったこの闇の中で、とにかくルイーズを床に引き倒してしまおうかと考えた。長くはかからないだろう。それについては自信があった。優しく、ゆっくり彼女を寝かせ、また今のようなキスをする。そして、彼女の上に乗り、太陽系の惑星を一直線に並べてしまうほどの衝動と勢いで中に入っていくのだろう。

シャルルの強い欲望も十分ではないと言いたげに、ルイーズは彼の胸に額を当てた。静かにあえぎながら「ああ」と言い、苦しそうに息を吸っている。「ああ……」また一呼吸。「私……初めてよ……」また一呼吸。「こんなに激しく欲望を感じてしまうなんて……」彼女はそう言って笑った。「体が二つに裂けてしまいそう」

「ああ、ちょっと、どうかしてるな」シャルルは目を閉じ、自分の心臓が激しく鼓動する音に耳を傾けた。そして、疲れ果てた様子で笑った。「でも、すごくいい」彼はふと頭に浮かんだことを尋ねた。「ところで、君はこういうことをどれくらい経験してるんだい？」ルイーズは答えず、シャルルは言葉を続けた。「だって、こうでもして時々中断しない限り、僕は寝心地のいい場所を見つけしだい、君を押し倒してしまいそうだから」

「いいのよ」ルイーズはつぶやいた。

少なくともシャルルの耳にはそう聞こえた。彼女の声は小さかったし、頭は相変わらず彼の胸に押しつけられている。「いいのよ？」シャルルは笑い、ルイーズの肩を引き寄せると、彼女をきつく抱き締めた。「いいわけないだろう？　僕は君をちゃんと抱きたいんだ。寝室はどっちだろう？　わかるかい？」

シャルルはルイーズと一緒に、三六〇度ぐるっと回転した。背後から、テラスのカーテン越しにかすかな明かりが注ぎ、目印になるものが姿を現した。突然舞い降りた偉大な英雄のように、シャルルは身をかがめてルイーズの膝の裏の位置を確認すると、彼女の背中を支えて脚をすくい上げた。ルイーズは彼に鼻を押しつけながら、くすくす笑い、脚をぶらぶらさせている。午前中に痛めた膝が腫れていたが、彼女の様子を目にすると、痛みに耐える価値はあると心から思えた。シャルルは上下に揺れないように気をつけながら、ルイーズを寝室に運んでいった。

ずいぶん昔のことに思えるが、一時間前、シャルルはちょっとした妙なトリックについてあれこれ考えていた。ドレスのネックラインから真珠を取り出して唇のあいだを転がすとか、暗闇の中のゲームとか、ひねくれたことを考えていた。今、感じているのは嘘偽りのない、正直な気持ちだ。もう回り道はしない。ひねくれたこともしない。素早く、ストレートに興奮の絶頂を目指すだけだ。まず彼女の唇にキスをし、乳房に触れることから始めよう。シャルルはルイーズを早くマットレスに下ろしたくてたまらなかった。

しかし、いざベッドに到着すると、シャルルは物足りなくなった。セックスに関しては貪欲なのだ。服を着たままキスをして、あれだけいい気分だったということは、きっと……。彼はルイーズのドレスを、着ているものを脱がせたかった。彼女のヒップがベッドカバーに触れた途端、シャルルは彼女の髪に指を差し入れた。ルイーズは両腕をついて体を支え、シャルルは彼女のヘアピンをはずしていく。最初は彼の手つきも慎重だった。一本、二本、三本……。しかし、ピンはたくさんある。結局、彼は狂ったようにピンを抜いては放り投げていった。あるピンは絨毯の上に音もなく落ち、あるピンはナイトテーブルにぶつかってカチッと音をたてる。

そして、ルイーズの髪がほどけた。豊かな長い髪は、滑り落ちるときの重みで腰までまっすぐに垂れ下がり、水が注ぐようにシャルルの指のあいだからこぼれている。とめどなく流れる冷たい水のように……。彼女の髪はたっぷりしていた。体のほかの部分もすべてそうだ。彼女はあまりにも美しく……あまりにも若くて……あまりにもその気になっている。シャルルはルイーズの肩をつかんで押し倒し、服を脱がせながらキスをした。

ルイーズは、これにはあまり意欲的とは言えなかった。こんなことをされて、どうも戸惑っているらしい。シャルルが脱がせやすいように体を動かすわけでもない。しかも、こんなことを訊いてくる。「何をしているの?」

「脱がせてるんじゃないか。背中のホックをはずしてるんだ。ずいぶん、たくさんあるんだな」

「あら」ルイーズはくすくす笑い、ごろっと体の向きを変えて片肘をつき、シャルルの手が届きやすいようにした。

だが、シャルルはホックを半分ほどはずしたところで意識を集中できなくなった。ルイーズの肩の湾曲した部分に唇を押し当て、首に向かってキスをしていたそのとき、彼女は突然、シャルルに力を貸すかのように体をぶつけ、すっかり興奮した彼の下半身に腰を押しつけてきたのだ。しかも、背骨を少しひねってヒップをくねらせるという、挑発的なわざまで身につけている。シャルルはとても驚き、この上ない歓喜に息もできないくらいだった。

「ああ《ゴッド》、ルイーズ」シャルルはうめいた。と同時に、彼はまたささやかな無言の戦いをしていた。英語をしゃべり続けることはなかなか大変だったのだ。フランス語の祈りや賛歌がしょっちゅう口をついて出そうになり、聖母や聖人たちの名を呼びたくなった。

いつの間にかシャルルは再びルイーズの上になり、ズボンの前をまさぐっていた。そのときふと、とても厄介なことを思い出した。自分はこの若い女性の健康と評判が傷つかぬよう責任を持つべきだ。ベッドから三メートルと離れていないタンスの引き出しに、彼女の健康も評判も守ってくれるものが入っている。コンドームだ。取りにいくべきだろう。彼はほんの一瞬、葛藤したが、ルイーズの唇に素早くキスをして、体を持ち上げた。

「どこへ行くの？」

「避妊具を取ってくる」

「何を取ってくるですって？」

「すぐそこにあるんだ」シャルルは彼女を安心させるように言った。「そんなに時間はかからないよ」彼は暗闇を縫って歩いていった。ズボンの前が開き、勃起したものが重たそうに上下している。彼の心は、彼の血は、ベッドに戻ってやってしまえと大声で叫んでいた。くそっ、こんなのはいやなんだ。一カ月後には結婚しているという話だったら、避妊具など使わないだろうに。

彼はタンスを見つけ、体をかがめて引き出しを開けた。

ルイーズがベッドから呼びかける。「言っておかなきゃいけないことがあるの」息の交じった、あえぐような声で軽く笑った。

シャルルは肩越しに尋ねた。「何だい？」ルイーズの言葉にはあまり注意を払っておらず、彼の指先は見えない引き出しの中をぎこちなくあさっている。

「あの――」息交じりの声が一瞬、止まった。「厳密に言うと、私、処女なの」

シャルルの動きが止まった。振り返り、彼女の声がするほうに目を向ける。「厳密に？」

彼は唇を湿らせた。「ほかに種類があるのかい？」

「純粋な処女かしら」

「君は純粋な処女ではないってこと？」

「ええ、違うわ」ルイーズは陽気に言った。「私、大勢の男の人とキスをしたの」まるでそれが第一級の罪であるかのような話しぶりだ。

「処女」シャルルはぼんやりと繰り返した。すぐにはその概念がぴんとこなかった。

ルイーズは続けた。「つまり、大勢の人とキスをしたし、もっとちょっとしたし、私がするかもしれないし、しないかもしれないことについては、もっとたくさん話をしたわ。でもね、シャルル――」彼女はそっと、愛らしくうめいた。「あなたみたいな人は一人もいなかった。もしそういう人がいたら、もし、そういう人と付き合っていたら、私は最悪のあばずれ女になってるわ！」

もちろんルイーズは嘘偽りのないほめ言葉のつもりでそう言ったのだ。だが、そんな大げさな表現をするにしても、もっといい言い方があっただろう。シャルルは顔をしかめ、何かいい表現があるとすれば、おまえは悪党だと自分に言い聞かせた。彼女は処女だ。なんてことだ。一八歳の処女が少し酔っ払って、いや、酔っていなくても、他人になりすました僕に夢中になり、はるばる船を突っ切ってやってきて、自分から交際を申し込もうとしている。

彼女は最悪のあばずれなんかじゃない。口ではませたことを言っているが、ルイーズは若くて、世間知らずの少女であり、おまえはそんな彼女をだましているんだ。

シャルルはまっすぐ立ち上がり、額をこすった。目を細めて彼女のほうを見つめ、新しい展開を迎えたこの状況で、自分がなすべきことを知ろうとしていた。「君は、その……こういうことをしたいのかい？」

「ええ、もちろん」ルイーズはすぐに答えた。「ただ、びっくりさせたくなかったの」

「確かにびっくりだな」シャルルは、そんなのたいしたことじゃないと言わんばかりに笑った。「僕も処女みたいなものだと思うけどね。つまり……初体験の女性とは寝たことがないんだ」

ルイーズは最初、シャルルが何を言っているのかわからず黙っていた。ベッドの上で転がり、両肘をついて身を起こす。彼女は暗闇の中、シャルルの姿を見ようとしていた。

シャルルは安心させるように言った。「誤解しないでくれ。君がしたいなら、上手くやれる自信はある。それがどういうことか、生物学的にどういうことか、ちゃんとわかっているからね。ただ、実際のところ、そういうことを考える機会に直面したことがなかったんだ」

だんだん意味がわかってきたルイーズは、マットレスに仰向けになり、美しい声でくすくす笑った。「じゃあ、二人で一緒に探求しましょう」

おそらく、これは滑稽な事態なのだろう。だが、シャルルは笑えなかった。自分の妻を寝取っているような妙な気分に陥り、動きが止まってしまった。もしも愛情のこもった交わりというものがあるとすれば、一生に一度の行為としてあるとすれば、シャルルは自分のためにそれをしたかった。本当の自分のために。二度と口にできないような思い出ではなく、ルイーズと二人で共有できる思い出が欲しかったのだ。

そのことに気づき、シャルルは頭を殴られたような気分だった。彼は自分を二つに切り分けてしまったのだ。まず、フランス語を話し、この女性と結婚し、間違いなく一生彼女を愛することになるシャルル・アルクールがいる（ただ、彼女の浮気性なところが少々心配だ）。それから、自分のエゴを満足させるために、彼女を誘惑せずにはいられない、謎めいたアラブ人のシャルルがいる。こちらのシャルルは英語を話しているが、もし彼女に、彼のたくらみとその理由がばれたら、このゲームのせいで、彼は大変困ったことになるだろう。

自分がしているゲームについてあれこれ考えてみると、シャルルは少しぞっとした。「ひょっとして」と、彼は切りだした。「君はやめたいんじゃないか？　構わないよ。こういうことは夫のために大事に取っておきたいと思う女性もいるからね」

ルイーズはほろ酔い加減でくすくす笑っていたが、やがてハハハと、よく通る声で大笑いを始めた。「私の何ですって？　夫？」きゃしゃな喉から、むせたような低い笑い声がする。

「せむしの夫のために？」

「何だって？」

ルイーズは自分を落ち着かせようとした。「どうでもいいんだけど」彼女が鼻をすすっている。涙が出るほど笑ったのだ。「醜い人なのよ」彼女はシャルルに念を押すように言い、即座に付け加えた。「その人とこういうことが楽しめるとは思ってないの」

シャルルは歯を食いしばった。「彼はせむしじゃないだろう」

「ええ、もちろん違うわ。どうでもいいのよ」

彼は唇をぎゅっと結んで顔をしかめ、半ば女性のような、半ば寝具のような、ぼんやりしたシルエットに焦点を定めようとした。「君は彼がせむしだと思っているのか？」

「どうでもいいの」ルイーズは同じ言葉を繰り返した。

「ああ、もちろんそうだろう」

ルイーズはベッドの上で引き出しが閉まる音を耳にした。すると突然、素晴らしい恋人の影が再びベッドの縁に現れ、彼女を見下ろして立っていた。「コンドームが見当たらないんだけど、構わないかな？」

「何が見当たらないの？」

「どうでもいいか」シャルルはルイーズのせりふをイントネーションもまねて口にした。と同時に、マットレスが沈む。彼はルイーズの上に長々と横たわった。

彼は重くて、温かかった。ルイーズの腹部が波のようにうねる。シャルルが彼女の体に自分を押しつけ、彼の手が狂ったように服を引っ張り、開き、脱がせていくにつれ、彼女は頭がくらくらしてきた。このアラブ人は西洋の婦人服の留め具がどういうものか心得ているに違いない。ルイーズは一分と経たないうちにシュミーズとペチコートだけになった。彼はシュミーズを緩めて前を開き、ペチコートはひだを寄せるようにたくし上げた。ペチコートが彼女の腰のあたりにぞんざいに置かれ、彼はニッカーズのひもをほどいた。
何もかも少しすんなり進みすぎているような気がした。速すぎる。そうよ。まるで競争をしているみたい。ただ呼吸をしているだけで口が乾く。彼女の息づかいは荒かった。心臓がどきどきと胸壁を叩いている。彼女は身をくねらせた。体が動いてしまうのを抑えられない。シャルルは彼女の背中を支え、両手でズロースをつかむと、脚に沿って下ろしていった。まず布地をぐいと引っ張り、ヒップ、太もも、ふくらはぎ、足首へと滑らせてはずす。そして、ニッカーズは無用のものと化し、投げ捨てられた。

裸になったルイーズの腹部に、どこからともなくシャルルの熱い手が下りてきて、ひんやりした空気にさらされた素肌に触れた。彼女の体が跳ね上がる。シャルルの触れ方は自信に満ち、何もかも知り尽くしているように巧みだった。彼の手のひらは腹部を滑り落ち、恥丘の盛り上がりをゆっくりと入念にさすった。やがて指先が茂みに差し込まれ、そこをすいたり、なでたりしながら、さらに下へとおりていった。

ルイーズは何が起きているのかわかっていたし、これから起きることもすべてわかっていた。だが、それが明らかになると、やはり衝撃だった。シャルルは彼女の脚のあいだに手を当てた。膝を少しずつ押して脚を大きく開かせ、彼女の体はさらに夜の闇にさらされることになった。それから、シャルルは彼女の敏感な部分に触れた。そこは誰も触れたことがない……誰も見たことがない……誰も言葉にしたことがない場所であり、いちばん秘められた闇であり、禁断の場所だった。シャルルの指が中へと入っていく。ルイーズにとっては想像もしなかったことだ。頭に思い浮かべたことさえない……。

ルイーズは自分が溶けて流れてしまうような気分だった。シャルルの指が彼女の奥深くまで侵入しては再び出ていくという動きを繰り返し、全身がそのゆっくりした流れの虜《とりこ》になっていた。こんな奇妙な、それでいて素晴らしいプライバシーの侵害があるなんて。彼の手は分別にも良心の呵責にもとらわれることなく、ルイーズの上を動き回り、中に入ってきた。ルイーズは脚を閉じたくなった。だが、次の瞬間、脚をみだらに大きく開いてすべてを捧げてしまいたい、自分をさらけ出してしまいたいという、激しい衝動に駆られた。相反する感情が再び彼女をとらえていた。滑らかな、それでいて膨らんだ筋肉が緩み、意志も緩むのがわかる。と同時にそれは再び張り詰め、いつしか渦巻き、何かに向かって高まり、盛り上がってくるのだが、彼女は自分自身がマットレスに深く沈んでいくような気がしていた。

シャルルはほかにも、ルイーズの敏感な場所をいくつか見つけた。中でも、とびきり感じやすい部分を探り当てると、彼女は「ああ……」と声を上げた。彼はそこを支配し、クーデターを起こした。最後に残っていたかすかな慎みを引きずり下ろし、バイオリンをはじくように彼女をもてあそぶ。バイオリン……。なんてぴったりな言葉なんだろう。シャルルはバイオリンを奏でるようにルイーズを抱き、彼女は再び体を弓なりにそらせた。

シャルルは再び体重をかけ、彼女をマットレスに押しつける。ルイーズの耳に彼の声が聞こえてきた。「ルイーズ――」彼女は息をしようと苦しそうにあえぎ、身をくねらせ、声を上げたが、他人と一緒にいるときにそんな声を出そうとは思ってもいなかったのだろう。

「処女膜は指で破ろうと思う。きっと上手くいくよ。君の気をほかにそらしておけば、痛みを与えずに済む」そして、優しく言い添えた。「僕が君をすっかり虜にしてしまえばね」

ルイーズは複数の指が入ってくるのを感じた。何本だったのかはわからない。シャルルの手が半分入ってしまったような気がした。彼女はしばらくもがいていた。「しーっ、静かに」シャルルはそう言って、親指で先ほどの敏感な場所を見つけだし、ボタンを押すように触れた。すると、彼女は何か漠然としたもの……未完成なもの……神にしか正体のわからないものを求めるあまり無力になり、その一方で、彼が望むこと、彼が言わんとすることには何でも、狂ったように従うようになった。「しーっ」シャルルは同じ言葉を繰り返し、彼女をなだめた。「なるべく痛くないようにするから」それから、少し冷静に、こう付け加えた。「でも、わかってるね。君の体に裂け目を入れなきゃいけないんだ」

シャルルの手が彼女を突くと同時に挟んだような気がした。ルイーズが悲鳴を上げる。次の瞬間、彼の手のひらは再び彼女の腹の上に優しく置かれた。

シャルルがささやいた。「もう処女じゃないよ」そして、しゃがれた声で短く笑った。「厳密に言えばだけど」

シャルルは腰を後ろに引いた。ルイーズは彼の指よりずっと大きな、丸みがあって、硬くて、熱いものが触れるのを感じた。彼はためらうことなく彼女を突き、彼女の中に入ってきた。彼の言ったことは間違っていた。また痛みが走ったからだ。「あっ！」ルイーズは叫び声を上げた。シャルルはとても大きかった。

彼女はぼう然としてそこに横たわっていた。こんな小さな場所に、何かが、誰かが入っていることがとても不思議だった。

だが、どうやらシャルルにとっては不思議なことではないらしい。ルイーズに続ける気があるのかどうか見定めるかのように、彼は数秒間、待った。それから、少しもためらうことなく、彼女の中に自分を深く押し込んだ。ルイーズはそんなことが可能だとは思っていなかったが、それも二人の骨盤がぶつかり合うまでの話だった。ああ、何なの、この感覚は……。シャルルは自分を収めた場所が気に入ったというように、動物的な深いうめき声を上げた。そしてルイーズの首のカーブに顔をうずめ、濡れた唇を開いて彼女の顎のラインに押し当て、腰を後ろに引いた。

彼が滑るように遠くまで体を引くと、また何か違う感覚が彼女を襲った。ああ……。この部屋が、この世界が遠ざかっていくような気がした。

時を移さず、シャルルはまた打ち込んできた。今度は少し痛んだが、どうしようもなく快い痛みだった。ルイーズの全身ががたがた震え、その振動は彼女の中心部からつま先へ、背骨を通って乳首へ、そこからさらに瞳へと伝わった。両手も手首も震えている。

彼女の上に乗っているこの驚くべき男性は、低くつぶやくように喉を鳴らし、太くしゃがれた声で一音節の言葉を何度も吐き出しながら、それに合わせて一定のリズムを生み出している。ルイーズはそのリズムに合わせることができた。この男女の親密な結びつきは、まったく我を忘れてしまうほどの経験だった。

ルイーズの泉の源は潤っていた。すっかり濡れて熱くなり、大きなうねりとなって押し寄せる歓喜の潤滑油となっている。こんな感覚は味わったことがなく、どんな感覚とも比べようがなかった。ふと気づくと、喉から女っぽい、かすかなうなり声が漏れている。ただ、それはしょっちゅう途切れてしまうため、うなり声というより、あえぎ声と呼ぶしかなかった。そして、感覚は一変した。

ルイーズは緊張し、気持ちを高揚させながらシャルルの肩をつかみ、枕に頭を落とした。ああ、なんて素晴らしい！　奇妙な感覚だけど、信じられないほど素晴らしい！　シャルルはルイーズの体を広げては、それまで空虚だったことにも気づいていなかった場所を素早く、ぎっしりと満たしてくれた。にもかかわらず、彼が後退するたびに、次の攻撃を待ち焦がれてしまうのだ。

シャルルがルイーズの唇を探り当てると、彼女はすべてを捧げ、両脚を彼に絡めてきた。ルイーズのかかとは、収縮を続ける彼のヒップに食い込み、しばらくのあいだ、彼が一突きするたびに、かかととふくらはぎが、しわになったウールのズボンに当たってこすれていた。ルイーズは思いきりシャルルを引き寄せ、彼女の腰の動きはシャルルをすっかりその気にさせ、彼も激しく、深く彼女の中に沈み込んだ。そのあいだずっと、ルイーズは自分が興奮で死んでしまうのではないかと思っていた。

そして、興奮のすぐ先にあったものは一種の死に感じられた。圧倒される強烈な感覚。二人の結合ですでにぼろぼろになってしまった激しい興奮をさらに超える感覚だ。

「おいで……」シャルルがささやいた。彼の喉の奥深くから聞こえてくるその声は高ぶっていた。

わかってる。ルイーズはそうしたかった。でも、どうすればいいのかわからない。それに、少し怖かった。体の中に彼が入ってくるたびに、もっと遠くまで、自分の知識や経験をはるかに超えたところにある快楽に向かっていくようで、その激しさに耐えられそうにないと思ったのだ。ルイーズはシャルルの肩をつかんでいた手を緩めたが、倒れないように彼に絡みつき、自分の感覚に向かってやみくもに走っていこうと決心した。

シャルルがまたささやいた。「さあ、おいで」彼の声そのものが妙だった。低くて、いつもより太い声。言葉も口ではなく胸から出しているようで聞き取りにくい。彼は再び疲れきったように息をついた。それからルイーズの唇にキスの雨を降らせ、その締めくくりに、彼女の腰を激しく、強く突き、その中に自分を深く埋めた。シャルルの頭が前に傾く。ルイーズは彼の髪が頰や唇をそっとリズミカルにかすめていくのがわかった。その感触は軽やかで滑らかだ。「ああ」シャルルはうめき、もう一度、彼女を突いた。その前のときと同じように、激しく、自分の意志とはほとんど無関係な筋肉の発作のごとく。そして、すぐにもう一回、またもう一回と彼の動きは続いた。シャルルが最後に低い声で発した言葉は、よじれた糸のようにくっつき合っていた。「さあ、いくよ――もうすぐだから――僕にはわかる――感じるんだ――一緒に――ああ、一緒にいこう――」

そして、ルイーズはクライマックスを迎えた。彼女は両腕を枕やシーツに投げ出し、体中の筋肉を緩めた。

体が勝手に動いている。空を飛べることがわかったような、そんな感覚。マットレスが浮かび上がり、自分を乗せて動いていくような気がする。ルイーズの腹部が波打ち、体が幾重にも折りたたまれたかと思うと、身を貫く激しい痙攣《けいれん》がもたらされた。目の前に星が飛んでいる。濡れた両脚の付け根が焼けつく感覚は、シャルルが彼女の血にまみれて体を滑らせていることを物語っていた。

それからルイーズの血液とシャルルの精液が混じり合い、彼が叫び声を上げた。しわがれた、押し殺したような、苦悶と恍惚の叫びだった。彼の胸はルイーズから離れ、肩が宙に浮かんでそのまま消えてしまうかに思えた。彼はルイーズの顔の両脇で腕をまっすぐ突っ張っており、ルイーズは太い筋肉の柱のようなその腕をつかんでいた。シャルルは腰を前に押し出し、彼女を激しく、深く突いた。あと三回、四回……。たちまち熱狂的な痙攣が訪れた。収縮が延々と続き、ルイーズの全身に震えが走った。腕、首、背筋に鳥肌が立ち、乳首にしわが寄る。このきゅっと縮まった先端から、水に石を落としたときのように歓喜のさざ波が広がり、その流れは血管からあふれ出て、下流の氾濫《はんらん》と交わった。

シャルルは崩れ落ち、手足を伸ばしてルイーズの上にずしりと倒れこんだ。彼の心臓は激しく鼓動し、ぴたりと胸を合わせているルイーズは、自分の鼓動と彼の鼓動を聞き分けることができなかった。

　一方、シャルルの全身はこの上ない満足感で脈打ち、手足があまりにも重くなって動かすこともできなかった。彼の肉体は喜びにあふれていたが、心は落ち着かなかった。**おまえは、酔った処女とやったんだぞ。しかも腹立ち紛れに。**彼の心はそう語りかけた。**おまえの忠告を信じた少女とな。**

　しかも彼女は明かりの消えた、傾いた船を半分突っ切って、このためだけにやってきたのだ。シャルルは自分に文句を言った。

　しかし、麗しいルイーズが手足を絡めてくると、シャルルの葛藤はすぐに終わった。ルイーズは彼をきつく引き寄せ、くすくす笑った。息が漏れるようなその笑い声は、彼の首に当たっているシルクのように滑らかだった。

「シャルル、あなたは最高よ」彼女はシャルルのすぐ耳元で、満足げに深いため息をついて尋ねた。「ああ、もう一度できる?」

　もう一度できるかだって？　まあ、三〇分ぐらい休んで回復すればできるかもしれないが。もう若くはないんだ。

　だが、こんなことを訊かれて、悪い気がする男などいるはずがない。シャルルはさっそくズボンを脱ぎ捨てた。二人はベッドの上で転げ回り、言葉を交わすことはほとんどなかったが、手と口を使って、つまり体で会話をした。その後、彼は「もう一度した」のだった。

　コンドームなしで。

　この大ばか者。取りにいけよ。結局、コンドームは引き出しにいっぱい入っていたのだから。それでも、彼は彼なりに慎重にやったのだ。ルイーズはまったくの未経験で、言わば、誰の手も触れていない新品の状態でここにやってきて、彼が自らの手で包みを解いてあげたのだ。それに、万が一、もう一つの不運に見舞われても――つまり、二人のあいだに子供ができても――彼女とは結婚することになってるじゃないか。おめでたを祝って、結婚式を早めればいい。

結婚式か、とシャルルは思った。待ち遠しい！　もうコンドームはしなくていいんだ！　あんなもの、二度とごめんだ！　シャルルの頭にその考えが鳴り響いた。だが、そこが肝心なんじゃないのか？　妻をもらうんだ。連れ合い。忠実な伴侶。彼女とともに人生を歩むんだ。ぴったり寄り添って。肌と肌を合わせて……。ああ、彼女の肌は素晴らしい……。

それまで彼は、ここで明かりをつけ、比ゆ的な意味での仮面を取り去ろうと考えていた。君が寝た男はこんな顔をしているのだとルイーズに思い知らせてやろう、そして、もし彼女に理解できるなら、君は得意の絶頂にあるが、それは束の間の栄光にすぎないのだとわからせてやろうと思っていた。だが、ルイーズはとてもかわいらしく彼に寄り添っている。彼女はいとも簡単に彼を誘惑し、事はあれよあれよと言う間に進んでしまった。それに、洋上で過ごす時間は少なくともまだあと四日はあるし、船は発電機の故障で真っ暗だ。何もかも完璧すぎるように思える。おまけに、ここにいる彼女は、この部屋以外に、彼のところ以外に行き場がなく、自分の不安や関心事を持ち込める場所がないのだ。今となっては、どんなたくらみをしようが、対決を仕掛けようが、それはずるいことのような気がした。

たくらみに関して言えば、時間はまだある、とシャルルは思った。この状況を引き延ばしたかった。さっさと結論を出してしまいたくはない。大西洋を渡るあいだルイーズがそうさせてくれるなら、なるべく長く彼女と寄り添って眠りたい。そのあと、彼女の考えがとても偏っているようなら、計画をやり遂げ、怖い思いをさせればいい。片目の男もせむし男もいっしょくたにして考える女性には、やはりショックを与えてやるべきだ。そうだろう？

もちろん、そうさ。

いや、違う。彼はルイーズが好きだったし、彼女をばかにしたくはなかった。どんな形であれ、傷つけたくなかったのだ。彼女の判断が浅はかだとしても、いったい誰が、年がら年中、慎重な判断ができるというのだ？　それに、彼女が少々浅はかなのには理由があるじゃないか。若さもその一つだ。人生経験も足りない。両親は彼女を溺愛している。それから、彼女のためなら喜んでトラを飼いならし、山を平らにしようとする若い男どもの存在もあるに違いない。シャルルは顔をしかめ、眠っているルイーズを引き寄せた。彼女はシャルルの太ももに脚を絡ませ、彼にぴったりと体を重ね合わせていた。彼女への不満を解決するには、何か別の方法を取らなくてはならない。彼はそのことについて考え、解決策を見つけようと思った。

だが、はっきりしていることが一つある。もしこの少女のことが好きで、彼女の愛情をものにしたいと思うなら、航海のあいだ彼女をからかい続けるのは絶対に得策ではないし、嘘をつき、正体をごまかすのも、未来の夫の紹介としてはあまりいい手段とは思えない。

ルイーズは、夜明けの最初の光が差し込む直前に部屋を出ていった。シャルルは彼女を揺り起こし、着ていた物を渡し、着替えも半分手伝い、戸口でキスをして廊下に追い出した。ドアを閉めると、彼はため息をついた。そしてひそかに、彼女が戻ってきてくれることを祈った。この夜をもう一度最初からやり直したかった。そして明日もあさっても繰り返したかった。

この船に神の祝福がありますように。大西洋を渡るのに、普通なら六日かかるが、運がよければ、今のペースでいくと一週間以上かかるかもしれない。シャルルはふと気づくと、またちょっとした水漏れや、小さな障害が起きてくれないか、二人の上陸を遅らせ、ほかの人間を遠ざけていられる事件が起きてくれないかと願っていた。暗い居間に座っていると、炉床で何かが転がる音がした。小さな硬いものがタタタと音を立て、しばらくすると、だんだん静かになったが、船が逆方向に傾きだすと、タイルの上でゆっくりと渦を巻いた。シャルルはこれだけをひたすら願った。どうか航海のあいだずっと、マルセイユの港に着くまでずっと、真珠が床を転げ回るほど海が荒れていますように。

12

シャルルが目覚めたのは正午で、カーテンから太陽のかすんだ光が差し込んでいた。海は荒れているが、雨はもうやんでいる。相変わらず曇っているものの、空には切れ間が見えた。薄暗い光が幾筋にもなって部屋を照らし、高い天井、ボルトで固定された家具、船の揺れに合わせてあっちへ少し、こっちへ少しと揺れたり滑ったりしている彼の身の回りの物など、ありとあらゆるものに赤みがかった金色の輝きが広がっている。

シャルルは寝返りを打ってシーツにうつ伏せになり、そこから放たれる素晴らしい香りを吸い込んだ。シーツのへこんだ部分に鼻を押しつけ、猟犬のようにルイーズの動きや輪郭をたどる。頭の上に腕を持っていき、みだらな女のように横たわっていたルイーズ。暗闇の中で笑い、四つんばいで彼に向かってきたルイーズ。彼女の背中のにおいが染みついたその場所をなめてしまいたかった。彼女が眠るときに脚を載せていた枕を朝食にしたかった。

シャルルはうめき、崩れるように倒れこみ、頬を枕に押しつけて目を閉じた。シーツに調香用の油脂（精製した無色無臭の牛脂または豚脂）を塗り、その上に花びらを並べるようにルイーズの手足を広げて寝かせたい。「冷抽法《アンフルラージュ》」だ。厚い層にしたその軟膏に、彼女の体が放つ香りを染み込ませたい。こうして抽出した最高の精油を溶かし、濾《こ》しながら瓶に注ぐ。ルイーズの香油だ。それを体じゅうに塗ってもいい。香油を垂らした風呂に入るのもいい。彼女がここにいないときは、その香油で自分を慰めよう。こんな昼間は……。

起き上がって着替えていると、膝が少し痛んだ。しかし、なんとか持ちこたえている。関節がこわばり痛みがあったが、見た目はいつもと変わらなかった。勝利の喜び。シャルルは、自分が男らしい不死身の英雄になった気分だった。魅力的な若い女性と六回愛し合った。六回とも違うやり方で。まるで一七歳の若者のように。なんといっても、彼女を抱き上げて不安定な床を横切ってベッドに運んでいったのだ。そして精も根も尽き果てて深い眠りに落ち、やがて死の淵からよみがったラザロのごとく、癒され、生き生きとして目覚めた。彼は超人的試みができる男に生まれ変わり、あんな大仕事をまた始めたくてうずうずしている。

ルイーズの部屋に電話をかけ、シャツのボタンを留めながら、アルコーブ越しに寝室の向こうに目をやると、驚いたことに外は雨雲が広がり、だんだん暗くなっていく。彼はわめき声を上げる空に感謝した。

ルイーズが電話に出た。「もしもし」

「ルイーズ」

「シャルル？」

彼はあっさりすぎるほどあっさりと言った。「うん。気分はどうだい？」

彼女の声は笑っていた。「ちょっと痛むけど、私、恋をしているから」

シャルルはいったん顔をしかめ、送話器に向かって微笑んだ。「恋をしている？」

「大好きよ。離れたくないの」ルイーズは告白しようと決めていたかのように慌てて言った。「一晩中、あなたと一緒に眠りたい。あなたと一緒に飛んでいってしまいたい。昼も夜も一緒にいたいの。そうしなければならないのなら、一生闇の中にいてもいい。太陽なんか殺してやるわ。水に沈めて凍らせてしまいましょう。そうでなければ、ほら穴を見つけて、そこにこもりっぱなしでもいいのよ。私が欲しい？　コーランは妻を四人まで認めているんでしょう？　もう奥さんは四人いるの？」彼女はあらためて笑ったが、のんきな雰囲気を出そうとしているのがわかった。特に最後の質問のところは、まるで今言ったことも、その前に言ったことも全部冗談で、ちょっと媚《こび》を売ってみただけよ、と言いたげな笑い方になっていた。

シャルルはまじめに言った。「君は北アフリカが好きになれないよ」

「あなたはそこの出身なの？」

シャルルは嘘をついた。「ああ」それから本当のことを言った。「イスラム教の国に行ったら、君は色々と制限を受けることになる。そういうのはいやだろう。僕が君に対し、絶対的権力を持っているなんて、気に入らないだろう？」

ルイーズは少し間を置いてから答えた。「もうとっくに持っているんじゃないかしら」

「ルイーズ、これはひとときの情事だ。ずっとは続かないんだよ」

彼女は耳を傾けていたが、何も言わなかった。動揺したように息を吸ったり吐いたりする様子だけが電話線越しに、じかに伝わってくる。

「君はこれから結婚するためにフランスに行って、新しい家庭と家族を持つんだろう。自分の文化とはかけ離れたところで生活するなんてまさに冒険じゃないか。フランスは暮らしにくいと思うことも時にはあるだろうけど」

ルイーズはしばらく待ち、とても穏やかに言った。「確かに、あなたの言うとおりね」さらに優しく続ける。「確かに、あなたは賢い人よ」そして、かろうじて聞き取れる声で言った。「あなたを愛してるの」

シャルルは電話を見つめ、わくわくしながら彼女の言葉を聞いていた。僕も君が大好きだ……。それをルイーズに伝えたかった。だが、この状況で、シャルルが彼女の言葉を信じ、苦しんだことは言うまでもない。彼女が永遠に愛すべき人物はシャルル・アルクールであって、闇に包まれた船上のシャルルではない。「ルイーズ、君は若いし、初めてできた恋人にのぼせ上がってるんだ。これは愛とは違う。僕らは一度、一緒に寝たけど――」シャルルは訂正しなければならなかった。「いや、何度もだな。でも、それは一夜の出来事だ。僕らは知り合って二四時間しか経っていない」

そこで話が途切れ、沈黙が訪れた。それからルイーズは「確かにそうね」と言って、ふっと息をつき、そのまま穏やかに笑った。「あなたの言うとおりだわ。不愉快な思いをさせてたら、ごめんなさい」彼女の笑い方はだんだんリラックスしてきて、気取りがなくなってきた。「今夜、会いにいくわ。暗くなったと同時に」

夜が訪れ、ルイーズはその言葉のとおり、暗くなると同時にやってきた。太陽が完全に沈んでから一分後といったところだったかもしれない。シャルルは、彼女がドアの向こう側でノックをするタイミングをずっと待っていたのではないかと思った。

ドアを開けると、ルイーズは文字どおり敷居を飛び越えて入ってきた。明かりの消えた洋上で、上下に揺れる夜の闇を縫って、ジャスミンの弾丸が飛んできたのだ。シャルルがルイーズの横腹をつかむと、彼女は脚を絡めてきた。彼は自分と彼女の両方を支えねばならず、そのまま後ずさりをして壁にぶつかり、衝撃で危うく倒れそうになった。

その衝撃と同じぐらいの勢いで、ルイーズの唇が押し当てられた。彼女はシャルルにキスをし、彼はいとも簡単に彼女の熱情に応えた。それは激しく、熱烈な、心地いいキスだった。二人は感謝するように互いの唇と舌を押しつけ、かみ、絡ませ、探り合った。ルイーズの両手が彼の顔に舞い降り、探るようにひらひらと頬の上で動いている。彼が頭を後ろにぐっと引くと、ゴンと壁にぶつかる音がした。だが、ルイーズの手が追いかけてくる。彼は急に顔を背けたが、彼女の手のひらは再び彼を見つけだし、そっと顎を包んだ。

シャルルは手を上に伸ばし、力ずくで彼女の手をどけなければならなかった。「顔に触るな。そんなふうに僕を見るのもだめだ」

「どうして？」ルイーズはそうささやき、彼の口に笑いかけた。

「そんなことをしてほしくないんだ」

暗闇の中、ルイーズはいったん頭を上げて後ろに下がり、シャルルの肩にぶら下がった。彼は彼女の体重を支えなくてはならなかった。「どうして？　私たち、知り合いなの？」ルイーズはその質問に対する根拠のある答えを探していた。なぜ、今も暗闇で会わなくてはいけないのだろう？　二人はもう恋人どうしなのに。こんなに見たくてたまらないのに。

「私、あなたと知り合うことになるのかしら？　もしかして、プロヴァンスに訪ねてくるの？」質問を続けようとしたそのとき、ルイーズの頭に答えが浮かんだ。「ああ、そうなのね。あなたはアルクール公の知り合いなんでしょう。でも友達なわけないわ。友達だったら、私と寝るはずないもの」それから、こう続けた。「わかった。あなたは公爵の敵なのね！」

　これが答えになりそうだ。シャルルはそう考え、さらに自分の都合のいいように話を和らげてしまおうと思った。「商売敵《がたき》なんだ。僕も彼も調香師をしている。君が髪に挿してるのは、彼に売ることになっているジャスミンなんだ」ずる賢いやつめ。これでシャルル・アルクールは夜　香《ジャスミナム・ノクトルム》花を全部船から降ろし、荷馬車に積むことができる。「でも、商売敵だから君が欲しいんじゃない。自分のために君が欲しいんだ。ほかに理由なんかない」それは嘘偽りのない気持ちであり、無条件の真実だった。「僕は君が欲しい。欲しくて欲しくてたまらないんだ」壁を背にしていたシャルルは向きを変え、ルイーズを抱き上げて暗い部屋を突っ切っていった。「この数時間、君がいなくて頭がおかしくなりそうだった」

　シャルルはルイーズを仰向けにベッドに落とし、その上に自分の体を重ねると、愚かとしか言いようがないほど嬉々として、さらさらと音を立てるシルクのドレスの上をはい上がり、彼女を引き寄せた。彼は何かつぶやいていたが、いつの間にか彼女の名前を延々と繰り返していた。ルイーズ、ルイーズ、ルイーズ……。はたして声に出していたのだろうか？　シャルルの脳裏では、この繰り返しが詩のように、歌のように、マントラのように、終わることのない驚嘆の言葉として響いていた。暗闇の中、彼はにおいをたどって彼女の顎の下の柔らかい場所にたどり着いた。顎はやがて首になり、そこにキスをしながら、ドレスの立ち襟のボタンを探し当てた。彼はばかばかしいほど極端な喜びを口に出していたに違いない。

というのも、ルイーズが身をくねらせ、くすくす笑いながら、彼のまねをして「ルイーズ、ルイーズ、ルイーズ」と言ったからだ。「どうしてルルと呼んでくれないの？」

シャルルはあまりにも素早く、あまりにも正直に答えてしまったのかもしれない。「ルイーズのほうが好きだからさ。ルルだと、一二歳の子をたぶらかしてるみたいじゃないか」

おかしなことを言うと思ったのだろう。ルイーズは一瞬、びっくりしてためらったが、どっと笑いだし、シャルルは自分の手の下で、彼女の腹が波打っているのがわかった。彼はルイーズの脚に自分の脚を重ね、彼女の震える腹に自分の腹を重ね、暗闇の中で笑っているその女性の顔にキスをした。

一分と経たないうちに、二人はむさぼるように求め合い、彼のシャツのボタンはもぎ取られ、彼女のズロースのひもはほどけて投げ捨てられた。

その後、ルイーズはシャルルの脇に横たわり、むき出しになった腕を彼の裸の胸に載せ、暗闇に向かって語りかけた。「そうよ、ルイーズはね……成熟していて、とっても経験豊富なの。だから、人を完璧にだますこともできるのよ。そうでしょう？　あなたとプロヴァンスで会っても、知り合いではないふりができるわ」

「だめだ」シャルルは、がらんとした黒い天蓋をじっと見上げた。嘘の上にさらに重ねる嘘が思いつかなかったのだ。「君を知らないふりをするなんて、とてもできそうにない」彼女の恋人ではないふりをするのはさぞ恐ろしいことだろう。シャルルはさらに考え、続けた。「万が一、会うことがあったら、という話だけど。つまり、それはあり得ないと思うんだ。僕が地中海を渡ることはほとんどないからね」シャルルはため息をつき、目を閉じた。「故郷が好きなんだ。もう、そこから遠くまで出かけていくことはないと思う……」

しかし、ルイーズの耳にはシャルルが「だめだ」と言った部分、それから、二人が会うことはもうないだろうといった言葉しか聞こえていなかった。先のことなんか考えたくない。

ルイーズは話題を変えた。「あなたは自分のどういうところが好き？」

シャルルは一瞬間をおいて答えた。「君はどこが気に入ってるんだい？」

「ああ、それはね、あなたの手と、その動かし方と――」

シャルルは笑い、ルイーズの言葉をさえぎった。「そうじゃない。君について訊いてるんだ」暗闇からシャルルの手が落ちてきて、答えようとする彼女の口を覆った。「暗闇にいるときの自分について」彼はそう限定した。「今、この部屋にいる君は、自分のどこが気に入っている？」彼は手を浮かせた。

口を覆っていた手がはずれた瞬間、ルイーズは「感覚よ」と言ってくすくす笑った。「それと、あなたの手が次はどこへ行くんだろうと考えるのが好き」

　シャルルは教師のようにチッと舌を鳴らした。「じゃあ、二番目に好きなところは?」彼の手は彼女のヒップをなではじめた。

　ルイーズは身をすり寄せてじっと見上げたが、何も見えなかった。彼の質問に対する答えも見つからない。

　シャルルはもっと一般的な方向へ話を持っていった。「自分にとって大切に思えることは何だい?　君は自分の人生で何がしたいと思ってる?」

「したいことがないの。そこが問題なのよ」ルイーズは寝返りを打って膝をついた。衝動的に立ち上がると、そこはぐらぐらして気持ちのいい、黒い空間だった。マットレスの弾力と、暗さと、船の揺れのせいで、バランスを取ることができない。ベッドの真ん中で跳ねながら体勢を整えていると、スプリングが大きな音を立てた。シャルルのがっしりした体が彼女の動きに合わせて弾んだかと思うと、どこかに移動し、彼の重みはマットレスから消えた。

「どこへ行くの?」

「トイレだ。ここからでも聞こえるから、そのまま話して」

　勢いよく流れる水の音に向かって、ルイーズは母親のしゃべり方をまねて、大げさにこう言った。「〝淑女《レディ》は男性から崇拝されなきゃだめ〟」それから、自分の声に戻してさらに続けた。「両親は決まってこう言うの。〝おまえは自分の可能性を理解すべきだ〟って。つまり幸せな結婚をする可能性ということよ。両親に言わせれば、私にはそれ以外の可能性はないんだわ」

「じゃあ、君自身は何がしたいんだ？」シャルルはそう言いながら、浴室の戸口を回って戻ってきた。

「さあ……」ルイーズは船のリズムに合わせて揺れながら考え、少し当惑したように答えた。

「結婚かしら」一瞬の間があった。「ほかにもあると思う。それ以外にも何か」ルイーズは笑った。シャルルの息づかいが聞こえてくる。暗闇の中、彼女はいつもの不思議なやり方で、彼がどこにいるのか把握した。と思ったそのとき、彼が突然、すぐそばに現れた。ベッドに戻ったシャルルは、ルイーズのまん前に立っている。彼女はベッドの上から彼に話しかけた。

「どう思う？　これも崇拝されているうちに入るのかしら？」そして、シャルルの肩に両手を置き、サーカスのトランポリンのように、ベッドの上で二回跳びはねた。

「思うに、そういうレディは――つまり、君のような魅力的な女性は」シャルルはルイーズの腰に両手を置き、もっと具体的に言い直した。「ルイーズ、君は、心の温かい、愛情深い男に抱かれるのがふさわしい。そういう男の胸に飛び込んでいくべきだ。たくさんの男からちやほやされなくてもいい。自分らしくしていればいいんだ」シャルルは再び跳びはねたルイーズをつかまえた。

　空中で一瞬、動きが止まり、彼女の髪が揺れて背中とヒップに当たる。シャルルは彼女を仰向けに押し倒そうとし、たっぷりとしたその髪が、冷たい生き物のように彼女の背中をすっとかすめた。そのとき、ルイーズは初めて気づいた。素肌に髪が当たると、なんて気持ちがいいのだろう。裸で闇を切って飛ぶことができたら、どんなに素敵だろう。私のパシャは会うたびに、こんな新しい感覚を目覚めさせてくれる。ルイーズは目を閉じ、ベッドで体が跳ねるにまかせていたが、ついに彼の体重がその動きを止めた。

シャルルが上に乗ってくると、ルイーズは彼の顔を見上げて尋ねた。「従姉妹のメアリが人生でしたいことって何だと思う？」

シャルルは彼女の頭や顔を愛撫しながら言った。「自分のことを理解しなくてはいけないよ、ルイーズ。君はまだ若いんだ」それから彼女の額にキスをした。「僕がちょっと前に言ったのは、自分自身を見つけないといけないということだ。自分を知り、自分を理解する。そうすれば、自分のしたいことがはっきりしてくる」

ルイーズはそれを聞いて笑った。いいことを言われているように思えたが、その意味はよくわかっていなかったのだ。「メアリがはっきり思っていること、知りたくない？」

「しょうがないな。メアリは何がしたいんだい？」

「修道女になりたいのよ」ルイーズはくすくす笑った。

「修道女」

「どうしてだかわかる？」

「それを話すつもりなんだろう？」シャルルはルイーズの体から滑り落ちたが、腹を彼女の腰にぴたりとつけて寄り添っていた。

「そうよ。ニューヨークにある司祭がいてね。メアリは両親に言われて、懺悔に行ったの。

一度行ったら、それが思ったほど悪くなかったんですって。それで、また懺悔に行ったのよ。その人、タタ神父っていうの。おかしな名前でしょう？　イタリア系の名前ね。とにかく、タタ神父はメアリに優しかったの」ルイーズはまた笑わずにいられなかった。とてもばかばかしい話だと思ったのだ。「メアリは教会に通い詰め、懺悔を続けたわ。神父さんの話はどれもこれも、とても美しく、思慮深く思えたんですって。それで、しばらくすると、彼女はただ小部屋の向こうにいる神父さんの声を聞くためだけに教会に通うようになったの。時々、その帰りにうちに寄ってくれるんだけど、彼女ったら、私のベッドに仰向けに倒れて、もう夢中になって話すのよ。いかに神父さんが太くて低い声をしているか、彼女のことを心から理解してくれるかということをね。それからロザリオを取り出して、聖母マリアに、どうか神父さんが聖職を捨ててくれますようにと祈るんだから……。それで二人とも笑っちゃうの。だって、私たち、その神父さんのこと知ってるんですもの。大柄で、はげてるのよ。でも、目が素敵ということにしたの。私、今は前より彼女の気持ちがわかる。つまりね、話を聞いてくれて、自分のことをわかってくれて、ありのままの自分を受け入れてくれる人って、本当に魅力的なのよ」ルイーズはそこで一呼吸置いた。「あなたは、はげてないわよね？」昨晩、シャルルの頭に指を近づけたとき、彼の髪が湿っていたことを思い出した。彼の髪は豊かで長かった。

だが、メアリのエピソードはいくぶん面白味を失った。「これはそういうことだと思う、シャルル？　私も司祭に出会って、恋に落ちたということなの？」

シャルルは思わず吹き出したものの、お義理でなんとか気持ちを落ち着かせ、ルイーズの質問を言われたとおり、まじめに受け取ろうとした。「それは違うな」なんておかしな話なんだと思う気持ちと相変わらず戦いながら、彼女をぎゅっと抱き締める。「あるいは、僕らはそのタタ神父を撃ち殺してやるべきかもしれないな。ルイーズ、僕はここで神聖なる奉仕をしているわけじゃない。勝手気ままに君の相手をし、それを思う存分楽しんでいる。君は気立てがいいし、心を開いてくれるし、びっくりするほど頭の回転が速い。それに君の体は官能的だ。つまり、僕はそういうことをとても楽しんでいるんだよ」

「でも、私が言っているのはまさにそういうことなの。私はいつも、こんなふうに人に心を開くわけじゃないわ」ルイーズはその言葉を取り消した。「いいえ、心を開いたことは一度もないの。私にとって、あなたはそういう人なのよ。告白を聞いてくれる司祭みたいな人」ルイーズはシャルルの胸に転がり込み、腕を回した。そして、彼の首に激しくキスをし、肩の後ろに広がる、少ししょっぱい、厚みのあるほてった筋肉に唇と舌をはわせた。「たぶん、それよりもうちょっと素敵な存在かも」彼女の手がシャルルの肩をなぞる。「でも、あなたの体に触れると、あなたのほうがタタ神父よりずっと引き締まっていて、たくましいことがわかるわ」ルイーズは体をぴったりと押しつけ、彼の耳にささやいた。「ねえ、私のハンサムな神父さん、悔い改めなくてはならないようなことをして」

「君はばちあたりな子だ」シャルルは再び彼女の上に乗った。

ルイーズは笑っている。「私はどうしようもない子なの。両親はそう言ってるし、おじやおばたちもそのとおりだと思ってるわ。私は〝手に余る〟んですって」
「そのとおり。君は手に余る。で、僕は、そういう君を両手いっぱいに抱くときほど嬉しいことはないんだ」シャルルはルイーズの肌とシーツのあいだに腕を滑り込ませ、両手をめいっぱいヒップに押しつけて彼女をきつく抱き寄せた。

ルイーズはシャルルの首に腕を巻きつけ、湾曲した部分に顔をうずめた。彼はそのまま彼女を抱いた。不思議なことに、あまりセクシャルな感じのしない抱擁だった。親しみを分かち合うような、二人の友情を受け入れ合うような抱擁。いや、友情よりもう少し親密な感覚。友情よりもっと素敵な感覚。暗闇の中で体と体、心と心、魂と魂が触れ合う感覚。一方が他方の体内に入らなくとも、二人でできる限りぴったり寄り添っていようとする感覚。

二人がこの親密な距離を貫くダンスを再び始めたとき、ルイーズはいとしいパシャに対する信頼がとても高まっていたことを確信した。彼なら心の内を打ち明けられる。

シャルルのおかげで、ルイーズは自分を見つめるだけでなく、自分についてよく知りたいと思うようになった。自分の外見以外の側面も同じように、あるいは外見よりももっと素晴らしいのだと信じられるようになった。シャルルは彼女のすべてを受け入れ、好きになってくれた。彼女を信頼してくれたのだ。奇妙な矛盾。ルイーズはシャルルと一緒にいると、自分が暗闇の中で輝きだすような気がした。パシャのそういうところを何よりも愛するようになっていた。彼の前では、そういう自分でいることができた。

ルイーズの家族は全員、程度の差はあれ、相変わらず具合が悪かった。年配の大おばが一人だけ例外だったが、この人をごまかすのは簡単だった。昼間、ルイーズは両親、メアリ、メアリの猫、犬のベアなどの様子を確認したが、船酔いにかかると、人はたいがい放っておいてほしいと思うようになる。したがって、人道的任務にはほとんど時間を割く必要がなくなった。そこで、ルイーズは夜の活動で奪われた体力を取り戻そうと、昼間はほとんど寝て過ごした。それから、日が暮れるのを待ちながら船内をうろつき、太陽が沈むと特別船室に向かう。そして、内側の廊下が暗くなるまでドアの外で待ち、ノックをする。

中に入った途端、ルイーズは別の人間になった。いや、本来の自分になった。おそらく歓迎されないとわかっている質問を除けば、彼女は自分の言いたいことを何一つ検閲せず口にした。また、パシャが私を完全に受け入れてくれるなら、私も秘密主義を貫く彼を受け入れられるはずだ、と考えた。それ以上に、彼女は自由奔放に、自分が心地よい、自然だと思えるありとあらゆる方法で愛を交わし、そのとき頭に浮かんだことを口にした。

こういう状況だと――暗闇に包まれた興味津々の恋人になっていると――打ち明け話をしたくなる。ルイーズにはそれがわかっていた。明るいところでは言えないようなことをささやきたくなってしまうのだ。だが、それがどれほど大事なことなのか、彼女にはわからなかった。「大西洋を渡るあいだの恋人シャルル」はきっぱりと、二人の関係は束の間の情事だと言った。ルイーズはもう二度と彼に会うことはないのだろう。**それで結構よ。****申し分ないわ。**つまり、この情事は瞬時に、真っ赤に燃え上がるということだ。

13

男が——しかも若いとは言えない男が——貪欲なエネルギーに満ちた若い女性と愛し合えば、それも、どうやら彼のことはもちろん、人生のほぼすべてに飽くなき興味を抱いているらしき若い女性と二晩続けて愛し合えば、次の夜を迎えるのは実に簡単なこととなる。午後二時まで眠り、「朝食」を食べ、入浴し、ひげを剃り、着替えを済ませたら、日が沈むのを待ちながら新聞を読んでいればいいのだ。

大西洋の航海に出て四日目の晩、すなわち二人の情事が始まって三日目の晩、シャルルが新聞を開くか開かないかのうちにドアをノックする音がした。彼は目を上げ、顔をしかめた。日は傾きかけている。だが、窓辺に立ち、いいほうの目を酷使すれば字が読める程度の光はまだ残っていた。ルイーズが来るにしては早すぎる。

にもかかわらず、廊下から聞こえてきたのはルイーズのささやく声だった。「シャルル、入れて」

シャルルはいらいらして立ち上がった。ルールを守っていないじゃないか。彼はドアの内側からルイーズに語りかけた。「だめだ。まだ明るいだろう。三〇分したらまたおいで」

ルイーズは外の廊下で、舞い上がったように笑っていたが、こんなことを言いだした。「鍵を抜いて、穴から外をのぞいてみて」彼女は少し前に思いつきで用意した目隠しをしていた。布地は眉から鼻のてっぺんを覆っている。彼女は何も見えていなかった。

　ドアの反対側がしんとなった。彼はためらっている。それから、鍵がカタカタ鳴る音がした。だが、その直後、シャルルの声はただ同じことを繰り返した。「またおいで、ルイーズ。会いたいけど、今はだめだよ。こんなふうに会いたくはないんだ。またあとでおいで」

　ルイーズは途方に暮れて立っている。「いやよ」それまで上機嫌だった彼女は一瞬にして、びっくりするほど激しい失望に襲われた。「見てないくせに」彼女はシャルルを責めたが、そのあと、ふと思ったことを口にした。わからないんじゃ――」

「さあ、行くんだ」

「でも、見てないんでしょう?」

「何を?」その声は苛立っていた。協力するつもりはなかったのだ。

「ほんの少しでいいからドアを開けて。私を見て」彼女はだんだんやけになってきた。「中に入れてくれれば、それでいいのよ、シャルル。大丈夫だから。誓うわ」お願いと約束を繰り返し――こんな駆け引きをすることになるとは、思いもしなかった――とうとう文句を言った。「私を信用してないのね」

　遠くでシャルルが笑った。ドアから離れてしまったのだろう。「ああ、してないよ」

ルイーズは唇をぎゅっと結び、何も見えない暗闇に手を伸ばし、何かをつかもうとした。指先がドアに当たり、それからドアノブを探しだした。と、そのとき、船ががくんと揺れ、彼女は身構えたが、それ以上に傾きが大きかった。腹の底から響くような船のエンジン音がするだけで、あたりはしんとしている。

彼女はようやく体勢を立て直した。「シャルル、まだそこにいるの？」

「ああ」

「何か羽織ってきて。ほら、あのローブみたいなやつを着てくればいいでしょう。それで、私を見て。さあ、早く！」

ルイーズには何が功を奏したのかよくわからなかったが、しばらくすると、カチッと掛け金がはずれる音がした。よかった。とりあえず助かった。彼の凝り固まったルールを崩すことができた。

そして、思いがけず、ルイーズの目は光を感じ取った。彼女はシルクの長ズロースを折って顔に巻きつけており、光はその布と、閉じたまぶたを通してやってくる。彼女の前を影が横切り、いつの間にか彼女はぐいと引っ張られていた。シャルルの手が目隠しを触り、彼女の目を触り、その布が何なのか判断しようとしている。

「まったく《ゴッド》——いや、アッラーに誓って……」柔らかい、くすんだ金色の光が広がり、彼の低くて太い、豊かな声が笑いだした。「なるほど。ニューヨークではカラフルな下着が流行っているんだな」

ルイーズが使った下着は、燃え立つようなサフラン色で、バラ色のレースと、濃いサンゴ色のリボン飾りがついている。「西洋の下着にものすごく詳しいのね」

シャルルは相変わらず笑いながら答えた。「いいかい、よくも悪くも、僕は官能的な飾りの歩くカタログなんだ。大陸と名のつくところの飾りは何でも知っている」彼はルイーズを部屋に引き入れた。

彼女の背後でドアが閉まり、静かに錠が下りる音がした。すると、あの輝きが、素晴らしい光の輝きが現れた。ぼんやりと光を放つ琥珀のようだ。そして、シャルルがルイーズをくるっと回転させると、光の中に彼の影が入ってきて、また出ていった。彼は目隠しの結び目を確かめ、再び彼女を回転させた。さらにもう一回転。ルイーズは頭がふらふらしてきた。

そのあと、シャルルは彼女の顎を両手で挟み、シルクの上から目にそっとキスをした。「ちゃんと何重にも折ってあるのかい？」彼はつぶやいた。「本当に見えないんだね？」その質問に自ら答えるかのように、彼は布越しに彼女の目に触れた。

ルイーズは彼の指先の感触が大好きだった。彼の手を取り、手のひらを自分の顔に押しつける。石けん、あるいはオー・ド・トワレのにおいがする。ほのかに東洋的な香り。香《こう》のような暗いスパイシーな香りというか、土を覆うコケのようなひんやりした香りというか。それが何であれ——かすかにではあったが、清潔な肌のにおいだけではない、それ以外のにおいがした——彼がまとっているのは、芳しい暗い森のような香りだった。それはナイル川の青々とした、湿っぽい岸辺の香りだとルイーズは思いたかった。

ルイーズは口を開き、そこを覆っている彼の手のひらをかみ、つぶやいた。「三〇分前に出かける準備をしていたんだけど、期待が募って体が震えてきたわ」彼女は笑った。軽い笑いに聞こえることを願いながら。「着替える順番をすっかり間違えちゃって、ストッキングをほとんどはき終わってから、そこに新しい下着が残っていることに気づいたの。結局、それを持ったまま部屋を飛び出してしまったわ。そして、ドアをノックする直前に、その下着で目を覆って、きつく縛ったの。はくより顔に巻くほうがいいと思えたし、待ちきれなかったのよ。本当に待ちきれなかっただけなの。ばかげてる？　そんなことないわよね？」

シャルルはいたって真剣な声で言った。「効果については、ばかげてるとは言えないな」

ルイーズの中で何かがときめいた。彼女は手を伸ばし、シャルルの胸を探し当てた。彼は一歩後ろに下がっていた。まだ疑っていて、自分を抑えているのか、それともただルイーズを見ているだけなのか。彼女にはわからなかった。しかし、彼女の触覚はシャルルを貪欲に求めていた。指先が彼の広々した胸の筋肉をたどり、さらにその下の少し狭い、腹部のうね状の筋肉の上を滑っていく。

ルイーズの欲望は風変わりだった。まるで、こうすればシャルルを蓄えておくことができると思っているかのようだ。すでに彼の感触をさんざん味わってしまったがために、彼のいないあいだに、手も体もほとんど空になっているような気がしたのだ。魂も空っぽになりそう――。

そんなのいや。ルイーズはもう一度ばかげたまねをせずにいられなかった。腕をひねって手首を上に向け、両手首の骨を合わせた。「閣下、私はあなたの奴隷です」彼女は芝居がかった言い方をした。それから、スカートの大波に折り重なるようにしてひざまずき、床にひれ伏した。「あなたが目にしているものを除けば、下着はまったくつけておりません」

「ばかだなあ。なんてことをするんだ」

「でも、効果はあるでしょう」ルイーズは彼女を包むスカートに向かって言った。「私の目が見えなければいいのよ。そうすれば、昼も夜もあなたと一緒にいられるわ」自分がしていること、シャルルが要求することのばかばかしさに、たちまち腹が立った。

「そんなこと言うんじゃない」シャルルはルイーズを引き上げると、目隠しにもう一度触って確かめ、その上にそっと手を置き、布地の縁をたどり、結び目をぐっと締め直した。

「でも、これがあなたのしていることなのよ。こんなことをするぐらいなら、二人とも目が見えなくなったほうがましだわ」

　シャルルの動きが止まった。返事がない。彼はその意見には賛成できかねたのだ。それから、少し危険な雰囲気を漂わせた低い声で言った。「北アフリカでは、女性は質問もせず、文句も言わず、言われたとおりのことをするんだ。後ろを向いて」

「え？」

「後ろを向けと言ったんだ」

　シャルルの手が下に落ちた。どうやら彼は後ろに下がったらしい。というのも、ルイーズは彼がいた場所で無意識に空《くう》をつかむ動作をしたが、手の届くところに彼はいなかったからだ。彼女はもうしばらく、今度は意識して彼を見つけだそうとした。腕を振り回し、あたりを探るが、何もない。ルイーズは途方に暮れた。また闇に包まれてしまった。彼のほうは見えているというのに。

ルイーズにはシャルルがからかっているのかどうかわからなかった。彼の気持ちがまったく読めない。彼女は自分に言い聞かせようとした。〝彼は私を見ている〟この三日間、彼女はそれを頼りにしてきたのだ。薄れていく光の中、色鮮やかな目隠しをしたルイーズには目を見張るものがあっただろう。だが、シャルルはまったく音を立てず、まったく動かず、まったく近づいてこない。彼女の魅力を全然認めてくれなかったのだ。言われたことをするまでは……。ルイーズは向きを変え、シャルルがいた場所に背を向けた。

するとたちまち彼が背後にやってきて、彼女を引き寄せた。彼はルイーズの首の曲線に顔を押しつけ、キスをしながら彼女の服を脱がせはじめた。

「ああ」ルイーズは声を漏らした。「ああ、神様……」

シャルルは彼女の服、すなわち防御を手早く取り去った。そして、無防備な、目隠しだけという慎みのない裸体となった彼女を後ろから眺めている。さぞ奇妙な光景だろう、とルイーズは思った。

だが、それほど場違いなこととも思えなかった。シャルルのなすがままになっていたからだ。ルイーズは彼の言いなりだった。彼の手の感触が好きでたまらなかった。なんて優しくプライバシーを侵害するのだろう。ルイーズは、シャルルがついエスカレートさせてしまったこのゲームに不本意ながら夢中になり、ますます抵抗できなくなっていた。

シャルルはルイーズを裸にして愛撫していたが、自分は上から下まで服を着たままだった。それから、最後の日差しの中、彼が見ていることをルイーズに確実にわからせようと、様々な言葉をつぶやいた。たとえば、影になった背中がしなやかな曲線を描いているとか、むき出しになったウエストが深くくびれているといったことを……。彼はルイーズの背骨の突起を上から下へと指でたどり、なんて素晴らしいんだと言った。脚のことになると、彼の言葉はしだいに大げさになり、膝から太ももへと、その内側に手の甲を走らせた。彼が「罪なほど長い」と呼んだその脚は、彼女の体の中でいちばん見事な部分であり、モスクワバレエ団の全団員がうらやましがって、その場で立ち止まってしまうほど力強く、優美だった。そしてヒップのふっくらした柔らかい曲線の下、二本の脚に挟まれた付け根の部分までくると、そこは濃いピンク色に染まり、濡れて輝き、彼を誘っていた……。

シャルルは言葉と手の感触と、相手を満足させなくてはという、途方もない情熱的な衝動でルイーズを愛した。そして、ついに彼女はドアに両手をついて体を支え、激しく息をし、自分の出す声に恐れをなした。それはとても大きな声で、出所は間違えようもなかったから。すべての感覚に圧倒され、取りつかれ、混乱した女性の声だ。

「あなたが欲しい。中に入って」ルイーズはあからさまなことを口にする自分にぼう然とし、向きを変えようとした。

シャルルは前かがみになり、自分の体でルイーズを押さえつけた。「いや、まだだめだ」

あり得ない、こんなこと。目隠しをしてドアに押しつけられ、彼の指が私のいちばん秘めた部分に喜びを与えているなんて。彼のほうが、私の体についてよく知っているなんて。だが、実際はそうだった。シャルルは彼女を解放することなく、心地よい興奮へと導いたかと思うと、動きを止め、その動作を一回、二回と繰り返した。そしてとうとう、ルイーズの正気を失わせ、体中の筋肉を痙攣させた。彼女は全体重をかけて崩れ落ちた。

目の前が暗くなり、頭がくらくらした。ルイーズは片脚を壁に沿わせ、床に横たわっていた。部屋はいつ暗くなったのだろう？　シャルルはいつ目隠しを押し上げ、取り去ったのだろう？　彼はそれまで、私に見られるのではないかと心配していたのだ。だから私の顔を自分のほうに向けないようにしていたに違いない。でも、そんなことはどうでもいい。今、シャルルは彼女の閉じた目にキスしている。まぶたはむき出しになり、繊細に重なったその薄い皮膚に濡れた唇が重なった。彼がズボンの前を開く。

ルイーズは確信した。人生で最もスリリングな経験として始まったこの行為は、何か別のものになろうとしている。シャルルが中に入ってきたその瞬間、二人の結びつきは、彼女の存在の核となったのだ。

彼が私の中にいる。ルイーズはずっとそのことを思い続けた。彼が私の中にいる。体だけではなく、気持ちも一つになっている。彼にそんなことをさせるつもりはなかったのに。しかし、彼からかすかに漂う東洋の香りと同じように、ルイーズは彼を自分の中に引き込み、彼を吸い込み、彼をのみ込んだ。もう手遅れだ。シャルルはルイーズの体を貫き、彼女の血液にじわじわと染み込み、そこから、愛としか言いようがないものの絶対的権限をもって不思議な力をおよぼしているようで、彼女はそれが怖かった。
ああ、神様……。この感情は定義する必要も教わる必要もなかった。シャルルこそがその感情そのものなのだ。ルイーズにとって、彼は現世に現れたこの感情の化身だった。どこかからやってきたのかもわからない。本当は何者なのかもわからない。本当の名前さえわからない。わかるのは、自分が彼に恋をしているということだけ。しかも、恐ろしいほどのめり込んでしまって、もう取り返しがつかなくなっている。体が生き延びるには水が必要なのと同様、彼女の魂には、彼とぴったり寄り添っていること、彼が自分の中にいることが絶対に必要だった。

その晩、二人はしゃべり続けた。意見を交わし、問いかけ、返事をするその声は、やがてぼそぼそしたつぶやきに変わっていった。ルイーズは寝入ってしまい、シャルルに力なくもたれかかっていたが、彼はずっと起きていた。両手で彼女の腰を、次に胸をさすり、彼女が体の位置をずらすときの感触をいとおしみ、手足を絡ませてくる彼女の動きを楽しんだ。部屋はだんだん静かになり、海は相変わらず揺れていた。シャルルは片脚を上げてルイーズをまたぎ、下腹部を彼女の腰に押しつけ、これまで感じたこともない満足感を味わっていたが、それは性的な満足だけでなく、精神的な満足でもあった。これが至福というものか。彼はルイーズをもう一度胸に引き寄せ、両腕で包み込んだ。この営みに決して飽きることなく、一晩じゅう過ごせるだろう。彼はそう思ったが、自覚している以上に消耗していた。というのも、ルイーズの体が寄り添っている心地よさを味わいながら、知らぬ間にうとうとと闇の中へ漂っていったからだ。

どれくらい眠ったのか見当もつかなかった。目覚めたとき、シャルルははっとして、突然、不安を覚え、どっと汗が出た。急いで体を起こすと、寝過ごしてしまったのではないかという恐怖に襲われた。

夜明けだ。もうじき彼女が目を覚まし、僕を見てしまう。

だが、外は真っ暗だった。

ルイーズが行ってしまった、去ってしまったと思い、彼はやきもきした。

だが、彼女はすぐそばにいた。片方の脚を彼の脚に絡め、彼の腰にだらりともたれかかっている。

罪悪感。自分のついた嘘が、なぜかどこかで静かにほころびようとしている。この嘘がばれたら、彼はとことん混乱し、身動きが取れなくなるだろう。

だが、万事上手くいっていた。ルイーズはぐっすり眠っており、ささやくような甘い息をかすかに吸ったり吐いたりしている。

その音を耳にしたシャルルは、何が変わったのか、何が自分を目覚めさせたのか、はっきりと理解し、安堵のため息をついた。すべて順調に運んでいる。いや、それ以上だ。何もかも静かだった。まったく静かだった。

船はしんと静まりかえり、静止していた。前に傾くこともなければ、上下左右に揺れることもない。コンコルディア号はドックに入ったかのようにじっとしている。海は穏やかだった。雨は降っていない。カーテン越しでも星がきらめいているのがわかる。

シャルルは顔をしかめた。違う、何もかも上手くいっているわけではない。考えてもみろ。彼はルイーズの腕の下からするりと抜け、ベッドから駆けだした。それから寝室のカーテンを脇に寄せ、裸のままそこに立っていた。眼下では、船の航海灯が輝き、海の上に光の輪を放っている。海面は黒いガラスのように滑らかだ。船のずっと下のほうから、何かを叩いているような、カチャカチャという音がかすかに聞こえてくる。

ボイラーを修理し、発電機を再び稼働させようとしているのだ。

ベッドでルイーズがもそもそ動きだした。彼女は眠ったまま、シャルルのほうに手を伸ばした。そして、ぼうっとしながら目を覚まし、さっきまで彼がいた場所に温まったシーツがあるだけだと気づいた。ルイーズは目を開けた。そこには、手足がすらりと伸びた、品のいい中東趣味の男性、大西洋を渡るあいだの恋人シャルルはいなかった。ふと見ると、寝具の向こうから新しい光が届いている。彼女は肘で体を支えて起き上がり、光の源のほうに目を向けた。

すると、窓辺に見たことのない男性が裸で立っていた。堂々たる体格で、その輪郭がはっきりと見て取れる。普通の男性よりずっと背が高い。姿勢がよく、幅のあるがっしりした肩の筋肉は厚く、引き締まっている。その張り詰めた筋肉はうねるように下へ伸び、力強い広々した背中へとつながり、そこから急に幅が狭まって、すっきりしたウエスト、張りのあるたくましい臀部へと続いていた。

ルイーズは驚き、感嘆した様子で微笑み、つぶやいた。「あなたは美しいわ」

シャルルはぎくりとし、体を急に引いた。カーテンが閉まり、部屋が少し暗くなった。しかし、十分というわけではない。ルイーズの目には彼の輪郭がはっきり見えていた。彼が顔の向きを変え、びっくりして腕を突き出す様子も見えている。それから、彼は脇へ寄り、ドレッサーの影に入った。

「シャルル――」ルイーズが言いかけた。

「もう出てってくれ」

「行きたくない」

「もうすぐ明かりがついてしまう。船の修理が進んでるんだ。どの明かりをつけておいたのか思い出せないんだよ」

「全部、消してしまえば」

「どうやって？　いったい何回、電気のひもを引っ張ればいいんだ？　電源をどっちに倒せばいい？」

ルイーズは体を起こした。寝具の上で幽霊のように戯れる光と影に交じって、自分の肌が青白く光っているのがわかった。

「行くんだ」シャルルがきっぱりと言った。

ルイーズは言い返そうとした。だが、一瞬、自分自身と無意味な言い争いをしたのち——こんなことを言ったところで、彼はまったく聞く耳を持たないだろう——彼女はただため息をつき、ベッドから滑り出た。

ルイーズはベッドカバーをぐちゃぐちゃにしながら自分の服を探したが、やがて白状した。

「ああ、どうしよう。何を着てきたのか思い出せない」

「真珠のボタンがついた、グリーンのドレスだよ」

そんなことを教えてもらっても無駄だった。彼女は突然ぼうっとなり、頭が真っ白になってしまった。そこに突っ立ったまま、かすかな明かりの中で、自分がますます無防備になっていく気がした。それに、着ていた物を見つけて出ていくという、そんな簡単な要求にも応えられないほど分別を失っている気がした。

突然、どこからともなくルイーズの下着が現れ、手の上に載せられると、まるで自分のお気に入りの物がどこにいったのかわからず、今にも泣きだしそうな子供のように、彼女は喉が詰まった。グリーンのドレスはどこ？　それに合わせて、どの靴を履いてきたのだろう？　この薄いニッカーズしかはいてこなかったの？　ほかの下着はどこ？　ゴムの靴下留めのついたラベンダー色のコルセットはしてこなかったの？

着ていた物はベッドの上にも、床の上にも、どこにも見当たらない。ほかにどこを探せばいいのだろう。

「居間だよ。ドアのそばにある」シャルルが教えてくれた。

それまでの混乱が、びっくりするほどきれいさっぱり消えてしまった。ルイーズは突然、身に着けていた物を一つ一つ緩めていったことをはっきりすぎるくらいはっきりと思い出した。彼女はニッカーズをはき——この状況では滑稽に思える慎ましさだ——居間に向かった。何かそこには淡い光が差しており、ルイーズは初めての場所に来たようで途方に暮れた。何かばかでかい物の前を通ると、それはピアノであることがわかった。とても大きくて、黒いニスを塗ってあるか、黒っぽい木でできているかのどちらかだろう。それは今までルイーズが目印にしていたものとはまったく違って見えた。パシャのスイートへと通じるドアさえ——二重ドアの一部——思っていたより大きくて重々しい感じがした。もちろん彼女はそのドアを覚えているはずだったが、内側から見たことはなかったのだ。

ルイーズは急いで服を着ると、また戻っていった。シャルルがついてきてくれたことはわかっている。でも、彼は壁にへばりつき、影の中にいた。ばかげている。こんなの、まったくばかげている。「あなたは美しいわ」彼女はまた同じ言葉を繰り返した。

「そんなことを言うんじゃない」彼は怒っている。

「ハンサムよ」言ってはいけないのだろうと思いながら、彼女はそう言い直した。自分の女にベールをかぶせ、後宮に隠しておくような男性は、男女の違いに関し、明確な考えを持っているに違いない。

「ここから出ていってくれ」

ルイーズは立ち尽くし、途方に暮れ、彼が何か優しい言葉を、心が軽くなるような言葉をかけてくれるのを待った。だが返事はなく、彼女はほかにどうすることもできなくなり、言われたとおりにした。

彼女は背後のドアの掛け金をはずした。しかし、廊下に出て自分の部屋に向かいながら、気がつくと自分の言葉を必死で修正していた。

そうよ、彼を愛してなんかいないわ。そんなの言うまでもないことよ。必要とあらば、いとも簡単に部屋を出てきたじゃないの。彼に対して感じているのは官能的な気持ち、つまり肉体的快楽よ。単にエクスタシーを感じているだけ。あの感覚はあまりにも激しくて愛とは言えないし、勢いがありすぎて長続きはしない。これは一時的な関係にしておくべきよ。

もちろん、そうに決まっている。二人は明日もスリリングな情事を続けるのだろう。ルイーズは自分にそう言い聞かせた。ルルは高いところに上って電球を全部はずしておいてくれるだろう。シャに会いにいこう。だめ、だめ、だめ。そうでなければ、目隠しでも何でも、私が必要なものをしていくわ。また彼に会いにいこう。だめ、だめ、だめ。会うもんですか。また彼に触り、彼の声を聞き、感触を味わい、においをかぎ、彼を感じたい。もう一度、愛してると言ってしまうかもしれない。それが自分にどう聞こえるのかを確かめるために……。

しかし、ルイーズが彼に会いにいくことはないだろう。なぜなら、船の状況は正常に戻り、何かが変わってしまったから。

14

大西洋上で五回目の夜明けを迎えるとともに、コンコルディア号の生活は本来のあるべき様相を呈してきた。豊かに、気前よく、社交的に過ごそうというのか、太っ腹な主人が長時間にわたって催すホームパーティのような雰囲気が漂っている。ダイニングルームは、朝食にやってきた人たちであふれんばかりだった。一等船室の乗客は皆それぞれ、「災難」に見舞われたとき、自分はここにいた、あそこにいたといった話を披露している。船は試練を切り抜けたことで、エピソードに満ちた叙事詩と化し、「生存者たち」はレモンを添えたタイのフライ、オーロラ・ソースのかかった卵のココット焼き、マッシュルームのグリル、アイリッシュ・ベーコン、ペカンナッツのワッフルを食べ、そのあとは、よろよろした足取りで散歩をするか、強い日差しにさらされた甲板でバレーボールやテニスをしていた。

麦わらのテニスハットをかぶったご婦人たちが力いっぱいラケットを振って、緩く張ったネット越しに前へ後ろへ弧を描いて落ちるボールを打とうとしており、白いスカートが海風に吹かれてはためいている。ルイーズはテニスをしている人たちを素早くよけて歩き、その少し前を両親が腕を組んで歩いていた。彼女の左右、後ろを見ると、おじ、おば、従姉妹たちがにぎやかにおしゃべりをしながら、ぞろぞろついてくる。「花嫁」のルイーズは——今朝の自分はまさに花嫁そのものだと思った——三一人の家族と（あまり具合のよくない人があと三人欠けていたのだが）朝食をともにしてきたところだった。だが、それより早い時間に、彼女は父親とベランダの遊歩道にあるパラソルつきの長椅子に座り込んでいた。というのも、その前に二人で元気よく夜明けの散歩をしたからだ。

実は、よりによって、父親が朝の五時半に彼女の部屋を訪ね、中から返事がないものだから、彼女を探して廊下を歩いていたのだが、ルイーズはちょうどそこへ戻ってきて、見つかってしまったのだ。そんなわけで、彼女は部屋を出ていた理由と、髪が風に吹かれたように見える理由を考えなくてはならず、朝食の前に朝の散歩をしようと思って甲板に行ってきたのだと嘘をついた。すると、すっかり元気になっていた父親は上機嫌で、それは結構なことだと娘をほめ、よかったら一緒にもう一周してもらえないかと言いだした。ルイーズは、なんの疑いもなく娘の言うことを信じている父親におおいに感謝し、彼を案内して大きな船の外周を一回りしてきたのだ。彼女は今、とても疲れていて、立っているのもままならないほどだった。だが家族は皮肉にもこんなことばかり言っている。「まあ、ルイーズ、あなた、とても満足して幸せそうね」いかにも晴れやかな花嫁らしい、と言いたいのだろう。そして、こんな言葉で彼女をからかった。「こっちは酔っ払った老水夫みたいに具合が悪かったというのに、そのあいだ、おまえは何をしていたんだ？」

ルイーズはにこっと笑った。不思議な魔力を持つ、永遠の笑みが彼女の顔を支配した。それは半ば本物の笑顔であり、半ば張りつけた笑顔だった。恋の秘密を抱えている女性の笑顔だ。彼女は家族のいないあいだに素敵な時間を過ごしていた。だが、家族は戻ってきた。しかも強力になって戻ってきたものだから、彼らの相手をしていると、暗闇のパシャと過ごした三晩よりも疲れてしまうのだ。

その日の午前中、ヴァンダミーア家一行は皆でぞろぞろ散歩をして過ごした。まずは外の甲板にいる友人を訪ねて回り、そのあとは男女に分かれて行動した。男性陣は紳士用の喫煙室に行き、遅れているスケジュールや船の状態、世の中全般について議論した。女性陣はぞろぞろ歩きながら婦人用の談話室へ入り、それからベランダのカフェでレモンスカッシュを飲んだ。そのあとは書斎に行き、アメリカに残してきた親類や友人宛に、声に出しながら手紙を書いた（ルイーズ、おばあさまにこう書いてもいいと思う？ 〝股関節を痛めて来られなくなったけど、よかったわね。船はもう少しで沈むところだったのよ〟）。

昼食ではコルクが飛び交った。午後一時になると上等のシャンパンが登場し、その後一日じゅう、酒はふんだんに振る舞われた。コンコルディア号の船長のために乾杯が行われ、技師長もダイニングルームに連れてこられ、皆が敬意を表した。さらに整備士、船底で働く見習いたちまで昼食に呼ばれ、酔っ払った。全員が認められるべき功績を認められ、さらに、誰にもどうにもできなかったこと、つまり、海が穏やかになったことで「よくやった」とほめられた。大西洋は青さを取り戻し、うねっていた。海風は気持ちのいいそよ風となり、この素晴らしい穏やかな海は、トビウオ一匹すら傷つけることはないだろうと思わせた。

もうじき午後のお茶が始まるというとき、ルイーズは手すりから海をじっと見下ろし、滑らかな水面にとても繊細に浮かんでいる泡に向かってつぶやいた。**ああ、意地悪な大西洋。こんなに穏やかになってしまうなんて、ひどすぎる。**

お茶を飲んでいると、父親が今日の夕食後、「花嫁」とダンスがしたいと言いだした。なぜなら、娘はずっと「ほったらかしにされて、独りぼっちだった」からだ。ルイーズは夜のことを考えると恐ろしくなった。夕食を食べて、ダンスをして、フルオーケストラの演奏があって、もう一日、無理せずのんびりしたい人向けのお芝居も行われるのだろう。さらに、母親が夕食の前にどうしても時間を見つけて、下の甲板にある花屋と売店に行きたいと言い、ルイーズはますます気が重くなった。ある店にルイーズの深紅のドレスに合いそうな素敵なルビーのブローチがあるらしい。

今になって、家族は関心を持ちはじめた。今になって、両親は娘が五日前に口にした不満を話題にし、おまえの言うとおりだ、おまえのことをとても喜ばしく思っているが、このところ、おまえにかまってやれず、その気持ちを伝えることができなかったなどと言っている。今になって、彼らはやたらと娘に目を向けてくる。以前のように見て見ぬふりをしてくれたらいいのに。彼らはまたすっかり落ち着きを取り戻すだろうが、二日のうちにそうなるとは思えない。船はあと五〇時間ほどでフランスの港に着くだろうし、目の前に広がる海の水面は鏡のように穏やかで、この先もずっとそれは変わらない気がした。逆の船酔いとでも言うべきか、ルイーズは海のむかつくほどの静けさに、吐きたい気分だった。

彼女はお茶と買い物の合間にようやく抜け出し、特別船室に電話をかけた。シャルルはすぐに出たものの、様子が変だし、どこかよそよそしい。疲れてるんだ、と彼は言った。それはルイーズも同じだったが、それでも彼に会いたかった。シャルルは今夜の訪問について言葉を濁し、色々と条件をつけ、来ないほうがいいのではないか、と言う。ルイーズは電話を切った。こんなことを言われるなんて、嬉しくもなんともない。**いいえ、手の焼ける修道僧《ダルウィーシュ》、困ったパシャ、暗闇に住んでいる東洋の気難しい紳士、私たちなら、そんなことどうにでもできるはずよ。**彼女は夕食の前に昼寝をしておこうと思ったが、眠れなかった。

その日の朝、シャルルは特別船室の食堂にいた。テーブルにはストライプの布を張った椅子が一二脚セットされていて、彼はそのうちの一つに腰を下ろし、別の椅子に片方の脚を載せて膝をじっと見下ろした。メロン大に腫れている。こんなになるまで、いったい何をしたのか見当がつかない。だが、持病の関節炎がいまいましい気まぐれを起こし、あまりにも突然、どう猛に襲いかかってきた。考えてもみろ。見当はつくじゃないか。膝がこんなに腫れているのは、三晩続けてほとんど膝と肘をついた状態で過ごし、いとしいルイーズを激しく、思いきり抱いたことと関係があるのだろう。結婚したら、正常位よりも椅子や壁を使うやり方を教えてやらなくては。だが、彼女の上に体を重ねるのはとても心地よかった。

当然の結果として、今こんなひどい思いをしているのだ。

彼は船の厨房に電話で氷を頼み、それが届くのを待っているところだった。冷やすといい場合もあれば、温めるといい場合もあるし、何もしないほうがいい場合もある。すでに薬箱にあった血清や飲み薬はどれも使い、痛みを和らげ腫れを抑えるということになっている、あらゆる軟膏をすり込んでいた。彼はただ、夜までに膝が触れるくらい正常に戻り、ルイーズがこの風変わりな脚に気づかないことを願うばかりだった。

だが、彼にはわかっていた。いちばんいい状態でも、この膝は正常とは言えず、一週間も自分の体重を支えていられないだろう。脚を引きずりながらルイーズを追い回していたと気づかれることなく、若くて活発な彼女を迎え入れるにはどうすればいいのだろう？　シャルルは目を閉じ、食堂のアーチ道から差し込む明るい朝日に向かってうめいた。

日光なんて。夜の訪れが待ち遠しい。だが、恐ろしくもある。もし脚の腫れが引かなければ、ルイーズを遠ざけておく以外に説明もできず、解決策もなくなってしまう。

昼食が用意され、やがて下げられたが、シャルルは椅子に脚を載せたまま、相変わらず腹を立てていた。やがてお茶が用意され、それをまだ飲み終らないうちにルイーズが電話をかけてきたのだ。彼はあいまいな返事をし、待った。

六時になった。脚の腫れ具合は昼と変わらず、シャルルはルイーズに電話をかけ直した。彼女は食前酒と夕食のテーブルに着くべく、着替えをしているところだろう。

ルイーズは心待ちにしていたかのように電話に出た。だが、シャルルが今夜は部屋に来てはいけないと言うと、彼女が苛立っているのがはっきりとわかった。彼は、具合が悪い、食べたものがいけなかったようだと言った。「なぜか吐き気がするんだ。今日は独りにしてくれ。また明日の晩がある」

シャルルは、安静にしていれば明日までに膝の腫れは治まってくれるだろうと思った。

しかし、ルイーズは時間が迫っていることしか考えられなかった。**明日の晩なんて、だめよ！**

その晩、家族から逃れるのに夜中までかかってしまい、その後シャルルはドアを開けないつもりなのだと認めるまでに二〇分かかった。ルイーズは取っ手を回してみた。鍵が掛かっている。彼女は中に呼びかけ、ささやきかけ、近くの船室の人が出てきてしまわないようにドアを軽く叩いた。もちろんシャルルには聞こえているだろう。意識を失っていたり、突然、耳が聞こえなくなったりしていない限り。

それはルイーズが自らに言い聞かせた口実だった。彼は本当に困っているかもしれない、助けを呼べずにいるのかもしれない。だから訪ねてきたの。彼は病気なのよ。電話で様子がおかしかったもの。

ルイーズはまっすぐ最上階の甲板に向かった。犬舎がある、あの甲板だ。だが、今夜はそこを通り過ぎ、反対方向に進んだ。巻き上げたロープの置き場を小走りでぐるっと回り、巨大な暗い煙突の前を通り、船首のほうへ急いだ。そして右舷の手すりの最前部で息を切らし、下を見下ろした。思ったとおり、眼下には甲板と甲板に挟まれる形でテラスが陰になっていた。月明かりに照らされた大理石のタイルは特別船室のものに違いない。

理屈で考えれば慎重になっただろうに、ルイーズは考える前にさっさとスカートをつかんで引き上げると、片脚を上げ、腹を下にして体を回転させ、落下防止用の手すりを乗り越えた。爪先がぎこちなく足場を探している。だが突然、飛び降りる距離がとても長く思えてしまった。彼女は潮まみれの濡れた手すりをつかみ、いつまでもそこでぐずぐずしていた。下に見えるでっぱりは砂だらけで、つるつるしているし、幅がなさすぎて安全に着地できそうにない。結局、風が急に向きを変え、髪やドレスを切り裂くように吹きつけるに至って、彼女は見栄にとらわれた。あと数秒ここにいたら、びしょ濡れになってしまう。

ルイーズは飛び降りた。急降下する夜会服の中に沈み込み、顔の周囲でサテンの生地が舞い上がる。そして次の瞬間、叫び声とともにドスンと着地した。立ち上がってみると、手と膝が擦りむけ、片方のストッキングに手が通りそうな大きな穴が開いていた。

しかし彼女はそこに降りたのだ。**お願い、どうかここが彼の部屋でありますように。**

特別船室の内側から音が聞こえてきた。ルイーズの心臓は飛び出しそうになった。テラスの戸口で――ガラスと黒っぽい木を使ったフレンチドアが二列並んでいる――彼女は中をのぞこうとした。何も見えない。内側にカーテンが引かれ、明かりはすべて消えていた。月明かりと星明かりとルイーズの姿が反射し、ドアの窓一枚一枚にきちんと並んで映し出されている。彼女は真鍮の取っ手をそっと回そうとした。動いた！　きちんとオイルを差したぜんまい仕掛けのように、ドアが静かにカチッと鳴り、すっと開いた。鍵は掛かっていない。掛け金がはずれている。

ドアを通って中に入ると、居間に月光が差し込み、くさび形に広がった。ルイーズはかすかな音を耳にした。おそらく例の真珠だ。時々絨毯の上からはずれて、炉床のほうに転がるのだろう。彼女は微笑んだ。その向こうの寝室から聞こえてくるのは――そう、シャルルの声だ。寝具をはぐ音、ベッドのスプリングの音、悪態をつく声がする。彼は生きていた。ルイーズは我が家に帰ってきたのだ。

シャルルの部屋にとても親しみを感じた。そこにいる彼の存在はなぜかすぐに感じ取れるし、とても心を動かされる。ルイーズの筋肉の緊張が和らいだ。血管が開き、血液が自由に流れていく。彼女は確かにくつろいだ気分になっていた。

だが、シャルルの存在に気づくたびに感じる喜び、奇妙な安心感も、彼の口から最初に出てきた言葉で、ひどく損なわれてしまった。「ああ、まったく。ルイーズ、こんなところで、いったい何をしてる？　来てもらっては困るんだ。具合が悪いんだよ。出てってくれ」

「いやよ」彼のベッドの脇までやってくると、ルイーズは喉が締めつけられた。寝具の束の下で、彼の肩が塊のように高く盛り上がっている。彼女はためらいがちに尋ねた。「どうして、気分がよくないというだけの理由で部屋に閉じこもって私を遠ざけるの？　本当に具合が悪いの？　何か持ってきてあげましょうか？　あなたの役に立ちたいの」

「だめだ。出てってくれ」シャルルは肉体から切り離されたような声で言った。「吐き気がするんだ、頼むよ」彼は顔を背けた。

ふっと妙なにおいが漂った。クローブ、あるいはメントールのにおいだ。「ここはひどいにおいがするわね」ルイーズは空気のにおいをかいだ。「湿布か何かみたい。何を飲んだの？」

「医者がよこしたものだ。明日にはよくなる。さあ、出てってくれ」

ルイーズは痛くなるまで下唇をかみ、傷ついた気持ちを紛らわそうとした。まるで子供みたい。しかし、彼女の気持ちはこれまでになく、言葉で言い表せないほど傷ついていた。心を痛めた彼女は自分の中に引きこもり、弁解するように言った。「心配だったの」それは事実だ。あとはこう言っただけだった。「ドアを開けてくれればよかったのに」

「できなかったんだ」

「どうして？」

しばらく間があった。「トイレでずっと吐いてたから――」

「ああ、もうやめて」ルイーズは彼の言葉をさえぎった。癇癪を起こしたかのように、次々と言葉があふれ出た。「一緒にいられない理由なんか、これ以上聞きたくない。もうやめて」

彼女は弾みをつけてベッドに上がり、彼のすぐそばに座ってその背中にぴたりと寄り添った。

しばらく寝具の中をまさぐった後、彼女はシャルルの手を探り当てると、彼が腕を曲げられるまで寝返りを打たせ、その手を自分の胸に押しつけた。彼女はただそうして彼の手を握っていた。

二人はそのようにして座っていたが、やがてその息づかいは、言ってみれば苦しげなハーモニーになった。二人の人間が何かを作り上げているように、デュエットを奏でるように呼吸をしている。用心深く、何かを待ちながら……。

ルイーズには、この慎重な沈黙が徐々に濃くなり、言葉にならない感情で満たされていく気がした。シャルルが言おうとしていること、彼が考えていることはわかっている。君は僕にのぼせ上がっている、ただそれだけのことだ、と言いたいのだろう。彼は賢い。経験豊富で、この手のことに関してはとても抜け目がない。おそらく彼の言うとおりなのだろう。

そう、私は恋などしていない。それならシャルルは何をしているの？　彼は非常に洗練された人、さんざん遊び尽くしてきた人という印象があって、とても女性にのぼせあがったりするようには思えなかった。でも、そんな彼が、とうとうルイーズの手を自分の口元に持っていった。彼女の手首にキスをして胸に押し当て、手の甲を自分の手のひらで包んだのだ。彼はルイーズがここに来たことを怒っていた。こんな行動に走る彼女のわがままに腹を立てていた。それでも彼はすっかり彼女を許し、緊張を解いた。そしてもう何も言わず、彼女をそこにいさせてくれた。

それどころか、シャルルは胸の上に広がった彼女の手になんとも言えず魅入られてしまい、無言のまま横たわっていた。膝はずきずきしていたが、そんなことはどうでもよかった。ルイーズは一時間そこにいた。彼女の存在に、シャルルはかつて味わったことのない、心地いい安らぎを覚えた。

ルイーズはあまりしゃべらなかった。珍しいことだ。帰ろうとして立ち上がり、彼女はただ、こう言った。「朝、父が健康のために甲板を散歩することになっていて、私に付き合ってほしいみたいだから、早朝に仕度をしなきゃいけないの。少し眠っておかなくちゃ」ルイーズはシャルルの指一本一本にキスをしてから、その手をシーツの上に戻した。「明日、メイドが来たら言っておいてね。部屋を出るときに鍵ははずしたままにしておくようにって。そうしたら、私は自分でドアを開けて入っていくから。手すりを越えて飛び降りたら、もう少しで骨を折るところだったのよ。あなたの言ったとおりだわ……」ルイーズはそう言って笑ったが、少し元気がなかった。「高いところから飛び降りるのって、実際にするより、空想してたほうが面白いわね」彼女はさらに言葉を続け、強い調子でまず「落ちていくときは本当に怖くって」と言ったものの、声はしだいに小さくなり、喉の奥のほうで、ほとんどかすれたようなささやき声になった。「どれほど長く感じたことか」

私たちの現実……。二人は時速五〇キロで前進していた。ルイーズの足の下で、二人の日々は船に勢いよくぶつかってくる海と同じ速度で滑るように過ぎ去っていく気がした。最後の日の夕暮れにはカモメが現れ、厨房の生ゴミが船から水中に投げ捨てられると、それを狙って海に飛び込んだ。陸からやってきた鳥たちは、海上でがつがつ餌をのみこんだり、船に吹きつける追い風に乗って線を描くように飛び回ったりしており、ルイーズは船尾の手すりから、その様子をいつまでも眺めていた。

私はのぼせ上がり、恋に夢中になり、その思いを錨のように引きずっている。でも、それは断ち切らねばならない錨。それでも、今夜チャンスができしだい、自分が向かう場所はわかっている。それは明かりを消し、カーテンを引いたシャルルの部屋であり、彼の腕の中だ。タイムリミットぎりぎりまで、彼をあきらめることはないだろう。

ルイーズは海に陽が沈む様子を眺めていた。太陽は形よく並ぶ波の中に沈んでいき、波はそこから広がって、緩やかなV字を描く船の航跡と一体化した。航跡のはるか先で、波は再び、太陽さえのみ込んでしまう広漠とした滑らかな海に戻っていく。彼女はその光景を見ながら、自分の身にも同じことが起きているのではないかと不安になった。この数日、船上で味わった感覚に匹敵するほど素晴らしいもの、すなわち、自分がほんの束の間、手にすることができた変化、どんどん大人になっていく感覚が指のあいだからこぼれ落ちていく気がしたのだ。まるでどんどん東へ向かう船の背後で、海が西に向かって消え去っていくように。

再び、以前の感覚がよみがえってきた。すべての出来事があまりにもめまぐるしく、次から次へと起きていて、ルイーズはその全体像をはっきりつかむことができなかった。

事はめまぐるしく全速力で、思いのほか速く進み、無駄にした時間を取り戻していた。ほかの人たちは皆、喜びにあふれている。この広々とした場所で、ルイーズは友もなく、心が麻痺しはじめている気がした。慣れ親しんだ、大嫌いな感覚だ。しかし、そのまま船のタラップをためらうことなく下り、自分が前からずっと予定していた道をたどろうと思うなら、心を麻痺させておく必要があった。

最後の晩、シャルルは座って彼女を待っていた。ベッドの上掛けで窓を覆い、再び部屋を真っ暗にした。残りの寝具は脚の上に積み上げてある。こうしておけば下半身はまったく見られずに済むだろう。杖もクローゼットにしまい、文字どおりベッドに飛び乗ってルイーズがやってくるのを待った。

彼女は遅れて、午前一時過ぎにイヴニングドレスで正装してやってきた。サテンと真珠と神々しい香りをまとっている。シャルルのそばに腰を下ろした彼女の影は驚くほど背が高かったが、彼はそのとき、ルイーズが髪を高々と結い上げていることに気づいた。羽根飾りをつけ、カールした髪を上になでつけるという、手の込んだアレンジだ。「船長主催のパーティで、盛大なお祝いだったの」ルイーズはそう弁解した。シャルルは彼女と一緒にこの船で旅をし、明るいところで彼女と並んで船長のテーブルに着いている自分を想像しようとした。そのとき、フォーマルな格好をしたこの女性が静かになり、突然、後ろにもそもそ動いたかと思うと、彼の腕の中に収まった。そして、彼女は再びシャルルのルイーズとなった。草のような、年ごろの女の子のにおいがする。暗闇の中、二人は枕に向かって体を後ろに倒した。シャルルはほかのことはもう何も気にしていなかった。

二人はシャルルの「腹痛」について少し言い争った。しかし、シャルルはルイーズに何もさせず、誰にも何も言ってはいけない、医者も、薬も、民間療法も必要ない、腹の具合はいつの間にかよくなってしまったからと言い、ルイーズもそれ以上言うことはあきらめた。

二人は何も話していないような、ありとあらゆることを話しているような、何でも話しているような、会話ともつかない会話へと迷い込んでいった。ルイーズはモントリオールまで旅したこと、そのとき、お金を稼いだことを話した。どうやら彼女はギャンブルで勝ったらしい。彼女や両親が、何も知らない花婿にそれがばれないようにしている話を、シャルルは面白がって聞いていた。ルイーズの「放浪癖」は気にならなかった。というのも、彼女には家を飛びだす動機があったのだろうが、フランスに行けばそんな気にもならないだろうと確信していたからだ。とはいえ、ギャンブルについては、少なくとも最初のうちは注意が必要かもしれない。なにしろ彼の街から東に行けば、いちばん近くにモンテカルロという大きな街があるのだから。

ついにシャルルはこう切りだした。「いよいよ明日だね。君は明日、結婚という冒険をするためにフランスに乗り込むんだ。嬉しいかい?」

「いいえ」ルイーズは率直に言った。彼女はシャルルの肩に頭をもたせかけ、頬を彼の首の曲線に当てている。

「ルイーズ、君の未来の夫のことだけど。醜い男だと聞かされているんだろう。でも、皆が言うほど醜くはないかもしれないよ」

「あなたのそういうところがいやなの」

シャルルはため息をつき、おとなしくなった。「そういうところって?」

「私を子供扱いしているでしょう」

「まあ、若い女性の中には、男の外見に関するいろんな噂に左右される人たちがいるからね。そういう女性はまず——」

「もうやめて。私はそんな女じゃないわ」ルイーズは振り向いて彼の顔を見ようとするかのように体を前に倒し、彼の腕から逃れた。彼女のおぼろげなシルエットが手のひらを彼の胸に当てた。「私はばかじゃないのよ。そういう噂を立てるのは、アルクール公を侮辱することで何か得をする人たちだけでしょう。彼はきっと立派な人よ」

それを聞いてシャルルはどれほどほっとしたことか。

「ただ……」

「ただ、何だい？」

「彼はあなたじゃないわ」

シャルルは目をしばたたき、なんとか自分を抑え、咳払いをした。笑いだしてしまいそうで、いや、泣けてきそうで怖かったのだ。自分のたくらみが堂々巡りをして自分に返ってくることがあるが、なんとも割り切れないものがあった。ばかばかしい皮肉だ。滑稽な、恐ろしい皮肉だ。

「大丈夫？」ルイーズは彼の背中を軽く叩いた。

「ああ、もちろん」彼はぷっと吹き出した。「大丈夫だよ」舞い上がったようなしゃべり方をしないで済むようになってから、彼はルイーズに伝えた。「僕らがここでしたことは忘れるんだ。君には自分の人生があるんだから――」

「また始まった。私は子供じゃないのよ、シャルル。自分のやるべきことはわかってるわ」

彼女の声に宿る堂々たる確信と、自分の名前を呼ばれたことが相まって、暗闇の中、シャルルは再び身動きが取れなくなった。彼女の抑揚はいつも申し分なかったが、今日はほんの少し、優越感をちらつかせるような平坦な言い方になっている。しばらくして、シャルルはつぶやいた。「僕はただ、君のことが心配で」さらに率直に白状する。「それに、君が結婚する男のことも少し心配でね。そんなつもりはなかったのに、彼にひどいことをしてしまった気がするんだ」

「わかってる」ルイーズは少し待ってから続けた。「彼には公平にチャンスをあげるつもりよ。だからご心配なく。私たち、きっと上手くいくわ」

「そうか。それを聞いてすごくほっとしたよ。明日のことについて、君はものすごく大人な考え方をしてるんだな。それに、この先のことについても」

ルイーズは答えなかった。何も、ひとことも言わなかった。しばらくして、シャルルは思った。素っ気ない態度を取って強がっているのに、彼女の息が途切れがちになっているように聞こえる。「ルイーズ、泣いてるんじゃないよね？」

「まさか」彼女は即座に答えた。「私は泣いたりしないわ。そんなことをして何になるっていうの？」

確かにそのとおりだ。彼女は強いし、健康的だし、若い。結婚より一足先に行われてしまった情事から立ち直ることはできるだろう。それに、シャルルにはそれ以外の選択肢を与えるつもりはなかった。

とんでもないジョークだ、とシャルルは思った。

翌朝、これは笑うべき事態だったのだろうが、シャルルはただあきれるばかりで、シャツやズボンをスーツケースに放り込んでいた（すでにカフタンとカフィエは一緒に丸めて海に捨ててしまっていた）。不貞を働く自分の婚約者を五日間で愛するようになるなんて、いったい誰が想像できただろう？

なんというジレンマ。彼女を撃ち殺すべきだろう。激怒するべきだろう。それなのに、シャルルは虜になっていた。あの少女が、自分の腕の中にいたルイーズが好きでたまらなかったし、それを思うと頭がくらくらしてきた。哀れな男だ。彼は自分の気持ちに応えてもらえることを何よりも待ち焦がれていた。

本当にとんでもないジョークだ。こんなことを始めずに済んだなら、アンバーグリースをすべて差し出していただろう。あるいは高慢で愛らしいルイーズが、こんなばかなまねをした自分を許してくれさえすれば。いや、唯一の解決策は最初からやり直すことだ。今、ルイーズが僕を愛してくれているなら――彼はきっとそうだろうと思っていた――フランスでまた恋に落ちてくれるだろう。新たな気持ちで一からやり直そう。二人でもう一度この気持ちを呼び起こせばいい。僕らならできるはずだ。そうだろう？　これは作り話でも奇跡でもない。現実なのだ。実体があるのだから、また繰り返すことができるだろう。

15

　翌朝早く、ルイーズはほかの家族よりもずっと前に着替えと荷造りを済ませると、こっそり抜け出してシャルルの部屋の前まで行ってみた。だが、そこで目にしたのは、部屋を掃除しているメイドたち、それに、廊下に置いてある袋や容器だけだった。ドアから廊下にそよ風が吹き抜けていく。部屋の窓が全部開いているに違いない。中をのぞいてみると、カーテンがすべて開けられ、居間に日光が差し込んでいた。彼女は部屋の中に入り、何時間も過ごしたにもかかわらず、まったく見ることができなかった場所を初めてじっくり眺めた。

　その部屋は驚くほど個性に欠けていた。壁にはいかにもありがちな、特に素晴らしいというわけでもない無難な絵が掛かっている。調度品は総じて西洋風で、砂漠で見られるような水キセルもなければ、シルクの枕やカーテンもなく、天幕も存在しない。しかも、この居間や食堂や脇にある小部屋を束の間の住みかにしていた人間がいたことを示す気配、身の回り品はどこにも、一つも見当たらなかった。ルイーズが寝室に入っていくと、メイドの一人が彼女をじっと見上げた。ベッドはシーツがはがされていて、サテン地のマットレスがむき出しになっている。

部屋を出たルイーズは偶然、隣に宿泊していたアラブ人たちに目を留めた。彼女のパシャの従者だ。彼らはちょうど部屋を出るところだった。ルイーズが話しかけると、彼らは最初、無視していたが、やがてはっきりと迷惑そうな態度を取り、まるで突然ハエに話しかけられたかのように警戒した。

見たところグループのリーダーと思われる男がようやく質問に答えた。パシャと違って、その男が話す英語は一本調子だった。男は「ノー」と言い、彼女がほのめかしたことを偉そうな態度で笑い飛ばし、隣の部屋には友達も泊まっていなければ、主人も泊まっていなかったと言った。その部屋にアラブ人はいなかったと言うのだ。「いればわかったはずだ」男はあくまでもそう言い張り、いやに気取った態度で、この船に乗っているアラブ人は皆、知っている、全部で四人だと断言した。

さらに、廊下を数メートルわざわざ歩いてシャルルの部屋の戸口まで行き、中にちらっと目をやった。「いや、誰もいなかった。ここには誰も泊まっていない。特別船室の一つはずっと空室だった。それがこの部屋だ」男は向きを変え、背後の部屋のほうに指を突き出し、肩越しにこう言った。「こういう部屋に泊まるのに、いくらかかるかご存じかね、お嬢さん？　まったく、高すぎる。こんなひどい旅をするはめになったんだから、船会社が宿泊料を持つべきだろう。こんな船の最上階で人が寝ているなんて、奇跡というものだ」

特別船室に泊まるメリットの一つは、宿泊客が希望した場合、タラップがセットされたら最初に下船できることだった。シャルルはこのメリットを利用した。彼は前もっておじや姉や従兄弟に電報を打ち、自分が間もなく到着することと、必要なものをすべて伝えておいた。おじのティノがすでに事情をよく把握していたことは言うまでもない。というのも、彼こそ、この一カ月、電報を転送するなど色々な手配をしていた人物だったからだ。夜明けが訪れ、朝の光が愛する地中海を照らしはじめると、シャルル・アルクールは頑丈な杖の助けを借り、脚を引きずりながら船を下りた。おじは、馬車に乗り込むシャルルに手を貸さねばならなかった。彼の脚がここまで悪くなるのは何年かぶりのことだ。

馬車は花婿となる男を乗せて近くのホテルに到着した。建物の正面はマルセイユの旧港に面しており、背後には活気にあふれた騒々しい街の中心部が位置している。シャルルはマルセイユが好きではなかった。フランス第二の都市であり、最大の商港であるにもかかわらず、この街には、国際都市にたいがい見られる魅力がいっさいなかった。人がひしめき合い、交通は混雑し、騒々しい。見るべき公共の建物や名所もない。シャルルが思うに、様々な人間がいることが唯一の共通点であり、確かに、この街の通りには世界のあらゆる文化が表現されている気がした。あかぬけないし、万事が金しだい。たとえて言うなら、トルコのバザールを思い出させる。この「東洋の玄関」は、北アフリカにも片足をしっかり突っ込んでおり、シャルルに言わせれば、とてもフランスとは思えなかった。マルセイユに到着した時点で、彼はもういらいらした気分になっていた。

港のホテルで風呂に入り（石けんは新しいものを使った。突然、いつもの石けんのにおいは特徴がありすぎて、ばれてしまうと思ったからだ）、ひげを剃り（九年愛用してきたオー・ド・トワレは使わなかった）、めかしこんできたようには見えない程度に軽く散髪をしたあと、シャルルはさらに思い悩んだ。プリーツの入ったシャツを着るべきか？　フリルのついたシャツを着るべきか？（ぱりっと糊を利かせた、無難でシンプルなウィングカラーに落ち着いた）新しいベストのボタンは位置が高すぎて自分に似合わないのではないか？　それから、彼はおじが持ってきてくれたネクタイも全部試してみた（結局、ホテルのボーイを使いにやり、濃い藍色のネクタイを手に入るだけすべて買ってこさせたのだが）。

こうした心配がどれもこれも、決断そのものと矛盾しているのはわかっていたが、シャルルは心のバランスを見出せずにいた。彼は気をもむことに慣れていない。嬉しくて有頂天になっているのに、耐え難いほど自分が弱くなっている気がしてしまう。彼はルイーズのために何もかも完璧にしたかった。彼女のために、自分も完璧な状態にしたかった。そう思うと、わくわくする一瞬一瞬が、少し恐ろしいものになるのだった。

シャルルはこの不安を鎮める手段として、昔からずっと彼の魂を癒してきた最も強力な軟膏の一つを利用した。つまり——皮肉にも——見た目を整えることで不安を鎮めたのだ。いやむしろ、財力に物を言わせて不安を鎮めたと言ったほうがいいだろう。

たとえば、彼のワードローブは丸ごと、オーダーメイドの虚栄心といった感じだった。ズボンは、彼の形のいい脚に合わせて仕立ててあり、折り目はなく、いちばん柔らかいスウェードが使われていた。ロング・ブーツはラインが格別に美しく、甲のアーチは硬くて高さがあり、馬具の鐙《あぶみ》にきれいに収まる仕上げになっている。とても柔らかい、艶やかな黒い革でできたそのブーツは、たくましいふくらはぎに沿ってまっすぐ延び、上部には留め金がついていた。

だが、服装で気を紛らせている男の最も印象的なアイテムはフロックコートだった。シャルルは背が高いため、コートの丈は通常より長く取り、背中や肩も幅があるため、それに合わせた仕立てになっている。コートには、動きやすいように高い位置までスリットが入っており、深いポケットが目立つように斜めについていた。彼は今日の装いの仕上げとして、その黒いシルク・ベルベットのコートを羽織り、ビーバー・フェルト製のトップハットをかぶった。帽子は紫がかった灰色で、濃い藍色のバンドが巻いてあり、つばがそり返っている。

シャルルはフランスのこの地域では異彩を放つ人物だった。マルセイユからイタリアとの国境に至るまで、地中海からアルプスに至るまで、アルクール公は他に類を見ない、秘密めいた紳士として際立つ存在だったのだ。この風変わりな身なりについて言えば、彼はいつも、見た目は自分の思いのままになる、自分が支配しているのだと感じていた。

しかし、杖と手袋を手にしたとき、自分の不安の中に微妙な要素があることに気づいた。恐れだ。ひそかな、それでいてはっきりとした恐れ。一八歳の少女の気まぐれと、彼女が抱く印象に対する恐れ。

彼はルイーズに会うことを、晴れて明るいところで彼女を見ることを楽しみにしていた。しかし、真っ昼間に僕の姿を見た彼女がひるんでしまったらどうしよう？　目を見てくれなかったら？　いや、正確に言うなら、片目を見てくれなかったらどうしよう？　そのときの落胆をどう隠せばいいのだろう？

　いや、新たな心配もある。もしもルイーズが僕を感じのいい人だと思ったらどうなるのだろう？　心ひそかに、以前とまったく同じように好意を持ったとしたら？　彼女はすぐ僕の正体に気づくだろうか？　ああ、困った。

　シャルルの思考はそこから悲惨な悪循環に陥った。どっちに転んでも上手く切り抜けられそうにない。

　もしルイーズがすぐにシャルルを気に入れば、正体がばれることは危険をはらむ。その場合、彼は自分のたくらみについて弁解をしなくてはならないだろう。しかもすぐに。でも、どう説明すればいい？　真相を知ったら、彼女はどうするだろう？　彼女にもっと早く打ち明けておくべきだった。待てば待つほど事態は悪化する。そうだ、そうだとも。すぐに白状して、この拷問のような苦しみを早く終わらせよう。ねえ、ルイーズ、僕は君が船で出会ったシャルルなんだ。君との結婚の準備をするからと言ってフランスに戻ったふりをしていただけなんだよ。なぜかというと……。

　いや、だめだ。ピアやローランドの問題に触れるわけにはいかない。僕はどこからともなくやってきた男を装っていただけなんだ。どうしてかって？　うん、そうだなあ、ちょっと君をからかってやろうと思って――。

　だめだ、だめだ。そこまで正直に言うべきじゃない。まだ早すぎる。君が誘いに乗るかどうか確かめたかっただけなんだ。当然のように、君は誘いに乗ってきた。少なくとも僕の誘いには——。

これもそれほどいい説明ではないような気がした。好意的な言い方で、動機や自分のしたことを弁解するにはどうすればいいのだろう？

わからない。それがわかるまでは、黙っているのがいちばんいいのだろう。

シャルルがようやくホテルのロビーに下りていくと、随行する人々が勢ぞろいしていた。全員、晴れ着に身を包んでいる。シャルルは皆に会えて嬉しかった。おじ、従兄弟や友人たち、地元の高位聖職者《モンシニョール》、それに社交界やビジネス関係の知人がこの港町に来てくれた。大部分の人たちは、花嫁とその家族を迎えてから、結婚式に参列する人々と一緒にニースへ向かう予定になっていた。そして、ニースではほかの人々も合流し、長々とお祭り騒ぎが続くことになるのだろう。アルクール公は、汽車で東に行ったところに素晴らしい土地を持っていて、そこで人をもてなすことで知られていた。アルクール邸には来客用の寝室がたくさんあって頻繁に使われており、かなり豪華な祝宴を催すのに十分な広さがあった。

波止場には、好奇心に駆られてマルセイユの街の人々もやってきた。この港ではアメリカ船籍のコンコルディア号は物珍しい存在だったのだ。おまけに、この目新しい定期船は、ほかの国の船より重要なものを運んできた。モナコのこちら側で唯一知られている公爵、パリのこちら側では唯一のフランス人公爵の花嫁を連れてきたのだ。公爵を見物するなど、実に古くさいことではあったが、フランスの市井の人たちは興味津々の様子だった。それに、事情にもよく通じている。

新聞にルイーズのスケッチが載り、その脇には――さらに驚いたことに――婚礼が執り行われるとの発表がなされていた。そんな記事が出てしまったおかげで、大勢の人が見物にくることになったのだ。シャルルがほとんど知らない人たちまでやってきた。たとえば、彼が街にいるときにソーセージを買う商人、仕事で来ているときに彼のシャツにアイロンをかけてくれる洗濯女など、自分は公爵と付き合いがあると主張できる人間は皆やってきて、桟橋の端でシャルルが馬車から降りると、握手を求めてきた。

杖に体重をかけながら群集の中に入っていったシャルルは、これ以上ないほどばかばかしい気分になっていた。めかしこんだ花婿が片手に花束を抱え、その後ろでは、八人編成の吹奏楽団が、アメリカ人の作曲家スーザの曲を演奏すべく控えている（いったい、ティノおじさんは何を考えてるんだ？）。桟橋と楽団と群集を目にした瞬間、シャルルは何もかもやりすぎだと実感し、自分も体を洗いすぎた、髪をとかしすぎた、着飾りすぎたと思い――人だかりがどんどん膨らんでいくにつれ、これでは見られすぎだと思ったことは言うまでもない――何よりもルイーズのことが心配になって、頭がはちきれそうになった。

彼女はこんなに人が集まっていることを嫌がらないだろうか？　休みたいのではないだろうか？　自分がここまで注目の的になるとわかっていただろうか？　お腹は空いていないだろうか？　喉は渇いていないだろうか？　この光景に当惑するだろうか？

おそらくするだろう。でも、何をすべきか思いつかない。シャルルは振り返り、手を振って小さな楽団を追い払った。彼らにはあとでホテルで演奏してもらえばいい。桟橋に戻ってくる途中で、ティノおじは時々、ホテルの庭で「ちょっとした歓迎会」をする手はずを整えてあると言っていた。彼らが乗る列車がここを出発するのは今夜、遅くなってからだ。

一方、シャルルの衣服は、いつもなら個々の品々が大きな喜びと心の落ち着きを与えてくれるのだが、一瞬、それが何もかも過激に感じられ、次の瞬間には、まったく無駄なものに感じられた。シックという言葉の通常の概念から著しくはずれている気がしてならない。突然、その装いが独特というより、単なる奇妙な格好に感じられたうえ、アイロンがきちんとかかっているかどうかさんざん確認したにもかかわらず、自分がしわくちゃの服を着ている錯覚に陥った。シャルルは十数回、黒いフロックコートの埃を払い、しわを伸ばし、それから帽子を脱いだ。手袋と一緒に手で持っていようと思ったのだ。だが、そのせいで帽子も手袋もだんだん湿り気を帯びてきた。全身、汗びっしょりになっている。

船はいつもどおり、一等船室の乗客を吐き出しはじめた。幅の広いタラップは、髪に花やひだ飾りをつけた女性、山高帽やシルクハットをかぶった男性で徐々にいっぱいになっていく。シャルルはまず、ハロルド・ヴァンダミーアとイザベルを見つけた。**彼女はどこだ?** ルイーズは両親の前にも後ろにもいなかった。だが次の瞬間、シャルルはルイーズを見つけ、心臓が止まった。

桟橋にいる群衆も若干、静かになり、やがてあちこちから感嘆の声が上がった。あの人だ。間違いない。ほら《ラ・ヴォワラ》、見てごらん。人々のこうしたおしゃべりが、シャルルの耳には一つの声に聞こえた。その声は桟橋に沿って伝わり、一列に並んだドミノが倒れていくように、集まった人々のあいだをぐるっと巡って戻ってきた。わあと言ってはドミノが倒れ、ああと言ってはドミノが倒れ、深いため息が聞こえてくる。ルイーズを見ていると、シャルルはとても誇らしい気持ちになって、息もできないくらいだった。彼はおびえていた。

ルイーズ・ヴァンダミーアが大型定期船の影から日の光の中に姿を現した。ほかの多くの乗客に交じってタラップを歩いて下りてくる。だが、彼女の目立ちようといったら、独りで歩いているといったほうがいいだろう。魅惑的で、虹のように輝き、人々の目には一人の人間が成し得る奇跡と映った。

ルイーズは帽子をかぶっていなかった。その代わり、それを逆さにして中にクリーム色の子犬を入れており、犬は羽根飾り越しに目をのぞかせていた。揺れ動くスカートに帽子と子犬を何気なく押しつける様子が愛らしい。一方、彼女の頭部はむき出しになり、ブロンドの髪は金色の縞模様が入った銀の布地のように輝いていた。肌は明るく、透明感があり、太陽を浴びてほんのり赤らんでいる。ドレスは鮮やかな濃い紫色で、プロヴァンスのラベンダー畑もかなわないほど美しい。布地はちらちら光り、太陽を浴びて震え、釣鐘のようにわずかに広がる神秘的な土台の上で、シルクの薄い層が揺れていた。

シャルルはそのとき初めて、公然と、彼女は本当に、目がくらむほど美しいということを十分理解した。船の上で彼女の美しさには気づいていたにもかかわらず、彼は自分がどの程度それを理解しているか表に出さずにいたのだった。ルイーズ・ヴァンダミーアの容貌は神話だった。完璧な美しさとは、まさに彼女のことをいう。若々しい美しさ。やがて死すべき運命にあるとも知らず、そんなことは気にも留めていない美しさ。流星のごとく燦然《さんぜん》と燃えるように輝く美しさ。この若き美女は、彼が最も恐れることを体現していた。それは残酷な美しさと、勝ち誇ったような、自分本位の若さが入り混じったものだった。だが、彼はどういうわけか、自分が言葉にできるどんなものよりもそれが欲しかったのだ。

混乱状態の中、ヴァンダミーア夫妻がシャルルを見つけ、ハロルドが彼の背中をぽんと叩き、何やら英語でべらべらしゃべってきたが、突然、それはギリシア語のように聞こえた（よかった、それでいい、とシャルルは思った。絶対にフランス語しかしゃべってはならない。それを肝に銘じていなくては。ケンブリッジなまりの英語で話した瞬間、ルイーズにはそれが暗闇から聞こえてきた声だとわかってしまうだろう）。シャルルはつばを飲み込むことができなかった。しゃべることもできなかった。ただ目でルイーズを追うことしかできない（自分はどんな印象を与えるのだろう？　そんなことはほとんどどうでもよかった。ルイーズは彼を見ていないようだ）。花嫁は相変わらず、一行のずっと後ろのほうにいた。一方、イザベル・ヴァンダミーアはシャルルの首に腕を回し、彼を引き寄せて頰にキスをした。そこには、アメリカ人のおじ、おば、友人、従姉妹たちが大勢いた。皆、フランス語で話そうとした。フランス語を話せない人まで……（おやおや、彼らはそれをずっと続けなくてはいけないということがほとんどわかっていない）。

そしてついに、ルイーズが彼の前にやってきた。彼女がシャルルに目を留める。彼は身震いした。彼女の目。ほとんど見ることがなかったこの目は、彼女の顔の中でいちばん美しい部分かもしれない。そういえば青い目だった。それは思い出したものの、彼は色のことなどすぐに頭から追い出してしまった。彼女の目には何かもっと訴えるものがあった。幅の広いまぶたは折りたたまれ、太いまつ毛のラインと調和するように一続きのアーチを描き、目そのものの大きさを強調している。この大きなまぶたは完全に開ききらないまま、シャルルを見上げていた。そのせいで、彼女の目は眠たそうな、煙ったような表情になり、生まれながらに情熱的な目であるように見えた。彼女は羊飼いの少女ボー・ピープだ。マザー・グースに登場する少女は刺激的な女性に成長し、羊を売り払って新しい都会的な物腰を手に入れたのだ。

シャルルはその場で溶けてしまいそうだった。溶けた熱いバターがしゃべれないのと同じように、自分の周囲で起きていることが理解できなかった。彼女の素晴らしい目が彼を見つめている。彼は息をのんだ。

自分の外見の特徴については、とりつくろうわけにはいかない。

シャルルの肌の色は浅黒く、それは彼がスペインの王族の血を引いていること、過去に何度かアラブの血と交わった家系の出身であることを物語っていた。黒い髪はイスラムの苦行僧のそれを思わせる。細くて、量が多くて、まっすぐで、短くしているとつんつん立ってしまいそうだ。だから彼は、とても柔らかい艶やかな黒髪を無造作に肩まで伸ばしていた。その優美な髪が今、房になったダチョウの羽根のように風になびいている。幅の広い顎、高い頬骨、この地に攻め込んだ古代フランク族の力強い骨格と、古代ローマ人の細いまっすぐな鼻。全体として見れば、彼は魅力ある男といえた。

ただし——彼も認めていることだが——人が彼の目をまともに見ようとすると、話は違ってくる。

見ようと思っても、すぐにそれは無理なのだとわかるだろう。というのも、シャルルは少々斜めから人を認識するからだ。まず顔を少し回転させて、鼻柱からずれたところで人の姿がはっきりと見えるようにしなければならない。だが、一度視線を合わせてしまうと、彼のいいほうの目は、人を立ちすくませることができた。この世のものとは思えない濃い青色をしていて、その鮮やかさは地中海そのものといった感じだった。

見えないほうの目は、いわばそのパロディと化していた。明るいくすんだ青がさらに色あせ、緑青《ろくしょう》のように白っぽくなっており、虹彩が錆ついてしまったかに見える。瞳がなくなり、病気の痕跡が残る目の不気味な暗闇があるばかりだ。まぶたにもすでに癒えた切り傷の跡があり、上に向かってくっきりと線を描いていた。眉毛の端には刈り跡があらわになり、顔のこちら側は永遠にあっけにとられているような表情になっていた。その気になれば、シャルルはこの顔にしわを寄せ、悪魔のような表情を作ることができる。若いころは気に入らないほうの目に眼帯をしていた。そのときは、眼帯をつけることが人に対する礼儀であり、そのほうがミステリアスでいいと思ったのだ。今の彼は、それは臆病者のすることだと考えていた。もうそんなごまかしはごめんだった。悪い目も自分の一部であり、自分の外見の一部だ。

半分は神、半分は悪魔――人間のありようを表現するにはぴったりの比喩ではないか。それに、眉間にしわを寄せた顔を向けるだけで、相手を威嚇する一瞥を投げられる。彼は自分の顔にそういうメリットがあることに気づいていた。

そのほかの部分について言えば、シャルルは長身で均整が取れており、優雅な体つきをしていた。自分は美しくないにしろ、少なくとも見るべきものはあると思っていた。怪物彫刻《ガーゴイル》のような装飾を効果的にあしらった、優美で堂々たるゴシック建築といったところだ。

ルイーズは、彼の傷ついた顔を一瞬見つめ、あいまいな表情で微笑んだ。心を動かされたわけではない。しかし、ショックを受けたわけでもない。まったく動揺していないようだ。彼女は顔を背けた。

シャルルは何を考えればいいのか、よくわからなかった。

どこか近くにいたらしい、従兄弟のアンリがこんなことをささやいた。「このずる賢い悪党め。君のおかげでこっちは皆、混乱したが、それも当然だな」

彼らの脇にいた誰かが、花嫁本人に直接質問をした。シャルルには細かい内容は聞こえなかったが、ルイーズが顎を上げ、周囲の人々を見ながら丁寧に答えているのだけはわかった。そして、その様子に、彼はまたしても不意を突かれた。

ルイーズはこちらがびっくりするようなフランス語を話した。ほぼ完璧な、かなり上流階級の人々が話すフランス語だ。俗語は用いず、なれなれしく呼びかけることもせず、アメリカなまりも感じさせない。おそらく教科書で学んだとおりしゃべっているのだろう。アカデミー・フランセーズが守ろうとしているようなフランス語だが、それにもかかわらず、パリの名門貴族の仲間内でしか耳にすることがない類の言葉遣いだ。シャルルは魅了された。ルイーズが彼の国の言葉を話しているのを聞いていると、彼の心は恐ろしいほどの優越感と、癪に障るような、これまであまり感じたことのない気まずさでいっぱいになった。

「殿下、正式にご紹介をさせていただきたいのですが」ハロルド・ヴァンダミーアがシャルルの背中に手を置いた。彼は英語風の発音でフランス語をしゃべり、娘が歌のように聞かせてくれた言葉を台無しにした。

シャルルはハロルドをちらっと見た。「それはやめてください」

「それと申しますと？」

「〝殿下〟ですよ。我々はそんな敬称は使いません。〝ムッシュー〟で結構です」シャルルは前にもこのアメリカ人たちにそう伝えたのだが、相手は譲らなかったのだ。今こそ、王室に憧れる彼らの幻想に終止符を打ち、フランスはこういう仰々しいことを嫌う民主主義の国だということを気づかせてやらなくては。

「いや、つまり、そのですね……」ハロルドは反論しようとしている。

シャルルは目を細め、こうすればいやな感じを与えるとわかっている表情を作って相手を見た。ハロルドが驚いて口をつぐむと、シャルルは顔をゆがめて、いつの間にか笑顔に戻し、なだめるように言った。「〝シャルル〟でいいですよ。〝シャルル〟と呼んでください」

ハロルドは狼狽しながらも気持ちは和らいでいるように見えた。だが、相変わらず困惑し、戸惑っているらしい。娘に対する貴族の敬称が失われたと感じているのは間違いない。

いや、彼らは敬称ではなく、それ以外のもの、つまり、アルクール公が実際に所有するありとあらゆる物や資産に満足すべきなのだ。

突然、ハロルドがつぶやいた。「娘のルイーズ・アメルダ＝メイ・ヴァンダミーアを紹介いたします」彼はシャルルのほうを顎で示した。「こちらはアルクール公爵、ムッシュー・シャルル・アルクールだ」それから、こう言い添えた。「故ルイ・フィリップ王のお孫さんにあたる」

シャルルはまたわざわざ目を細めてみたり、異議を申し立てたりはしなかった。少なくともそれが事実であることは確かだったからだ。

誰かが何かほかのことを言い、麗しのルイーズはそちらを横目で見た。人々があれこれしゃべっている声が流れてくる。彼女はそれに応え、はにかんだように、かわいらしく微笑み、少しのみ込めた。シャルルはどぎまぎしながら立っていたが、集まった人々が何をしているのか頭を垂れた。皆、シャルルが何かするだろう、何か言うだろうと思って待っているのだ。

「おや、公爵はびっくりして口もきけなくなってるぞ」背後で誰かが言った。

別の声もした。「公爵はあの人に笑いかけてるだけじゃないか」

「誰だってそうなるさ」

さらに別の方面から声がした。「公爵は花嫁さんをとっても気に入ったんだろうよ」

シャルルはこれを合図に、ルイーズの前でお辞儀をした。自分ではそんなつもりはなかったのだが、思ったよりも少し大きく頭を動かしていたかもしれない。彼は体を起こし、落ち着きを取り戻そうとした。それから口がきけるようになり、フランス語で、そばにいる人たちの耳にしっかり届くような大きな声で言った。「花嫁の美しさがこの方の半分でも、花婿はこの恩恵にあずかり、人生最後の日まで寄り添って歩くことでしょう」

ルイーズの穏やかな、落ち着き払った表情が目を覚ましたように揺れ動き、態度に変化が表れた。彼女は美しい顔をしかめ、シャルルの顔をじっとのぞきこんだ。彼女の詮索するようなまざしが強烈に張りついてきて、彼は真っ青になった。ルイーズは彼の声だと悟ったのだ。彼女にはわかっている、とシャルルは思った。その瞬間、地獄が大地を砕いて二人のあいだにそびえ立ち、彼女とともに未来を生きるというシャルルの感傷的な、あまりにも傲慢な計画は、着手する前に崩壊しようとしていた。

しかし、ルイーズは一瞬シャルルを見たあと、どうやら気のせいだと思ったらしい。彼を見つめる顔は、かすかに物思いに沈んだ表情を帯び、やがて完全に無表情になった。目はよそよそしくなり、心ここにあらずといった感じで、港に入ってきた船に視線を移した。

まるで太陽が昇ってきたかのように、シャルルの中に大きな安堵感が広がった。差し出した花束をルイーズが受け取ったとき、彼の心は和んだ。彼女が花束を帽子の中に入れると、例の子犬がそのにおいをクンクンかぎ、花をかじりだした。そして麗しのルイーズがシャルルの曲げた腕に無邪気に手を置き、彼と並んで馬車に向かうべく、歩調を合わせてゆっくり歩きはじめたとき、彼はこの場で死んでもいいと思えるほど幸せだった。

16

ルイーズは驚くべき離れ業をなんとかやってのけた。未来の夫をじっくり観察することなく、いや、実際には一度に数秒以上見ることはほとんどないまま、フランスでの最初の八時間を静かに淡々と過ごしていた。長身で、フロックコートを着た彼の存在を、常に意識の片隅に置いておくことはできたのだ。この八時間の一瞬一瞬は、彼が手はずを整え、彼の金でもてなされ、ルイーズの未来と同様、彼の好意によって営まれていたのだから、それを考えると、彼女のほうが彼を無視するのは、かなり大胆な行為だった。

単にシャルルがとても奇怪な、予想もつかないような人に思えたため、ルイーズには彼を理解するだけの気力がなかっただけなのだ。今のところはまだ……。

ほかにもあまりにもたくさんのことが行われた。ホテルに着くと、まっすぐガーデンパーティの会場に連れていかれ、気がつくと二〇〇人近くの人に囲まれていた。ほとんど見ず知らずの人ばかり。ルイーズは圧倒され（それに寝不足で疲れきっていた）、これらの人々を見ているのがやっとだった。おおかたの人は、ルイーズをにこにこしているだけのかわいい子だと思い、満足していたようだ。もっとも、かわいいだけの子を演じるのはお手の物だった。なにしろこの役を演じながら人生の大半を過ごしてきたのだから。

それ以外で、頭が少しでもはっきりしているとき、あるいは何かに集中できるときがあると、ルイーズは知らず知らずのうちに「パシャ＝シャルル」のことを考えていた。彼はどうしてあんなに急いで去ってしまったのだろう？　いったいどこへ行ってしまったの？　このマルセイユにいるの？　それとも、もう別の船で地中海を渡り、故郷に向かってしまったの？

ルイーズはその海のほうをちらちらと盗み見ていた。建物の屋根越しに。人々の頭や肩のあいだから。そして、土地の珍味が盛られた盆越しに……。ごちそうの盆には様々な食べ物が並んでいた。くさび形に切り分けられたヒヨコマメのパンケーキ。ハーブで風味づけされた、とろっとしたクリームのようなものにつけて食べる生野菜。それに新鮮な熟れたオリーブ。ルイーズは最初、オリーブには塩がまぶしてあるのかと思ったが、一口かじってみると、塩ではなく、細かくつぶしたガーリックだとわかった。**マンジェ・シュー・ル・プースというんだ。**パーティを催した、黒髪の奇妙な主人が教えてくれた。さっと済ませる食事という意味らしい。今まで味わったこともないこれらの料理は、ルイーズの口には刺激が強すぎた。

またしても彼女のシャルルが言ったとおりだった。フランスは面白いところだが、初めて出会う人間をぎょっとさせる。空腹を満たすという簡単なことをするにも、周りを見れば真新しいものばかりで、ルイーズは途方に暮れていた。もうこれ以上、面倒くさいことは想像できないくらいだ。何一つ、アメリカと同じようにはいかない。

挨拶をするときは、全員が全員にキスをする。男性もお互い、両方の頬にキスをするのだ。馬車もアメリカのものとは違い、より軽やかに、機敏に走っているように思える。自動車は、ここではほんの少ししか走っていなかったが、ニューヨークの車よりもスピードが出て、音も大きかったし、ほかにもアメリカの車とは違うところが少しあった。トイレの音も大きかった。フランスのトイレは水の流れ方が激しく、浴室とは切り離された個室になっている。また、車や水洗トイレといった「新しいもの」と、ルイーズにはなじみのない「古いもの」が並んで共存していた。ホテルに向かう際、彼女が馬車の窓からちらっと見た、狭くて険しい坂道は、まったく別世紀の街並みのように思えた。一行が汽車を待つために滞在しているホテルには石造りの部分があり、そこが建てられたのは一六〇七年だそうだが、地元の人々はそれを「最近の話」と言うのだ。マルセイユはフランス最古の街ということになっており、古代ギリシア時代にまでさかのぼる遺産を継承していた。

ルイーズは微笑んだり、うなずいたり、一〇〇人もの赤の他人の名前を覚えたりしながら、不慣れな雰囲気になんとか対処しなければならなかったが、そこへもってきて、新しい国に来てからの最初の数時間は、様々な物の手配も滞っていた。馬車で運ばれてきた荷物はホテルに移され、その後、再び駅へと運ばれた。ルイーズが着替えをしようと思ったら、アフタヌーンドレスの入ったトランクがホテルに届いておらず、そのまま駅に運ばれてしまったことが判明した。化粧品や洗面用具も同様だった。手違いがあったのだ。公爵のおじは、その状況を「ごたごた《アンメルドマン》」と呼んだが、言葉の成り立ちから察するに、それは単なる手違いではなく、彼が認めている以上に厄介な事態に陥っているのではないかと思われた。

このティノおじという人は、めったにお目にかかれないタイプの男性だった。小柄で痩せていて、年齢不詳、四〇にも五〇にも六〇にも見える。彼の年齢をぴたりと当てるのは、痩せたおとなのサルの年齢を当てるようなもの。とてもできそうにない。ティノおじは喉で発音するような話し方をするので、彼のフランス語は必ずしもわかりやすいわけではなかった。彼は何でも自分でやりたがるものの、やがてあまりにも多くのことを抱えすぎて、お手上げ状態になってしまう。自称、何でも屋で、荷物、汽車の旅のスケジュール、パーティ、音楽のすべてを仕切っていた。ジョン・フィリップ・スーザが大好きで、スーザの音楽はアメリカ的だから、アメリカ人も皆、好きなのだろうと思い込んでいた。

ホテルに届いたルイーズの荷物は、トランクいっぱいの夜会服と、新しい肌着の入った旅行カバンだった。というわけで、ルイーズは少なくとも新しい下着だけは確保できたのだった。大がかりな野外パーティが終わると、ルイーズは着替えをし、できるだけ身なりをさっぱりさせてから、遅い昼食を取りにホテルのプライベート・ダイニングルームに下りていったが、そこでは五〇人以上の人とテーブルを囲むことになった。全員「家族」だそうだ。

ルイーズはできる限り、なるべく愛想よくおしゃべりをした。フランス語を話すのは楽しい。彼女はこの言語が好きだった。響きや言葉の流れ、しゃべるときの舌や口の動きが好きだった。モントリオールに行ったとき、皆がフランス語をしゃべっているのが信じられない気がした。まるで彼女の家庭教師が同じ教科書と同じ辞書を使って、カナダじゅうの人にこっそりフランス語を教えていたのではないかと思えるほどだった。アルクール公が何か欲しいものはないかと尋ねたとき（これで三回目だ――ルイーズは彼を遠ざけていたが、食事のあと、彼は近づいてきて心配そうに彼女のそばをうろついていた）、ルイーズはこう答えた。「ええ。汽車が出るまでの一時間、眠れる場所が必要です。三〇メートル以内に誰一人近づかないようにしてください。あなたもです」

シャルルは少々不意を突かれ、目をしばたたいた。体力がわずかでも残っていれば、ルイーズは要求を抑えていたかもしれない。しかし、そうはせず、ただ彼に案内されるがまま、ついていった。

ルイーズはそのとき、公爵にちらっと目を向けた。少しのあいだ後ろから、長すぎる髪と、帽子が当たって髪がいくらかへこんでいる部分を見た。肩幅がとても広い、と彼女は思った。**そんなに悪くもないわ。**確かに、そんなに悪くはなかった。それにもかかわらず、公爵がくるっとルイーズのほうを振り向いたとき、彼がどれほど器用に杖を使ってそうしたにせよ、彼女は心が内向きになり、視線が定まらなくなるのがわかった。

ルイーズと公爵はようやく人の群れを抜けて階段を上り、花嫁のために用意された部屋へ行ってみたが、そこはさらに混乱していた。公爵の従兄弟の子供たちを世話する乳母が化粧台の前に立ち、いちばん下の子のおむつを取り替えていたのだ。ベッドの上にはコートや帽子があふれんばかりに積み上がっている。間違って届けられたルイーズの夜会服用のトランクが床の真ん中に置いてあり、その上で彼女の愛犬が眠っていた。足を踏み入れる隙間もないほどだ。

公爵はルイーズに迷惑をかけてしまった自分が「嘆かわしい」と言い（彼やこの国の人たちは、自分は悲惨な過ちを犯したと宣言するとき、こんな手の込んだ言い方をする）、彼が知っている「唯一の場所」を提案した。

公爵は一列に並んでいる馬車の一つにルイーズを案内した。それは一行を駅へ送るべく待機している乗り物の列で、中には誰も乗っていなかった。

公爵は彼女が馬車のステップに足を掛け、中に乗り込むのを手伝ったあと、開いた扉の前で立ち尽くしていた。彼の不気味な目が――実際には片方の目が――暗い馬車の内部を見渡した。しばらくのあいだ、彼は明かりのない馬車の隅々をそんなふうに見つめていた。杖にもたれている体は傾き、上半身はそのような角度で戸口に納まっている。

ルイーズは暗い室内の片隅から、ようやく彼の顔をきちんと見て判断してみる気になった。アルクール公は背が高い（もう一人のシャルルよりも高い、と彼女は思った。高すぎるくらいだ）。彼は大男だ。たくましい胸をしている（でも、記憶の中にある、あの引き締まった筋肉とは程遠い）。そして彼の顔は……。ああ、本当だ。薄青いうつろな目がひときわ目立ち――不自然で、人間のものとは思えない――傷跡がさらにその目をゆがめている。とてもグロテスクで、引き込まれてしまいそうだ。恐ろしい。

控えめな言い方をしても、彼はちっとも美しくなかった。それに加えて、この不気味な服装。悪魔が紳士だとすれば、彼は悪魔のような格好をしていた。ルイーズは彼が体重を支えている杖を盗み見た。青い鋼と象牙でできた杖だ。

それに反応するかのように――彼はルイーズが自分をしげしげと見ていることに気づいていたのだ――杖が突然、上向きにくるっと回った。公爵は杖を脇に抱え、体重を一方の足にかけ直した。彼はこんなふうに、ひどく自分を意識していて、自分をよく見せる効果があれば何でもする。彼女の両親がおおいに気に入ったこの男性は、計算高いところがあるのだ。ただし、必ずしもあくどい計算をしているわけではなく、人にいい印象を与えるように計算している。この点について言えば、彼が杖を回転させるのは、ちょっとした技巧であり、ルイーズはその日、ほかの場所でも彼が杖を回転させるのを目にしていたことに気づいた。手にかけていた体重を杖の先端から放ち、その杖を悪霊《ベルゼバブ》のかしらの魔法の杖に変えてしまうのだ。その気になれば、上着の中に杖を完全に隠してしまうこともできるし、手首をちょっとひねれば、剣の達人のように鮮やかに、再び取り出すこともできる。

二人が知り合って数時間になるが、ルイーズは自分が公爵を見ないようにしていることに気づいた。なぜなら、この未来の夫は目もくらむほど恐ろしい人だったから。おしゃれできちんとした、一分の隙もない服装も、身の毛もよだつ光景によって左側は完全な廃墟と化している。悪いほうの目、傷跡、不自由な脚はすべて体の左側に集中していたのだ。

でも公爵の態度は恐ろしくはないでしょう、とルイーズは自分に言い聞かせた。彼は普通の人に思える。礼儀正しくて、思いやりがあって、きちんとした人だ。いや、それ以上のものがある。彼女はずっと考えていた。私に優しくするのはやめて……。公爵の気遣いは何もかも、彼女を落ち着かない気分にさせた。

体を前に倒して扉の取っ手をつかんだとき、ルイーズは暗闇の中で一度、身震いをした。その途端、自分が一日じゅう、公爵を見ないようにしていた理由がわかった。彼の肉体的な外観は、社会的な状況では単に人の心を不安にさせるだけだが、自分のこととして考えると、不安どころの話ではなかったのだ。彼女は暗闇の中で夫と妻がすることを思い出していた。ああ、それはなんとか切り抜けられるだろう。だって、子供のころ、手の上にクモをはわせたことがあったじゃない。柔らかな毛に覆われた大きな生き物で、意外と重くて、電球のような体をしていたかしら。あのときはただ、自分にもできると証明したくて、あんなまねをしたのだ。それに、マイアミでワニに触ったこともある。醜くて強大な生きたドラゴンが、観光客向けの見世物で原住民にねじ伏せられていた。ワニは不精であると同時に、思いのほか機敏で、ニワトリや野ウサギよりも明らかに動きが速かった。

そんなことを思い出しながら、ルイーズは急いで馬車の扉を閉めた。そのとき突然、よりによってピア・モンテベロへの感謝の気持ちが思いがけずこみ上げてきた（その日、ピアはホテルに来ていたが、ルイーズたちには近づかないようにしていた）。未来の夫が愛人を見つけてくれていてよかった。ピア自身、悪魔のようなところが多少あるせいか、彼女は公爵のよさがよくわかっている。彼のよさを人は何と呼ぶのだろう？　魔性の魅力？

ルイーズは窓越しに公爵に話しかけた。「ありがとうございました。もう大丈夫です」それからカーテンを引いて彼の姿を跡形もなく消し去ると、馬車の内部は、夜の海で揺れ動く船のように薄暗くなった。扉を閉めたときの衝撃で、馬車の様々な部分が静かに触れ合っている。ルイーズはため息をつき、目を閉じて、ゆったりと座り直し、このぼんやりした、揺れ動く影がもたらす心地よい安心感に身をゆだねた。

ああ、今から結婚式までのあいだに何が起きてもおかしくない。ちょっとした変化もあれば、劇的な変化もあるだろう。人があいだに入って執り成したりすることもあるかもしれない。あるいは、まったく別の人と結婚することさえないとは言えない。ルイーズはうとうとしていたが、やがて眠りに落ちた。あの海の夢を見ながら……。

汽車の出発は遅れた。皆、疲れていたが、中でもシャルルの疲れは特別だった。膝が痛くてたまらなかったのだ。ルイーズの隣に腰を下ろせただけでほっとし、汽車がカーブを曲がったり、起伏の多い道のりを進んだりするときは、彼女に体がぶつかる感触を楽しんだ。真っ暗な田園をガタガタ進んでいるときのルイーズは楽しげで、元気を回復しているように見えた。あれから三時間以上眠ったのだ。馬車がホテルを発つ際、シャルルはルイーズを寄りかからせ、彼女は駅に着くまでのあいだずっと、彼の腕のくぼみに収まって眠っていた。

なんと平和なひととき。彼はルイーズのくつろいだ姿勢や動きを感じているときがどれほど好きだったか。彼女が眠っているあいだ、とても慣れ親しんだ雰囲気で彼女を抱いているのがどれほど好きだったか。そして、二人を乗せた馬車がこうこうと照らされた駅に入っていくと、彼は自分の新しい役割に戻らねばならず、彼女がはっと目覚めたときには、紳士らしく距離を取らねばならず、どれほど当惑したことか。

ルイーズは今、汽車の中で持ってきた本を読んでいる。数学的確率に関する英語の本だ。いやはや……とシャルルは思った。話をする者は誰もいなかった。彼らのコンパートメントは——これは最高級の高速急行列車で、彼らがいる車両にはとても広々したコンパートメントが四つ備わっている——時速八一キロという信じられないスピードでガタガタ進んでいるのを除けば静かだった。シャルルの向かいの席でヴァンダミーア夫妻が互いにもたれ合って眠っている。その隣にはティノおじが座っており、眠ってはいなかったが、黙っていた。汽車に乗り込んでからというもの、シャルルにずっと合図を送っているのだが、シャルルはおじを無視し、目を閉じたままルイーズのドレスに膝をもたせかけた。ルイーズの向かい側で従兄弟のアンリが脚を伸ばしており、おかげで彼女はあまり自由に動くことができなくなっていた。だが、「眠っている」シャルルがさりげなく脚の重みをかけると、彼女は膝をぐっと引いた。これではまるでパリの地下鉄にいる変質者だ、とシャルルは思った。ああ、どうすればいいんだ。ルイーズの感触を味わいたいのに——いや、知っているのに——そうじゃないふりをするなんてできそうにない。せめてすぐにでも結婚できたらよかったのに。二人がしていることは何もかも順序が逆だ。なにしろ、ハネムーンを先に済ませてしまったのだから……。

「シャルル」

シャルルは、はっとして目を開け、鼻先わずか数センチのところにあるおじの顔をぼんやりと見つめた。

「起きろ。一緒に来てくれ。パイプを吸いたいんだ。妃殿下は同じコンパートメントでそんなことをさせてくれそうにないのでね。通路に出よう」

シャルルは半分寝ぼけたまま機械的に体を前にずらし、何事につけ、めったに騒ぐことのない親戚の言うことに従おうとした。そして自分の足が目に入ったとき、実はぐっすり眠っていたのだと気づいた彼は、ルイーズとおじがにらみ合っているのを見て、すっかり目が覚めてしまった。

ルイーズは顔を背け、彼のほうに頭を傾けると、完璧なフランス語で、はっきりと言った。「ここは狭いですから」狭いどころか、そこはとても大きなコンパートメントだったが、シャルルは彼女の一家がアメリカで車両を一つ貸し切り状態で使っていたことを思い出した。ルイーズはさらに続けた。「ここでそのようなものを吸えば、私たち全員、火あぶりにされたようなにおいをさせて到着することになってしまいますわ」

おじは何も言わず、シャルルが立ってついてこられるように体を引いた。だがその表情はこう語っていた。火あぶりこそ、まさに若きルイーズにふさわしい刑だ、しかも彼女がほのめかすような殉教者としてではなく、アメリカの魔女として刑に処せられればいい、と。おじが見せたうとましそうな顔は意外であり、シャルルを動揺させた。

通路に出ると、シャルルは振動する冷たい窓に背中を押しつけて尋ねた。「いったいどういうことですか？　何がそんなに問題なんですか？　人をわざわざ起こしてまで話すことなんですか？」

「いや、もっと早く言えればよかったんだが。おまえが神経質になっているようだったから、追い討ちをかけたくなかったんだよ」

「追い討ちをかける？　何かあったんですか？」

「この三日間、ハロルドが日に二、三回、船から電報を打ってきてな」

シャルルは目を細めておじを見た。「何を言ってきたんですか？」

「電報をよこして……指示だの質問だの依頼だの、色々言ってきた。おまえのところに送り直したり、返事をまた転送したりというのは金がかかりすぎるし、面倒だったので、私のほうで処理して返事をしておいた」

シャルルはそれを聞いてびっくりした。「ハロルドは何を言ってきたんですか？　二人で何を話さなくてはならなかったんですか？」

「結局はだな、彼はとっとと結婚式を済ませたがってるんだ。どうも非常に困ったことになってるようで。あそこにいる社交界《マドモワゼル・ハイソサエティ》の華をなるべく早く嫁がせてしまいたいんだよ」

シャルルは笑い、頭を後ろにそらせた。彼の視線はティノの頭を通り越し、部分的に開いたブラインドを通して、コンパートメントの中で座っているルイーズに向けられた。若い美しい女性が一人、赤いビロードの房飾りがついた椅子に腰を下ろし、数学の本に没頭している。「ええ、確かにそう思うでしょうね。娘がギャンブルに走って身上《しんしょう》つぶされる前にってことでしょう。それに、コート・ダジュールからパリにいるすべての男と寝てしまっては困りますからね」

ティノおじの顔が青ざめた。

シャルルはおじの腕に手を置いた。「冗談ですよ。おじさん、彼女はちょっと手に負えないところがあるんです」

おじは顔をしかめたが、やがて緊張をほどいた。「まあ、それならいい……」一瞬、間があった。「と思う」そしてシャルルの視線の方向に顔を向け、自分の目でルイーズを見つめた。それから、いかにも救われたといった感じの声でこう言った。「おまえが彼女を妊娠でもさせたんじゃないかと思って心配していたんだ。そんなことはしてないだろうな?」

「まさか。それはないと思いますよ」

ばかな答え方をしたものだ。思いきり認めているようなものではないか。それでいて、この答え方は情報としての価値はなかった。彼女が妊娠しているかどうかなんて、いったい誰にわかるというのだ? 早く結婚式を済ませるのは、数々の理由から、シャルルには極めて結構なことに思えた。

再びおじを見ると、彼の視線はじっと自分に注がれていた。筋張った中年男は口元を斜めにゆがめ、あきれたように歯のあいだから息を漏らした。「いいか、自分のしていることを考えてみろ。アンバーグリースが手に入るか否か、それだけなんだろう。おまえの考えはどうかしてるぞ。あの子は怒りっぽいし、あまりにも美しすぎる」

シャルルは顔をしかめておじをにらんだ。「おじさん、いい加減にしてください。確かに彼女にはちょっとつんとしたところがあります。よそよそしい感じの子に育ってしまったんですよ。でも、信じられないかもしれませんが、僕が思うに、彼女は孤独なんです。ただし、それは人前にいるときの態度ですけどね。二人きりでいるときの彼女は――」シャルルは口笛を吹くように低く息を吐き出した。「僕の人生で後にも先にも――」それしか言葉が出てこなかった。

ティノおじが鼻を鳴らす。「それでも、彼女との結婚はよく考えたほうがいい。男は、寝取られるのを待つだけの魅力的な女を妻にしてはいかん」

痛いところを突かれた。シャルルは何も言わなかった。

「おまえは醜い妻をもらうべきだ」そう忠告するおじの声は、取り澄ましていて真剣だった。シャルルは笑った。彼の外見について言ったつもりはまったくなかったのだろうが、おじの言葉はかなり率直だった。ティノおじの妻エロイーズは、シャルルが出会った中では最も醜い女性だった。だが、ティノのほうは妻を非常に気に入っている。エロイーズとコンスタンティーヌ・ドメトリ・アルクールは、今のところ八人の子供がおり、一月にはもう一人生まれる予定だった。シャルルとティノは、自分たちの好みや人を引きつける才能の違いについて、かなり容赦のない冗談を言い合った。シャルルはおじを肘でつつき、尋ねた。「で、おじさんのように、不細工な子供を八人半も作れと言うんですか?」実際には、ティノの子供たちはとてもかわいらしく、一人一人、何かしら魅力を備えていた。

「どっちみち不細工な子供を持つことになるんだ」おじはやり返した。「子供が父親に似ればな」かすかに笑みを浮かべ、おじはかみつくようにパイプをくわえると、ポケットに手を突っ込んでマッチを探した。

「目が病気に感染していて、医者が摘出する必要に迫られればね」シャルルはだんだん真剣になってきた。頼りにしなくてはならない人から、これ以上、色々言われたくなかったのだ。

「おじさん、僕は本当に彼女と結婚したいと思ってます。アンバーグリースとは関係ありません」そこでシャルルは笑った。「もちろん、アンバーグリースも欲しいですけどね。ところで、ジャスミンは全部船から降ろしてもらえたんですか？」

「ああ。今、グラースの温室に向かってる途中だよ。到着した翌日ぐらいからアーネストとマキシムが芽接ぎを始められるはずだ」ティノは少し時間を取り、パイプを一吹きして火をつけようとしたが、やがて頭を横に振った。「最悪だ」彼は憂鬱そうに言い、再びルイーズのほうを見てうなずいた。「絶対に心を痛めることになる。ああいう美しい女は――」彼は一度、パイプを窓のほうに突き出した。「世界は自分のものだと思ってるんだ」

「彼女は若い。僕がそうではないことを教えてあげますよ」

おじはむっつりした顔をした。経験を積んだ悲観論者の顔だ。「学ぶ気のない者に教えることはできない」

ティノがパイプを吹かし、煙が渦巻いた。シャルルは窓にもたれ、再び背中で振動を吸収しながら、一人の女性をじっと見つめた。彼女の姿はいくら見ても見飽きることはなさそうだ。二人の男はしばらくそのようにして立っていたが、やがてシャルルが言った。「すぐに理解してもらえるかどうかわからないんですけどね。ルイーズは社交術に長けていて、かわいげがあるとは言えませんが、スマートに人付き合いをこなしています。でも本当の彼女は――」彼はため息をついた。自分が言おうとしていることは真実だと信じていた。だが、知り合ってわずか五、六日しか経っていなくとも、ルイーズ・ヴァンダミーアに対する強い思いが、どうかあのとき二人が感じた思いと同じくらい確かなものでありますようにと祈っている自分もいた。「本当の彼女は心が優しくて、悪気なんかまったくないんです。彼女は面白いし、正直だし、かわいいところがあるんですよ」ルイーズが本のページをめくるのを見守りながら、シャルルはこう言い添えた。「それに頭がいい」彼はおじの胸をつついた。「あなたより賢いですよ」

「じゃあ、おまえよりずっと賢いということだな」おじは目をぎょろつかせ、煙を一吹きして尋ねた。「それで、おまえはどうしたいんだ？　彼女の父君は、できれば二週間後に式を挙げたいと言ってる。おまえはそうしたいのか？」

二週間だって？　シャルルはぼう然とした。「さあ……。彼女と話してみないと」

ティノはまた――今度は前よりも念入りに――目をぎょろつかせ、不信感をあらわにしてうめき声を上げた。それから向きを変え、通路を歩いていった。頭を横に振り、パイプの煙をたなびかせながら、彼は一本調子でこうつぶやいていた。「ああ、やれやれ……」

17

翌朝遅く、ルイーズは公爵邸前庭の芝生の端に立っていた。陰の多い広々した芝生は、邸宅から庭の端まで緩やかに傾斜し、庭を縁取る手入れの行き届いた膝丈ほどの植え込みには、白い石に彫刻を施した手すり状の柱が並んでいた。柱は地所の境界に沿って、すぐ下を走る道路のカーブをなぞるように続いている。万が一、低い柱をまたいだり、柱の上に張り出した木の枝を払ったりでもしたら、そのまま海岸沿いの二車線の道路に落ちてしまうかもしれない。その道の向こう側で、土地はさらに傾斜して陽光あふれる浜辺となり、その浜辺がさらに傾斜して地中海そのものに、こんな色はあり得ないと思えるほど鮮やかな青い海になる。ルイーズは日陰を作っている木の下から湾を見渡していたが、かくも色鮮やかな湾と比べると、雲一つない空も、粉をまぶしたような淡い色に見えてしまう――もっとも、これがニューヨークなら、非常に明るい空に思えたのだろうが。

コート・ダジュールがとても人気のある――そして、とても金のかかる――場所になった理由を理解するのに、長く滞在する必要はなかった。ニースや、その西のはずれにある、海に面した公爵の屋敷は特に高級感があった。そこはルイーズが知る限り、最も美しい海の岸辺にできた楽園とも言える場所で、アルプス山麓の丘陵地帯の急勾配に位置しているため、さらに素晴らしさを増していた。彼女の背後にある丘の中腹には、たくさんの村があった。ルイーズは今、この海を見渡しながら、心ははるか遠く、北アフリカの海岸にあるのだと思おうとし、そこにいる背の高いハンサムな男性が家族のもとへ戻っていく様子を想像しようとしていた。だが愛するシャルルがそんなふうに家に帰っていくところを思い描こうとしたところで上手くいかない。あれほど真剣に語りかけてくれた人、あれほど優しく話しかけてくれた人が……いとしい君、かわいい君と言い、何度も何度も繰り返し名前を呼んでくれたあの人が、あっさり荷物をまとめて海を渡っていってしまうなんて。

おそらくうぬぼれからだったが、ルイーズは、彼女を失って途方に暮れ、よろよろ歩き回るシャルル以外は想像したくなかった。なぜなら彼女自身が少々途方に暮れた気分だったからだ。おまけに、あの船の上で、自分はシャルルを魅了している、彼の心を奪っていると本当に実感したし、今もそう思っていた。露骨な言い方をすれば、彼をひざまずかせ、虜にしたと信じていたのだ。だから彼女はこう推論した。私のパシャがどこにいるにしろ、彼の心は、彼の魂は、今の私と同じように、二人で暗い海を旅した思い出にとらわれているはずでしょう？　もしそうなら、彼は去ってしまえるはずがない。離れていられるはずがない。彼は最後には戻ってきてくれるかしら？　私の居場所は知っているはずだもの。

まさか、もちろん戻ってきてくれるわけがない。ルイーズは頭を横に振り、顔をしかめた。物事はそんなふうに上手くいくものではない。あれは情事だった。洗練された大人の男性とい。の情事。まったく違う場所で、まったく異なる文化で生きている恋人との情事。境遇の違いは、互いに何も要求する権利を残さなかった。あれは本当に、素晴らしい完璧な情事だった。ルイーズは元々そうするつもりだったのだし、まさにもくろみどおりの情事だったのだ。そして、今から私は自分の人生をなんとか生きていくのだろう。過去でもなく、あり得ない未来でもなく、この場所で、現在を生きていくのだろう。そう約束したのだから……。

「ルイーズ！」

振り向くと、華奢で美しいルイーズの母親が、緑色の芝生の斜面を小走りで下ってくるのがわかった。スカートの裾を持ち上げているため、靴が見えている。

「ああ、ルイーズ」母親はそう言って近づいてきた。それから手を伸ばし、娘を引き寄せて頬にキスをした。「お父様と二人で、公爵ととても素晴らしいお話をしてきたところなの」表情は優しかったが、まじめくさった顔をしている。「それで、あなたに言わなくてはならないことがあって、私から伝えるのがいいだろうって話になったのよ。ちっとも悪い話ではないから心配しないで。でも大事な話なの。浜辺を散歩しない？」

二人は車道に通じる石段を降りていき、耳を澄ましながら、曲がりくねった道路の左右を確認し、慎重に道を渡った。そして、反対側にたどり着くと、鉄のベンチの脇でバランスを取りながら靴とストッキングを脱ぎ、スカートをたくし上げた。浜辺にはほとんど人がいない。シーズンが始まるのはもう二、三カ月先だろう。母と娘は靴を置いたまま、水際まで砂浜を下っていった。

貝殻は一つもなかった。このあたりの地中海は潮の動きがあまりないので貝殻が浜に打ち上げられることはないのだ。ルイーズはこれほど穏やかな海岸を今まで歩いたことがなかった。素足に当たるすべすべした平たい石は、大きさも丸みも目玉焼きのようだ。ルイーズは母親と並んで、濡れた小石を踏み鳴らした。無数にある小さな灰色のボタンの上を歩いているような感触だった。

　母親が口を開いた。「最初に言っておくけど、この件について、公爵はあなたに自分で話したいとおっしゃったのよ。でも、私がその役を取ってしまったの。だって結婚したら、公爵に優先権が移ってしまうでしょう」母親は横目でルイーズをちらっと見て微笑み、さらに一〇歩ほど歩いてから切りだした。「さてと。私もお父様も、最初からこの結婚には喜んでいたし、今は、そうねえ、とても素晴らしい結婚だと思っているわ……」彼女は歩きながらルイーズの腕に触れ、言ったばかりの言葉を繰り返した。「あなたにとって、とても素晴らしい結婚」母親は意を決したように息をつくと、ルイーズを仰天させる話を始めた。「お父様も私も正直な人間だということをわかってほしいの。あなたがばかなまねをしていたかもしれないと最初に思ったとき、どうすればいいのかわからなかったわ……」母親は文句を言おうとする相手を抑えるべく片手を上げた。

　ルイーズは立ち止まり、自分を弁護しようとした。でも、いったい何を弁護するのだろう？　彼女は自分が何のことで責められているのかよくわからなかった。しかし、母親の言葉には、どこか非難めいたところがある。

母親は振り返り、娘と向き合った。「私の話を最後まで聞いて。あなたの話を聞くのはそれからよ」そして、あらためて話を始めた。「お父様も私も、このままあなたを嫁がせてしまっては、心が休まらないと思って……」母親は一瞬、間を置いてから、喜びにあふれた声でその名前を口にした。「親愛なるシャルルに黙っているのは……」

親愛なるシャルル？　ルイーズは一瞬、パシャ＝シャルルのことを言っているのかと思い、うろたえた。だが、次の瞬間、彼女の考えはわかりきった結論に至った。独眼の公爵のことだ。ルイーズは口をゆがめ、嫌味を言いたかった。公爵は親切だけれど、変わり者で、妙に自意識過剰で、敬愛するにふさわしい人とはとても思えないわ、と。

母親は続けた。「黙っているわけにはねえ。結婚していただく前に、公爵に何もかも正直にお話ししなくちゃいけないと思ったのよ」それから大きく息を吸い込み、吐き出しながら言った。「それに、私たちはあなたがあの船でよからぬことをしていたと確信しているの。それを考えると、なおさら黙っていられないわ」

ルイーズの顔が青ざめた。彼女は意識的に口をつぐんでいなければならなかった。

母親は、ニューヨークの警官が車を制止しようとするときのように、今度は両手を上げた。「ルイーズ、落ち着きなさい。細かいことはいっさい知りたくないし、否定や弁解をしてもらう必要もないわ。ただ、これだけは知っておいてほしいの。親はばかではないのよ。それに、公爵にヴァンダミーア家の人間は詐欺師だと思われるぐらいなら死んだほうがましだと思ってるわ。私たちは嘘がつけないのよ。だから今朝、一階に下りてきた公爵をつかまえて、彼の書斎に引っ張っていったの。そして何もかも話したわ。私たちが薄々感づいている件についてもね。つまり……」母親は言葉を切り、息を吐き出した。「ルイーズ、公爵もばかではないわ。私たちが話をしたとき、彼はとても用心深かったの。何か知っているのよ。それに昨日、彼のおじ様の態度は敵対心の塊だったでしょう。フランス人以外は皆、くたばってしまえという感じで……」彼女の母親にしては激しい言葉だった。「でも、善良な頭のいい人たちに対しては、きちんとした態度で単刀直入に話をするしかないの」

ルイーズの母親は、もう一度考えをまとめる必要があったようだが、やがて早口でしゃべりだした。「つらいことだったのよ。どうかわかってちょうだい。お父様も私もあなたをとても愛しているし、誇りに思っているってことをね。何一つ、これまでと変わってないわ。あなたは、これから素晴らしい結婚をする。あなたにはそれがふさわしいんだから。でもね、大事を取ろうと思っているの。これまでもあなたのことについては常にそうしてきたわ。あなたはかけがえのない娘だし、悪い噂が立ったり、反感を持たれたりするのはいやなのよ。わかるでしょう?」

ルイーズはよくわかっていなかった。だが、娘が船で何をしていたのか、両親が薄々でも感づいていたことに動揺してしまい、説明を求める気にもならなかった。

母親は突然、にこにこしながら言った。「とにかく、公爵が私たちの打ち明け話をどれほど素晴らしい態度で受け入れてくださったか、言葉では表現できないくらいよ。本当にフランス人ときたら」母親は笑った。「それはもう、信じられないほど寛大な方ね。妻が少しぐらい元気がいいのは構わない、自分は、あなたや私たちのために身を捧げているし、あなたの味方になると言ってくれたのよ。ねえ、よく聞いてちょうだい」

聞いているしかなかったと言っていい。それまで青ざめていたルイーズの顔が熱くなった。両親をとても見くびっていたことに屈辱を覚え、彼女は顔をそらした。正直な人……。そうだ。パシャは私をそう呼んでくれた。けれども、こうして人生の新たなスタートを切るということに関し、彼女はそれまで正直に考えたことさえなかったのだ。公爵が事あるごとに見せてくれる優しさがなぜ気詰まりに思えるのかと言えば、自分が正直になれていないのも理由の一つだったかもしれない。この、正直になれれば楽になれるという考えが、彼女の混乱した頭の中でぐるぐる回っていた。

母親の声が続いた。「ルイーズ、こんな計画を立ててみたのよ。形ばかりのことで、公爵もそれでいいと言ってくれたわ。私たちは表向きには結婚の準備をするんだけど、二週間したら、公爵が駆け落ち同然にあなたをグラースに連れていってしまうことにしたの。結婚するのがいちばん安全だし、いちばん確実な逃げ道だと思うのよ。つまり、そういうことをした女の子には……というか、あなたにはね……」母親が言葉をのんだ。「盛大な素晴らしい結婚式を挙げさせたいと心から望んでいたのに――」母親はそこで言葉を切った。

ルイーズは何を言えばいいのか、どこを見ればいいのかわからなかった。二人ともまるまる一分、何もしゃべらなかった。

盛大な結婚式を望んでいたのは、もちろん母親のほうであって、ルイーズは気にしていなかった。ただ、彼女も「上流社会の盛大な結婚式」という言葉が何を意味するのか理解できる年齢になっており、母親から話の種を一つ奪ってしまったのかと思うと、ひどく惨めな気分だった。ルイーズが思い出す限り、イザベル・ヴァンダミーアは昔から、「どこかのプリンス」との結婚式に意気揚々と幸せな気分で出席するのだと楽しげに話していた。

母親は言葉を続けた。「つまり、あなたがそれで構わなければということよ。いいと言ってくれるわね?」

ルイーズはうなずいた。それから母親と目を合わせ、ようやく言葉を発した。「お母様、私のせいで心配かけたり、苦しい思いをさせたのならごめんなさい」

母親はルイーズの手を取り、再び歩きだした。「わかってる。心配しなくていいのよ」転がっていく濡れた石の上を、彼女は娘を連れてゆっくり進んでいく。「何もかも上手くいくわ。お父様と私はしばらくこの街に家を借りようと思っているの。あなたが土地になじんで、幸せになれるようにね」

ルイーズは唇をかんだ。「お母様、自分のことは自分でしたいの」

母親は横目でちらっと娘を見ただけで歩き続けた。「もちろん、そうしていいのよ」

ルイーズは立ち止まり、母親の手をつかんで向きを変えさせた。「違うの。お母様はわかってない。お父様もお母様も帰りたかったら帰っていいのよ。二人を傷つけたり、がっかりさせたのなら謝ります。でも、これは私の人生なの。自分でどうにかできるわ」

しばらくのあいだ、母親はルイーズの顔をまともに見つめていた。いつもの冷ややかな、落ち着いた笑みを浮かべながら。やがて、笑顔はそのままに、目がガラスのように光った。涙だ。目の端に小さな二粒のしずくが現れたかと思うとあふれ出し、二本のきれいな線を描いて頰を伝っていった。「ああ、お願いだから、もうしばらく、あなたの母親でいさせてちょうだい。あなたを手放す心の準備ができていないのよ」母親は一度、鼻をすすり、胸を刺すほど率直に尋ねた。「そんなに私たちから離れたいの？」

「違うわ」ルイーズは手を伸ばし、これまで数えきれないほど自分を抱いてくれた女性を抱き締めた。「そんなわけないでしょう」ルイーズは母親の頭をなでた。「もう私のために心配したり、何かしたりするのはやめてほしいだけなのよ」彼女自身、一抹の寂しさ、まだ消え去っていないものに対する一種の郷愁を感じた。もっとも、そのようなことがあり得るならの話だが……。「私には構わないで。自分のことは自分でできるわ。それに、私は自分がそれほど不幸になるとは思ってないし、人に恥ずかしい思いをさせるとも思ってないの。私はそんなにばかじゃないのよ」

石段まで戻り、芝生の斜面を上っているうちに、イザベル・ヴァンダミーアはまた少しずつ明るさを取り戻した。「これはあなたのものよ。全部、あなたのものなの」母親は二人の目の前にある新しい家を指差した。広々とした白い石造りの家だ。三階建てで、部屋の数は四五もある。四年前にできたばかりで、最新の設備がすべてそろっている。海辺に広がる一万二一〇〇平方メートルの地所は、ヨーロッパ一高価な資産になろうとしていた。

しかし、ルイーズはすでに自分が気に入ったものを手に入れていた。これ以上物質的なものが欲しかったわけではない。ここには何かほかのもの、自分が求めていたものがあると感じていた。彼女は浜辺で味わった感情の泥沼から抜け出し、自由のにおいを感じ取っていた。丘に茂るハーブのような、ぴりっとした芳しい香り、タイムとローズマリーと野生のラベンダーが入り混じったような香りの自由。これから、寛大な夫を持つ人妻の自由が始まるのだ。公爵は妻に甘くなるだろう。彼と出会って数時間のうちにルイーズはそう思った。彼が「何もかも」知っていること、それでも彼女との結婚を選んだこと、彼女の過ちに対し、上品に、これ見よがしにうなずく以外はほとんど何も言わなかったことがわかった今、彼は妻を甘やかす夫になると確信したのだった。

次の二週間は瞬く間に過ぎた。公爵はグラースで手がけている事業で忙しく、三日ほど出かけては、さらに仕事を抱えて戻ってきた。それでも時間を見つけ、着々と、表向きには、いわば求婚期間を過ごしていた。二人は一度、ヨット遊びに出かけた。また、馬でアンティーブの海岸へ出かけたこともある。彼はルイーズをニースのカジノに連れていき、その後、モンテカルロにも連れていった。そこのカジノでは大きな賭博台に彼女を案内し、遊び方の手ほどきをした。私が興味を引かれるかどうか試したのではないかしら、とルイーズは思った。だが、そのカジノでは、たいした勝負はしなかった。腕が試されるようなゲームはほとんどなかったし、何もかも店側が断然有利になる仕組みで勝負をしても面白くない。それでもルイーズは少しだけ稼ぎ、公爵はそれを見てとても喜んでいるようだった。その後、二人は公爵の姉の家を訪ね、夕食をごちそうになった。

はた目にはルイーズと公爵は上手くやっており、早い段階からそのことを証明してみせた。公爵はとても人当たりがよかった。ルイーズの両親が断言したとおり、知的で教養にあふれ、まさに結婚相手としては非の打ちどころがない人物に思えた。それどころか、この二週間、二人が分かち合う時間はどれをとっても、まったく問題なく過ぎていった。ただし、馬車で田園地帯に出かけたとき、一度だけへまをしてしまったのだが。

ニースのはずれで、公爵は小型の二輪馬車でオリーブの木立に入り、そこでルイーズにキスをしようとした。そのとき、彼女は慌てて公爵から離れようとしたため、馬車から落ちそうになった。なんとも気まずい瞬間が流れたのち、二人は今の出来事を笑ったが、彼女は自分にがっかりしていた。この二週間、まさにこのような瞬間に備えて自分に言い聞かせてきたというのに。でも、突然、彼のゆがんだ顔が迫ってくる光景に備えるには、いったいどうすればいいのだろう？　彼のがっしりした腕が背中に巻きついているあいだ、どうすればいいのだろう？　彼の唇が間近に迫ってくるまではなんとか持ちこたえたが、突然、ジャンプをし損ねた愚かな馬のように、後ずさりをして逃げだし、それまでの努力を台無しにしてしまった。ルイーズは、結婚したらこうはならないだろうと言って彼を安心させた。肉体的に親しくなるということに一度慣れてしまえば大丈夫だろう（もちろん、それは問題なかった。大西洋を渡ってくるあいだ、ずっとそのような行為に浸っていたのだから）。ともあれ、公爵はまったく寛容で、非常に辛抱強かった。もちろん待とう、彼はそう言った。

だが、ルイーズは自分がへまをやらかしたことは認めようと思ったものの、実はこの失敗はそれ以上に彼女を苦しめていた。公爵の外見については、いずれ慣れるだろうと本当に思っていた。しかし、馬車の中で未来の夫がキスをしようとしたとき、ほんの一瞬、彼の外見よりももっと大きなものが現れ、彼女を引き止めた。

彼女のパシャがまったく突然、ぬっと姿を現したのだ。それはにおいとなり、感触となり、とにかく実体となって現れた。そして彼女はおかしな気持ちになり、混乱したのだ。

不誠実。頭に浮かんだのはその言葉だった。ほかの男性がなれなれしく彼女を抱き締めたら、パシャと分かち合ったものを裏切ることになる。そんな気がしたのだ。男性の顔と向き合っているのは奇妙なことに思えた。彼がどんな顔をしていようが、どうでもよかった。そこに、彼女が心に描いている恋人とは違う顔を見出し、シャンパンではなくオリーブのにおいがする息を吸い込むと、彼女は腹が立ち、強い反発心を覚えた。この感情がどこからやってくるのかまったくわからなかった。公爵が一瞬、怒ったように醜い目を細めたが、すぐにおずおず引っ込んでしまったのを見たことが原因だったのか（ああ、私が慣れ親しんだ、あの傲慢で自信に満ちた男性とは似ても似つかない）。あるいは、彼の目はどうでもよかったのかもしれない。たとえ世界でいちばん自信に満ちた男であろうと、彼女の真夜中の恋人以外は誰であれ、何かしら欠点があると感じられたのかもしれない。それから、彼女はその場にまったくふさわしくない反応をしてしまった自分が恥ずかしくなった。

その晩、夕食が終わってから、ルイーズは公爵にブランデーを持っていった。彼は裏庭の芝生で、憂鬱そうに独りぽつんと座っていた。彼女は、公爵が自らの外見のことで苛立っているのだと気づいた。ああ、彼の自尊心を傷つけてしまった。ルイーズは謝り、償いをしようとしたが、彼はそれを拒んだ。**ばかなことを言うもんじゃない。僕らはこれからずっと一緒にいるんだから……。**

その結果、二人は黙ったままそこに座っていた。公爵は心が広いし、大人だ。ルイーズは自分が気まぐれで、わがままなじゃじゃ馬娘に思えた。自分がいやになったし、自分の振舞いについて満足に説明できないこと、あるいはその埋め合わせができないことがいやでたまらなかった。それに、罪悪感にさいなまれた彼女をそのまま放っておく彼が憎かった。

というのも、男性が自分と性的な関係を持ちたがっている場合、ルイーズにはそれがわかってしまうのだ。そして、愛人がいようがいまいが、公爵が彼女との結婚をいとわないのは、まったく利他的な気持ちからではないということがこの二週間ではっきりした。つまり彼女は彼の視線をとらえたのだ。公爵は私をベッドに連れていきたくてうずうずしているだけ。そう思うと彼に対して少し腹が立った。なんて厚かましい。ルイーズはかろうじて彼のことがわかった気がした。

だが、そう思った瞬間、申し訳ない気持ちになった。彼がそう願うのはもっともなこと。二人の結婚を自然なものにしようとしているのだろう。もちろん、そうであるべきだ。もしも子供をもうけることになるのなら。もちろん、ルイーズはそれを望んでいた。

ただ、どうすれば自分を勇気づけ、彼とベッドをともにしても胃をむかむかさせずに済むのかよくわからなかった。この脚の不自由な奇妙な男が裸で自分の上に横たわり、あえいでいるのかと思うと——彼を見ているとき、魔法にかかったように、あるいは催眠術にかかったようにじっと見つめてしまうのは、魅了されているからではなく、自分の中に嫌悪感があるからかもしれない。その事実を封じ込める術を見つけなくては。

でもどうやって？　彼女にはわからなかった。そして、そんなことを考えていると、船上のシャルルに対する切ない思いがどうしようもなく湧き上がってくる。貞節とはこういう感覚？　抑えられない癇癪のようなもの？　最愛の恋人以外の人を思い浮かべることへの反発？　なんて素晴らしいのだろう。それまでずっと、貞節というのは、最愛の人の気持ちを傷つけないために自分の楽しみを切り詰めることなのだろうと思っていた。だが、今感じているこの気持ちは、そのようなものではない。それはわがままな、頑固な感情だった。イチゴが食べたい、イチゴを食べるときの喜びだけを味わいたい、代わりにリンゴを無理にのみ込むぐらいなら、飢え死にしたほうがましだと思うのと一緒だ。ルイーズはその一方で、この公爵は、寛大なのかどうかも疑わしい、このエデンの園の住人は、いったい私に何を期待しているのだろうと考えていた。

シャルルは何を期待していたのか？　これまでの出来事は一つ残らず期待していたことだと言っていい。花嫁は彼を怖がっている。最初はたいがいの女性が怖がるものだ。しかし、花嫁はとても賢いから、どうすることが最も自分のためになるのかよくわかっていた。

結婚式はグラースの小さな教会で行われた。結局ルイーズの両親は、娘の結婚式に出席しないという考えに耐えきれなくなり、人目を忍ぶようにニースを出てきた。花嫁と花婿はグラースへと馬車をひた走らせ、午前中の遅い時間にシャルルの屋敷に到着した。そして昼食を取った後、小さな教会へ滑るように入っていった。教会にはティノおじが来ていた。彼とヴァンダミーア夫妻のほかに出席者は一人もおらず、あとは牧師と侍者役を務めるティノの末息子がいるだけだった。誓いの言葉が交わされているあいだ、イザベル・ヴァンダミーアはチャペルの後ろの席で静かにすすり泣いていた。夫のハロルドは感情を表に出さずにいる。予想どおり、ルイーズは目が覚めるほど美しく、シンプルなベージュのドレスをまとい、羽根飾りと顔を覆うネットがついた上品な帽子をかぶった姿は美しいという言葉では足りないほどだった。

シャルルは祭壇の前でネットを上げ、彼女にキスをした。敬遠されることなく、唇に直接キスをすると、前途に約束されたありとあらゆることが頭を巡り、我を忘れた。その後、写真屋が金属皿にマグネシウムを盛ってまばゆいばかりのフラッシュを焚き、シャルルは頬が痛くなるまで微笑んだ。それから、六人は役所へ出向き、法的な書類すべてに署名を済ませた。完了《フィニ》。これで二人はシャルル・アルクール夫妻、アルクール公爵とアルクール公爵夫人となった。プリンセス・ルル・ルイーズ……。

僕のルイーズ。よいときも、悪いときも、永遠に……。

18

ルイーズの両親は新婚の娘に別れを告げた。にわかに心が乱れ、娘を抱き締めては、よしよしと背中を叩き、また抱き締める。シャルルがお義父さん、お義母さんと呼びかけ（滑稽に思えたが、彼らがそう呼んでくれと頼んだのだ）、身をかがめて二人の頬にキスをすると、「お義母さん」は再びわっと泣きだし、喜びにあふれた低い泣き声が響いたが、シャルルにはなぜか寂しげな声にも思えた。まるで娘としばらく離れ離れになるかのような泣き方だ。だが、実はその五日後、母娘はニースで再会することになるのだった。

ヴァンダミーア夫妻はニースのシャルルの屋敷からさほど離れていないところに家を借りていた。二人がそちらの方角を目指して出発し、グラースに住んでいるティノおじと息子もその場をあとにし、残されたシャルルと新婚の花嫁だけが、街の広場でカフェの前に立っていた。その店で皆は花嫁と花婿のために乾杯し、一時間ほどお祝いをしていたのだ。

「大丈夫かい？」シャルルはルイーズに尋ねた。彼女は両親が乗った馬車が見えなくなったあとも、かなり長いあいだその方向をじっと眺めていた。

ルイーズはかすかにびくっとし、シャルルに目を走らせた。「ええ、もちろん」

「散歩をしないか？　まだ少し陽も残っているし」

二人がいる広場は、美しい木陰の道に面していた。道幅があり、よい香りがする灰色がかった緑色の生垣が点在している。植えてあるのはローズマリー。先の尖った葉をつぶすと、青々したにおいを放つ植物だ。この通りは、芳香を漂わせながら住宅地区を縫っているのだろう。その向こうには、淡いクリーム色の家やバラ色の屋根の列に挟まれて、二〇キロ先にあるコバルトブルーの地中海が驚くべき景色をのぞかせている。

だが、ルイーズはあまり興味がなさそうだったし、自分の周りに何があるのか気づいていない様子だった。ぼんやりしていて、ひょっとすると疲れているのかもしれない。

「うちに帰ったほうがいいかな？」

ルイーズが再び彼と目を合わせた。「うち」という言葉が使われて、はっとしたようだ。彼女はしばらく彼を見つめていた。こんなふうに見つめられても、シャルルは彼女が何を考えているのかまったくわからなかった。ルイーズはシャルルをまっすぐ見ていたが、やがて顔を背けた。その目は焦点が定まらなくなり、物思いに沈んだ表情が浮かんだ。

彼女はようやく、上の空で答えた。「ええ、家に戻ったほうがよさそうね。もし差し支えなければ」この非の打ちどころのない形式ばったフランス語がいけないんだ。これが、妻になったばかりの若き女性と自分とのあいだを隔てる障害になりつつあることははっきりしている。シャルルにはそう思えた。

ルイーズは人前で格調高いフランス語を披露していた。まるで生まれたときからそうしているように、女大公《グラン・ドゥシエス》さながらに洗練されたフランス語を話すのだ。センテンスの一つ一つがとびきり明快で、それを耳にするたびにシャルルはつい彼女を見つめ、赤面し、吹き出してしまう。だが、二人きりのときは、このしゃべり方が——実のところ、彼女はそれ以外の話し方ができなかった——その場の空気を冷やし、シャルルの胸を刺した。彼が口にする温かい提案はどれもこれも、上品で儀礼的な言葉の嵐に立ち向かって進んでいかなくてはならなかった。たとえば、馬車で走っているとき、あるいはルイーズをオリーブの木の下に誘おうとするとき、彼女に気さくに語りかけようとすると、シャルルは自分が遠い昔の召使《フットマン》いになったような、愚かにも女王と仲よく話をしようと試みているような気分になるのだった。

もちろん英語を話すことは問題外だ。シャルルはルイーズに粗野なフランス語を少し教えてみようとしたことがあった。彼女は戸惑い、静かにぞっとした顔をして、彼の申し出を断った。まるで彼女の愛犬「ベア」が後ろ脚で立って、彼女の膝にみっともなくまとわりつくのを追い払うときのように。シャルルは二人の距離を縮めようと、ほかにも色々やってみた。たとえば、打ち明け話もしてみたし（今のルイーズより一歳だけ若かったころにしたいたずらの話をしたところ、彼女はにこっと微笑んだが、シャルルはなんとなく、彼女に子供っぽいいたずらだと思われている気がした）、彼女がベアと遊んでいるときには、犬がよそよそしい雰囲気をほぐしてくれるのではないか、船の犬舎でとても効果があった何かをもたらしてくれるのではないかと期待して、自分も遊びに加わったりした。

その結果、シャルルと犬は仲よくなり、ベアは彼のことが大好きになった。だがルイーズのほうは、シャルルが生きていることもほとんどわかっていないかに見えた。ルイーズとのことではへまばかりしている。それはシャルルも自覚していた。二人のやりとりはいつもぎこちなく、さもなければ気詰まりな沈黙に満ちていた。彼は自分が不器用で人目を気にしすぎている印象を与えているのではないかと思ったが、それでもそのうちに、いつもの調子を取り戻せるだろうと確信していた。彼女が少しでもチャンスをくれさえすれば、少しでも楽しそうな反応をしてくれれば。彼は努力を続けた。

シャルルはルイーズをエスコートして広場を横切り、彼女が馬車に乗り込むのを手伝った。中に入ると、彼はカーテンをすべて開けた。一つには、よく晴れた午後だったということもあるが、にわかに暗闇への不安、自分が演じきろうと決心したこの茶番がばれるかもしれないとの不安に襲われたことも理由の一つだった。何にせよ、このやけに気取った娘が、この男は海を渡ってくるあいだずっと私をばか者扱いしてきたのだと気づいてしまうよりはましだった。そんなわけで、シャルルは椅子にゆったりともたれた。そして馬車が広場をまわり、二人のグラースの家を目指して丘の斜面を勢いよく上るあいだ、夕暮れの薄闇が彼女のぼんやりした表情をかすめていく様子を見ていた。

二人の家はシンプルだった。ここは主たる住まいではなく、シャルルが自分の研究室で仕事をしたり、工場を監督したりするときに住む場所にすぎない。グラースは香水製造におけるフランスの首都、つまり世界の首都だ。シャルルの香水事業の本拠地であり、フランスのライバルたちもそこにいる。グラースの家は、一〇〇年にもわたって美しさを保ち、機能してきた古きよきものにふさわしく、とても素敵な家だった。目立たない小さな家だ。人をもてなせるような部屋はなく、ルイーズが街のご婦人方を何人か招待しようと思っても、かろうじて午後のお茶ができる程度の広さしかない。そして、その日はいつも以上に静かな夜となりそうだった。というのも、新婚夫婦が二人きりになれるよう、シャルルは調理人ほか数名を除いて、使用人に休みを取らせてしまったのだ。

シャルルはここで次なる試みをしようと思っていた。外のテラスで、遠くに海を望む田園風景を眼下に見ながら、二人きりで手の込んだ料理を食べる。花嫁には黒真珠をプレゼントしよう。それがルイーズのお気に入りであることはわかっているし、彼女のネックレスが壊れてしまったことも知っている。ワインや地元のごちそうも用意した。そして、楽しい会話を交わす。二人きりで向き合って何時間も座っていれば、彼女もきっと自分のことを話してくれるはずだ。食事用にはワインを、食後にはピーチ・ブランデーを用意しよう。必要とあらば、アルコールの力を借りて彼女の気持ちをほぐすことにしよう。恋と何とかは手段を選ばずだ。彼女のお上品なフランス語のせいで、シャルルの目の前には、かつて遭遇したこともないほど強固な壁、他人行儀という名の壁が築かれている。まずはそれを乗り越えなくては。そして、ベッドまでたどり着いたら、ルイーズの好きなありとあらゆるやり方で、優しく愛を交わそう。裸のルイーズ、彼の下で温かく濡れていたルイーズ。その記憶はあまりにも鮮明で、彼は今夜のことを思い浮かべるだけで口が乾き、目が熱くなった。

その一方で、少し不安も覚えた。

あのオリーブの木立で、彼はシャルル・アルクールとして初めて麗しのルイーズにキスをしようとして見事に失敗した。どうやら唐突だったらしい。彼は自分にそう言い聞かせた。思いがけず彼が迫ってきたため、ルイーズは不意打ちを食らってしまったのだ。そんなことになるとは予想もしていなかったのだろう。あるいは彼のやり方がぎこちなかったのかもしれない。確かにこの数日、彼はルイーズの堂々たる態度や話し方に圧倒されて自分らしくなくなっていた。理由はどうあれ、あのときルイーズの腕をつかんでいなかったら、彼から逃れようとして後ろに飛びのいた彼女は馬車から落ちていただろう。

今夜はもっと慎重にやらなくては。

家の玄関までやってくると、ルイーズは先に中に入った。シャルルがドアを閉め、振り返ると、ルイーズはもう玄関ホールを横切って、階段を途中まで上っていた。

「どこに行くんだい？」シャルルが声をかけた。

「晩餐用のドレスに着替えてきます」

シャルルは目をしばたたいた。ティアラと燕尾服で正装しろというのか。彼女の家族は親切な人たちだが、とにかく行儀がよすぎてシャルルには仰々しく思えた。「あまり堅苦しくないほうがいいんじゃないかと思ったんだが」

ルイーズは吹き抜けの欄干からシャルルを見下ろした。「うちでは夕食のときに必ず着替えるんです。私はいつもそうしていました」

「そのままでもきれいだよ」

「これは昼用のドレスです」ルイーズはまるで彼の両目が見えていないかのように言った。

シャルルは口をゆがめ、ドアのそばの傘立てに杖を入れた。おそらく、そんなことはすべきではなかった。しかし、今夜はこのいまいましい、自らの苦痛の象徴を視界からどけておきたかったのだ。彼は帽子を掛け、脚を引きずりながら、できるだけ堂々と階段の下まで進み、まごつきながらも、きっぱりと白状した。「着替えるのは大変だと思うよ、マダム」マダムだって？　だめじゃないか。彼女の名前を呼ぶべきだ。それでも、シャルルは急いで続けた。「メイドに暇をやってしまったんだ」

「何ですって？」ルイーズは階段の途中で振り向き、一歩下に下がった。

シャルルはいつの間にか後ずさりをしていた。「使用人には全員、休みをやった。残っているのは調理人だけだが、デザートが済んだらすぐに帰ることになっている。僕は君と二人きりになりたいんだ」

どうやら、あまり上品な告白ではなかったらしい。二階の天井がルイーズの顔に影を落とし、彼女は君のスカートに頭を突っ込みたいと言われたかのような表情を浮かべていた。かすかに青ざめ、唇をぎゅっと結んでいる。階段を下りて戻ってくると、半ば閉じた目でシャルルを一目、ちらっと見た。あらゆる意味で、ルイーズはどきりとさせる目をしている。まるで北極の深い海のように暗く澄んだ青い目。北極の太陽の下で溶けていく氷のようにきらきら輝く目であり、冷ややかな、よそよそしい目でもあった。

その目はしばらく彼を見ていたが、彼女が通り過ぎると同時に、過ぎ去っていった。「済んでしまったことは仕方ありませんね。これからは、夕食のときに着替えをさせていただきたいわ。もし差し支えなければ」

差し支えないどころか、シャルルは彼女の高慢な態度がだんだんいやになり、なんとかそれに打ち勝ってやろうと、ずっと悪戦苦闘していた。落ち着き払った、傲慢な魔女め。素晴らしく美しい悪がきめ。

ルイーズは、苛立たしげに黙っているシャルルを無視し、玄関ホールの戸棚までゆうゆうと歩いていった。その上に掛かっている鏡の前で両腕を上げて頭の後ろに回し、帽子のてっぺんに羽根飾りを留めているピンを手探りしていた。シャルルはルイーズの背後に近づき、生身の彼女と鏡に映った彼女を、正面と後ろ姿の彼女を、ルイーズの三六〇度をじっと見つめた。帽子のピンを見つけ、彼女の手をそこへ動かしてやったところ、彼女はびくっとして、ピンをしっかり握り締めた。

彼女のほんのわずかな動きがシャルルの心を魅了する。ピンを引き抜き、ネット、ベージュのフェルト、白いダチョウの羽根飾りを持ち上げて美しくまとめた髪からはずし、プリマドンナのような優雅な仕草で頭をかすかにひねり、振っているときのその姿勢、ほっそりした腕、宙に浮いた肘……。シャルルはこらえきれずに手を伸ばし、彼女の肋骨にぴったりと張りついている胴着《ボディイス》に触れようとした。

その途端、ルイーズがとっさに体を前にかがめ、シャルルの指先はかろうじてタフタのドレスをかすめただけだった。彼女は体を曲げたままシャルルの手から逃れた。「シャルル、お願い。帽子にピンを刺してるところなの。危ないでしょう」

「すまない」シャルルは小さくつぶやいた。

謝ってしまった。そこに突っ立ったまま、彼は自分の言葉に耳を傾けていた。妻に触れたことを謝るなんて。二時間前に結婚した自分の花嫁に触れたことを謝るなんて。二週間ものあいだ、触れたこともキスしたこともなく、結婚式の最後にキスをしただけの女性に……。正気でいられるはずもなかった。

ルイーズはサディストに違いない。こんな仕打ちをいとも簡単にやってのけるのだから。実のところ、二人でテラスに出るころには、シャルルは頭に血が上り、自分に腹が立ち、ルイーズの態度が癪に障っていた。

食堂の向こうにある小さなバルコニーにテーブルが置かれていた。二人で掛けるには十分な大きさだ。その脇には鉢植えのヤシが二つ置かれている。テーブルの真ん中の位置に椅子が二脚、向き合って置かれており、テーブルの上には中央にキャンドルが二本、バラを二輪浮かべた浅いボウルが一つ置かれていた。また、大きめの磁器の皿が二枚セットされ、それぞれの上に小さめの皿が重ねてある。そして純銀の食器が一式セットされ、食前酒用、メインディッシュ用、食後酒用に大きさの異なるワイングラスが一組ずつ、全部で六脚並んでいた。磁器の皿には氷を張った小さなボウルが置かれ、中にはキャビアが盛りつけてあり、周りにはサフランで茶色と黄色に色づけされた小さなトーストが添えてある。シャルルはルイーズの椅子を引いてやった。

彼女が腰掛ける。「まあ、素敵」言葉とは裏腹に仕方なく言っているという感じだ。彼女は頭をぐるりと回し、あたりをしげしげ見渡すと、驚きと喜びで顔を輝かせながら、ゆっくりとシャルルに微笑んだ。「本当に素敵」

シャルルはたちまち満足し、彼女の向かい側に腰を下ろした。

ルイーズが遠慮がちにボウルに手を伸ばし、濃い灰色のキャビアをトーストに載せ、かじりつく。そしてため息をつき、嬉しそうにくすくす笑った（彼女も僕と同じように神経質になっているのだ、とシャルルは思った。それはごく当然のことであり、彼を安心させた）。

「まあ、ベルーガね。私の大好物」

もちろん、そうだろうと思ったさ。とても高価なキャビアなんだぞ。

ルイーズはこう言い添えた。「カスピ海産ね」

彼女なら美味いものの産地に通じていてもおかしくない。しかも希少価値のあるものに詳しいのだろう。だが、そんなことはどうでもいい。シャルルは微笑み、裕福な四〇歳の女性の素養を身につけた一八歳の驚くべき少女をじっと見つめた。

キャンドルの明かりに照らされたルイーズは永遠の存在に見えた。大天使のごとく、この世のものとは思えないほど美しい。シャルルはキャビアをすくってトーストに載せたが、結局、彼女に差し出してしまった（指と指が触れ合い、彼はおおいにそそられた）。食べることができない。食べ物に興味さえ湧いてこない。想像したことであれ、実際にされたことであれ、これまでに受けたちょっとした侮辱は一瞬にして許してしまった。彼の望みはただ、ルイーズの姿を……その声を、彼女特有のにおいを堪能することだけだった。彼女のにおいは、裏庭の雰囲気と、近くに茂るハーブ類のほのかな香りで彩られた夜のにおいと混じり合い……テラスのすぐ先に植えてあるバラの茂みから直接流れてくる香りと混じり合っている。ルイーズ自身が一種の花のようだ。雑草のように強靭でとげがあり、神話に登場する蓮《ロートス》の実を思わせる甘い、人を酔わせる香りがする。

「ここは本当に気持ちがいいわ」ルイーズが感想を述べた。

「そうだね」バルコニー越しに見渡すと、少し下がったところに庭がある。まず小さな泉が目に入り、その先には、バラをはわせたあずまやがトンネルのように続き、両脇にはイトスギが並んでいる。そこをたどっていくと、家々の屋根と丘の斜面が続き、はるか遠くの海岸に向かって下り坂を描いていた。

家の片側に隠れて見えない太陽は沈みかけており、庭が徐々に色を失い、長い斜めの影と化していく光景は、お世辞抜きに絵のように美しかった。それは、この家から望む、シャルルのお気に入りの景色だった。今夜、彼は大好きな景色を見逃した。彼女に教えてあげることもし損ねた。ただそこに座って、自分が欲しかったものすべてを目の前にした男のように、気取った笑みをかすかに浮かべながら、彼女をじっと見つめている。

一方、シャルルと向き合っているルイーズはと言えば、まるで正気に戻ったら自分は鍋の中にいて、人食い人間がそれをかき混ぜていることに気づいたような、そんな気がしていた。公爵がこちらを見つめている。彼は一日じゅうずっと彼女を見つめていた。肘をかすめたり、つかんだりしながら彼女に触れ、彼女を追い詰めたのだ。そのとき、ルイーズははっきりと察知した。正面に座っている男性の顔にはハネムーンの大いなる計画が描かれている。ぞっとするような顔いっぱいに、みだらな計画が描かれている。

　どうも新たな様相を呈してきたこの顔と、今夜すぐに起ころうとしている事態に身の毛がよだち、ルイーズは正面にいる男性を何秒と見られなくなっていた。

「ワインでもどうだい？」

　彼女の意識を突然釘づけにしたのは、まともに顔を見られなくなった男性の、まさにその声だった。シャンパンでもどうだい？　ルイーズは顔を上げた。

「ワインでもどうだい？」彼が繰り返す。

　ルイーズは一度だけ顔を上げ、相手をじっと見つめた。違う。

　公爵の奇妙な顔にがっかりした表情が現れ、彼はボトルを置いた。

　ワインよ。シャンパンじゃないわ。ルイーズは自分に言い聞かせた。全然、違うじゃない。公爵が静かに口にしたその言葉はフランス語だった。それでも何かが……彼の口調が……ルイーズの心臓を止めた。なぜなら、オリーブの木立に出かけたあの日のように、目の前にシャルルが――恋人のシャルルが――姿を現したからだ。ただし、今日はもっと強烈に……。

　彼女の魂は動揺した。あの世のどこからか、幽霊がささやきかけてきたような気がしたのだ。

　ルイーズは、自分が愛する、意地悪でハンサムなアラブ人とは似ても似つかない男性をじっと見つめた。だが、それでも彼は恋人の記憶をまざまざと呼び覚まし、彼女は話をする術もわからなくなった。夫の声と恋人の声は似ている。そう悟ったのだ。太くて低い声。体格も似通っている。それに、二人とも香水を作っているし、香料の入った石けんや化粧水を愛用している。男性には珍しいことだが、彼女には好ましく思えた。ただし、アラブ人の恋人の香りのほうが好きだったのだが……。

考えてみると、二人には気味が悪いほど似通ったところがあった。と同時に、二人は悲しいほどかけ離れていた。

ルイーズのパシャは自信に満ちていた。それはもう、滑稽に思えるほど……。だが、目の前にいる男性はどこかためらいがちだった。彼はルイーズを怖がっている。ルイーズには彼がうろたえているのがわかった。

オリーブの木立で覚えた癇癪がまた湧き上がってきた。**シャルル、私のシャルルに会いたい。私が求めているのはあのシャルルだけ。この人じゃないわ。**

私を腕にすくい上げ、軽々と抱いて、笑いながらベッドに運んでいくことができた、あの人が恋しい。穏やかで、魅力的で、衝動的な船上の恋人に会いたくてたまらない。それなのに私が一緒にいるのは、妻に気を遣ってばかりいる慎重な夫、メフィストフェレスのような足取りで私についてくる夫だ。

恋人のシャルルは気取らない人だった。ひるんだりもしなかった。彼の笑い方が懐かしい。彼はよく笑う人だった。ここにいる夫はほとんどにこりともしない。たいてい困ったような、いらいらしたような顔をしている。

恋人のシャルルは、私の美しさを恐れたり、過度に感心したりはしなかった。でも、私はフランスに来てから——色々な不都合や不測の事態があって、結婚を急ぐ結果となったけれど——自分が美しくなかったらシャルル・アルクールと結婚することはなかったのではないかと思った。脚の不自由な公爵は私の美しさが気に入ったのだ。自分はとびきりの美女を妻にしたと思い、満足しているのだろう。

私と関係を持つことについて、恋人のシャルルの理解の仕方は、この浅はかな夫とは違っていた。船上のシャルルは私の見た目そのものを一種のゲームにしてしまった。彼はゲームの遊び方を心得ていて、私の美貌に臆したりはしなかった。頭がよくて、親切だった。それにハンサムで……。

ルイーズはカチャンと音を立ててスープ用のスプーンを取り上げ、その向こうにいる、目の前の男性をちらっと見た。この人はハンサムじゃない。ちっともハンサムじゃない。彼はとても風変わりでまともに見ることができなかった。それなのにルイーズの中には、目を細めて飽きるほど彼の姿を見ることができたらいいのに、顔と視線を傾けて、彼という人間に対する、いわば病的な興味を満たすことができたらいいのにという気持ちがあり、彼女はそんな自分が恥ずかしかった。彼の傷跡に強い好奇心を抱いている自分が恥ずかしかったのだ。

ルイーズは彼をまともに見ることができず、危険を避けてちらちら見ているうちに悟った。恋人と夫の違いの中で本当にいやだったのは、それぞれの男性を前にしたときの、自分自身の感じ方が違うことだ。今夜の私は自信がなく、落ち着きを失っている。自分が口やかましい女になったような、発情期を過ぎた雌オオカミになったような気分だ。心を閉ざし、守りの態勢に入っている気がする。何よりも正直な自分に戻りたい。かつて恋人のシャルルがそう呼んでくれたように、正直で、率直で、賢くて、寛大な人でいられたらいいのに。それに優しくなれたらいいのに……。

シャルルが私のどんなところを優しいと言ってくれたのかは思い出せないけれど、自分がちょっとした優しさに憧れを持っていることはわかっている。親切な思いやりのある人になれたら……。それまで、優しいと言ってくれる人はいなかったのに、あのパシャは言ってくれた。だから私は彼を慕ったのだ。

自分が賢いことはわかっている。ひょっとすると賢すぎるのかもしれない。あとは、正直で、率直で、寛大かどうかだ。**正直なところ、今ここで、私に何が起きているの？** どうして、こんなに心が休まらないのだろう？ 揺れる船の特別船室で束の間の人生を生きたときの新しい自分とは、どうしてこうも違うのだろう？ 暗闇の中で、あの裸の司祭と話ができたらいいのに。私の恋人であり、友人であり、懺悔を聞いてくれる司祭でもあるあの人なら、今の自分の気持ちを話しても笑わせてくれたかもしれない。私、目の前の男性に自分を捧げるのかと思うとぞっとするの……。

自分を捧げる。そういう言い方をする自分が身勝手に思える。寛大だといっても、この程度のこと……。私は何一つ捧げたくない。逆に手に入れたくて、欲しくてたまらないものがある。公爵の惜しみない心遣いを受けながら、愛に飢えたような、すべてを失ったような気分。また独りぼっちになってしまった。わかってくれる人は誰もいない……。そう思うと、自分がまた小さな人間に見えてしまう。私は心が狭くて、わがままだ。

ルイーズはスープをすくい、無理やり何か楽しいことを言おうと思いながら微笑み、こうつぶやいた。「いいお天気ね」

公爵は、そんなことを話題にするのかと驚いたように彼女を見たが、やがてうなずいた。

「そうなんだ。ここは一年じゅう、天気には恵まれていてね。ただ、秋になると雨が降ることもある。激しい雨がごく短時間降るんだ。去年は鉄砲水に襲われて、バラの畑が台無しになった」

「本当に？」

「ああ」

ルイーズの心はうつろだった。

ああ、そうなのね。グラースは一年じゅう、お天気がいいけど、雨が降ることもある……。とても大事な話だわ。

ルイーズは、いつも楽しんでいるものに対する感謝の喜びを、とても気持ちのいい環境で素晴らしい食事を堪能するときの喜びを味わおうとした。公爵は大変な手間をかけて用意してくれたのだ。「とても美味しいわ」彼女はそう言って、何のスープだか知らないが、少し口に含んだ。スプーンのくぼみの中にあるものはとろみがあって、淡いピンク色をしている。彼女は野菜の味がするのか、果物の味がするのか、肉の味がするのかもわからないまま、それを飲み込んだ。

　公爵は彼女の言葉に対し、魚の名前を挙げた。というより、彼女はそれを魚の名前だと思った。ハドソン川で獲れる魚で、聞き覚えがあって、英語に訳せるものはバスしか知らなかったのだ。

　感謝なんか、できるわけないでしょう？　ルイーズは突然そう思った。公爵のこうした好意にはすべて目的がある。この上品ぶった男は、私にいいものをたっぷり食べさせて満足させ、ベッドに連れていこうともくろんでいるのだ。ベッドに連れていかれると思うと、たちまちパニックに襲われた。ルイーズは気持ちを静めようとした。今夜、公爵はきっと優しくしてくれるだろう。その手のテクニックに長けているに違いない。それに、明かりを消してしまえば……暗闇の中なら、何もかもありふれたことに思えるのではないか？　あのときの状況に近くなれば、もっと気持ちをそそられるのでは……？

　この問いかけをしたそのとき、パンをちぎっていた彼女の動きが止まった。気の毒だけど、公爵が私の期待に応えることはあり得ない。そもそも、私は期待に応えてほしいとも思っていない。

　それがわかってほっとした。そうよ、そういうことなのよ。ルイーズは再び手を動かし、スープに添えてあるルイユ・ソース（ルイユはフランス語で「錆《さび》」という意味。バターはついてこなかった）をパンに一生懸命塗った。彼女はシャルル・アルクールをまったく必要としていなかった。その事実を認めたと同時に、ある考えがはっきりしてきた。夫であろうがなかろうが、ほかの男性に体をゆだねてしまおうなどと考えるべきではない。ルイーズは自分を大事にしようと思うあまり、たとえ一晩でも恋人を裏切ることはできないと考えた。私はこの人を必要としていない。それだけのことだ。彼を受け入れることはないだろう。

その決心は優しいとは言えなかったが、嘘偽らざる気持ちだった。ルイーズはパンをスープに浸し、スプーンを再び手に取ると、今度こそ率直に言おうと覚悟を決めた。

「今夜は独りで眠りたいの」

公爵はスプーンを口に運ぼうとしていたが、途中で動きが止まった。「ヴ・ディト？」彼が口にしたフランス語は「は？」「何だって？」に相当するぶしつけな表現で、相手にもう一度同じことを言ってもらいたいときに使われる言葉だった。

でも、彼には聞こえていたはずだ。ルイーズはそう思いつつ言葉を続けた。「独りで眠りたいの。場所はソファーでもどこでもいいわ」

「ソファーで寝たいのか？」

「ええ」

「どこのソファーで？」

「二階の居間に一つあったでしょ」

「今夜は居間で独りで寝たいって言うのか？」

「ええ」

彼はスプーンを置いて椅子に深く座り直し、眉間にしわを寄せた。顔の半分は驚きの表情、もう半分は消化不良を起こした人食い鬼のように見える。「こんなことを言うのは気が進まないが、夫婦は一緒に寝るものと決まっているだろう。新婚初夜ならなおさらだ」

決まりなんかどうでもいい。これは私の個人的な選択であって、それが残念ながら目の前の男性を苦しめる結果となったことは理解できる。こんなことをするのは心苦しい。でも、大の男が目の前の真実に対処できなかったとしても、私の責任ではないでしょう。

真実。ルイーズは伝えるべき真実をもっと見つけようとやっきになった。彼女を縛りつけ、本当の自分になることを押しとどめている妙な緊張感や不安感を和らげてくれるもの、そこから解放させてくれるものを探し出そうとしていた。「わかっていただきたいの。私は気持ちの整理をしようと努力してるのよ。フランスに来てから二週間で結婚するとは思っていなかったんですもの。人生があっという間に変わってしまったなんて表現でも控えめなくらいだわ」ルイーズは熱いスープをすくい、ふーっと息を吹きかけながら、スプーンをじっと見つめていた。まるで、そこに相手をなだめる言葉があるかもしれないと思っているかのように。「お母様とお父様は、あなたはとても優しくて心の広い人だと信じているし、私もあなたがこんなことで大騒ぎはしないだろうと思っているわ。私には時間が必要なの。いつかは、その……子供を産むつもりではいるのよ。ただ、実を言うと、こんなに早く結婚するつもりではなかったし――」ルイーズはちらっと目を上げ、言葉を切った。

公爵の一風変わった顔に存在した魅力はすべて消え去った。そうなってみると、彼の表情、態度のすべてが残忍さを帯びた。信じられないといった感じの不機嫌そうな表情は、体格や容貌によって険しさを増している。ルイーズは彼が恐ろしい顔でほかの人たちをちらっと見る場面を目撃したことがあった。だが、自分にそんな顔が向けられたことはなかったのだ。一瞬、彼女は顔を背けられなくなった。目の当たりにした彼の顔、物腰は、魅惑的と言えるほど恐ろしい。だが、次の瞬間、彼女はその光景に耐えられなくなった。

ルイーズは言うべきことを最後まで伝えるため、視線を落とした。「私にはここで慣れなくてはいけないことがたくさんあるわ」それはおそらく、彼女の想像を超えていたのだろう。「一歩ずつ着実にやっていきたいの。少し待ってもらえるなら……」

これで胸の内をすべて話した。ルイーズはスープ・ボウルが載っている皿にスプーンを置いた。磁器にスプーンが当たり、カチンカチンと音を立てる。彼女は公爵と目を合わせず、音がしたほうを見下ろしていた。こんなふうに黙って静かに座っている彼にじろじろ見つめられると本当に震え上がってしまう。彼の野獣のような欲求不満はすべて私に集中している。

しばらく間があって、公爵はようやく口を開いた。「わかった」

ルイーズはほっとした気持ちを抑えようとした。「本当に？」

「ああ、それでいい。どれくらい時間が欲しいんだい？」その声は穏やかで落ち着いていたが、彼は満足してはいなかった。テーブルをじっと見下ろしたまま、塩入れを指でこつこつ叩きはじめた。

「さあ……。そのときが来たら言うわ」

突然、彼は視線を上げた。完全な性の自主性を得ようとするルイーズの試みに対し、片方の青い目は美しさをたたえながら活気づき、ずるさと薄気味悪さをも漂わせて彼女を見つめ、細くなった。差し当たり、彼はこの件についてそれ以上何も言うことはなかった。しかし、ルイーズは自分の望みがきちんとかなったわけではないとわかっていた。

執行猶予はもらえたが、無罪放免になったわけではないし、気持ちよく理解してもらったわけでもない。公爵は腹を立て、失望し、それを隠そうともしない。

ルイーズは再び罪悪感に襲われ、彼にもっとよくしてあげるべきだという気持ちになった。だがそれは、彼の希望を受け入れてあげられたらよかったのにと思うほど激しく気が滅入る罪悪感ではなかったのだ。

スープの皿が下げられた。公爵は自分のグラスに白ワインを注ぎ足した。耐え難い沈黙が小さなテーブルに割り込んできた。

ルイーズは雰囲気を和らげようとして尋ねた。「アンバーグリースの最初の積荷はいつ引き取るの？」この質問は折よく、公爵が彼女と結婚した本当の理由を二人に思い出させた。

公爵は質問に答える代わりに、グラスを逆さにしてワインを飲み干した。だが、それではあまりにもそっけないと思ったのか、短くこうつぶやいた。「一週間ぐらいしたら」

ルイーズはそこから話をどう続ければいいのかわからなかった。「どういうものなの？」

「何が？」

「アンバーグリース」

「香水の揮発保留剤だ」

そんなことは前から知っている。「そうじゃなくて、どうして海にあるの？　何でできているの？」

「イカのくちばし」

「イカのくちばし？」

彼はそれ以上話すつもりはなかったらしく、しばらく間があった。だが結局、さらに白ワインを注ぎ、話を続けた。「クジラの胃の中にあるんだ。そういったくちばしや、手当たりしだいに入ってくるコウイカの甲羅は消化されないから、胆汁が分泌されて不消化物を包み込んでしまうんだよ。これが腸内で圧縮されて、黒い粘り気のある塊になる。そして、丸ごと口へ逆流して外に吐き出される。それが《ヴォワラ》アンバーグリースだ」それから、余計なことを付け加えた。「浮いてるんだよ。言うまでもないけどね。クジラの吐瀉物さ」

ルイーズは目をしばたたき、公爵を見上げた。彼が顔を背け、いちばんいい横顔が目に入った。はっきりした顔立ちだったが、それでもハンサムとは言えなかった。食事中の会話に決定的な終止符を打ってしまった彼は、ワイングラスの脚を持って揺らしながら、腹立たしげに、落ち込んだ様子でそこに座っている。ルイーズはつぶやいた。「気持ち悪いわね」

公爵は彼女にちらっと視線を走らせ、どちらかと言えば欠点のない口元を引き、あざけるように皮肉っぽく笑った。「しかるべき環境が整えば、気持ち悪いものではなくなるよ。とても素晴らしいものになる」

確かにそのとおりだった。クジラの吐瀉物は煮詰めるとまったく違うものになる。もし彼

ようやくしゃべりだしたとき——公爵は無理にではあったが、平和を取り戻そうと、先にげられ、そこにはずっと沈黙が漂っていた。

も互いに相手を見ないようにしている。どちらも料理にはあまり手をつけなかった。皿が下ふっと明るくなった。テラスはロマンチックな柔らかい明かりに包まれたが、ルイーズも夫れ出たダイヤモンドを見せびらかしにきたかのようだ。そのとき、食堂に灯った光で手元が急な坂となって扇形に広がっていた。その様はまるで、黒いビロードの夜が、都会からあふうに目をやると、グラースと海岸線のあいだにある街や村がきらめく明かりの群れを作り、プに火を灯していった。ガラスと鉄でできた球形の古いオイルランプだ。バルコニーの向こ美しい、無駄な料理。それを持ってきた使用人が、バルコニーの手すりの土台に並んだラン

メインディッシュが運ばれてきた。ハーブで風味をつけたローストか何かだ。カラフルで

は地上をさまよい歩く吸血鬼や夢魔そっくりの男性と結婚してしまったかもしれないから）。吸血鬼や夢魔の存在を本気では信じていなかったから）、不安にもさせた（なぜなら、自分ルイーズに自分の意思で服従してもらいたいのだ。それがわかって彼女は安心し（なぜなら、しかし、吸血鬼や夢魔《むま》のように、自分の力で女をただ服従させることが彼の望みではない。に由来しているように思える。彼は強い人、恐ろしいほど強い人なのだとルイーズは悟った。には見えなかった。彼の控えめな態度は弱さというより、強さそのものに関心がないところ

にもかかわらず、最初はおどおどした風変わりな人に思えた公爵が、今はとても同じ人物が自分のことを暗に表現しているのだとしても、ルイーズはそれをはねつけた。

口を開いた——二人は当たり障りのない表面的な会話に終始した。明日から五日間の公爵の予定について。ルイーズが新居に落ち着くことについて。公爵が仕事で留守にするあいだ、彼女が何をしているつもりかということについて。彼女が夫の仕事を見たいかどうかについて。普通、結婚式は新婦の故郷で挙げるものなのに、シャルル・アルクールはニューヨークに行くことができず、新婚旅行も先延ばしになっていた。その理由はただ一つ。彼は大切な植物を台木に芽接ぎしているところだったのだ。彼には自分が所有する香水の研究所でここしばらく取り組んできた事業があり、それが今、正念場を迎えていた。

ルイーズは、彼がよりにもよって、マルセイユで彼女と一緒に引き取ってきたアメリカ産ジャスミンの話をしているのだと気づいた。私もジャスミンもパシャが世話をしてきたものよ。公爵は両方を彼からじかに手に入れてしまったのね。私は元気に旅をしてきた。元気すぎたと言ってもいいくらい。でもジャスミンのほうは、どうやら海を渡り終えたらくたびれてしまったらしい。公爵はその中の一部でも接ぎ木が成功してくれればと思っていた。この事業の最初の何カ月かは自ら管理したいと思っているし、特に最初の数週間は自分で面倒を見たい、そうすれば、やれることはすべてやったと確信し、結果を期待できる、と彼は言った。

ルイーズはリラックスして耳を傾けていた。先ほど公爵から取りつけた約束のおかげで、最終的には彼女の人生の大部分を制限することになる彼の仕事、興味の的、活動、行動に関する話を、より興味深く聞くことができた。

そこへデザートが運ばれてきた。地元で採れた丸々とした新鮮な黒ブドウが大皿に盛られている。ルイーズはこんなに小さな、こんなに甘いブドウを食べるのは初めてだったが、うっかり種をかんでしまうと、口の中に苦味と酸味が広がった。実は、彼女は楽しいと思いはじめていた。ブドウのほかにも、この夏に採れたサクランボや、それをブランデーに漬け込んだもの、ビネガーに漬け込んだもの、さらに――これについては公爵がとても詳しく説明してくれたのだが――彼の畑で採れたラベンダーの蜂蜜も出された。公爵は再び親切な人に戻っていった。ぎこちなさはあったが、態度は丁寧だった。果物のあとは、黄色に輝く自家製ピーチ・リキュールが続き、その表面にはところどころに葉っぱのかけらが浮かんでいた。ルイーズがリキュールを飲み干さずにいると、公爵が気に入ったかと尋ねてきた。

「ええ、もちろん」ルイーズは顔を上げた。そのあと、なぜそんなことを思ったのかよくわからなかったが、彼女は自分の知りたかったことを口にした。「シャンパン用のブドウ園は持ってらっしゃるの？」

「持っているよ。ランスの近くにね。ただ、自分のブドウ園のシャンパンは飲もうと思わないな。できはまあまあだけど、一級品というわけではないのでね」彼はいったん言葉を切ってから尋ねた。「シャンパンが好きなのかい？」

「ええ」

公爵は後ろに手を伸ばし、戸口のすぐ内側にある呼び鈴のひもを引っ張った。キッチンからメイドがやってくると、彼はこう言いつけた。「マリアンヌ、すぐ地下の冷蔵室に行って、未亡人《ヴーヴ》を一本持ってきてくれ。辛口ではないものをね。新しいグラスも頼む」どうやら公爵は自分のブドウ園のシャンパンより「ヴーヴ」という銘柄が好みらしい。

シャンパンがやってきた。公爵は果物とチーズを持ってくるように言いつけてから、コルクを抜いた。ボトルがしぶきを放つ。彼はシャンパンをグラスに注いだ。ラベルには中辛口《セック》とあったが、ほのかに甘く、デザートによく合うシャンパンだった。親しみのある香り。暗闇の中で分け合った、あの泡立つワインを思い出させるけれど、こちらのほうがもっとフルーティだ。冷たくて美味しい。でも、あれと同じではない。ルイーズは物思いに沈みながら、ボトルの曲線を指でたどった。

二人はしばらくおしゃべりをした。やがて公爵は立ち上がり、バルコニー越しに夜の闇を見渡しながら伸びをした。星をちりばめた空に下弦の月が出ている。彼は向きを変え、手すりの鉄細工の部分に寄りかかって、思いつくまましゃべっていた。

ルイーズはじっと聞き入っているわけではなく、本当のことを言うと、再び自分の考えに閉じこもっていた。

そのとき、公爵が突然、脇にやってきて、ルイーズの椅子の向きを変え、手を握った。そして、彼女を椅子から引き上げて、抱き寄せようとした。

彼の意図は間違えようもない。ルイーズは立ち上がろうとせず、公爵は身をかがめて片手をテーブルにつき、もう一方の手を彼女の椅子の背に置いた。それはあっという間の出来事で、ルイーズは腹を立てる暇も、身構える暇も、何か反応しようと考える暇もなかった。

「椅子から落ちないで。君にキスをしたい」

彼の顔が近づいてくる。

ルイーズは二人の唇のあいだを手でさえぎった。

彼女は数センチ先にある奇妙な目に見入った。左目は大理石のように不透明で、右目は黄昏時の晴れた空のように美しく、強い光を放っている。腕の皮膚がちくちくし、視線を下げずにはいられなかった。彼女は公爵の顎を、次に口を、それから、くっきりと刻まれた上唇のくぼみを見た。

ルイーズは彼が成り行きを見守っているのだと思った。彼は少し体を引いて首をかしげ、この近い距離から彼女の顔をしげしげと眺めた。「キスだけだ。僕の妻にキスをさせてくれないか？　君を押し倒し、スカートの下に潜り込もうとしているわけじゃない」

アルクール公爵も失礼な態度を取ることがあるとわかったのは心強いと言ってもいいほどだった。にもかかわらず、ルイーズは彼の考え方が気に入らなかった。この件については、もう折り合いがついたあとだっただけに、自分がこんな立場になっていることが癪に障った。

彼が再び体を倒してくると、ルイーズは後ろに思いきりそり返り、鉢植えのヤシの葉に髪の毛が引っかかってしまった。彼女は後ろに手を伸ばし、もつれた髪を解きながら、言葉ではっきり拒絶した。「お願いだからやめて」ルイーズは再びパシャを思い出し、突然、これなら素晴らしい忠告になると思えたことを公爵に伝えた。「相手が十分その気になって、期待に胸をときめかせるまで、女性にキスしようとすべきじゃないわ」

公爵は体を起こし、意味不明なことを言われたかのように、彼女をじっと見つめていた。

そして急に立ち上がり、その勢いで太ももをテーブルにぶつけてしまった。テーブルが揺れ、皿や銀食器、グラスがガチャガチャと音を立て、サクランボの皿に載っていたスプーンが弧を描いて半回転した。だが、揺れが収まり、すべてが落ち着きを取り戻したそのとき、驚いたことに、礼儀正しく自分を抑えていた夫がテーブルの縁に手をかけ、それを丸ごとひっくり返してしまったのだ。もちろんわざとやったのだが、発作的な部分もあったのだろう。

ありとあらゆる物の音が鳴り響いた。サクランボの丸い実が果汁とともに流れだし、あとから落ちてきた器が床に当たって粉々に砕けた。銀食器がクリスタルガラスと当たってガチャガチャ音を立て、チーズの上にはいつの間にかガラスの破片とバラの花が載っていた。ルイーズはと言えば、公爵をよけようとして慌てて後ろに飛びのき、その勢いで椅子がひっくり返ってしまった。このとき、彼女の夫は本当に怪物のようだった。

こんなに激しく怒りを爆発させるなんて！　公爵はシャンパンスタンドをなぎ倒した。ボトルが倒れ、ドクドクとシャンパンが流れ出す。それから、彼は脇にあるヤシの葉をぐっとつかんで引っ張った。ヤシは傾き、自分で立ち直ろうとするかのようにぐらぐら揺れていたが、彼はそれを再び強く押しやった。ヤシは鈍い音とともに倒れ、葉も茎も斜めにゆがんだ塊と化し、根元には粘土のかけらに混じって、さらさらした土が広がっていた。

ルイーズはこんな光景を、こんなふうに人が苛立ちをあらわにする光景を見たことがなかった。あるとすれば、二歳児の行動ぐらいだろう。これだけのことをやり終え、晩餐のテーブルをすっかりめちゃめちゃにすると、彼は向きを変え、激しく息をしながら、片目だけを細めた表情でルイーズを見つめた。それは間違いなく、苦しみにさいなまれた顔だった。それから、彼は哀れなシャンパンのボトルを蹴飛ばした。それはブクブクと音を立てながらアーチ道を転がり、食堂の中に入ってしまい、そのあとから怒りに満ちた公爵が脚を引きずりながら、惨状と化したテラスをあとにし、部屋の中へ消えていった。

ルイーズは息を吐き出し、しばらく口をぽかんと開けてそこに立っていた。何をどうすれば分別ある人がこんなことをするのか考えようとした。しかし、頭に浮かぶ言葉はこれだけだった。**キスができなかっただけじゃないの。**二人は愛し合っているわけでも、長く付き合っているわけでもないというのに。両親は公爵がこんな癇癪持ちだと知っているだろうか、彼の癇癪は危険なのか、彼の世話になっている自分は、思いがけず恐ろしい過ちを犯してしまったのではないかと、彼女はあれこれ思いを巡らしていた。

床を見ると、テラスはそのまま食堂と一続きになっているように見えた。彼の――いや、二人のと言うべきなのだろう、とルイーズは思った――ペルシャ絨毯の上にブドウ、ワイン、サクランボ、チーズが散らばっている。彼女は頭を横に振った。わざとこんなことをするなんて、本当に不可解で気まぐれな人だ。彼女のスカートには蜂蜜と、ブランデーかビネガーの赤っぽい染みがついていた。どちらの染みだかよくわからないけど、私はなんだか蒸留所のようなにおいがする……。

とにかく、こうするしかないわ。ルイーズはスカートの裾を持ち上げ――そんなことをしても無駄だったが、上品な振る舞いに思えたのだ——食べ物と壊れた皿が散らばる床の上を一歩一歩、慎重に進んでいった。そのまま寝室に行って、何でもいいからほかにできることをしよう。

だが、まさかこんなにすぐ、シャルル・アルクールを相手にすることになるとは思わなかった。食堂を通り抜けた途端、正面の居間にいる彼が目に入ってきた。彼は大きな大理石の暖炉のマントルピースに両手をついて体重を支えている。ルイーズが入ってくると同時に振り返り、彼女は再び、気がふれた男と向き合った。

「すまなかった」と彼は言った。それからもう一度「本当に、とても悲しく思っている」と言ったが、このときは心からそう思っているように見えた。悲しみに打ちひしがれ、弱りきって慰めようもない様子だった。

公爵を見ていたら、ルイーズは突然、彼がとても気の毒に思えてきた。彼の中には不可解な強さと弱さが入り混じっている。そんな気がしたのだ。

彼は髪に手を突っ込み、たじろいだように目を閉じた。「僕はもっと我慢強いはずなんだが」

ルイーズは小声で言った。「確かに我慢強かったわ」

彼は一瞬、不意を突かれた。それから首を横に振り、無言で自分が言ったことを撤回した。まさか。もちろん我慢強くなんかない。でも問題は我慢強いかどうかではないんだ。彼が次に口を開いたとき、ルイーズはその率直な言葉がとても勇敢に感じられ、目のやり場に困った。「君をぞっとさせてしまって、申し訳ないと思っている。そこが問題なんだ。違うかい？　僕を見ると気分を害してしまうんだろう？　僕は君を怖がらせている」彼は深いため息をつき、言葉を続けた。「そうならないことを願っていたんだが、実際、怖がらせているんだから仕方がない。そうならなくなるまで待つしかない。そのうちきっと――」彼は急に言葉を切った。

彼は一方の手で何気なく上着の切れ目をいじりはじめた。癇癪を起こしたときにボタンを一つもぎ取ってしまったのだ。彼は上着の前を一度なでつけた。「さあ、二階に行って、必要な物を取っておいで。とにかく、僕はここで気持ちを落ち着けなくてはならない」彼は首を横に振りながら額に手をやり、そこに走る血管をさすった。「上に行って寝る支度をしておいで。君が寝室を出る音がしたら、僕は上がっていくことにするから」

19

ルイーズは公爵の寝室から、ナイトガウン、バスローブ、スリッパ、化粧品、翌朝着る物などを取ってきた。トランクは明日、居間に移し、それから、このやり方で上手く暮らしていく方法を考えよう。どこかに客間があるはずだから、明日、公爵に尋ねてみよう。ルイーズは顔を洗い、髪を下ろして編んだ。シーツは玄関の突き当たりにある戸棚に入っていた。

ナイトガウンのボタンを留め終えたとき、シャルル・アルクールが二階に上がってくる音がした。彼は廊下から寝室に入り、壁の向こうで騒々しく何かを蹴飛ばしたり、叩いたりしていたが、突然、二つの部屋をつなぐドアの下から明かりが漏れてきた。そして、すべてが徐々に静まり返っていった。今夜はもう公爵に会うことはないだろう。だが、その五分後、公爵が寝室と居間をつなぐドアを開けた。そのとき彼女はちょうど、西側の窓の下で、ソファーというより、寝椅子に近いものにシーツを掛けているところだった。

公爵は中に入ってはこなかったが、シーツと寝椅子とルイーズの動きをじっと見つめていた。それから側柱に寄りかかり、胸の上で腕組みをした。破けた上着は脱いでおり、ベストも脱いでいる。シャツは襟なしで、首巻ネクタイ《クラバット》もなく、前がはだけたままになっている。

公爵は裸足だった。見たところ彼も寝る準備をしていたのだろうが、突然、ドアを開けるべき理由を見つけたのだ。彼は薄気味悪いヒースクリフと、一つ眼の怒れる怪物キュクロプスを掛け合わせた得体の知れない雑種といった感じで、しばらくそこで考え込んでいた。

ルイーズは手を休め、公爵が何を言ってくるかと、様子を見守った。

シャツだけになった彼は、それほど……かっぷくがいいようには見えない。私がそう思っていただけ？　あの広い胸のおかげで、少し太っていると思っていたとか？　いえ、そうじゃない。彼は筋肉質なのだ。生身の彼は筋骨たくましく、思っていたより荒々しく見える。脚が悪いことを除けば、とても強そうだし、そういえば、脚も今夜はなぜか、いつもほど悪そうには見えない。どうやら杖は一階に置いてきたらしい。

公爵はやっと口を開いた。「そのカーテンの反対側に続き部屋がある」彼は分厚いカーテンが引かれた場所を顎で示したが、ルイーズはそれまで、反対側には南向きの窓が隠れているのだろうと思っていた。「母が使っていたんだ。空気も入れ替えてないし、掃除もしてないが、それは明日どうにかしよう」彼は抑揚のない声で、にこりともせず、ルイーズの頭の中では彼の代名詞と化していた礼儀正しさのかけらも見せずに言った。それから、わざとその傾向を維持しようとするかのように尋ねた。「で、僕は君と一緒に寝られないし、どうやらキスもできないらしい。君の夫として、いったい何をさせてもらえるのかな？」

ルイーズは立ち上がり、彼と向き合った。彼がこの話を打ち切ろうとしないことに、少なくとも今夜はそのつもりがないことに腹が立った。「それについては下で話し合って、結論が出たと思っていたわ。もう打ち切りよ」

「僕は再開したい」

「そうする理由がわからないわ。私に性的奉仕をさせるつもりなら話は別だけど、私は進んでするつもりはありません。さもなければ手当てを差し止めるぞと言われても、そんなのは私に言わせれば、脅しも同然よ」それから、相手を紳士らしく速やかに退却させ、言われたことを即座に否定させるべく、とどめのひとことを口にした。「あるいは一種の売春ね」

公爵は腕組みをしたまま、肩をすくめただけだった。「何とでも呼べばいい。僕は議論をしにきたんじゃない。君に念を押しにきたんだ。この件について何も言えないままでは、君がふと子供を作る気になっても、僕としては、君が言う性的奉仕というやつを、開きっぱなしの蛇口みたいに提供できるとは思えないってことさ」

ルイーズは顔をしかめた。どう答えていいかわからず、こんなことを言った。「あなたはプライドが傷ついたんだわ。それだけのことよ。そんなの乗り越えられるでしょう」

公爵はあの不機嫌そうな、意のままに操れる魅惑的なまなざしで彼女をにらんだ。醜いけれど、人を魅了するまなざし。まるでヘビにじっと見つめられているようだった。彼はルイーズの言葉を繰り返した。「それだけのこと?」そして鼻を鳴らし、続けた。「僕のプライドがどれほどのものかわかっているなら、こんなにあっさりと片づけてしまえないだろうに」

彼は強く否定するように、素早く一回だけ首を横に振った。「君が言ったことを理解していると思いたい。でも言っておくが、僕にとって理解するのはとても難しいことなんだ。確かに僕は傷ついた。だがそれと同時に、ひどく腹を立てずにはいられないんだよ。正直に白状すれば、僕は君と寝ることをとても楽しみにしていたし、それはささやかな楽しみなんてものでもなかった。露骨な言い方をしてしまえば、君はとても美しいからね」

美しい……。ルイーズは目をしばたたいた。もし彼が「優しい」と言ってくれたら、せめて、私が率直な人間だと認めてくれたら、ことによると……。

公爵は続けた。「君が歩いたり、君の視線が周囲を滑るように見渡したりするのを眺めるとき、君の髪の質感や色、服の動きに注目するとき、僕は君がファムであることを意識せずにはいられない。僕のファムだと思ってしまうんだ」要するに「僕の女」すなわち「僕の妻」と言ったのだ。フランス語では女も妻も「ファム」という言葉で表現される。

いずれにせよ、この男性にはほかにも色々欲望があるうえに、独占欲も強く、「束縛」を連想させる。ルイーズはよそよそしく言った。「ええ、あなたは怒ってるんだと思ったわ。テーブルに載っていた物を何もかもひっくり返して、鉢植えにあたったときはね」

公爵は口をゆがめ、舌を歯の裏につけたような顔で彼女を見つめた。「それで、君は何をしてくれると言うんだい？」

「もう済んだ話でしょう」

「僕もそう思ったさ。でも、どうも誤解があったみたいでね。僕は君がソファーで寝ることは承知したが、それが君に腕を回すことすら、君と唇を重ねることすらできないという意味になるとは思ってなかった」

ルイーズはこの手の駆け引きをたいてい上手く切り抜けてきた。男に「ノー」と言ったら、あくまでも「ノー」なのだ。しつこい男には容赦しない。「その話をするつもりはないわ。しばらく放っておいてちょうだい」

「いつも君に決定権があるのか?」

「だって私の体のことだもの。そうでしょう?」

「ああ、僕はなんてばかなんだ。てっきり僕の体も話題になっているのかと思ったよ」

その言葉が突然ルイーズを圧倒した。彼は自分を見せつけにきたのだ。上着を脱ぎ、ベストも脱ぎ、シャツの前をはだけて。彼はなかなかいい体をしている。

いや、それは正確な表現ではない。ルイーズは彼の体に目を走らせた。片目の見えない醜い男にしては、堂々たる体格と言っていい。スコットランド産の大きな荷馬のようだ。いい馬具をつければ、車輪に泥を巻き込みながら、キーキー音を立て、八輪の馬車でも引っ張れただろう。

「時間が必要なの。そのうちきっと、あなたが望むことなら何でも素直に従えるようになるわ」

「僕の望みは、君に触ることだ。今すぐ、今夜、触れさせてほしい。どうしても君と寝たいというわけじゃない。それでは行きすぎだと言うならね。でも、君に時間をあげることに同意したとき、君が当然だと思っていることにまで同意したつもりはなかった。少しは歩み寄るとか、努力をすべきだろう。僕は君に触れてみたい。喜びを味わうばかりでなく、喜びを与えたいんだ」

ルイーズは唇をぎゅっと結んだ。公爵は魅力のない人というわけではない。それをはっきり理解するのは妙なことだった。彼はハンサムではない。それに、しかるべき角度から見ると、とても恐ろしい感じさえする。だが、シャルル・アルクールは、見ているとその場に釘づけになってしまうほど独特で、最初の驚きが収まれば、ほとんど目をそらせなくなる。それは「魅力的ないとわしさ」と言い換えることができた。と同時に、それを認めることすらルイーズには妙な感じがした。自分の夫に興味を抱くことが裏切り行為であるような気がしたのだ。たまたま近くにいた男性を見ていたら、にわかに自分が求めている男性をすっかり思い出してしまい、その男性と重婚をもくろんでいる女になった気分だった。

夫と私の恋人シャルルは、思っていた以上に体つきが似ている。恋人のシャルルも、こんなふうに、たくましくて男らしい、素晴らしい体をしていた。彼女は突然、シャルルが恋しくてたまらなくなった。彼の落ち着いた自信や、彼女の話を聞き、それを受け入れてくれるときの様子が恋しくて、とても悲しい気持ちになった。シャルルがいないという事実がたちまち激しい感情となって胸にこみ上げ、部屋が一変してしまったかに思えた。

ルイーズはシャルル・アルクールに告げた。「だめよ」彼女は動揺し、顔を背けた。「これは話し合いだなんて思わないで。駆け引きなんかするつもりはないわ。私がいいと言うまで触らないで。当分、触らないでと言っているのよ」

沈黙。

彼はその場を去らなかった。だが、議論をやめたことだけは確かだった。ルイーズはシーツを掛けに戻った。

しばらくすると、階下で物音がして、二人が顔をそちらに向けた。使用人だ。休みを取らせていた使用人たちが戻ってきたのだ。

ルイーズは思わず、戸口にいる男性のほうに問いかけるような視線を送った。使用人は少ないものの、あれだけの数がいれば、新婚初夜から夫婦が別々に寝たとの噂は遅かれ早かれ街じゅうの知るところとなるだろう。

公爵は完全に動かせるほうの目を細めてルイーズを見つめ、もう片方の目がそれにならった。彼は静かに言った。「君の服を貸してほしい」

ルイーズは一瞬、面食らったが、彼が何を言おうとしているのか悟った。その陰謀に加担すべく、無言のまま、椅子やテーブルや床に置きっぱなしにしていたドレス、ペチコート、コルセット、肌着、ストッキングを集め、公爵に渡す。そして、彼が自分の求めていた物であることを確認するように服の束に手を突っ込む様子を見守った。彼は服を丸めて脇に抱え、自分の部屋に戻っていった。

ルイーズはその姿を目で追いながら戸口のところまでくると――今度は彼女のほうが――立ち止まった。まるでそこが敵国との国境であるかのように。

公爵の寝室は広々としていて、人目を引くというよりは、居心地のよさそうな部屋だった。ルイーズのカバン類は相変わらず大きな羽毛ベッドの端に置いてあり、重ねた枕のそばでアイダーダウンのぶ厚い上掛けに沈み込んでいた。枕の後ろには、ヘッドボードの横幅に沿って丸い長枕が置かれている。ルイーズが見たフランスのベッドには必ず置いてある寝具だ。ベッド自体に天蓋はなく、どっしりした黒っぽい古い木の枠に、高さのあるフットボードがついていた。縦溝と切妻形の装飾を最小限施しただけの、優美でシンプルで、重厚感のある古い家具。深さのある箱型のベッドだ。そう悪くもない。怒りっぽい、みだらな男が寝ていなければ……。

ベッドと同じように黒っぽい木の大型衣装ダンスがあった。片側にはブロンズの引き手やノブがたくさんついていて、もう片側には全身が映る鏡がついている。向かいの壁には、非常に横幅のある、背の低いタンスに沿って、大きな鏡がもう一枚掛かっていた。大理石張りのナイトテーブルもある。そろいの洗面台もあったが、大理石には一本ひびが入っていた。脇の壁には妙な物が飾ってあった。湾曲した鋭利な剣で、金と銀を交差させた柄がついている。アラブ人の武器、シミタールだ。ルイーズがあらためてシャルル・アルクールを見ると、彼は背中を向け、洗面台に歩いていくところだった。彼女は公爵の横幅をざっと確かめ、長めの髪から、むき出しになったかかとまで目を走らせた。裸足でいると、彼の背丈は彼女の恋人とほぼ同じだった。それに、肩幅もちょうど同じぐらいだ。

ルイーズは二週間、使っていなかった言語で戸口から声をかけた。「英語は話すの？」

洗面台の上に掛かった小さな鏡に彼の顔が映り、ルイーズを見つめた。彼は質問自体が理解できないといった様子で動きを止めた。それから短く「ナー・トール」と答えたが、それが「ぜんぜん《ノット・アット・オール》」のつもりで言ったのだとわかるまでにしばらくかかってしまった。

ルイーズは顔をしかめた。英語で書かれた彼の手紙を読んだことがあるのを思い出したのだ。短い文章だったが、あの英語は完璧だった。彼は再び洗面台の上に身をかがめており、彼女は首をかしげて、鏡に映る彼の暗い頭頂部をしげしげと見つめた。フランス語は書けるが、話せない、あるいは話したくないという人もいることだし……。

そのとき、彼が向きを変え、ルイーズはびっくりして後ずさりした。彼は背後の洗面台にカミソリを置き、親指を掲げた。血が出ている。わざと傷をつけたのだ。鮮やかな赤い血がにじむ程度に。血は彼の手首の内側をゆっくりと流れ落ちた。

そして別の方向へと流れていくことになる。彼はベッドの上に手を伸ばした。上掛けをめくり、シーツの上に鮮やかな血のしずくがぽたりと落ちる。ルイーズはそれを見て立ちすくんだ。彼の指からさらに血が滴る。純白のシーツに小さな黒っぽいしずくが四滴、五滴、六滴と落ちていく。

「君が処女じゃなかったと思われるのはいやだからね」彼は喉の奥から出てくるような南仏なまりで言った。何語であれ、皮肉っぽく横に引かれた彼の口元は、君は処女ではないのだろうと言っているようだった。

ルイーズはシーツをじっと見つめながら、フランス語で小さく尋ねた。「こうしておけば、それらしく見えるということ？」

「いや。精液と混じればもっと色が薄くなって、ぐちゃぐちゃになる。でも、そう見せかけるために必要なことをする気にもなれないよ」

ルイーズは視線を落とし、自分の足を見つめた。「処女をたくさん抱いたの？」

「ああ、何百人とね」彼は騒々しく寝具を揺すった。

たとえフランス語であっても、彼の声の何かに引かれ、ルイーズは彼を見て尋ねた。「あなたはアメリカからいつ戻ったの？　どの船でフランスに戻ってきたの？」

「今、何て言った？」

「どの船で戻ったの？」

「オーブリグノワゼ号だ。なぜそんなことを訊くんだい？」

ルイーズは自分でもなぜだかわからなかった。首を横に振りながらまた下を向き、不可解な胸騒ぎを振り払った。そんなことを想像しても、まったく意味がないのに……。

私は自分が一緒になったこの男性を、自分が愛したあの人にどうしても変えてしまいたいのだ。愛。もちろん、問題はそこだった。そもそも、あの船上の友を愛するつもりはなかったのに。どうやら愛など抱いてはいけなかったらしい。というより、愛など存在しなかったのだ。それが大人の遊び方なのだろう。でも私は分別のない女学生のように取り乱し、どうすることもできずにいる。だからあり得ないシナリオを作り上げ、彼と公爵の似ているところをでっち上げ、心の中でばかげた仮説を立てているのだ。ただ、自分が結婚したシャルルを、愛するシャルルに変えてしまいたいと思うがゆえに。ばかげている。子供じみたまねはやめなさい。

その結婚相手、シャルルが言った。「人生《セ》なんて、こんな《ラ》もんさ《ヴィ》。お気に入りのシャツだって、愛のために台無しになるんだ」ルイーズは、繰り返し浮かんでくる自分の思いに眉をひそめ、彼がシャツの裾に切った親指をこすりつける様子を見つめた。

愛？　この人は愛について何を知っているのだろう？　この醜い男は、とびきりの美女と結婚したものの、相手がどんな人物かほとんどわかっていないというのに。

ルイーズは気がつくと、「ごめんなさい。何もかも……。あなたの……あなたの立場がわからないわけじゃないのよ……」と言っていた。

ルイーズのシュミーズを床に放り投げていた公爵が顔を上げた。「まるでわかっていなかったんだろう」

「少なくともありがたいと思っているわ。罵倒されることも、痛めつけられることも、脅されることもないし――」ルイーズは期待をこめて言い添えた。「ばかげた仕返しもされないし。あなたには感謝しているのよ……」彼の何に感謝しているのだろう？　「親切にしてもらって……というか」

「僕が親切だなんて、どこからそんな考えが出てくるのかわからないな」彼はまじめくさった顔でルイーズをじっと見つめた。こんな状況で精一杯親切にしているが、実は、自分の指を切ったり、彼女の服を部屋のあちこちに掛けたりと、大胆とも言える行動を取っているではないか。

「それじゃあ、率直に話してくれたことに感謝するわ。それと、紳士的に私の願いを尊重してくれたことにも」

彼は怒って文句を言った。「いいかい《エクト・シエリー》、君の願いがかなうかどうか、二人ともよくわからないんだから、そんなことで僕に感謝しないでくれ。さあ、出ていくんだ。僕の〝紳士的な好意〟ってやつが正体を現す前にね。僕はプライドを守っただけだ。そのプライドが何かしろ、ちょっとでも活気を取り戻せるなら何でもしろと今にも言ってくるかもしれない」

シャルルは一晩じゅう起きていた。結局、寝室のバルコニーに出て、中庭《パティオ》の向こうで月明かりに照らされているもう一つのバルコニーを見つめていた。明日になれば、そこは妻の寝室のバルコニーになる。二つの部屋は直角を成し、建物の内側は居間で隔てられていたが、外側はホワイト・オークの木があるパティオで隔てられていて、大きなジャスミンの木の蔓が湾曲部の隙間に割り込んでいた。

九月の夜風に吹かれて座っている彼は、ズボンと丈のあるフロックコートのほかには何も身に着けておらず、胸が冷えていたが、立ち上がって着る物を取ってこよう、温かくしていようという気になれなかった。椅子の前脚を浮かせ、手すりにむき出しのかかとを載せてバランスを取り、体を前後に揺らしながら、頭上の木の枝から落ちてきた小さな細長いどんぐりを放り投げている。パティオ越しに見える部屋の閉ざされた膳板《ぜんいた》（窓の下の薄い板）にいくつ当てられるか試しながら。

たいしたものだ。シャルルは自分に語りかけた。結婚して一〇時間でもう別居か。なんというざまだ。両親ですら、もっと長く続いたというのに。それに、ほとんど『カーマスートラ』の抜粋みたいな忠告を彼女にするとは、おまえは実に賢いやつだ。**女性が十分その気になるまで待つべし……**。おかげで、こんなふうに見事なしっぺ返しを食らったばかりか、妻が知的性愛文学みたいなものに通じているかに思えてしまう。ひょっとすると、次は卑猥な五行戯詩《リメリック》を一、二節、披露してくれるかもしれない。

彼はちらっと後ろを向き、暗い自分の寝室を再び見た。その晩、たびたび部屋に目を走らせては胸が締めつけられていたのだが、今度も心臓の血が突然、詰まってしまったような気分になった。彼はベッドのシーツと枕カバーをもっと乱しておかなくてはいけないと思っていた。だが、まだやりたくない。自分がしようと思っていた方法以外のやり方でそんなことをするなんて、想像もつかなかった。今はまだやりたくない。独りきりでしたくない。これ以上、策略を巡らすのはごめんだ。

もうゲームはうんざりだ。

彼はルイーズだけでなく、自分とも疎遠になった気分だった。好きでたまらない女性に触れたことを詫びたと思ったら、ディナーの席で彼女に食べ物をぶちまけているこの男は何者なんだ？　こいつは彼女の名前さえ、大好きな名前さえ呼べずにいる。なぜなら、フランス語で呼んでも、英語で呼ぶときとまったく同じように聞こえてしまうとわかっているからだ。臆病者め。**ルイーズ、ルイーズ、ルイーズ、ルイーズ**（もし、初めて聞いたときに気づかなくても、この美しい響きが言うことを聞かなくなり、彼がその名前を延々と繰り返したら、彼女は気づいてしまうだろう）。**なんというざまだ。僕は別人と思われるようなにおいまで漂わせている……。**彼女に自分の不誠実をかぎつけられるのではないかとすっかり不安になり、いつもと違う石けん、違うオー・ド・トワレを使っているのだ。何もかも違っているのだ……。

いつものようにやりたいだけなのに。

もう、最低最悪《メルド・ド・メルド》じゃないか。おまえは愚かなろくでなしだ。彼女に告白しろ。今すぐ居間に入っていって彼女を揺り起こし、正体を明かせ。**僕は君が船で出会った恋人だ。**

だが、シャルルにはできなかった。プライドの高い若い女性に、君をだましていたけれど、もうこれっきりにするなどと言いたくないと思ったのだが、それだけではなかった。新たな、しかもとても大きな不安が頭をもたげてきたのだ。彼女が目覚めたらベッドに化け物のような男がいたというジョークは、すでに悪夢の様相を呈していた。もしもキスしようとしただけで、彼女が大げさに飛びのき、この家の別の場所に隠れてしまったら……。もしも彼女が、すでにこの男に体のあちこちを触られ、色々な場所にキスされていたのだと気づいたら……。ぞっとした表情でぶるぶる震える彼女に遭遇するはめになるのかもしれない。

だめだ。その晩、彼女から英語や帰国したときの船について質問されたとき、彼はまったく生きた心地がしなかった。事実が知れたとき、彼女の嫌悪の表情を見るのは本当に耐えられないと思ったからだ。彼がすでに彼女に触れ、彼女の上にのしかかり、体も頭も、ことによると心も放棄して、彼女の中で果てていたという事実が知れたら……。

20

ピストルが鳴る前にスターティング・ブロックから飛び出してしまったのだ。シャルルは自分にそう言い聞かせた。彼はルイーズを知っているし、二人が走るのをやめたところから続きをスタートする心の準備ができていた。性的なことで言うなら、二人は暗闇に駆け込み、服を脱ぎ、彼がルイーズを——文字どおり宙に放り上げ——ベッドに落とし、その上に飛び乗るところまで関係は進んでいた。だが彼女にしてみれば、彼は他人であり、知らない男がまるで欲情した若者のように言い寄ってきたも同然だったのだ。僕がばかだった。焦るな。彼女はなんの理由もなく不機嫌になっているわけではないんだ。

僕は他人だ。醜い他人……。

だが、ここで考えがつまずいた。彼のうぬぼれは、見た目では素晴らしいと思ってもらえないことを認めたくなかったのだ。醜い、気味が悪い、恐ろしい。思い浮かべただけでぞっとする言葉だ。しかし、そのような言葉を無視したまま、ルイーズのベッドに入れてもらえなかった事実と完全に向き合うことはできない。彼はうなり、脚を引きずりながら自分の感情の中を進んでいき、それらの言葉が湧き上がってきたことを認めた。ただし、それはこの件に限ってのことだ。男性のよりいいところを見る目を持てば、いずれルイーズも彼がどんなにハンサムかわかるようになるだろう。

そこで、彼は決心した。今やらなければいけないのは、彼女の洞察力を少し深めてやることだ。ゼロからやり直そう。彼女は二人が過去を共有していたと気づいていないのだから、そのような過去に基づく根拠のない仮定をするのはもうやめよう。彼女の目に映っているとおりの男として振る舞わなければいけない。つまり、どんな人物かよくわからない、見た目が変な男として。肝心なのは、こっちはルイーズを知っているということだ。彼女を口説く術はわかっているし、彼女がどんなふうに考え、何が好きなのかもわかっている。

その日の朝、シャルルは一階に下りてから、昨晩、ルイーズに渡し損なった真珠のネックレスを探した。サイドボードに置き忘れたと思ったが、そこには見当たらなかった。片づけられてしまったのだ。家政婦にあれはどこへやったか訊いてみようか。だが、そう思った瞬間、とても恥ずかしくてそんなことはできなくなった。家政婦はメイドと一緒に食堂にいたが、二人とも四つんばいになり、舌打ちをしながら絨毯の汚れを落としていた。

その後、車がパンパンと情けない音を立てながら近づいてきたかと思うと、がたがた揺れながら活気を取り戻し、一日が動きだした。そして、おじのティノが一晩自宅で預かっていたシャルルの犬を連れて入ってきた。二匹のフレンチ・ポインターは、玄関の広間と食堂を一周してから階段を上り、二階の寝室に向かった。ルイーズの犬がすっかり興奮し、おどおどした様子でくんくん鳴きながら、床におしっこを漏らしている。だが、シャルルは構わず出かけてしまおうと思い、朝食のテーブルからバゲットを一本くすねると、端っこを食いちぎりながらドアの外に出た。早めに温室に行きたかったのだ。そうすれば、新しく接ぎ木したジャスミンについてマキシムと色々話ができるだろう。

しかし、車道に出ると、愛犬の名を呼ぶルイーズの声が聞こえてきた。彼女が西側のテラスに出ている。シャルルはすぐに向きを変えた。

犬は裏の戸口から外に出てしまっていた。高さ一八〇センチほどの石壁沿いに続くアーチ形の小道でシャルルがひょいと頭を下げると、犬の鳴き声がした。シャルルはすぐにシャルルに気づき、方向を変えて彼のほうに走ってきた。シャルルはパンを宙に掲げながら片方の膝をつき子犬は彼の腕に飛び込んで、ひげを剃ったばかりの顔をペロペロなめた。ふと見ると、広々したパティオの真ん中にルイーズがいる。彼女が立ち上がった。

彼女は頭を傾け、シャルルと子犬を見て顔をしかめた。「この子ったら、私よりも、朝食のテーブルから持ってきてあげたベーコンよりも、あなたのズボンを毛だらけにするほうがいいんだわ」彼女はナイトガウンをまとっていた。紫色の生地は表面がでこぼこしていて厚みがあり、襟は立っていて、折り返し部分が長く、全身はボタンとサッシュ・ベルトで封印されている。彼女は襟の折り返しを引き上げ、腕を体に巻きつけており、ガウンは彼女の顎からくるぶしを覆っていた。三つ編みにしたままのブロンドの髪がその上に垂れていたが、枕に押しつけられていたせいか、少し乱れている。

シャルルは子犬を抱き上げると、ルイーズのところに連れていき、彼女の足元にしゃがんで子犬を座らせた。膝を折ってしゃがんだ彼女はガウンとショールの厚い層に心地よく収まっていた。紫色のニットの合わせ目にはラベンダー色のレース飾りがついており、ガウンは本当はもっとかわいいのだろうと思わせた。

シャルルはルイーズにパンを差し出したが、彼女は首を横に振った。彼はパンを子犬に放ってやり、ルイーズと一緒に、柔らかいふわふわした毛をなでた。これはシャルルの最も巧妙な策略の一つだ。二人はしばらくのあいだ、そこにしゃがみ込んで犬に手を滑らせていた。子犬はごろんと寝転がり、なでてくれと言わんばかりに腹を見せた。**よし、いいぞ。おまえは賢いやつだ。**ルイーズは子犬の要求に応え、左右の肋骨のあいだをかいてやった。シャルルは胸の部分を担当し、二人のテリトリーがぶつかることもあったが、それも楽しかった。

日中のこの時間、パティオの西側はとても気持ちがよかった。庭の中央にある日時計のところまで家の影が延びていて、ひんやりしている。菜園のようなキイチゴの植え込みや木々がパティオの周囲を縁取り、南に面している木々の葉は、海の景色をさえぎらないように低く刈りそろえてあった。ベンチがいくつか置いてあり、そこで日光浴をすることもできたし、ただ座って、フランスと地中海をつなぐ数キロメートルにわたる景色を見渡すこともできた。

かろうじて日光が当たる場所で犬をなでている最中、ルイーズがその頭越しに微笑み、こんなことを言った。「この子のために、すごくいい名前を考えたの」

「名前ならもうついているだろう。ベアじゃないのかい?」

「違うわ。私がそう呼んでいるだけよ。犬というよりシロクマの赤ちゃんみたいでしょう?」

「まあね」シャルルはこの犬が好きだった。綿毛のような薄汚れた白い毛や、そこだけが金色になっている、くたっとした耳が好きだった。子犬はおどけていて、シャルルがここで飼っている二匹のポインターや、別の場所で飼っている猟犬やマスチフとはまったく違っていた。ベアは腹をぺたっと地面につけて眠っていた。前脚を投げ出し、後ろ脚まで伸ばして地面につけている。実のところ、シロクマの赤ちゃんというより、クマの敷物にそっくりだ。

「前はもっと似ていたの。でもどんどん大きくなっているし」

「いくつなんだ?」子犬は脚がひょろ長くなってきている。

「三カ月か四カ月。だから、ずっと変わらない名前が必要なのよ」

「で、何にしたんだい?」

「シャルルマーニュ」ルイーズは誇らしげに宣言した。

シャルルは眉をひそめた。「それは紛らわしいんじゃないかな? つまりその、君はおそらくその犬をシャルルと呼ぶようになるだろう」自分の名前と発音が同じだったのだ。

「たぶん」

「だめだ」なんてことだ。彼女は、できることなら、この世のすべてのものに僕にちなんだ名前をつけ、誰もかれも、何もかも「シャルル」と呼ぼうとしている。「それじゃあ、君が僕を呼んでいるのか、犬を呼んでいるのかわからなくなってしまう」ただし、より愛情を込めて呼ぶのは犬のほうかもしれない。

ルイーズは思案に暮れた顔をした。彼のことをシャルルと呼ぶなんて、シャルルという名の人を求めているなんて考えたこともなかったかのようだ。それから彼女は肩をすくめた。

「ばかなこと言わないで。家族には同じ名前の人が常にいるものよ。父親の名前をもらう息子はたくさんいるでしょう」

「でも、僕はこいつの父親じゃない」

彼女は顔をしかめた。彼と子犬を結びつけて考えていたわけではなかったからだ。

そうか！　シャルルは悟った。ルイーズは子犬に彼の名前をつけたのではない。船に乗っていた、あのいまいましい男の名前をつけたのだ。もちろん、それは彼のことなのだが。もう回りくどくて、それ以上ついていけそうになかった。

シャルルは立ち上がってズボンのほこりを払い、またしてもいらいらしながら、心の中で自分に向かって言った。**あきれたな。おまえはとても気分を害している。彼女のことが欲しくてたまらず、自分自身に嫉妬しているんだ。それに犬にも……。**

「だめだ」彼は譲らなかった。「犬に僕の名前をつけてはいけないよ」それから、上着のしわを伸ばして言い添えた。「僕らの息子に僕の名前をつけることもあり得ない」それは妻が赤ん坊に愛人の名前をつけるようなものだ。「一人一人、違う名前をつけてやるべきだ」

シャルルはふーっと息を吐き出し、自分に言い聞かせるようにつぶやいた。「つまり、息子ができるような過程に至ったら、という話だがね」

ルイーズは二週間前に母親が「素敵でしょう?」と言っていたのを思い出した。「素敵」というのはニースのことであり、リヴィエラのことであり、プロヴァンスのことであり、フランスのことだった。「世界でいちばん快適なところじゃないかしら? あの方は、あなたが出会った男性の中で、誰よりも思いやりがあって、エレガントな人よね? 彼のおじ様もとても面白い人でしょう?」両親は娘がシャルル・アルクールにも、フランスそのものにもすっかり夢中になると信じていたし、通訳を介して接するシャルルやフランスを、ある種、優雅な存在だと思っていた。特異で、常に風変わりなフランス流のやり方を革新的とみなしていたが、ニューヨークで同じことが起きれば、その場しのぎでよろしくないとはねつけていただろう。

もちろん、公平を期して言えば、ルイーズたちが慣れ親しんだ習慣とぴったり一致するものは、ほとんど何もなかった。たとえば、グラースの家には新しい浴室があったが、そこにはトイレがついていなかった。トイレは廊下をずっと行ったところに別に作られていて、その部屋は英国での呼び方にちなんでWC、すなわち水洗トイレ《ウォーター・クローゼット》と呼ばれていた(だが、あまりフランスらしい呼び名とは思えない)。ルイーズはバスタブの脇にある、ビデという物の使い方がわからなかった。

だが、ざっと見たところ、目新しいものはそれ以上、あまりなかった。あっても、外観がアメリカとまったく違っている。フランス人は物にボタンや安っぽい飾りをつけるのがことのほか好きらしい。家の地下室にはダイヤルやスイッチがついたばかでかい奇妙な機械があり、そこから延びるらせん状の管の先には別の装置があって、ボイラーのような容器が接続され、たくさんの蝶ナットで留められた蓋がついていた。見た目は仰々しかったが、結局、それはただの給湯装置であることがわかった。お湯を使おうと思ったら、スイッチは入浴の三〇分前に入れておく必要がある。当たり前のようにお湯が使えると思ってはいけないのだ。その日の朝、ティノおじは、ほかの人にもするように、地下室の「シンプル」な機械装置を操作しながらルイーズにお湯のため方を教えてくれたが、その際、「無駄遣い」しないようにと注意した。

「シンプル」という言葉をずばり訳すことは難しかった。ティノおじは機械を指で示しながら、身振り手振りで説明をしてくれた。「このダイヤルを回して、そこにあるボタンを押したら、こっちの計器で針の上がり具合をチェックすること。万が一、針がここまで達したら、機械を全部止めて後ろに下がり、助けを呼びなさい」

ルイーズは、この人は私を吹き飛ばしたいのではないかしら、と思った。「危ないのですか？」

「いや、そんなことはない。これはちゃんとした機械だ」ティノおじはそう答えたものの、本当は「いや、実はそうなんだ」と言いたかったのだろう。彼は実用的な物に譲歩するときの常として、シャルルの家の給湯装置に危険な要素があると認めたのだ。

ルイーズは奇妙な機械を見つめながら、この先どれくらい水風呂に入ることになるのだろうと思った。「これはよく使われている装置なのでしょうか？」

「ああ、そうだよ。このあたりでは、これとそっくりな装置を使っている家がたくさんある。地元の業者が作って設置してるんだ。とてもいい製品だよ」

「パリから取り寄せたほうがよかったのではありませんか？」

ティノおじは驚いて目を見開いた。「パリ？　そんなことをしたら、いくらかかると思ってるんだ？　パリの連中は上手いこと言ってつけ込んでくるからな」

「でも、こんなにたくさん部品があると、しょっちゅう故障しますでしょう？」

「もちろん故障はする」それからウインクをして続けた。「だが、さっきも言ったとおり、この街にはちゃんと業者がいるからね。そいつが修理してくれる。パ、リ、ジ、ャ、ンと違ってな」

彼は鼻にかかった声で、嫌気が差したように言った。「あいつらはクロワッサンを食うのに忙しくて、機械の修理なんかしやしないんだ」

気取っちゃって、とルイーズは思った。フランス人が自分の国の人間を嫌って自己満足に浸っているだけじゃないの。

ティノおじは、実はシャルルのおじではなく、正確には何親等か離れた従兄弟で、堅苦しいところのない人だった。彼はパリジャンを嫌っていたが、それと同じくらい平等かつ民主的に、社交界デビューを果たしてニューヨークからやってくる若い女性たちのことも「朝の八時まで寝巻きを着っぱなしで、着替えに一時間半もかかる」と言って嫌っていた。

ティノは無礼極まりない態度で、君のような美しい女性がどうして身支度に一時間半もかける必要があるのか理解できないと言った。意地悪というわけではなく、怒っているわけでもない。お世辞のつもりで言ったのではないこともはっきりしている。彼は悲観的なあきらめの気持ちを込めて、観察に基づく意見を口にしただけなのだ。

公爵が仕事に出かけてしまったため、ルイーズはこのむっつりした親戚とともに結婚生活の初日を過ごすことになった。ティノに任されていたのは、家の中を案内し、この家がどのように運営され、維持されているか、ルイーズがこれからどのような役割を果たす可能性があるか、説明することだった。ほとんど彼女の思いどおりにならない部分もあれば、好きにできる部分もあるようだ。ティノには南側の寝室を使えるようにしておく任務も課せられていた。やれやれ、そんなこと賛成できるわけないだろうと言わんばかりに首を横に振りながら、彼はメイドと家政婦に部屋を片づけるよう指示した。

シャルル・アルクールは犬の名前のことでルイーズに文句を言ったあと、出かけていった。昼食には戻ってきたようだが、彼女は会うことができなかった。ちょうどその時間、ティノに連れられて、カーテンを仕立てている女の家を訪ねていたからだ。帰宅すると、シャルルはもう「工場にお出かけになりました」と言われた。

午後も遅い時間になり、ティノから荷物を解くのを手伝おうか、それともシャルルが働いている研究工場に連れていってあげようかと訊かれ、ルイーズは即座に尋ねた。「私と一緒にいてくださるおつもりなの？」

「必要な場合はね。工場に行くなら、シャルルが連れて帰ってくれるだろう」

「一緒にいてくださらなくても結構よ」彼女は明るく言った。「五分で用意をしてきます」

工場は見た目は簡素で、色は茶色、一区画以上を占める大きな四角い建物だった。すすけてはいるが、実用的で、よくあるタイプの製造工場だ。ルイーズは正面玄関に行く途中で立ち止まり、汚れた窓から中をこっそりのぞいてみた。細長い部屋には大きなテーブルが並び、そこに女性の作業員が座っていた。テーブルの上には花が――いや、花びらだけが山と積まれ、何かの枠が載っている。女たちは花を選り分けているか、ごみを取り除くか何かしており、若い男たちがさらに花びらの入ったかごを押して入ってくる。バラの花びらだ、とルイーズは思った。ピンクのバラの花びらだ。若者たちはかごの中身を空け、床のあちこちに様々な山を作っていく。簡素な室内の一角では、腰の高さまでピンクの花びらが積まれている。なかなか美しい、不思議な光景だった。自然の香りを機械的に採取しているのだ。

シャルルは研究室の中におり、銅管や濾過用ガラス瓶のそばで背中を向けていた。彼がフロックコートを羽織ったちょうどそのとき、ルイーズとティノが入ってきた。そして、ルイーズはある香りに気づき、急に立ち止まった。ジャスミンだ。部屋にはそのにおいが充満していた。よくある感覚で言うなら、香水をつけすぎた女性が放つにおいで狭い部屋が――といっても、この細長い白い部屋は決して狭くはなかったのだが――圧倒されているといったところだろうか。どんな香水であれ、つけすぎは手に負えない。

シャルルはボタンを掛けながら言った。「畑に行くところなんだ。マキシムの話では、ラベンダー畑の西端でカビが発生したらしい。日が沈む前に見てこないと、と思ってね」

「一緒に行きたいんだけど」ルイーズはすかさず申し出た。

「馬車では行かれないんだよ。馬に乗っていかないといけない」

「乗れるわ」

「うちには片鞍（両脚を一方に垂らす女性用の鞍）がないんだ」

「スカートをたくし上げてまたがればいいでしょう。前にもやったことがあるの」

ルイーズの夫はティノにちらっと目を走らせてから、彼女を見た。

「ずっと駆け足《キャンター》か速駆け《ギャロップ》でついてこられるかい？　高原を突っ切っていくんだよ」

「大丈夫、きっとできるわ」

こうしてルイーズはティノから解放された。少なくともその日の午後はずっと、感傷的悲観主義の王者から逃れることができたのだ。

ルイーズにとって思いもよらないことだった。ティノだけでなく、これまでフランスで出会ったほかの誰と一緒にいるより、シャルル・アルクールと一緒にいるほうがいいと悟ったのだ。彼と一緒にいると気持ちが安らいだ。昨日の今日、衝突したばかりだというのに。ひとこともしゃべらず、ものすごい勢いで馬を走らせているだけだというのに。ルイーズの顔に風が当たり、目から涙が出てきた。馬の速さに彼女はひどく驚いた。それでも、グラースの南を走る丘陵のふもとで、そこに広がる平原を二人で突っ切って走るのはとても楽しかった。

夫は馬と一体化したかのごとく、飛ぶように進んでいた。名騎手《ケンタウルス》は日暮れ前に目的地に到着しようと思っているらしい。ルイーズはかろうじてついていったが、夫の手綱さばきは彼女よりもはるかに上だった。もちろん、彼は妻にいいところを見せようとしているのだろう。ルイーズは笑いたくなった。でも、こんなスピードで走りながら、ちょっと離れたところで彼に見とれているのも悪くない。日差しを浴びて輝く乱れた黒髪が風になびき、両脚の上で長いコートがはためき、彼は……さっそうとしていると言ってもよかった。

小さな丘の上でようやく馬を止め、鮮やかな紫色の谷を見下ろしたとき、ルイーズは息を切らしていた。

ラベンダーだ。もう、すっかり満開になっている。何列にも並んだ花たちは、地平線に向かって四方八方に広がっていた。

二人は馬を歩かせながら急な斜面を降りていった。谷の底までやってくると、彼は馬から下りた。「気をつけて」彼は両手を差し出し、ルイーズが鞍から下りるのを手伝った。「すぐそこにハチの巣があるから」

ミツバチがいる。ルイーズは、苛立ったようなかすかな羽音を耳にしながら、片方の脚を振り上げた。「危険なの?」

「いや、大丈夫だ。叩いたり、服の中に入れてしまったりしなければね」

それから、彼女はシャルルの肩に両手を置き、彼の腕の中に飛び込んだ。彼は山の斜面のような胸をたわませ、とてもさりげなく、自分の体に彼女を滑らせるようにしてつかまえた。シャルルが手を離すと、ルイーズは彼を押しのけた。なんだか上手く操られてしまったみたい。腹の中でミツバチがブンブン飛び回っているようで、いらいらする。

二人は低い木に馬を結びつけると、ラベンダー畑目指して歩いていった。シャルル・アルクールは相変わらず、仕方がないといった感じでルイーズの肘をつかみ、導いていく。最後の三〇メートルは岩だらけの坂になっていた。ルイーズは彼を助けるつもりでいた。というのも、彼は先ほど、鞍のストラップの下から杖を取り出していたからだ。だが、歩くのに骨を折っていたのは彼女のほうだった。彼は杖を素早く上げてわきの下に入れるか、杖に二人分の体重をかけるかして、彼女を支えた。

このときはっきりしたのは、シャルル・アルクールが女性の扱いに慣れているということだった。彼はまずルイーズの肘や腰や手の先をつかみ、それから、ぐらつかないように背中を軽く押して平らなところを五、六メートル進ませた。こうした滑らかな身のこなしは、彼女が抱いていたシャルルに対する認識と一致していなかった。

彼は昨晩、何と言ったかしら？　シャツだか何かが愛のために台無しになる？　彼は愛について何を知っているというの？　彼の目下の愛人は毒があって、とても耐えられるような人ではなかった。それを考えれば、確かに彼の女性の趣味は怪しい。いや、女性たちだ。ルイーズはふと、彼に愛人が何人もいたことを思い出した。欠点があるとはいえ、彼が自分好みの女性をしばしば魅了していた可能性はなきにしもあらずだ。彼女は横目でちらっと夫を見た。そして、彼が子供のようにはしゃぎ、打ち解けていく様子をこっそり観察した。

彼が妙に魅力的だと気づくたびに、ルイーズは驚きを新たにした。フランス人はそのような人を「ボー＝レ」と呼ぶ。つまり「醜くも美しい」、意に反して人の心を奪ってしまう魅力の持ち主ということだ。ある意味それは、シャルル・アルクール自身が感じている心の葛藤、反発心を喚起する呼び方でもあった。彼はそう呼ばれて誇らしく思うものの、自分の容姿を簡単には受け入れられずにいる。彼はがっしりした体格の持ち主でありながら、これ見よがしに着飾り――同時にとても控えめで、あまりにも礼儀正しかった――コンプレックスと、洗練された勇敢な行為と、運命に対する自意識過剰気味の激しい怒りとのあいだをさまよいながら、緊張状態にあったのだ。

その結果、一種の暗くとげとげしいエネルギーが生まれるのだが、彼はそれを抑え込んでいた。野獣のようでもあり、深く思い悩んでいるようでもあり、女性はそういうところにくらっときてしまうのだろう。ルイーズは突然、モンテベロ夫人の態度やとげのある言葉、嫉妬について理解した。夫人と同じ趣味はないけれど、それを理解することはできる。

ルイーズの隣で、この矛盾に満ちた男性が話しかけてきた。「ニームの近くで育つラベンダーがいちばん実をつけるし、収穫量も多いんだ。でも僕はそんなにたくさんラベンダーは使わないから、これで間に合うんだよ」

ルイーズは顔を上げた。歩いている場所の地形に意識を集中するあまり、二人がどこにたどり着いたのか気づいていなかったのだ。彼らはラベンダー畑の中に踏み入っていた。ルイーズはラベンダーに囲まれて立っており、こんなにたくさん花が咲いている光景は、これ以上想像できそうになかった。

灰色がかった緑の低木が左右対称に何列も並び、そこから若芽をつけた鮮やかな紫色の茎がまっすぐ伸びている。太陽は傾いていたが、日差しは明るく、膝の高さまである紫色の列を照らし出し、花畑はまるで海のように、穏やかに波打ちながら続いていた。茎は長い大釘のように先が尖っていたが、露出した部分には小さく繊細な花がぎっしりついており、その外側がスミレ色、内側は深みのある高貴な紫色をしていた。灰色がかった緑色の葉は細長く、新しい芽が伸びている場所でカールしていた。

ルイーズはうっとりしながら、その中に入っていった。やぶのような植物のあいだには、細身のドレスを着た女性が一人通れる程度の空間があるだけだった。ルイーズはドレスを持ち上げたが、少々行儀の悪い持ち方だった。地面が石だらけで、気をつけないと足首をくじいてしまう。でも、何もかもとても美しい。鮮やかで色彩豊かで。苦労しながら花の列を奥まで進んでいくと、あたりにはだんだん、すがすがしい花の香りが漂うようになった。そして、あちこちからブーンというミツバチの羽音が聞こえてきた。

ルイーズは、シャルルが身をかがめて通り道の雑草を引っこ抜く様子を見守った。ラベンダーの列は、ところどころ花よりも伸びてしまった雑草や、あちらこちらにできたやぶそのものに分断されていた。麦わら色の乾いた大地の真ん中で、ルイーズは彼の後ろを歩き、息をのむほど美しい紫色の若芽が続く道を上ったり下ったりしていた。

ほかの場所ほど花が開いていないラベンダーの前で、二人はようやく足を止めた。夫は目を細め、そのラベンダーを一本もぎ取って観察した。それから、葉っぱだらけの枝を押し戻し、しばらくのあいだ根元を掘り返していた。「まいったな。去年もこいつにやられたんだ。今年もいまいましい雨の季節がやってきたと思ったら、またやられてしまった」

「あなたの花がカビにやられたの？」

「そう、僕の花だ。残念ながら……。びっくりさせるなら、よその畑にいってやってもらいたいよ。もう、うんざりだ」彼は何かラテン語の名前を口にしたが、ルイーズは聞き逃した。

二人は再び歩きだした。ルイーズは、夫はいわば趣味で農業をしている人なのだと思った。彼は植物を栽培し、そのエッセンスを採取しているので、ちょっとした化学者とも言えるのだろう。そして、植物学者であることもわかった。

「ほら」彼は片手でつかめるだけラベンダーの茎をもぎ取り、手のひらに載せて差し出した。自分が育てた花にすっかり心を奪われたように、それを見下ろしている。「ね？」彼は手の位置を下げ、指先で小さな花を巧みに扱った。「これがラベンダーの香りだ。小さな花一本一本の先端と根元が星形の毛に覆われている。それに、ほら――」彼は爪を使って慎重に花をばらした。「光っているのがわかるかな？　この中に油を分泌する腺が埋まっているんだ。僕はこの油を蒸留しているんだよ」

彼はルイーズの手を取り、その中に花をぎゅっと押しつけた。「においをかいでごらん」

ルイーズは言われたとおりにした。素晴らしくすがすがしい、澄んだ甘い香りがする。彼はもうしばらく、ルイーズの手をさすっていたが、やがて彼女は手を引っ込めた。ラベンダーが押しつけられていた箇所がひりひりする。彼女はスカートに手をこすりつけながら彼を、花を愛する恐ろしい顔をした男を見た。

彼はしゃべり続けた。「イングリッシュ・ラベンダーのほうがいい値段で売れるんだが、僕はこっちのほうが好きでね。イングリッシュ・ラベンダーは不稔性、つまり種子ができない。だから挿し木と株分けで繁殖させるんだが、僕のラベンダーは――」彼はしなやかな紫の茎をゆるく握り、優しく引き上げた。「野生種なんだ。自ら岩場に種をまく。それに、香りにも違いがあって、僕にはそれがかぎ分けられる。ここのラベンダーはあまり無理な育て方をしていない。もっと野蛮で……」彼は野蛮と言った。野生で育つという意味でその言葉を使ったのだろう。でも、真意は違うような気がする。「もっと強い」彼はそう言って笑った。「あらゆる点でね」

あけっぴろげな笑顔。彼の顔は輝いていた。悪いほうの目も何もかも。素敵な笑顔だ。ゆがんだ笑顔ではあったけれど、彼は少々不ぞろいな白い歯をのぞかせて笑っている。温かい、まっすぐな笑顔。プロヴァンスの太陽のような笑顔だ。

ルイーズはその笑顔に魅了され、この男性に心をかき乱された。彼は私のことが好きで、私によくしてくれる。でも、その理由がわからない。昨晩あんなことがあったのに、私を好きでいてくれるなんて。それ自体、彼流の黒魔術と言ってもいいような気がする。自分が求めていたことをしようとした彼に対し、私はあり得ない仕打ちをしてしまったというのに。

帰る前に、彼はルイーズの手にさらにラベンダーを載せながら言った。「古代の人はこれを風呂に使ったんだ。ラベンダーという名は、洗うという意味の古いラテン語〝ラヴァレ〟

から来ているという説もあるんだよ。ほら。君が今夜、入浴するときのために少し持って帰ろう」彼は身をかがめ、とても芳しい、鮮やかな、かわいいラベンダーを茎ごと何本か引き抜き、きちんと花束にしてくれた。「でも、最高の香りを引き出すため、花の部分だけを使うんだよ。花をもぎ取って、お湯を入れたバスタブに落とし、しばらく浸してから入浴するといい」彼はまた顔をひきつらせ、ゆがんだ笑みを見せながら花束を渡した。「君の周りで浮いている花を見たら、僕のことを思ってほしい」

だが、事はそのようには運ばなかった。その晩、水が流れる音が聞こえてきたとき、シャルルのほうが彼女のことを思ったからだ。裸になった彼女の白い肌に小さな紫色の花がぶつかり、いい香り《オーラ》のする湯気が立ち昇り、湿気を吸った彼女の髪がだらりと垂れているのだろう。ああ、なんてこった。彼はそこに横たわり、廊下の先から聞こえてくる音を聞いていた。そして、水がはねる音がするたびに、ますます興奮し、独りでこの性的な緊張を解放してしまおうかと考えた。だが、彼は意を決して起き上がり、廊下を歩いていった。

シャルルは浴室のドアをノックした。「入ってもいいかな?」

バシャッという音がして、ルイーズの驚きが伝わってきた。「ええっと……だめよ、そんなこと」

「入りたいんだ、ル……ルル……」壁は乗り越えた。何もきっかけがないくらいなら、この名前を口にするほうがましだ。

中ではさらにバシャバシャと音がしている。シャルルは彼女がバスタブから出たのだろうと思った。おそらく、慌ててドアに鍵を掛けにいったのだ。

シャルルはドアを開けた。ルイーズは体を隠すものを引き寄せようとしている。一瞬、真っ白な肌が、乳房の上向きの曲線が目に入った。だが、束の間の光景はたちまち、ウールのニットに覆われてしまった。彼女の紫の化粧着だ。

「僕の仕事は、僕という人間よりも美しい。僕らの生活には美しいものが必要なんだ。それはぜいたくなことではない。君は自分の美しさを憎んだりしてはいけないよ」

「何ですって？」

「ゆうべの君は苛立っていた。僕が君のことを美しいと言ったからではないかな。それが理由の一つであることは確かだろう。でも、君が美しいことは事実なんだ。それを楽しんだほうがいい。今日、ラベンダーを見て楽しんだようにね」

ルイーズはガウンのベルトをしっかり締めながら笑った。「それを言うために入ってきたの？」

「いや、僕がここに来たのは裸の君を見るためさ。でも、君のほうが素早かった。だから、君を説得して、そのガウンを脱がせられるかどうかやってみようと思っている」

ルイーズはまた笑ったが、今度は少し浮ついた笑い方だった。それから、彼女はシャルルを押しのけて出ていこうとした。だが、彼は出口をふさいでしまった。

そのとき彼をそうさせたのが本能なのか、欲求不満なのかは正直なところわからない。ひょっとすると怒りだったのかもしれない。彼は体をかがめ、ルイーズのヒップに手を回して彼女をつかまえた。彼女は驚いてウッと小さな声を上げ、足をじたばたさせて抵抗し、肩をよじった。彼はルイーズを抱えて前に進み、あまり衝撃を与えないようにしながら、ガウンごと水に落とした。シャツの袖がびしょ濡れになったが、彼女が沈み、脚をばたつかせ、手で彼をつかもうとし、頭と髪の毛が一瞬、完全に水面下に沈む様子は見るだけの価値があった。彼女は水を吐きながら浮かんできた。かぎ爪形の脚がついた白いバスタブの中で紫色のガウンが水ににじんでいる。

ルイーズは水を吐き出しながら金切り声を上げた。「気でも狂ったの？」彼女は髪をねじって簡単にまとめていたのだが、それもほどけて一方に偏り、髪は濡れた重みで垂れ、紫色の肩の周りで水たまりのように漂っていた。

ルイーズは脚を折り曲げて体を引き上げた。バスタブから飛び出そうとしたのだろうが、立ち上がった瞬間、水を含んだガウンがその重みで引っ張られ、前がはだけそうになった。彼女は再びバスタブに沈み込み、水浸しのガウンを体にきつく巻きつけた。だが、ガウンの片側はしっかり巻きついたものの、もう片側は、海草がゆっくりとばらけていくように脚のあたりで開いている。水は絶え間なく暗さを増し、シャルルはその下にある、彼女のふくらはぎの流れるような曲線をじっと見つめた。彼女のガウンは幻想的に漂っていた。まるで、ずぶ濡れになって弱りきった怪物が紫色の血を流しているかのように。湯の熱であざのように黒ずんだラベンダーの花が、透き通ったプラム色の水に浮かんでおり、彼はその水越しに、ルイーズのほっそりした足首を、甲が高く、形のいい白い足を見つめていた。

ルイーズは口ごもりながら何か言おうとした。「あなたは……あなたは……」彼女のフランス語の語彙は下品なののしり言葉に欠けている。

シャルルは助け舟を出してやろうと思った。「ばか野郎、野蛮人、ろくでなし」

「売春婦の息子」

「ほぉ《ウェ》！」シャルルは驚き、ほめたつもりで言った。「ずいぶん上達したね。いつもの取り澄ました話し方よりずっといい」

ルイーズは口をぎゅっと結び、なんとか座って気持ちを落ち着かせると、水浸しになった片方の腕を上げながら顔をしかめた。「あなたは、私を溺れさせるところだったのよ」

「ルル……」その名前はフランス語で「かわいい」「いとしい子」という意味になる。えくぼのある子供や、ふわふわした子犬に対して使う言葉だ。「ルル……」彼はもう一度、繰り返した。「僕を見てごらん」彼は無意識にシャツのボタンをはずしはじめた。

「シャルル――」ルイーズはその美しい目をこれ以上ないほど大きく見開いた。重たいまつ毛が、厚みのある金色の鳥の羽がはためいたように上を向いている。

シャルルは彼女の表情にもひるむことなくボタンをはずしていく。

シャツの前が裂けたように大きく開いた。彼は腕を交差させ、いまいましいシャツの裾を両手でめいっぱいつかんで頭の上に引き上げ、強い調子で言った。「見るんだ」

ルイーズは壁のほうに顔を背けた。「シャツを着て」

「いやだ」シャルルはアンダーシャツも床に脱ぎ捨て、ズボンのボタンをはずしはじめた。「僕を見てくれ。僕は頭のてっぺんから足の先までかわいそうなやつというわけじゃない」

「シャルル――」ルイーズは視線を戻し、あの重たいまつ毛をもう一度持ち上げたが、シャルルには、こっそり盗み見たように思えてならなかった。それから、彼女は自分の行為に顔を赤らめた。シャルルにとって、頬を染める彼女を見るのはこれが初めてだった。

ルイーズがバスタブの湯にも劣らない濃いバラ色の頬を向けたとき、シャルルは思いがけず興奮を覚えた。すっかりぞくぞくしてしまい、ズボンを脱いで脇に蹴飛ばし、下着姿でそこに立ったときには、下着の前が少し持ち上がっていた。彼はできる範囲でその感覚を無視したが、ルイーズのほうはそうはいかなかった。彼女はそこに目を留め、次の瞬間、視線をそらせた。「僕を見てくれ。僕はそんなに気味が悪いかい？」

ルイーズは視線を落としてバスタブの湯をじっと見つめ、「いいえ」とつぶやいた。それから少し身震いしたが、シャルルにはそれがいい反応なのか悪い反応なのかわからなかった。「あなたは立派な人よ」彼女は一瞬ためらった。「大人だわ」

シャルルは顔をしかめた。「僕は年寄りじゃない」

「違うの」彼女はうつむいたまま頭を横に振った。「あなたは……立派な体をしている。たくましいわ」

「じゃあ、バスタブから出て、君に触らせてほしい。せめて君を抱き締めたいんだ」

「シャルル、そういうことじゃないのよ。私……変な気分で――」

「どう変なんだい？」

「説明できないわ」

「じゃあ、しなくていい。そこから出ておいで。さもないと僕が入っていくよ」

ルイーズは顔を上げ、再び目を見開き、口も開いた。唇が小さな丸を描き、純然たる禁止の言葉を吐き出した。「だめよ、だめ、だめ――」

シャルルは片足をバスタブに入れ――ルイーズは両脚を引き寄せた――それからバシャッと音を立てて、もう片方の足を入れた。彼はルイーズの膝をまたぎ、湯の中で彼女の足元に腰を下ろした。彼女は両脚を胸にくっつけ、腕で抱え込んだ。

シャルルがわきの下をすっと沈めると――彼が中に入ったせいで、湯の水面は彼女の肩のあたりまで上がっていた――バスタブじゅうに漂うラベンダーと、紫に染まった湯と、狼狽した女性の三つの香りが渦巻く湯気となってスミレ色の水面から立ち昇り、一つに溶け合って彼の鼻孔に入ってきた。シャルルのラベンダー……ルイーズの石けん……彼女がつけているジャスミンの香水がかすかに香るずぶ濡れのガウン……。どれもこれも、ルイーズから漂う、甘い渦巻くような芳香ほど力強くは感じられない。

彼女は慌てて後ろに下がれるだけ下がり、水が滴るずぶ濡れのガウンを顎のあたりまで引き上げた。そんなふうに両腕を体に巻きつけ、ガウンをぎゅっとつかみながら、ルイーズはバスタブの反対側にいる男性を見つめた。

ポセイドンのような肉体を持った人。そして彼の顔は――ルイーズは心の中でうめいた。

シャルル・アルクールの顔のいちばんいやな部分は、傷がないほうの半分だった。抜け目のない、少し構えたような青い目。四角い顎は骨ばっていて、耳のすぐ前の筋肉が幾分緊張している。やや曲がった細長い鼻は形がいいとは言えず、刀のように尖っていて、見ていると心がかき立てられる。彼は攻撃的な人だ。その彼が、このバスタブの中にいる。

シャルルは対決しようとしていた。片脚を伸ばし、ルイーズの足首の隙間に自分の足を引っかけ、彼女の脚を引き出そう、彼女の膝を顎の下から引き出そうとしている。彼女の体をまっすぐに伸ばしたかったのだ。だがルイーズは相変わらず体を丸めている。バスタブの中にいる公爵は彼女の勝ちを認めたが、それは宣戦布告も同然だった。彼は足を引き戻すと、バスタブの縁に両腕を置いて、水を吸い上げるようにして立ち上がり、彼女の膝の上に迫ってきた。ルイーズは体をそらせ、くっつけていた両脚を離し、向こうずねでなんとか彼の胸を押さえた。ああ、彼の胸……。温かくて硬いその胸は、森から出てきた野獣のように柔らかな毛で覆われており、その胸毛はフン族の筋肉ともども、小刻みに揺れ動いていた。

シャルルが自分の胸でルイーズの曲がった脚を押さえつけて伸ばそうとすると、彼女は顔をしかめた。「痛いわ」

彼は笑ったり、謝ったり、引き下がったりはしなかった。「脚を動かせばいい」

それから、ほんの少し力を緩め、彼女の片方の足首をつかみ、二人を隔てている脚を自分の体の脇に持っていった。そして、バシャッという音とともに体を倒すと、バスタブの縁から水が跳ね上がると同時に、彼は求めていた場所に収まることができた。彼女の伸びた脚のあいだに入ることができたのだ。

「これで満足？」ルイーズは彼の顔に向かって尋ね、口をすぼめた。

「いや。実を言うと、惨めな気分さ」それから、ほとんど息をつくこともせず、彼は続けた。

「ねえ、もう少し耐えてほしい。君にキスしたいんだ」

ルイーズがさらにきつく口を閉じると、シャルルは苛立ったように息を吐き出し、彼女は唇と頬にその息がかかるのを感じた。

「いいじゃないか」彼は顔をしかめてみせた。「僕はたくましいんだろう？ それに、僕は君のいまいましい夫だ」彼は下品なフランス語を使った。ルイーズはその言葉を知らなかったし、聞きたくもなかったのではないかと思った。「僕が唇を重ねて、三〇秒耐えられるかどうかやってみてくれないかな？ ただのキスじゃないか」

ルイーズは異を唱えるように口をゆがめた。「ただのキスじゃないわ。バスタブのお湯の中で、下着も濡れたまま、私の上に乗っかってするキスでしょう？」

彼は予想に反して微笑んだ。唇が小さく曲線を描いている。

ルイーズはとっさに顔を背けた。シャルルの唇は彼女の頬をとらえ、彼はため息をついて顔を引っ込めた。ルイーズは彼が何を考えているのか、どこでこんな粘り強さを身につけたのかわからなかった。こういうことをしようとして、彼女が途中で阻止した男性は、ごまんといるというのに。

シャルル・アルクールは意を決し、再び襲ってきた。今度はわざと彼女の頬にキスをし、そのまま耳のほうに向かい、温かい唇は湿っぽい跡を残しながら、彼女が顎を首にくっつけている場所にたどり着いた。彼女の腕に鳥肌が立ち、かすかな、ちくちくするような痛みが背骨を伝わっていく。

ああ、シャルル、私のシャルル。彼が突然、このいまいましいバスタブの中に現れた。どんなに会いたかったことか。**結婚したら、君は誠実でいられると思うかい？** ええ、私はあなたに、私のいとしい恋人に誠実なのよ。こんなことになるなんて思ってもみなかった。

「さあ」彼女の上にいる本物の、たくましいシャルルが言った。彼は大きくて重かった。「ここから立ち上がる前にふやけてしわだらけになってしまうよ。キスしてくれ、ルル。やってごらん。僕に少しだけでもチャンスを与えてくれないか？」

ルル……。この二週間半というもの、彼は「マダム」「マドモワゼル」「ねえ、君」と堅苦しい呼び方をずっと続けてきたのに、いつそれをやめたのだろう？

シャルルはまたキスを求めてきた。相当、覚悟を決めている。おどおどしていないし、恥ずかしがってもいない。ルイーズの口の端にキスをしながら、親指でルイーズの唇を探り、その上を軽くなでている。彼女は温かい湯の中で身震いした。心がとろけてしまうような喜びを感じたからでもあり、不安を覚えたからでもあった。とにかく、ぞくっとするような鋭い感覚が湧き上がってきたのだ。シャルルは親指で彼女の下唇を下ろした。口を開けてくれと言いたげに、爪で彼女の歯を叩く。それから口を閉じ、彼女の下唇の内側を舌で愛撫した。なんという感覚だろう。タイタンとかドラゴンとか、架空の生き物に口説かれている感じ。

シャルルは一方の手を滑らせてルイーズの後頭部に回し、顔を引き寄せた。口の中がからからになった彼は、唇を彼女の唇に重ねた。それから頭を傾け、口を開きながら彼女の唇を無理やり引き離し、歯を押しのけるようにして、舌を口の奥深くまで差し込んだ。

官能的な夫になることは間違いない、醜い公爵シャルル・アルクールは、巨人ゴリアテの熱い吐息のように彼女の中を吹き抜けた。

彼はルイーズの口、歯、舌、唇にキスをした。彼女はガウンが緩み、それをつかんでいた自分の手も緩むのがわかった。ガウンが彼女の体からゆらゆらと離れていく。バスタブの形と彼女がいる位置のせいで、シャルルが体を置いていられる場所は限られていた。ルイーズは、彼が位置を調整しようとして少しもがき、彼女の太ももの内側に体を入れてしまったのがわかった。けだるさが彼女をとらえ、心地よく、麻酔にでもかかったように、性的な意図が開花するのがわかった。シャルルと一緒にいたときのように。

シャルルともう一人のシャルル。

二人の男性が姿を現した。ルイーズは顔を背け、小さくうめいた。喜びのうめきというのではなく、混乱と喪失感と欲求不満のうめきだ。今ここにいる夫のシャルルは、脚を彼女の脚に滑らせながら自分の位置をずらし、さらにぴったりと体を重ねてきた。

ルイーズは目を閉じた。暗闇が訪れる。彼女は官能的なめまいに襲われ、頭がくらくらした。と同時に筋肉は緩み、水に深く潜っているかのように体が重くなって動くことができなかった。湯がバスタブにひたひたと打ち寄せている。ルイーズは突然、傾いた船の上にいた……。彼女は恋人のシャルルが体の中に入っているときの感触を正確に覚えていた。彼の力強さも、呼吸のリズムも。彼が自分を押し込んでくるときの重みも実感として覚えていた。幻想だ。彼はここにはいない。ここにいる男性は、そこをもう一度開けてごらん、もう一度僕のほうを向いてごらんと促すように、彼女の唇を、閉じた口のわずかな隙間を親指で再びなでている。**こんなに激しく欲望を感じてしまうなんて。**ルイーズはあの暗闇の中でくるくる回りながら、船上の恋人シャルルの口の奥までキスをしながら、そう言ったことを思い出していた。**体が二つに裂けてしまいそう。**

恋人のシャルルと、そうではないシャルル。彼はここにいるけど、ここにいない。ルイーズは自分も二つに裂けてしまったのではないかと不安になり、すべてがこんがらがってしまった。船の上にいる女性と、ここにいるもう一人の、もっと冷たい、もっとよそよそしい女性……。私はあの海に自由な自分を置いてきてしまった。もう一度、自由な自分を見つけたいのに、それができずにいる。本当に自分が二つに分かれてしまった気分だ。どこにいても物足りない。**物足りない。**自分が求めていた人から切り離され、刺激から切り離され……ばらばらになってしまった……。

ルイーズは息を継ぎ、泣きだしたい衝動をのみ込んだが、表情が崩れた。でも泣いてはいない。これまで泣いたことなどなかったのだ。

「ルイーズ……」

彼女は幻覚に陥っていた。上から聞こえてくる声が恋人の声にさえ思えた。何も考えず、暗闇に向かって彼女の名前をささやいていた恋人の声のようだ。ルイーズはかすかに目を開けた。そこで見たものは、彼女の首にキスをしている夫の顔であり、夫の耳だった。素肌に触れている彼の唇は温かく、力強い。彼は飢えたように彼女を吸い、その痕を残そうとしている。彼は私の名前を呼んだのだろうか？　正しい名前を呼んでいた。私の顎の付け根のまさにあの場所で。でも、この人じゃない。

貞節を守ろう、と彼女は思った。そう、常に守らなくては。情事はいや。もう二度とするものですか。私が求めているのはこの人ではない。「シャルル――」ルイーズは自分の上に乗っている男を押し戻そうとした。

二、三度強く押されてから、シャルルが言った。「どうした？　何なんだ？」彼は耳障りな吐息を漏らした。「いったい、どうしたんだ？」

ルイーズはこぶしを握り締めた。泣いてしまいそうだった。ああ、どうしよう。叱られた子供みたいに泣きそうになっている。彼女は目をぎゅっとつぶった。

シャルル・アルクールはだんだん静かになり、しばらくしてから、こう言った。「僕を見てごらん」今夜の彼のお題目だ。**僕を見てごらん**……。

ルイーズは薄目を開けた。彼女が見たものは、彼の奇妙な顔に映る意外な表情だった。彼は心配そうな顔をしていたのだ。欲求不満の表情もある。怒っているような雰囲気も漂っている。だが、それ以外の表情は間違えようもなかった。彼女を見るシャルル・アルクールの表情には、驚くほど深い優しさがあった。大人らしい辛抱強さ、身勝手な感情を克服することができる人柄のよさが表れていた。この人はただ者ではない。ルイーズは唇をかんだ。私だって優しくできる……。彼女は目を閉じ、小さな声で言った。「どうぞ」彼にさせてあげよう。「好きにしていいのよ」彼女はリラックスしようとした。

シャルルはじっとしている。何もしなかった。意地悪な言い方ではなかったが、少し苛立ったように彼は言った。「ルイーズ、いったいどうしたっていうんだ？」

ルイーズは頭を後ろにそらせてバスタブにぶつけてしまった。「ああ、シャルル」ため息をつくようにうめく。「ある男の人がいたの。あなたを見ているとその人を思い出してしまうのよ」夫にそんなことを告白するのにふさわしい体勢とは言えない。なにしろ、バスタブの中で彼の下敷きになっているのだから。私が言わんとしていることは明らかなのに。

だが奇跡的に、この信じがたい男性はその言葉を上手くかわしてみせたのだ。シャルルはルイーズの頬に鼻をすり寄せた。「それだけかい？」

「ええ」

「じゃあ、君はその人が好きだったんだね」

驚くべきフランス人。母親はそう言っていた。確かにとても寛大な人だ。「そうよ。大好きだった」彼女には話を聞いてくれる人が必要だった。そして、自分が結婚した相手が――ああ、本当に両親が言ったとおりだ――これまで出会った中で、いちばんいい人であることがわかりかけてきた。「その人は死んだのよ」

夫は少し体を起こし、肘をまっすぐに伸ばした。「死んだ？」

「ええ。つまり、その……死んだも同然なの。突然……」

沈黙。シャルルは何と答えていいかわからないようだ。それも無理はない。

「私は彼の死を悲しんでいるんだと思う。彼のことばかり思い出してしまうのよ」ルイーズは思いきって目をもっと大きく開いてみた。

夫はぼう然とした顔をしていた。ほとんど口をきくこともできずにいる。彼は本当につらそうに、ささやいた。「ああ、なんてことだ」彼はルイーズの顔をじっと見ながら首を横に振っていたが、それは彼女が抱えている大きな欠乏感について、そんなことは何でもないよと言ってあげられたらどんなにいいかと思っているように見えた。

そして、夫の信じられないほどの共感と同情、辛抱強さ、優しさ、気遣いが、一気に彼女の上に崩れ落ちてきた。

ルイーズはまた泣きだしそうになったが、今度は涙をのみ込もうとはしなかった。息が詰まりそう。次の瞬間、彼女は大きな声で激しく泣きだし、目の前にいるとても親切な人の首に抱きついた。それから長いこと泣き続け、恐ろしくばつの悪い時間が過ぎ――一〇分ほど喉を締めつけられるような、胃を締めつけられるような悲しみが続き、その後、彼女は湯に潜り込んだ――彼はルイーズの悲しみを推し量り、思いを巡らそうとしたのか、身を引いていた。彼女はなんとか立ち上がろうとしてもがいたが、足を滑らせてしまった。その瞬間、脚がゴムのように跳ね上がり、ガウンの前が開いた。

突然、ルイーズはバスタブや床そのものから引き離されるのを感じた。体の下に入り込んできた二本の腕にすくい上げられ、バスタブのはるか上のほうで、彼女は夫の濡れた胸毛に顔をうずめた。水が滝のように流れ落ち、バスタブからあふれ、ぽたぽた滴る音が浴室を満たした。彼女のガウンは濡れた重みで引っ張られて開いており、そのせいで足首が曲がって、脚全体が不自然な形になっている。だが、そのお荷物もやがて床に滑り落ちた。一瞬、彼女は一糸まとわぬ姿になったが、次の瞬間、腹部に柔らかい乾いたタオルが掛けられた。

しばらくすると、夫が歩くときの少しテンポのずれたリズムを感じ取り、ルイーズは自分が移動していることに気づいた。彼は無言のまま彼女を運んでいく。彼女は何も言えなかったが、かえってそれが嬉しかった。

なぜなら、何か言えばほかのことも全部ぶちまけて泣き叫んでしまったかもしれないから。二つの自分を生きるなんて許されない。私はもちろん貞節を守る……。私は悪党に誠実であろうとしている。一緒にいると完全に本当の自分でいられて、自分の美しさがもたらす障害を除けば、何一つ自分を抑えなくてよかった相手に対して。でも、彼は私にどんな仕打ちをしたのだろう？　私のもとを去っていったのだ。五日後にいなくなり、もう戻ってこなかった。さよならも言わず、ありがとうも言わず、一目振り返ることもせず……。

どっちにしろ腹立たしい男だった。ばかな男は死んだと言われて当然だ。

シャルルはルイーズを彼女の寝室に連れていき、ベッドに下ろした。そこに横たわる彼女は小さく見えた。眠っているわけでもなく、泣いているわけでもないが、起きているわけでもない。不機嫌そうに自分の殻に閉じこもっている。

死んだ？　彼は死んだだって？　それはどういう意味だ？　死んだ男がここで恋人と落ち合うために棺桶からはい出てくるなんてことを、彼女が信じるはずがない。真実を告白すべきだろうか？　今ならショックを受けるにしろ、あまり反感を持たれずに済むだろうか？　喜んで受け入れてもらえるだろうか？　確かに、彼女が感じている痛みは、初めての情事が終わりを告げたことによる、若さゆえの失望に違いない。**頼むよ、ルイーズ。たった五日間の出来事じゃないか。それに僕は突然、死んだわけじゃないし、この世から抹殺されたわけでもない。僕らは別れたんだ。気持ちよく、大人らしく別れたんだ。**これまで、もっとひどい状況で何人もの女性と別れを経験してきた。

　だが、一八歳の少女を相手にしたことは一度もなかった。

　僕は何をやっていたのだ？　どうすれば償えるのだろう？　どうすれば彼女を慰められるだろう？

　彼女と一つになればいい。シャルルは自分に言い聞かせた。大人らしく彼女を慰めてやれ。そうだ、それがいい。そして、自分も慰めてやろう。彼はベッドから下り、これこそ自分がしようとしていたことだと思いながら下着を脱いだ。しかし、それはあまりにも楽観的な行動だった。濡れた下着の塊を脇に蹴飛ばしたそのとき、彼女がまた鼻をすすり、涙交じりに深く息を吸い込む音が聞こえてきた。それから、若くて健康的な少女らしく、同じくらい長く、いくらか震えたように息を吐き出すと、呼吸は深い一定のリズムを刻みはじめた。そして、ルイーズは寝入ってしまった。

シャルルは裸のまま、そこに突っ立って途方に暮れていた。

背後の居間の向こうの廊下から水が滴る音が聞こえてくる。濡れたガウンあるいは、彼のシャツかアンダーシャツかズボンかもしれない。家政婦が浴室に入っていったのだろう。舌打ちをしながら水を絞っているに違いない。メイドも一緒で、二人はこぼれた水をきれいに拭いているのだろう。彼とルイーズは床に水たまりを作ってしまったから……。

だが、次に聞こえてきた音を耳にしたとき、シャルルは急に向きを変え、顔をしかめた。家政婦たちは何やらささやき、くすくすしのび笑いをしていたのだ。

彼はこっそり居間に戻り、続き部屋のドアをするりと抜けて自分の寝室に入った。その部屋で彼の慰めとなったのは、不格好で、ちょっと黄ばんだ白い子犬だった。ルイーズの愛犬ベアは、部屋の向こうから猛スピードでやってきて彼を迎えると、お帰りなさいとばかりに跳びはね、片脚を上げた。あまりに尻尾を激しく振るものだから、磨かれた床の上で後ろ脚がつるつる滑っている。というわけで、シャルルは独りで眠りに就いたわけではなかった。子犬はシャルルのベッドで横になろう、そこに上がろうと何度も無駄な試みをしたのち、彼に抱き上げられた。そして、シャルルの肩で、まるでそこが我が家であるかのように、満足して眠ってしまった。子犬の毛は、かすかにルイーズがつけているジャスミンの香水のにおいがした。

21

　翌朝、ルイーズはいったん目を覚ましたが、日の光を見ると、寝返りを打っただけで、昼まで寝てしまった。一度、ティノが皮肉っぽいメッセージをよこした。今日は一緒に「アルクール公爵夫人の潜在的責務」と題するリストの残りを検討することになっているだろう、ルイーズは二つの屋敷の女主人であるし、パリのどこやらに三番目の家もあるのだから、「とても役に立つ関心事」を見つけなければいけない、と言うのだ。ルイーズは同じようにいんぎんな返事をティノに送った――おじ様も、ほかの皆さんも、あらゆることを切り盛りするのにとても長けていらっしゃるから、そのまま続けてくださって結構です。私は食事のメニューを考えるとか、近所の方々とお近づきになるとか、修理や改装の手配をするとか、そのようなことをしたいという希望は持っておりませんので……。昼になると、ルイーズは数学の本を取り出し、余白で定理を解きながら一時まで過ごした。

　ようやく着替えて一階に下りていくと、昼食で帰宅していたシャルルがまた出かけようとしていた。彼女を見ると、彼は通路で一瞬立ち止まった。「ルル。一緒に行こう。花畑をもっと見せてあげるよ」

ルイーズは、丸みのある大きな親柱の上で指を曲げ、口を固く結んだ。「何のために？　そうすれば、花と一緒に私を背中からバスタブに落とせるから？」

シャルルが微笑み、ルイーズは悟った。私はこのシャルルと、あのシャルルの両方に腹を立てている。

「ゆうべはあんなことをして後悔していると言えればいいんだけどね」彼は首を横に振った。ゆっくりした前後運動を思い出しながら。「ちっとも後悔なんかしていない」自分の心を見つめるように微笑んでいた彼は、やや斜めの角度で顔を上げた。それから、階段の最後の一段に折り重なっていたルイーズのスカートの裾を杖で払ってやった。

ルイーズは彼を避けて後ろへ下がり、少し警戒した。次は何をするつもりなのだろう？　この人はテーブルをひっくり返したり、女をバスタブに落として、下着姿で追いかけたりする人なのだ。

シャルルは杖を引き戻し、光沢のある握りの部分に手を置いて体重をかけ、チッと舌を鳴らした。丸めた唇を突き出して音を出す、フランス人特有のやり方だ。「まあ、君がこのあとずっとティノと一緒に過ごすほうがましだと言うなら――」

「どの畑に行くの？」

「ジャスミンとバラだ。それから温室にも寄らなくてはならない」

ルイーズは警告するように指を上げた。「勘違いしないで。私がついていくからといって――。つまり、今度はお風呂のドアを椅子で押さえておくつもりよ」

シャルルは優しく微笑んだ。「それはよかった。来てくれるってことがだけどね。独りで行くより君と一緒のほうがずっといい。それに、あの畑を見たら、君も気に入ってくれると思う。そのほかのことについては、僕らはいずれそうなるとちゃんと予告しているんだから、どこであれ、ドアを椅子で押さえて僕を入れないなんてことはやめてくれ。まして僕の家でそんなことをしてはだめだ」それから、さらに筋の通った質問をした。「それに、なぜそんなことをするんだ？　ゆうべ僕は、君をひどい目に遭わせたかい？」

「違うけど……」

「君が嫌がることをしたかい？」

「そういうわけじゃないけど……」

「じゃあ、少しは僕を信用してほしいし、串刺しにしてじりじりあぶるのはやめてくれ」

串刺しにしてじりじりあぶるという文字どおりの言葉に、ルイーズは不意を突かれた。

「私はそんなこと……」

「ああ、もちろん、君はそんなことはしなかった。それで、妃殿下はお出かけになるんですか、おやめになるんですか？」

シャルルは皮肉っぽくなっている。ルイーズはどう答えればいいのかわからなかった。今まで人からこんなふうに皮肉を言われたことはなかったのだ。シャルルは相変わらず笑みを浮かべている。彼は怒ってはいなかった。彼はルイーズがとても好きだった。この傲慢で、まるでかわいげのないお嬢さんが大好きだった。

ルイーズは眉をひそめた。腹を立てていいものやら悪いものやら。わざとやっているわけではなさそうだし。ひょっとすると、私は母親が言っていたことのニュアンスをとらえ損なっていたのかもしれない。「待っていてもらえるなら、ショールを取ってくるわ。それとチーズを一切れ。お昼を食べていないのよ」それを言うなら、朝食も食べていなかった。

　シャルル・アルクールは鞍にしっかりまたがり、手綱を緩め、自然な、しなやかな動きで馬を走らせた。屋根を吹き飛ばしてしまう南フランスの北風《ミストラル》も、彼を鞍から落とすことはできないだろう。シャルルは経験豊かで、落ち着いている。馬の乗り手としてだけではない。彼と並んで馬に乗っていると、ルイーズは最悪の意味で、自分が若く思えた。私は青二才だ。

　彼女はいとも簡単に、今日、自分が不満を抱いている原因を、ここに弁解をしにこない男のせいにした。卑劣なパシャ、あの女たらしが悪いのよ。「ありのままの自分でいろ」ですって？　笑わせないで！　それなら、体の力を抜いて、僕がしたいことをやらせてほしいと言われるほうがいいわ。もう彼のことは考えまい。その証拠に、ゆうべ私は彼を亡き者にしたじゃないの。彼がいなくたって上手くやっていかれるわ。

　しかし、どんなに決心してみても、腹を立ててみても、若さゆえの愚かな考えを洗い流すことはできなかった。今日、彼女はどれほど自分の若さがいやでたまらなかったことか。彼女は今すぐ中年になってしまえればいいのにと思っていた。

　彼女は二日間の結婚生活で何の関係も築いておらず、新しいフランス人の夫のそばに自分の居場所を見出せずにいた。ここで自分が果たすはずの生産的役割も、どうもよくわかっていない。自分は色々と便宜を図ってもらい、甘やかされている。彼女はそう実感した。二人は不自然に黙ったまま平原に馬を走らせ、ルイーズはその間、自分も含め、皆が期待していることを私は何一つしていないと自らを責め続けた。それから、耳障りな風のように、そもそも自分が何を期待しているかもわからないと毒づいた。こんな有様ではないことだけは確かだ。朝寝坊をしたり、人に当たったり、バスタブの中で泣いたりすることではない。ああ、神様、お願いです、こんなことではありませんように。

シャルルが初めて手綱を引いたとき、ルイーズは二人がどこへやってきたのかわからなかった。そこは緑色の平らな土地にすぎず、かすかに茶色い土がのぞいている部分が縞模様に見えた。

「ジャスミンだ」シャルルは少し息を切らしながら、低木が広がる自らの大きな畑に少し畏れを抱いているかのように言った。畑は馬の足元から始まり、低木はどこまでも続いていて、終わりが見えなかった。「僕は何よりもジャスミンをたくさん所有しているんだ。ほかのどの花と比べても、ジャスミンを栽培している土地がいちばん多いし、花は二倍も採れるんだよ」彼は広大なジャスミン畑を七つ持っていて、そこで採れる花を全部集めると、フランス一の収穫量となる。そのおかげで彼はジャスミン・オイルの第一人者となっていた。ルイーズの夫は明らかに仕事を愛しており、その大好きな仕事の話を始めた。

シャルルは香水用として、ほかの花も栽培し、収穫していた。ラベンダーはその一つであり、ほかにもバラやビター・オレンジの花、アカシア、ミモザを作っている。彼は香水の原料を六、七種類栽培する一方、独自のブレンドを作ることにも挑戦し、何百という様々な抽出エキスを使っていた。その中には最も高価な原料の一つであるアンバーグリースも含まれていたが、今やそれもルイーズの父親から提供してもらえることになった。彼女の父親は、夏が終わったら一線を退き、この重要な原料の管理権を公爵に譲ろうと思っている。シャルル・アルクールが作る香水のいくつかは、かなり売れていたが、彼自身はどれも一流品とはみなしていなかった。一方、彼が製造している抽出エキスは、高品質なものとしてパリの大手香水メーカーで使用されていた。シャルルの香料生産事業に関して言えば、彼はこの抽出エキスで利益を上げている。

ジャスミンはエッセンスの抽出に最もコストがかかる花だが、「カンヌからグラースにかけては、世界じゅうのどの土地よりもジャスミンがよく育つ」のであり、それが彼の事業にはおおいに助けとなっていた。ジャスミン畑は広大な敷地に何キロメートルと続いているため、とてもルイーズを連れて歩いていくわけにはいかず、その日だけで見て回ることもできない。そこで、馬で行くことにしたのだった。二人はどこまでもどこまでも走った。馬の背中から見るジャスミンは、ラベンダーと比べるとぱっとしなかった。どうも貧弱に見えるのだ。ラベンダー畑と同様、ジャスミンの畑も木が列をなしていたが、この葉っぱだらけの暗い低木の並び方は、だんだん秩序がなくなっていく。ジャスミンの木は思ったより背が低い。前を行くシャルルが列の端で方向転換をすると、馬の尻尾が木の頭頂部をかすめた。

バラはさらに期待はずれだった。短い茎がだらりと垂れて絡まりあっており、花は一つも開いていない。バラもジャスミンも、枝についている新しい花はそれなりにきれいだったが、木はどれもこれも、花がほとんど摘み取られていた。

次に訪れたジャスミン畑では、シャルルは馬で木を巡りながら病気や水のやり具合、栄養状態を念入りに点検し、こう説明した。「花は朝、摘むんだ。においがいちばんいい時間にね。ラベンダーの収穫は年に一度。今がまさにそのシーズンだ。だから君はいちばんいい時期のラベンダーを見たんだよ。バラは八カ月周期で咲くが、ジャスミンは七月から一〇月まででしか咲かない。ただ、花がいちばんたくさん収穫できて、いちばんいい香りがするのは、八月と九月のこの時期なんだ。ここにある畑は花でいっぱいになるんだよ。見てごらん」まだ開いていないつぼみを指差す。「朝いちばんでこの畑を見たら、もっと見事なんだけどな……」仕事の話をしていると彼はだんだん生き生きしてきて、身振りが大きくなった。鐙に足をかけて立ち上がり、ある方向に腕を勢いよく広げたかと思うと、別の方向に向けて、仕切るような動作をしている。ルイーズは、没頭できるものがある彼がうらやましかった。

「毎年、この時期になると僕らはとても忙しくなる。手伝ってくれる人を特別に雇って、毎日、畑に出て花を収穫して回るんだ。朝の九時か一〇時までに、開いている花は一つ残らず摘んでしまうんだよ」話はやがて脇道へそれ、シャルルはジャスミンのラテン語名を口にしていた。ジャスミナム・グランディフロラム……ジャスミナム・オフィシアーレ……ジャスミナム・ノクトルム……。

「そのジャスミンはどこにあるの？」ルイーズが尋ねた。

「どれのこと？」

「新種の夜　香　花《ジャスミナム・ノクトルム》」

「温室にある。大事に育てて、接ぎ木をして、生き返らせようとしているところなんだ」

「もっと買う可能性はあるのかしら。その……同じ人から」

「考えてはいるけど」

「その人、名前は何ておっしゃるの？」

「その人って？」

「あなたがジャスミナム・ノクトルムを買った人よ。どこの人なの？」

　シャルルは聞こえていないかのように、花のない、深緑の木の葉に覆われた畑を見渡した。ルイーズが同じ質問を繰り返すと、彼は馬を彼女のほうに向けた。「なぜ、そんなことを訊くんだ？」彼は「僕のキャンディ《モン・シュクル・ドルジュ》」と呼びかけた。また少し皮肉っぽくなっている。「つまり、君も自分の苗木を買って、僕と張り合おうっていうのかい？」

「違うわ。私はただ……」ルイーズはうつむいた。悟られたような気がして体が熱くなった。そんなことはあり得ないとわかりきっているのに。いったい何を悟られたというの？　好奇心に駆られて訊いただけよ。あんな男、街で会っても声などかけてやるものですか。彼のことを考えれば考えるほど、腹が立ってきた。もしも本当に彼に会うことがあるとしたら、言ってやりたい痛烈な言葉がいくつかあった。

もしも彼に会うことがあるとしたら……。そう思いながら夫と話をしているうちに、彼女は油断のならない情報を手に入れた。夫は私の恋人のことを知っている。しかも、一緒にビジネスをするほどの仲であり、顔や名前や居場所を知っていることはほぼ間違いない。

夫に案内されて温室に向かうあいだ、ルイーズは彼の背後で、今知った事実を何度も思い返し、その価値を吟味した。だが、二人が馬から下りると同時に、彼女は考えるのをやめた。

その代わりに、彼女は「あなたは愛を信じる?」と尋ねた。

シャルルはルイーズに両手を差し出しながら答えた。「ああ、信じてると思うが」彼女は一瞬、夫の半ばうつろな、妙な視線を浴びた。それから彼は微笑んだ。まるで君はそんな話をするつもりではなかったんだろう、と言わんばかりに。「君はどうなんだ?」

「信じてないわ」恋に落ちるのは愚か者だけよ。そんなこと前からわかっていたのに。それまで笑いものにされてきた愚か者たちが一気に彼女に襲いかかってきた。

夫はルイーズを地面に下ろし、目を伏せた――美しい目と奇妙な目を同時に動かして。

ルイーズは言い添えた。「でも、私は何かを信じているの。ひょっとすると、それは親密なつながりかもしれないわ」夫のためにさらに続けた。「お互いに対する優しさや思いやりかもしれない」それから、自分のためにこう言わずにはいられなかった。「あるいは、めったにないことだけど、自分を輝かせてくれて、自分が知りたくてたまらない本当の自分について、何かしら教えてくれる人を信じるわ」

公爵は鞍の下から杖を引き出し、彼女の言葉の意味を理解しようとするかのようにうなずいた。それから、杖をつくというより、杖で地面を叩き、杖をもてあそびながら遠くの温室目指して歩いていった。彼が肩越しに呼びかける。「来ないのかい?」

ルイーズが追いつき、二人は、少なくとも四〇〇〇平方メートルはある温室の敷地に向かった。そこには小さな温室が二〇、いや、おそらく三〇ほど建っていた。それぞれにサッシがふんだんに使われ、程度の差はあれ、とても開放的だ。一つ一つの温室が実験用に、あるいは細心の注意を要する植物に合わせて調整がなされ、温度や湿度が一定に保たれている。敷地のいちばん奥には繁殖用の温室があり、そこでは台木への芽接ぎや接ぎ木が行われていた。シャルルには、ルイーズに見せたい特別なプロジェクトがあったのだ。

そして、ルイーズはここで足を止めた。二人で中に入り、彼女が目の当たりにしたのは、あまりにもなじみ深いものが載ったいくつものテーブル、いくつもの皿だった。温室じゅうが小さなジャスミナム・ノクトルムで満たされ、あちらこちらで、いくつかの花が台木の枝から顔を出そうとしている。向かい合った葉の形といい、感触といい、色といい……まさに、ルイーズがあの船でくずかごから拾い上げたジャスミンだ。この光景に、彼女はかすかにめまいを覚えた。

頭の中に無数の疑問が芽生えてきた。シャルルは、このジャスミンを仕入れた男からほかの苗木や切り枝も買ったのかしら? その男は遠くに住んでいるの? 夫はどうして彼と知り合ったの? 二人はどうやって連絡を取り合っているの? 彼は今どこにいるの? 夫は彼をつかまえることができるのかしら?

だが、無言の疑問に答えてもらうのではなく、園芸に関する論文のような説明を聞かされることになった。「寄せ接ぎ」の過程、葉芽をつないで芽を出させるためのいちばんいい方法、温室の棚や骨組み、水の循環パイプ、換気装置、自動噴霧器、時々ボトムヒート処理（接ぎ木接合部への加温）をすることの重要性について……。ルイーズはどこで割り込めばいいのか、訊きたいことをどう切りだせばいいのかわからない。

シャルルはさらに続けた。「君は、一年でいちばん面白い時期にやってきたことになる。それについては明日、工場で見せてあげるけど、ここの話に戻そう。僕はちょっとした実験をしているんだが、それがとても上手くいってね」温室には実験室が併設されていた。奥にある小さな部屋に向かってルイーズを案内しながら、シャルルは「冷抽法《アンフルラージュ》」について話をしていた。「ここでは、いくつものやり方を試している。そのうちの二つはオリーブ油を使う方法なんだ。このあたりにはオリーブの木がたくさんあるから、油は安く豊富に手に入る。でも、やはり精製した豚の脂に比べると、かなり高価だね」ルイーズは彼が何の話をしているのかさっぱりわからなかった。「それでも、オリーブ油を使ってもっと質のいいエッセンスを抽出できるかどうか確認しているところなんだ。この実験を始めてから、もう数カ月になる」

二人で実験室に入ると、ルイーズは立ち止まり、後ずさりした。

このにおい……。

シャルルが微笑んだ。「ちょっとしたものだろう？」

ちょっとしたものですって？　ぞっとするわ。そこには、ルイーズがかつて髪に挿していた小枝とまさに同じにおいがぷんぷん漂っていた。暗い廊下を抜けて彼女についてきたあのにおい。翌日になっても、彼女の髪にいつまでも残っていたあのにおい。夜な夜な、彼女を破滅へと引きずり込んだあのにおい……。なんてばかだったのだろう。ルイーズはそればかり考えていた。**私はあの男にばかにされたのだ。**

「どうして……いったい……」彼女はそれしか言えなかった。

ルイーズはだんだん事情がわかってきた。シャルル・アルクールは自分が買ったあのジャスミンからしおれそうな花を救い出して守っており、私は夫が熱心に取り組んでいるエッセンス抽出実験のにおいをかいでいる。と同時に、その小さな実験室は彼のエッセンスで満ちていた。あの暗闇、もう一人の彼、船上の恋人が、木枠に囲まれたガラスの皿に載っている。彼とともに過ごした夜が、幾筋にも広げられたポマード状の精製脂の中に一センチほど沈んでいる。針金の枠に囲まれた木綿地の上に載っている。ガラスの小瓶にも入っている。付け根が赤く染まった大きな白い花びらのように、油の瓶にも浮いている。

夫が香りの抽出過程を一つ一つ愛情を込めて説明していくにつれ、ルイーズは頭がくらくらしてきた。私と恋人の思い出は、ガラスの皿からこすり取り、それをなるべく低い温度で溶かし、濾し、柔らかくしたものだったのね……。

瓶を開け、鼻の下に持ってこられたとき、ルイーズの肌は凍りついた。彼が死からよみがえり、ルイーズに絡みついてきた。彼はここにいる。幽霊となって暗闇の中で上下に揺れながら、一瞬、親しげなふりをしたが、彼女をじっと見つめ、彼女が自分を求めていることを確認すると、すぐにいなくなってしまった。

夫はしゃべり続けている。「花が開くのは夜だけで――」

ルイーズはテーブルの縁をつかみ、出し抜けにこんなことを言いだした。「ニースに戻りたい」

夫が彼女を見た。「何だって？」

「お願い。ニースに戻ってもいいでしょう？」

彼女の目の前にいる男性はもっともなことを言った。「でも、今、説明しただろう。僕はここで仕事をしてるんだ」

「お願い」切に請い願うにはどうすればいいのだろう？　彼女は情に訴えるように切々と言った。「両親や親戚や友達に会いたいの」

ルイーズは自分の声に耳を傾けた。その必死な口調には、有無を言わせぬ説得力があった。

外に出たい。逃げてしまいたい。もう、花も香水もたくさんだわ。

「大丈夫かい？」

「家族が恋しいの」ルイーズは唇をかんだ。このにおい……ああ、このにおいがいけないのよ。**私をここから出して**。「ニースに行きたい。できるだけ早くニースに戻りたいの」

夫は苦々しい顔でルイーズを見つめたが、彼女は妻に甘い夫にこれほど感謝したことはなかった。「わかった。でも、一日だけだ。翌日には帰るからね。それでいいかい？」

ルイーズは素早く、ぞんざいにうなずいた。ええ、もちろんよ。「今すぐうちに戻って荷造りをしたいわ」

シャルルはルイーズを連れて家に戻った。彼女はまるで次の蒸気船でアメリカに帰ることにしたかのように自分の持ち物をすべてまとめると、夕食も取らず、いつものように子犬と遊ぶこともせず、寝てしまった。しかも暗くなる前に。シャルルはこんなによく眠る女性にお目にかかったことがなかった。

夕食後、彼は小さなカバンに荷物を詰めたが、これといったものはあまりなかった。ブラシ、ひげ剃り用の細々した物、お気に入りのズボンを一着入れただけだ。着る物にしろ何にしろ、ニースの家には数がそろっている。荷物はあまりたくさん持っていく必要はなかったのだ。引き出しを開けると、平たいビロードの箱が目に入った。二人が結婚した夜、ルイーズにプレゼントするつもりだった真珠のネックレスだ。シャルルは箱を取り出した。長さも幅も彼の前腕と同じくらいある、大きな四角い箱。蓋を開けると黒真珠が現れた。大きな粒もあれば小さな粒もある。高級品、いや、高級どころの話ではない。彼が今、立っている、いまいましいこの家よりも高かったのだ。彼はこっそりパリまで出向き、そこでこの真珠を見つけて心を奪われてしまった。

ルイーズの喉を覆うことになる六連のネックレスは、いちばん大粒の真珠がおしゃれなチョーカーになっていた。黒真珠三つごとに、同じ大きさの見事なダイヤモンド――四八面体に丸くカットされ、プラチナ台にセットされたもの——が入っている。チョーカー以外のネックレスは、ちらちら光を放ちながら滝のように垂れ下がり、艶やかな黒っぽい真珠と明るいダイヤは、連が長いものほど粒が小さくなっている。ネックレス全体は揺れ動くロープのように見え、そのサイズは、彼女が壊してしまった真珠のネックレスとちょうど同じくらいだった。

結婚した日の夜、シャルルがルイーズにこれをあげなかったのには、はっきりした理由があった。ぜいたくな品物があの場にまったく似つかわしくなくなってしまったからだ。このネックレスは、自分がルイーズにあげたいと思っている贈り物を象徴する存在になってほしい。彼はそう願っていた。信頼、愛、永遠を象徴する贈り物。自分が思うぜいたくな幸福が二人のものになればいいのに……。と同時に、今このようなプレゼントを贈るのは愚かなことに思えた。あまりにも独りよがりな期待だ……。かけがえのない恋人に贈り物をするなんて。

シャルルはしばらくのあいだ、このばかげた真珠のネックレスを見つめていたが、やがてそれをばかげた箱にしまい、蓋をぴしゃりと閉め、カバンに放り込んだ。これといった理由はなかった。おそらく、単にこの家に置いておきたくなかったのだろう。

22

ルイーズにとって、ニースにいるほうが結婚生活は楽だった。オフシーズンとはいえ、この街はぜいたくを提供してくれるし、慣れた習慣を維持させてくれるので、気楽に過ごすことができたのだ。家族のそばで、お決まりの社交活動に身を置いていると、自分が気に入っているルイーズではないにしろ、自分が知っているルイーズになることができた。

ニースに戻ってから一週間後（その間、グラースには一度たりとも戻らなかった）、ルイーズは母親の書き物机で、最後の礼状を書いているところだった。結婚祝いがどんどん届いていたが、贈り主の大半は、結婚式がもう済んでしまったことをまだ知らなかったのだ。その部屋にはルイーズしかいなかった。ほかの人たちは皆（ただし、シャルルを除いて。彼はまだグラースから到着していなかったが、いずれやってくるはずだった）、三〇分後に始まるガーデン・パーティの準備中で、その仕上げをしているところだった。

ルイーズは、最後の封筒に宛名を書き終え、まだ乾かないインクに吸い取り紙を載せた。母親にも手伝ってもらい、その日は五〇通以上の礼状を書いた。母親は前もってカードを注文し、贈られた品物、贈り主、細かい間柄、宛先を書き出したリストも用意していた。

　また、両親は正式な結婚通知状も注文しており、そちらは明日、印刷業者から届くことになっていた。数は五〇〇通あるそうで、すべてに宛名を書く必要があり、ルイーズが手書きで一筆添えなければいけない分もたくさんあったが、こういった、うわべだけ上品に繕う作業は得意だった。拝啓　このお知らせでおわかりいただけますとおり、私とシャルルはすでに結婚しております。ただ単純に、一日も早く新生活のスタートを切りたいと心から思ったからです。挙式にご招待することはかないませんが、一二月に両親がパーティを催す予定でおりますので、私たちの結婚をお祝いいただければ幸いに存じます。

　両親は大がかりな舞踏会を開くつもりで、おおよその計画を立てているところだった。ハロルドとイザベルの思いどおりにいけば、コート・ダジュールの社交シーズンでは最初の大きな行事になるはずだ。新婚夫婦のお披露目であると同時に、新妻の両親のお披露目、パーティの主催者夫婦のお披露目でもある。ヴァンダミーア夫妻がお近づきになりたいと思っていた社交界に仲間入りするいい機会だったのだ。「なんといっても、自分の娘がここで暮らしているんですもの。私たちはあなたの人生に関わっていたいし、孫のそばにいたいのよ」

　孫ですって？　なんてことを言うのかしら。ルイーズは、封をした最後の一通を手紙の山にぽんと置いた。両親が心からそばにいたいと思っていることは間違いない。それに、公爵の社交仲間とお近づきになれる立場を利用していることも間違いない。今、ルイーズが目にしている現象、それは、ニューヨーク社交界ですでに大物となった両親がさらに地位を固め、ヨーロッパ社交界の仲間入りを果たし、国際的になろうとする姿だった。

まるで、この偉業に対する賛辞であるかのように、彼らの家には結婚祝いが山積みになっており、ルイーズの母親は娘をおおいにうらやましがった。フランスの一つの伝統として、友人や親類から花嫁に宝石が贈られ、ティアラ、ブローチ、ネックレスなど、様々な装身具がずらりと並ぶことになったのだ。プラチナやホワイトオパールが使われているものもあれば、ピンクゴールドや淡い色のルビーが使われているものもある。それらはすべて、贈り主の名前とともに両親の家のガラスケースに陳列され、私服のガードマンとシャルルの御者が見張りを務めていた。結婚祝いの詳細なリストは新聞に掲載されることになっている。これも極めて伝統的な習慣で、人々は競うように、花嫁に最も高価な贈り物をしたのは誰か確認するのが常だった。

そう、何もかも上手くいっている。ルイーズは結婚し、それによって、ある社会的契約を結んだのだ。今、その契約がしかるべき目的を果たし、皆が恩恵をこうむっている。両親は満足していた。アルクール公爵はビジネス上、有利な立場を獲得したことで、ヴァンダミーア家とのきずなは揺るぎないと明言し、そのおかげでルイーズの人生も安定した。

もちろん、公爵にとって結婚のメリットはほかにもいくつかあった。友人たちは妻の美しさにこれ以上ないほど感心し、お幸せにと、うわべだけのお祝いを口にする者もいれば、おっぴらにうらやましがる者もいた。ルイーズにはわかっていたが、夫は友人たちの両方の心情に気づき、どちらも同じように楽しんでいる。一方、ピア・モンテベロは集まりがあるとたいてい顔を見せたが、彼女の嫉妬はさらに激しさを増していた。だが、夫はそれも気にしていない。ルイーズが結婚した男性は、人の注目を集めるのが好きなのだ。

シャルル・アルクールはルイーズを不安にさせていた。彼は妻に何かを求めているが、それが何なのかわからない。バスタブの中で妻と結ばれることではなく、もっと複雑なことなのだろう。なぜなら、あのとき彼は、しようと思えばできたのだから。妻が性的に従順であることを求めているのではないとすると、何だろう？　意欲を見せること？　気持ちを表に出すこと？　ありのままの自分をさらけ出すこと？　暗闇の中にいたときのように？

とんでもない。ルイーズはもうあんなことをするつもりはなかった。

一方、これは意外なことであり、あり得ないことだったが、ルイーズがグラースに戻る約束を破ったとき、夫は困惑したような、心配そうな顔をしただけだった。そして、自分も妻と一緒に残り、離れたところでなんとか実務をこなしていたが、仕事のことが気になっている様子だった。彼はまたしても妻に執行猶予を与え、さらなる思いやりを与え、別の寝室を与えてくれた。夫は妻がより人生に耐えられるようにするために、自分に困難な人生を強いている。それなのに、ルイーズは彼の好意を心から感謝して受け入れることさえできないのだ。彼女は夫の好意を必要としている自分がいやでたまらなかった。その好意に甘え、結局、両親のもとへ逃げ帰っている自分がいやでたまらなかった。

私が恋人にとって遊び相手だったのだとしたら、この人にとってはもっと……それ以上の存在なのだ。夫は惜しみなく与えてくれるのに、彼がそれと引き換えに私から受け取っているものはあまりにも少ない。なぜ、そこまでしてくれるの？

わからない。シャルル・アルクールのしていることはまったくわけがわからない。妻に強く求めたり、しつこく迫ったりするのも完全に夫の権限のうちという場合でも、彼はそうはせず、私が新たな要求を投げるたびに、その考えを理解しようとし、要求に応えてくれる。なんて心の広い人なんだろう。

シャルルは、彼とルイーズの結婚を祝して開かれた午後のガーデン・パーティに二時間近く遅れて到着した。仕方がなかったのだ。グラースからの道のりは決して楽ではなかった。それから、ニースまであと一〇分というところで馬の蹄鉄がはずれてしまい、彼はいまいましい馬から降りて、それを引っ張って歩くはめになった。いったん帰宅して急いで身支度を済ませると、今度は馬車でさらに三〇分かけてエズの郊外に向かった。ルイーズの両親がそこに家を借りていたのだ。この程度の遅刻で済んだのは運がよかったのだろう。

玄関でイギリス人の執事に帽子を預け、シャルルは勝手知ったる屋敷の中を進んだ。ここを借りる際、手はずを整えたのは彼だった。気持ちのいい二階建ての大邸宅は彼の友人の持ち物で、鷲の巣のように崖の側面に建っていた。花嫁と彼女の家族、彼の家族に加え、お祝いにやってきた人々が外のテラスに集まっており、彼はそちらに案内された。

大きなテラスは家の裏手にあり、至るところから地中海を望むことができた。息をのむような地形にこの海の景色が納まると、その眺めはますますドラマチックになる。テラスの欄干を越えれば、すぐ下は断崖絶壁だ。遠くには広々とした青空も見える。一見、この家は宙に浮いたような、いわば天と地のあいだに建っているような印象があり、雲の上で人が暮らしている印象があった。欄干の向こうに手を伸ばせば、それこそ雲がつかめそうだった。

だが、その日の午後は、この欄干までたどり着くのは至難の業だったに違いない。テラスいっぱいに人がひしめき合っていたからだ。シャルルはルイーズを探しながら人々の中に入っていったが、何人もの知人が彼をつかまえては挨拶をし、お祝いの言葉を述べた。数週間ぶりに顔を合わせたある友人は、シャルルの背中を叩き、左右の頬にキスをし、目を丸くしながらこう言った。「おいおい、何なんだ、君の花嫁は」

「ああ、彼女、素晴らしいだろう?」

人だかりができてしまい、彼はルイーズを探せそうになかった。だがイザベル・ヴァンダミーアがシャルルを見つけ、近くまでやってくるやいなや、彼を責め立てた。

「シャルル」イザベルは横向きで滑るようにやってくると、二人の人間のあいだに割って入った。「こんなに遅れて。許しませんよ。話しかける気にもなれないくらいだわ」冗談半分にそう言ったが、悔しさが顔ににじみ出ていた。

「でも、マダム、僕はあなたのお嬢さんをお金持ちにするために出かけていたんですよ。いや、今よりもっとお金持ちにするためにと言うべきかな」シャルルはそう言い直すと、イザベルに眉毛を動かしてみせ、にこっと微笑んだ。「昨日、マルセイユにアンバーグリースの第一便が届いて、それを引き取ってきたんですが――」シャルルは感謝するように息を吐き出した。「ああ、イザベル、あなたのご主人は素晴らしい。僕が手にした中で、あれは最高のアンバーグリースです」彼はそこで視線を上げた。「あなたが育てたお嬢さんにも負けないくらい、とても素晴らしいものですよ」挨拶が遅れたが、シャルルはイザベルの指先にキスをした。すると彼女は、まさに喜びの悲鳴といった感じの小さな声を上げた。「ルイーズはどこですか？ まだ会ってないんです」

「ああ、このへんにいるはずよ。あなたもお上手ね。お世辞を言っても、仕事を理由にしても、エチケット違反はごまかせませんよ。でも今回は見逃してあげましょう。もちろん条件つきで。一〇分ほど前にいらした、あなたの従兄弟を紹介していただければの話」

「従兄弟？」従兄弟は数えきれないほどいる。イザベルは自分が話題にしている人物が見えるよう、シャルルの向きを変えさせた。「ああ」それはかなり年上の従兄弟、オルレアン公ロベール、すなわちシャルトル公のことだった。フランス王なるものが存在するなら、なっていたであろう人物だ。「もちろん、ご紹介しましょう」

二人は、この名士と言えなくもない男のほうに近づいていったのだが、イザベルがこんなことを訊いてきた。「あなたは大公《プランス》で、あの方は公爵《デュック》でしょう。それなのに、あの方は王様になる人で、あなたはそうじゃないというのは、どういうことなの？ プランスのほうが爵位が高いのに……」

シャルルは質問には答えず、ただ頭を横に振って微笑むばかりだった。ヴァンダミーア夫妻が納得できない件について、説明を試みるのはもうあきらめていた。つまり、シャルルの母親は退位した王の娘で、父親はナポレオン時代の君主の息子であること、主権自体、とうの昔に教会に譲ってしまったということがわかってもらえなかったのだ。シャルルには王位につながるものはなにもない。それを言うならロベールも一緒だ。

にもかかわらず、シャルルは興奮気味のイザベルを公爵に紹介すると、自分はその場を離れ、再び人混みの中に入って、ほかにもたくさん来ている自分やルイーズの従姉妹、おじ、おばたちのあいだを通り抜けていった。目下、一日以内で来られるところにいる知人や親類は一人残らずここに集まっていた。中でも目についたのは、はるばる海を渡ってお祝いにきたはずなのに、結婚式に出る機会を「奪われた」人たちだった。

シャルルは努めて皆に愛想よく振る舞い、素通りすると失礼になってしまう相手とは立ち止まって話をしながら、引き続きルイーズを探した。だが、ふと気づくと身動きが取れなくなっていた。誰かが腕を強く引っ張っている。彼は振り向いた。ピアだ。ということは、ローランドもそのへんにいるに違いない。残念ながら、アメリカ人は大きなパーティを開けば、必ず全権公使夫妻を招く。ピアがどうやってこの人混みを縫って、これほど素早く彼のところまで来られたのかよくわからなかったが、彼女はすぐさまシャルルの腕を必死でつかんだ。

「シャルル！」ピアはにこやかに言った。シャルルは、くだらないことをなれなれしく話しかけてくる彼女をそのまましゃべらせておき、礼儀正しい態度を保ちつつ、テラスに目を走らせていた。

しばらくしてから、シャルルは口を開いた。「ピア、申し訳ないが失礼するよ。とても楽しそうで何よりだ」彼女は新しい「愛人」を「美少年《ボーガ》」と呼び、その男のことをしゃべりまくっていたが、かつての愛人のほうはと言えば、顔をしかめ、我慢の限界に達しながらも、その気持ちをなんとか無視しようとしていた。

ピアはなおも彼の腕を強くつかんだ。この腕を持っていく権利があなたにあるのかどうか議論しましょうと言わんばかりの強さだ。とうとうシャルルはピアを見て言った。「ピア、手を離してくれ。妻に挨拶をしにいきたいんだ」

ピアはシャルルを解放し、苛立ったように周囲に素早く目を走らせた。彼らのあいだに人が二人割り込んできたため、シャルルは自由の身となった。

一メートルと進まないうちに、シャルルはまた声をかけられた。今度は彼の知らない紳士が二人。一人はすでに酔っ払っている。「すみません、あそこにふるいつきたくなるような美人がいるでしょう。あの子が誰か教えてもらえませんかね?」背の低いイギリス人が英語で言った。

シャルルは言われるがまま、男が指差すほうを向き、人波のあいだからそれらしき人物を探した。彼の目に入ってきたのは、両親のそばに立っているルイーズの従姉妹、メアリだった。

「いやいや、あの子じゃありませんよ」

大きなスカートをはいた婦人が移動し、シャルルはやっと「ふるいつきたくなるような美人」を見つけた。それは誰あろう、テラスの東側で椅子に座っているルイーズだった。シャルルの胸が膨らんだ。彼女はドレープを寄せ、リボンをあしらったシルバーブルーのタフタにぴったりと包まれ、アイボリーブロンドの髪を高くアップにしている。パリからやってきたオペラ歌手とその母親を相手に話をしており、シャルルはその様子をじっと見つめた。ルイーズは椅子に座り、手袋をした手を膝に置いていた。薄いボイル地の手袋は長さが肘まであり、指先が出るようになっていて、クリーム色の生地から素肌が透けて見える。ああ、彼女はとても美しい、とシャルルは思った。彼女はオペラ歌手の母親に向かってうなずき、息子のほうにも微笑みかけた。シャルルはばかみたいにぼう然として、そこに突っ立っていた。自分の妻をたまたま目に留めると、そのたびに今さらながら、こうなってしまうのだ。

「彼女をご存じなんですか？」

「ええ」シャルルは答えた。

酔った男が「金持ちなんだろうな」と言った。

「そのとおり」三人の男はルイーズをじっと見つめた。

シャルルは、脇にいる背が高いほうの男がピアの「新しい愛人」だと悟った。かなり有名な彫刻家という話で、彼女はフランスの貴族らしき長ったらしい名前を口にしていたが、どんな名前だったか思い出せない。シャルルはその男にちらっと目を走らせた。痩せ型で、清潔なしゃれた服を着ており、顔立ちはハンサムで、印象的な濃い眉毛の下に、二つの完璧な目が収まっている。年は三〇前後。へべれけに酔って、妙なにおいを漂わせていた。はっきりとは言えないが、飲み物ではないもののにおいがする。おそらくアフターシェーブ・ローションだろう。

男がルイーズを見つめながら言った。「彼女はまるで……ボッティチェリの絵から出てきたかのようだ。いや、それ以上に美しい」酔っているわりには、はっきりしゃべっている。何度もそういうことを口にしている確かな証拠だ。彼の意見は美的観点から出たものらしく、抑えがたい欲望の気配は感じられなかった。

「僕もそう思う」とシャルルが言い、イギリス人の男も同意した。

「堅物そうだけどね」彫刻家が言った。シャルルが顔をしかめてその男のほうを見ると、男は表現を変えて言い直した。「気難しくて、付き合いにくそうだ」

「なるほど」シャルルはうなずいた。この男はすっかりできあがっていて、本気で腹を立てる気になれない。

「僕は堅苦しくない女がいい」男はそう言い残し、ピアのほうに去っていった。

イギリス人は相変わらずそこに留まっている。シャルルの記憶が正しければ、ひょっとするとこの男は、ティノの長男ガスパールの友人かもしれない。一週間ほど学校をさぼってリヴィエラに遊びに来ているとかいう、どこかの大学院生だ。ずる休み中の学生は、シャルルの横腹を肘で軽くつついた。「気難しかろうがなかろうが、あれはいい女ですよ。彼女の名前を教えてくれませんか？　あの子はドライブが好きかどうか知ってます？」

シャルルは答えてやった。「彼女の名前はルイーズ・アルクール。ドライブはきっと好きだろうね。でも、君みたいな若造は退屈だと思っているよ」最後のひとことは、今もそうであってほしいと期待しながら言ったのだ。

若者は急に振り向いた。「彼女のこと、そんなによくご存じなんですか？」

「色々知っているよ。彼女と結婚して、まだほんの一週間だがね」

自動車を持っている学生は、はたから見てもわかるほど青ざめた。それから、遠慮気味にお祝いの言葉をつぶやき、こそこそ立ち去った。

実際には、シャルルとルイーズが結婚してから一週間と三日が過ぎていた。ルイーズがニースに滞在するのは一日のはずだったが、それが二日になり、三日になり、さらに延びてしまった。シャルルはグラースに戻ろうと迫ったが、ルイーズは応じなかった。ついに昨日、シャルルは独りでマルセイユに出向き、アンバーグリースをグラースに持ち帰ったのだった。

シャルルにとって、一年のこの時期に花畑や研究所にいられないのは最悪だった。彼は温室でほったらかしにされている実験のことでやきもきしていた。新しいジャスミンが心配だった。おまけに九月は——あと四日しか残っていなかったが——様々な花を収穫し、香油を抽出する、一年でいちばん大事な時期だった。この時期の仕事が上手くいくかどうかでその年の全成果が決まってしまうのだ。

そうこうしているうちに、彼はいつまでも、ぐずぐずとニースに留まってしまった。一日でマルセイユ、グラースと巡って再びニースに戻ってくるというのは、とんでもなく大変なことだった。だがシャルルは、ルイーズを無理に連れ戻す気にはなれず、ここに残していく気にもなれなくなっていた。

シャルルは先ほどの若い学生に目を留めた。彼はルイーズの夫に見られていると知りながら、彼女のほうにこそここそ歩いていくところだった。この愚かな若者も彼女の取り巻きの一人になるのだろう、とシャルルは思った。

シャルルの妻はちょっとした支持者を獲得しており、その大半は若い男性だった。例のオペラ歌手しかり。車を持っているとかいう若者しかり。あるイギリス人の青年は卒業旅行の途中だったが、突然、「無期限で」南フランスに留まることを決めてしまった。この坊やは(それでも、年はおそらくルイーズより一つ、二つ上だ)、ルイーズが出席するありとあらゆる行事に、わいろを使ってまんまとやってくるのだった。神に誓って、それはルイーズが簡単に落とせそうに見えるということではない。それに、シャルル自身も、仏教寺院の門前を守る獅子のごとく、手ごわい男に見せようと精一杯の努力をしていた。

こういった男たちが見境もなく、ぼうっと彼女にくっついてくるからといって、彼らを責めることはできなかった。なぜなら、シャルルも彼女の虜になっていたからだ。ただし、彼らがルイーズに近づきすぎたり、彼女を見てよだれを垂らすぐらいなら構わないが――正直なところ、シャルルはそんな男たちを見て楽しんでいた――それ以上のことをしたりすれば、誰であれ、鼻っ柱をぶん殴ってやろうと思っていた。

とはいえ、シャルルはルイーズのこうした一面を愛すると同時に憎んでもいた。それに、自分の顔がいやでたまらないのと同じくらい、彼女の美しさを恐れていた。この一週間で、彼女と一緒に人前に出るのは大変だと実感した。たちまち嫉妬心が湧いてしまうのだ。独占欲が強くなりすぎているのだろう。自分はルイーズが望む以上に、彼女に触れている。それはわかっていた。しかも、つまらない欲望のようなものがそうさせていることもわかっていた。だが、自分を抑えられそうにない。

　シャルルは今、体を横にひねりながら人混みを縫ってルイーズのほうに向かっていた。彼女をじっと見ていると、あの胃が痛くなるような不安がよみがえってきた。僕が結婚した女性は、僕をばかにするのだろう。シャルルは彼女が船の上でいとも簡単に誘惑に乗ったことを覚えていた。あのとき彼女があっさり求めに応じたのは、彼のことを好きになったからに違いないと思いたかった。シャルル・アルクールが本来の魅力を思う存分発揮し、彼女はそれに屈したのだ。それなのに、今のシャルルは同じ魅力のありったけを発揮しながら、ルイーズを口説くことができず、ひどい目に遭っている。バスタブの一件以来、彼はルイーズにキスをしていない。そんなわけで、彼は人を肩で押し分けて進みながら、おまえなら大丈夫と自分を励ましてみたり、いや、だめかもしれないと思い悩んでみたりと、頭の中で堂々巡りを繰り返しながら、どの男がいちばん有望そうか賭けていた。あの彫刻家か？　オペラ歌手か？　愛車を自慢する、あのくだらない男なのか？　それとも……。そのとき、シャルルの四人ほど前に、なんとローランド・モンテベロが姿を現した。あいつのほうがルイーズの近くにいるじゃないか。ローランドは彼女に手を振っている。

　シャルルは思わず息をのんだが、次の瞬間、笑ってしまった。ルイーズは椅子に座ったまま、話に夢中といった感じで顔を背け、この道楽者のほうには、まつ毛を冷ややかに上げてやることさえせず、その存在をまったく受け入れていなかった。本当に、驚くべきよそよそしさを発揮する子だ。ルイーズは今のところ、彼女の気を引こうとやってくるありとあらゆる男たち(悲しいかな、その中にはシャルルも含まれていた)を突っぱねている。まるで雌馬が尻尾でハエを払い落とすように楽々と、面白がるように……。

シャルルはルイーズのほうに移動しながら彼女を観察した。彼女は母親譲りの社交術を身につけている。愛想のいい、上品な主賓といったところだ。友人とも見知らぬ人とも同じように、楽しく会話をしている。友人も見知らぬ人間も、山のようにいるじゃないか！　何なんだ、この連中は。**皆、どいてくれ！**　彼はそう叫びたかった。

ルイーズのところまであと一メートルと迫ったところで、シャルルは再びピアの姿を目に留めた。彼女はシャルルの前にいて、ローランドの腕をつかんでおり、二人はルイーズの注意を引こうとしていた。

ピアが彼女に声をかけ、何やら言葉が交わされた。

シャルルは急いで妻のもとに行こうとして、危うくそばの女性を脇に跳ね飛ばすところだった。彼はルイーズに近づき、椅子のほうに身をかがめた。「ただいま。遅くなってすまなかったね」そして、彼女の頬にキスをした。

すぐに取り乱したような表情を見ることができた。「いったいどうしたの？　みんな心配してたのよ」ルイーズの頬がうっすらと赤くなった。彼はそれに気づき、体を起こす。

詳しいことはあとで話すからと約束し、シャルルはルイーズの脇に立った。それから彼女の腕に手を置き、肩からむき出しの首へと滑らせ、そのまま首の曲線に手のひらをぴたりと合わせ、彼女の頭にキスをした。

ルイーズは手を伸ばし、彼の手を取って上手く引き離した。「シャルル――」彼女は一瞬、落ち着きを失った。ばつが悪い。**皆にどう思われるかわかっているの？**

しかし、もちろんルイーズにはどう思われるかわかっていた。それに、夫がわざと、言わば車に油を差すように、花嫁と花婿の親密ぶりを見せつけるような行動を取り、そのたびに自分の顔がかっと熱くなることもわかっていた。

不思議な感覚だった。ルイーズは絶対に赤面などしない。いや、最近までしたことがなかった。赤くなるなんて、この場にふさわしくないし、洗練されているとは言えない。ところが先週からというもの、ルイーズは一度ならず十数度も、顔がかっと熱くなり、その熱が首を伝わり、肩に広がっていく感覚、筆で一塗りしたように赤みが広がっていく感覚がどういうものか悟った。赤面は彼女の心ではなく、シャルルの心に浮かんだ欲望に対する答えだったのだが、自分ではどうすることもできなかった。

そのうえ、赤面していることはシャルルにばれていた。誰にだってわかる。シャルルはそれが気に入っているようだ。いや、気に入っているどころではない。最近では、あからさまにうっとりした表情を浮かべて彼女が赤くなるのを待ち、その様子を観察している。

彼女の肩に視線を走らせる彼と一瞬目が合った。シャルルは妙にゆがんだ笑みを浮かべ、手袋をした彼女の手をぎゅっと握り、自分の手で包み込んだ。たったそれだけのことで、ルイーズはまた少し赤くなった。まるで体のどこかの仕組みが言うことを聞かなくなり――テイノの危なっかしい給湯器のごとく――計器の針が振り切れてしまっている気がした。

モンテベロ夫人が不意に口を挟んできた。「ねえシャルル。ルイーズはコンコルディア号にあなたは乗っていなかったと思っているのね」

「乗っていませんから」シャルルの声は抑揚がなかった。ルイーズは、彼と愛人が永遠に別れ、しかも気持ちよく別れたわけではないとの印象を受けていたのだが、意地悪で利己的な数々の理由でそのことを喜んでいる自分に気づき、驚いた。

夫人が笑った。「そりゃそうよね。でも私、とってもおかしなことを言ってしまったみたいで。この前の航海と、あなたとご一緒したその前の航海がごっちゃになってしまったの」夫人は口元をほころばせて満面の笑みを浮かべた。

夫のモンテベロ氏が話を引き継いだ。「我々がとても喜ばしく思っていることを二人に伝えたくてね」外交官は流し目を送りながら、これ以上ないほど愛想よく微笑んだ。

ローランド・モンテベロは一見、愛嬌があり、まあまあハンサムな男だった。（ルイーズの母親の評価によれば）彼は「若い」のに、「この年齢にしては大成功」していた。正式な大使ではないものの、上級職、すなわち大使館レベルの正式な外交関係を持たない国に駐在する全権公使のポストに就いていた。そのことが彼の本来の外交手腕の評判を高めたのだろうとルイーズは思った。というのも、彼は周囲もあきれるほど女の尻を追いかけることに夢中になっており、各国使臣の中で最低の評価を下されてもおかしくなかったのだ。

相手構わず関係を持つ、略奪夫婦の片割れであるこの男は、前髪から垂れた巻き毛を指一本で押さえており、髪のほかの部分はポマードで後ろになでつけられて濡れたように黒光りしていた。黒っぽい目が活発に動き、品定めをするようにルイーズを一生懸命見ている。ローランドはルイーズに向かって言った。「君のご主人は、このあたりでは憧れの的だったんだよ」それから、こう付け加えた。「不思議に思えるかもしれないがね」彼は肩をすくめた。理解しがたい事実に対し、愛想よく敬意を表したのだろう。「彼が結婚して、涙に暮れているご婦人はたくさんいるんだ。あえて言わせてもらえば、ほっとしている男性も大勢いる」彼はにやっと笑い、意味ありげに片方の眉をすっと上げた。「いいかい、君は伝説的人物に手綱をつけたんだ」ローランドは妻に腕を回し、その肩を叩きながら、自信に満ちた態度で微笑んでいる。「そうだとも。彼は本当に伝説の男なんだ。ま、私も含め、男連中は、それがどんな伝説だったか君に教えてあげる気にはならないと思うがね」

この男はばかだ。何もわかっていない大ばかだ。私が空を飛べる見込みはないのと同じくらい、こんな男の話、信用するはずがないでしょう。

「伝説の男」がルイーズにささやいた。「二人だけで少し話がしたい」それから、彼女の夫はモンテベロ夫妻をはじめ、ほかの人たちに向かって言った。「ちょっと失礼します」気がつくと、ルイーズは立ち上がり、夫の手で椅子から引っ張り出されていた。

「どうしたの?」人混みを押し分けて進んでいくシャルルの背中に向かってルイーズはつぶやいた。「ねえ、今までどこに行ってたの?」彼女はシャルルの肩甲骨に扇をパタパタと当てて怒っていたが、それは口実で、本当はそれほど怒っているわけではなかった。夫が彼女の手をもてあそぶのをやめてくれればいいのにと思っていたのだ。「二時間も遅刻したのよ」

彼女は夫をとがめた。「ひっぱたいてやりたいわ」

彼が肩越しに言った。「もうちょっと待って、いい子だから」

ルイーズは唇をとがらせた。

シャルルはその顔を見て笑ってしまった。「奥様、もう少々お待ちを」彼は人混みを縫って歩きながら、ルイーズの腕を自分の腕の下に持っていき、彼女をぐっと引き寄せた。

「シャルル――」ルイーズは彼の腰に手を当て、抵抗した。だがそれも無視されてしまった。

彼はそうやってルイーズを引っ張りながら、テラスを横切っていく。突き当たりの手すりまでやってくると、狭い角に入り込み、彼女を引っ張って自分の前に連れてきてから、肘をつかんで向きを変えさせ、横に並ばせた。二人は足を止め、シャルルが彼女とパーティ客のあいだに入る形で立った。互いの腕がくっつき、肩も触れ合わんばかりになっている。

彼はようやくルイーズの手を放した。

彼女はさわやかな空気を深く吸い込んだ。少し微笑んでさえいる。彼に手を握られるという、何ら害のないものを恐れていた自分がおかしかったということもある。「どこへ行ってたの？　とっくに到着していなくてはならなかったのよ」

シャルルは、馬の蹄鉄がはずれて遅れてしまった話を順を追って詳しく説明した。ルイーズが同情を示すと、彼は付け加えた。「この件で、君に言っておかなきゃいけないことがある。僕はここにいるわけにはいかない。ずっと行ったり来たりするわけにはいかないし、君をここに置いていくこともできない。一緒にグラースに来てほしい」

二人は前にもこの件で話し合っていた。ルイーズは彼の肩越しに遠くを見る。本当に驚くほど美しい景色だ。この空と海。近くには木の梢《こずえ》が突き出していたため、彼女はその上と下と、はるかかなたの水平線まで広がる青をじっと見つめていた。「私はここにいるほうがいい」ルイーズはつぶやいた。「そのほうが安全なの」

「それがどういう意味でも構わない」しばらく間があって、シャルルが口を開いた。「安全がすべてではないだろう。安全というのは、実は退屈な場合が多いんだよ。ルル、君はここで死ぬほど退屈しているじゃないか。考えていたんだが、グラースにいる僕の会計士が、このシーズンが終わったら引退する。君は数字に強いだろう。家のことを切り盛りするのは嫌いなんだろうけど、僕のところには家事をしてくれる人間はたくさんいる。だから、僕と一緒に工場に通って、帳簿のつけ方を覚えてはどうかと思って――」

ルイーズは彼をちらっと見た。「簿記？」役立たずにはなりたくないだろう？　と言われるほうがましだったかもしれない。

シャルルは顔をしかめた。「まあ、楽しくはないにしても、常に忙しくしていられるし、僕も助かる」

「ああ」ルイーズはほっとした。自分で何か計画したり、何かをすると約束したりする必要がなくなったからだ。「お手伝いするわ、シャルル。あなたの頼みがそれだけのことなら。帳簿をここに持ってきてくださる？」

「いや、それはできない」

ルイーズはその話題を打ち切り、腕を上げて遠くを示した。「ねえ、あそこは……。あっちはどうなっているのかしら？」

シャルルはそちらに目をやったが、最初は彼女が言っていることの意味がわからなかった。

「さらに海が続いているよ」

「そうじゃなくて。海の向こうには何があるかってこと」

彼は人目を意識するかのように向きを変え、醜いほうの横顔をルイーズに向けた。「モロッコ、北アフリカのことを言っているのだとわかり、彼は国の名前を挙げていった。彼女がアルジェリア、チュニジア、エジプト。暗黒大陸がある」彼はため息をついた。

突然、二人が何を、いや誰を話題にしているのか気づいたからだ。アラブ人のシャルルだ。最近では、このテラスにいる、ありとあらゆる美しい若者よりも、アラブ人のシャルルのほうが手強いライバルだと思うようになってきた。このニースで、ルイーズはほぼ毎朝、海に散歩にいき、ときには何時間もひたすら海の向こうを見つめて過ごしていた。

「以前、チュニジアに住んでいたことがある。ひどいところだった。人がごちゃごちゃいて、汚くて。それに物騒だった」彼はこう付け加えた。「頭のいかれた連中がたくさんいてね」

ルイーズは彼の声に偏見を感じ取ったに違いない。それが彼女の関心を引きつけた。彼女はシャルルに視線を走らせ、その顔を、悪いほうの目をじっと見つめ、手を伸ばした。彼女の手が近づいてきたが、それは彼に触れることなく引っ込められた。「チュニジアでこうなったの？　グラースの家の寝室にシミタールがあるでしょう。これは何かで切られた痕みたいだけど」ルイーズはもう一度そこに触れようとしたが、できなかった。

シャルルはまた人目を気にするかのように、違うと首を横に振った。「確かに切られた痕だが、やったのは医者だ。僕の目は生まれたときから見えていない。難産の結果ついた傷なんだ。僕は逆さに出てきたらしい。それで医者は器具を使い、おかげで僕は命拾いをした。おそらく母親もね。でも、僕の目が傷ついてしまった。それがもとで感染症を起こして切開するはめになり、結局、こんな外見になったというわけ」

ルイーズは、この醜い目については何も言わず、その代わり、「そのせいで困っていることはあるの？　傷跡は痛む？」と尋ねてきた。

「いや」シャルルは話の方向を変えた。「ただ、膝は痛むけどね。あのシミタールは、チュニジアにいたころ、僕の膝に切りつけたやつの物なんだ。僕が素晴らしく優雅な歩き方をしているのは、あの国のおかげなのさ」

ルイーズは片方の肘を手すりにもたせかけ、体をさらに回転させて彼のほうを向いた。

「どうして？　どうして、膝に切りつけられるようなことになったの？」

「そのころ僕は、総監付きの若い新米公使館員だった。現地の人々は、フランス人すべてに不満を抱いていたんだ。ちょうどフランスの支配が始まったころでね。チュニジアはフランスの保護国だったんだよ。ある日、僕が馬車から降りると、そこに頭のいかれたイスラム教徒がいて、そいつはアッラーが僕の死を望んでいると判断した。でも、それは間違いだった。

アッラーのお望みは、僕の膝が砕けることだけだったんだ。シミタールで切りつけた狂信者が僕に反撃され、二日間出血した末、その傷がもとで死ぬことだったんだよ。僕はあっさりやられたわけじゃなかったからね」

「ああ、かわいそうに……。本当に気の毒だわ……。そんなひどい目に遭ったなんて。でも、あなたがそれを乗り越えてくれてよかった」

「僕もそう思う」

「そんなことがあったから、アラブ人が嫌いなのね」

シャルルは肩をすくめた。「ああ、アラブ人にムーア人にフランス人……」彼は笑った。「それにアメリカ人。皆、同じようなものさ。いいやつもいれば悪いやつもいる」彼はため息をつき、また顔の向きを変え、いいほうの横顔を見せた。「でも、ここより好きになれる場所はなかなかないな」シャルルはテラス越しに、人々の頭の向こうにそびえ立つ断崖絶壁を見つめ、ルイーズは彼の横で海を見渡した。

わいわいおしゃべりをしながらやってきた小さな集団が二人にぶつかり、去っていく。それからしばらくして、ルイーズが切りだした。「家庭教師はどうかしら？」

「家庭教師？」

「私、表計算はあまり好きじゃないけど、高等数学は得意なの。だから化学の家庭教師を雇ったらどうかなと思ったのよ」

「化学？」

「私に一緒に来てほしいんでしょう？　もしも香水の分析をさせてもらえるなら、あなたについていこうと思う」

「分析って？」

「成分を明らかにして、細かく調べて、理解して、検査をするの。香水のにおいをかぐと……よくわからないけど、色々なことを感じるのよ」ルイーズはシャルルを見上げ、期待を込めて微笑んだ。「でも、あれはただの化学製品。でしょ？」

「いや、違うな。香水は様々なことを感じさせてくれるし、化学製品以上のものだ」

ルイーズは首を横に振り、反論するように顔をしかめた。「もし香水を分析して、化学式を突き止めれば、ほかの香りを調合できるわ。あなたがいやでなければだけど」

シャルルは面白くなさそうな顔をしてルイーズを見た。「合成香料を作りたいのか？」

「これから有望でしょう？」

「自然なものとは言えない」

「現代的だわ」

「あれはいやなにおいがする」

「じゃあ、数学的に完璧ではないってことよ。私が絶対に解決してあげる」

シャルルは顔をしかめた。若さが爆発している。新しいものや「現代的」なものに強い魅力を感じてしまうのだろう。「わかった。家庭教師を頼もう。ただし、グラースでだよ。いいね？」

「ええ。それから、あなたの香水を少し使わせてもらわないといけないわ。あなたが言っていた新しいものと、例の新しいジャスミンの香油を使わせて。あと、本が何冊かと計算尺がいるし、研究室のどこかに実験用の器具も用意しないと」

シャルルは少々戸惑ったものの、ほっとした。何をするにせよ、ルイーズに一緒に行くと言ってもらえて満足だった。

彼はパーティ客のほうを振り返り、じっと見つめた。男たちは彼女に目を向けないようにしている。でも彼らは見ていた。体をそらせ、料理の皿や人々の肩越しに盗み見をしている者までいる。シャルルは再びルイーズの手を握り、男たちの視線から彼女を守った。彼はそこに立ったまま、しばらく彼女の手をもてあそんでいたが、やがて自分が見つめられていることに気づいた。ルイーズの視線は、シャルルの頭のてっぺんから、群集が放っておいてくれる限り、どんどん下へ進み、もしも彼のフロックコートの前が開いていたら、股のあたりまで下りていったが、彼女がそんなところまで見ようとするのは妙なことだった。

ルイーズはシャルルの体の隅々まで目を走らせており、人がぶつかってきても、おかまいなしだった。シャルルは彼女に見られている感覚が大好きだった。彼は彼女の手を自分の口元へ持っていき、指の背にキスをした。

ルイーズのほうは、自分が何を考えているのかわからなかった。その場に立ち尽くし、顔を引きつらせ、反発し、催眠術にかかったように、彼の唇、彼の顔が、彼女の親指の関節にキスをする様子を見つめている。

シャルル・アルクールを見ていると面白い……。ルイーズはだんだんそう思えてきた。彼女はシャルルを観察し、その唇が彼女の親指や薄い手袋の上をかすめる様子、彼が頭を傾け、背筋を伸ばし、肩を少し前に出しながら、体はリラックスさせてキスをする様子をじっと見つめた。シャルルは気品のある人だ。がっしりしていて、エレガントで、細やかな仕草をする。洗練されていて、礼儀正しすぎる。彼女への態度は丁寧で、時々からかわれているに違いないと思ってしまうほど丁寧だ。

　シャルルは言葉を挟みながら、ルイーズの親指以外の関節にもキスをしていく。「それと、香水は……化学製品とは違う……それ以上のものだ……」彼はルイーズの小指をかみ、にこにこしながら、意地悪そうに眉を細かく動かした。「香水には魔力がある」

　ルイーズは一瞬、目を大きく見開き、彼のおどけた表情を見つめた。次の瞬間、彼女は自分の口が曲線を描き、笑顔になるのがわかった。その笑みはだんだん大きくなり、シャルルが求めていた反応が返ってきた。ルイーズの唇が開くと、シャルルは笑い、彼女も笑った。

　この笑い声を聞けたことが嬉しくて、シャルルは歓声を上げてしまいそうだった。ああ、この子の笑い声。ずいぶん長いことごぶさただった。今ようやくその声を聞くことができた。陽気で、すぐ人に伝染する笑い声。僕の知っている、あの懐かしいルイーズの笑い声だ。

　ルイーズはたちまち恥ずかしそうに下を向いたが、その様子がまた魅力的だった。彼女は小声で尋ねた。「モンテベロ夫人が言っていたことは本当？　あなたは女たらしなの？」

　シャルルは傷ついたように「はあ」と息を吐いた。「違う。絶対に違う」

シャルルは空いているほうの手でルイーズの肘をつかみ、彼女をぴたりと引き寄せた。それから彼女の手を持って指先を開かせ、ボイル地の手袋に沿って、それぞれの指の裏側をたどりながら外側にそらせ、むき出しになっている指先の柔らかい部分に触れ、さらに反対側の丸いピンクの爪をさすった。彼女の手は滑らかで、この上なく柔らかくて、労働や年齢のせいで荒れたり、硬くなったりしているところはまったくなかった。シャルルはもっと正直に伝えた。「ただ、付き合っていた女性は何人かいた。でも、今は違う。ほかの女性なんか欲しくないんだ。もう二度とそういう女性が現れることはない。ルル、僕が欲しいのは君だけだ。僕を信じてくれるかい？」

ルイーズはうつむいたまま、首を横に振った。

シャルルは唇から「ヒュー」と音を立てて息を吐いた。侮辱された気がした。すると彼女が顔を上げ、満面の笑みを見せた。なんという笑顔の持ち主だろう。からかわれた仕返しをし、ふざけているのだ。やれやれ《オララ》。彼はルイーズのそういうところがとても好きだった。「ええ、信じてたわ」ルイーズはさらにまじめな口調で付け加えた。「あの人が言ったことなんか、本当なわけないと思っていたけど」

満足だった。いやそれ以上だ。シャルルは彼女の手のひらを口元に持っていってキスをしてから、少し湿ったその場所を親指でなでた。まるで自分のキスをすり込むかのように。それは心地いい瞬間だった。ルイーズは彼を見つめており、顔から首、肩にかけての一帯は、これ以上ないほど真っ赤に染まっていた。それは白日のもとで見る実際の光景であり、シャルルは、自分なら彼女の全身をこんなふうにバラ色に染められる、賭けてもいいと思った。しかしルイーズはとても動揺していた。しかも、今回はその理由があいまいではなく、ちゃんとわかっていた。性的な興奮。彼女はそれをはっきりと自覚し、真っ赤になるほど当惑し、取り乱していたのだ。そのせいでパーティの最中、自分の役目を果たせなくなっていた。今までどんなときも上手く振る舞ってきたというのに。

シャルルがささやく。「お母さんが見ているよ」シャルルの擁護者であるイザベル・ヴァンダミーアは、夫に対し自分を抑えているルイーズの態度はよくないと思っており、二人ともそれはわかっていた。

ルイーズは、声を出すというより息を吐くように言った。「えっ？」単なる動揺を超えて、少しめまいを覚えた。

そんなルイーズの心を落ち着かせるように、シャルルは彼女の手を放した。

だが、それもさらなる交戦の一環にすぎなかった。彼は容赦はせず、ルイーズの前で体を回転させると、彼女を手すりの角に押し込んで自分の体で隠し、テラスからまったく見えないいようにした。それから彼女の腰を挟むように、両手を石の手すりの上に置いた。

ルイーズは手すりにもたれ、長い急斜面が作り出す空間のほうに少し体をそらせた。

「気をつけて」シャルルは彼女の背中を支えた。体を近づけると、心も彼女に近づいたような気がした。いい気分だ。彼女をグラースに連れて帰れるなんて。自分が夢中になっている仕事を彼女とともにできるなんて。彼はこのパーティの王様だった。うっとりするほど魅力的なアメリカの女王をものにしたフランスの王といったところだ。彼はルイーズの魅力に打ち勝つことができなかった。艶やかでたっぷりした髪、肌、ドレス、落ち着き、身のこなしの素晴らしさと言ったら……。この若い女性の前で、彼は愚か者以外の何者でもなかった。

シャルルはそれがまったく自然の成り行きのように思え、彼女にキスをしようとした。ルイーズは顔を背けた。彼の唇が耳をかすめ、彼女はいつものように頭を下げてそれをかわした。だが、シャルルはちょっとした駆け引きを楽しむ達人になりつつあった。彼の唇の敏感な皮膚は、彼女の生え際の髪の束に当てられ、彼の鼻は、露を帯びたような彼女の柔らかな頬をこすっていく。シャルルは舌先で彼女の耳のカーブを描く軟骨の隆起をたどった。

ルイーズは彼を見ながらも、首を曲げ、耳を肩にくっつけ、顔を背けた。「人に見られるわ」彼女がささやいた。

「構わないさ。僕は愛する人と結婚した。だから、僕にとっては、自分を堂々と表現できることは新しい驚きなんだ」彼は正直に認めた。「相手の夫に半殺しにされるかもしれないと気にせずにね」僕のものだ。僕のルイーズ。ほかの男の妻ではなく、僕の妻。僕が愛し、かわいがり、二人を隔てる壁を破る術がわかれば、一緒に子供を作る相手。

ルイーズの背中が弧を描き、一八メートルの急斜面の上にさらにせり出した。「シャルル、ここはそういう場所じゃないわ」

「じゃあ、どこならいいんだい、ルル？」

ルイーズは首を横に振り、考えを巡らし、悩み、とがめるような表情を見せた。シャルルに、あるいはこの状況に、いや、おそらく両方に、少しあ然としているようだ。「ここじゃだめよ」彼女は抵抗した。

彼女の考えでは、どこでもだめなのだろう。

だが、シャルルの世界では、どこだってそういう場所になりつつあった。自分の血が流れる音が聞こえてきそうだった。ルイーズは数々のリボン、ひだを寄せたタフタ、高く結い上げた巻き毛に包まれ、神々しく見えた。それに神々しい香りがする。そうだ、あのときのジャスミンの香水だ。初めて彼女を見たあの晩につけていた、クローバーとアカシアが混じった軽い香り。彼の腕の中にいるルイーズは、一巻きのシルクをほどいて抱えているような感じがした。ふわっとして、衣擦れの音がし、彼を退けようと体を動かすと少し扱いにくくなる。

シャルルは彼女の手を再びつかむため、少し後ろに下がった。ルイーズはやや緊張を解き、このほうがましと思ったのか、その手を彼にゆだねた。だが、彼はルイーズの途切れがちな息が親指に当たるのを感じた。シルバーブルーの布に包まれた乳房が上下に波打つのが目に入り、シャルルは、手袋をした彼女の腕を再びひっくり返し、手首を自分の手で包み、親指で内側のボタンをさすった。

そして、その手首を口に持っていき、ボタンの列に唇をそっとはわせ、肌が唯一露出している、手袋の開閉部の隙間にキスをした。できるだけ品よく、何くわぬ様子で、最初の隙間を舌でなめ、そこの肌を濡らした。手に入れたものを逃しはしない……彼は目を閉じた。

「シャルル――」ルイーズは手を引っ込めようとした。

だがシャルルは放そうとしない。「手袋を取って」彼は小声で言った。

「シャルル」ルイーズは息をつけずにいる。シャルルはその光景がほとんど信じられなかった。ルイーズが奇妙な顔をした僕を見て、息もつけずにいるなんて。「私……。今まで誰も……そんなこと……」彼女はしゃべることもままならなかった。

今、彼にされていることに、初めての感覚を覚えた。とても間接的で、自分がよく知っている感覚とは違う感覚。その行為は、さらに続きがあることを、しかもたっぷりあることをほのめかしていた。彼女にはよくわからない性的なこと……。でもシャルル・アルクールはそれについて何でも知っている。おそらく彼はその容貌のせいで、何か得意技を身につける必要があったのだろう。相手をじらし、挑発し、ゆっくりと力強く、容赦なく攻めていく技を身につけ、何が起きているのか気づかれる前に、女性の感覚を巧みに操ってしまうのだ。

彼は怪物ではなく一人の男であり、夫だった。そして彼が持つ並はずれた能力には、説明のつく原因があり、その才能にはぞっとするほどの威力があった。

「僕は君をあまり感じることができないんだ」シャルルは懇願した。「君の手を感じさせてほしい。君のむき出しの手を」

ルイーズはキスされている手を引っ込めた。手袋をはめたまま、握り締めた手を回転させ、丸めて胸に押し当てた。

シャルルはずっと手のひらを差し出したままだ。「頼む。手だけでいいんだ」

「でも、あなたのやり方が……」ルイーズは最後まで言うことができなかった。彼女は周囲に素早く目を走らせたが、どうしようもなかった。なぜなら、彼のせいでほとんど崖っぷちまで後ずさりしていたから。

確かに僕は悪党だ、とシャルルは思った。ルイーズは美しいスミレ色の目で彼を見た。長いまつ毛と重たげなまぶたが描く曲線。必ずしも慎ましいとは言えない視線。それから、彼女は目を伏せて、歯の先で下唇をかんだが、その様子が思いのほか魅惑的だった。

シャルルの下腹部が硬くなり、ズボンの前が彼女のスカートのほうに少し持ち上がった。ああ……。シャルルは彼女の手を取り戻し、再びひっくり返して手首の内側を上に向けた。彼は自分でボタンをはずし、肘のところから手袋を脱がしはじめた。

だが、あまり進まないうちにルイーズに止められてしまった。スカートから彼女のもう片方の手が現れ、しわの寄った手袋を押さえた。その手には何かが握られ、シャルルの手を叩いている。扇だ。彼はあの船で最初の晩に見た、別の物を思い出した。彼女が若い大尉を罰したときに、杖、というより銃剣のように使っていた、あの大きめの扇を思い出したのだ。

シャルルはその扇を見た。シャツの袖口と親指に細長い木片がコツコツ当たる音がかすかに響き、シルクの布地が触れる感触が伝わってくる。たいして強く打たれたわけではない。でも、少し赤くなっている。それを見たら急に腹が立った。いい加減にしてくれ。もうたくさんだ。これほど自由を与え、好きにさせてやっている若い女性から、こんな仕打ちを受けるなんて。短い結婚生活のあいだに、たった一度しかキスをしていない妻に腹が立った。一度しか、たった一度しかキスをしていないじゃないか。彼は急に物足りない、満たされない気持ちになり、心が乱れた。僕はもっと満たされていいはずだ。

ひょっとすると、また人がぶつかってきたのかもしれない。そばに人がいて、ずっとおしゃべりを続けており、背後でも人が動き回っていた。シャルルは少しずつ妻に体を寄せていく。自分の意志でそうした部分もあるが、最後の一センチは人に小突かれたことも手伝ったのかもしれない。シャルルは突然、ルイーズに重なり、ドレスに体を押しつけた。

「シャルル」彼女は息をつき、顔を上げ、目を大きく見開いた。

シャルルは頭を下げ、顔を斜めに傾けた。ルイーズはまた身をかわそうとしている。「さあ、ルル、心配しなくていい。人が大勢見ていることだし……。僕はどうすればいいんだ?」彼はルイーズの頬に手を置き、顔をしっかり支え、彼女の口全体を覆うようにキスをした。

急に人が大勢いることが本当に残念に思えてきた。なぜなら、彼は驚嘆すべき成功を収めたからだ。それを成功と呼んでもらえるのなら……。結婚して二週間弱、彼はようやく、大人の男女がするやり方で、妻に二度目のキスをした。官能的な、熱烈なキス。それにルイーズもキスを返してきた。どうにか自分を抑えようとしているが、何もかも完全に抑えることができずにいるといった感じだ。シャルルは頭を傾け、めいっぱい彼女をのみ込んだ。

ああ、最高だ。彼女がこれを気に入っていようがいまいがどうでもいい。この手すりを飛び越え、眼下の岩や森に向かってどんどん落ちていくような気分だ。シャルルは彼女の口に舌を差し入れ、鏡のように濡れて輝く、柔らかい頰の内側に押し当てた。彼女と舌を絡ませると、それは小さくて、とても温かくて、生き生きしていた。シャルルの舌は彼女の舌を求め、なでるように愛撫する。彼の下腹部はたちまち硬くなった。

そのとき、誰かの声がした。「ちょっといいかしら」

シャルルは体を引いた。崖から転落し、なんとか着地した人間のように息が荒くなっている。ルイーズは目を半分閉じており、それを見ていると、打ちのめされてしまいそうだった。二人はあえぎながら、互いの息がかかるほどの距離で立っていた。

「シャルル？」また先ほどの声がする。

彼は肩越しに目を走らせた。この行為をもっとエスカレートさせ、自分がどれほど社交上の礼儀を逸脱しているか皆に見せつけるつもりなら、彼は地獄に落ちることになるだろう。

「シャルル？　ルイーズ？」イザベル・ヴァンダミーアがシャルルのすぐそばで、ひどくとがめるような顔をして立っていた。「少し、中で休んだら？」イザベルは弱々しく微笑み、見透かしたようにこんなことを言った。「ルイーズはちょっと疲れているんじゃないかと思ったのよ。シャルル、この子を二階に連れてっていったほうがよさそうね」

「ええ……」シャルルはばつが悪そうに微笑んだ。それから思いきって振り向き、ルイーズの姿を義母に見せたが、彼女はまだ一生懸命スカートと肩のあたりを直しているところだった。シャルルは彼女の背中に腕を回して抱き寄せた。

ルイーズはうつむき、二人の隙間を見下ろしている。全身を真っ赤にしていたが、シャルルでなければ、彼女をそんなふうに赤くすることはできないようだ。「いいのよ、お母様。私たち、どっちにしろ、もう失礼しなければならないから。こんな素敵な午後を用意してくれてありがとう。本当に楽しいパーティだったわ」

何だって？　僕は今、着いたばかりじゃないか。ああ、こんなことをしても誰も喜ばない。だが、彼が喜んでいたことは言うまでもない。天にも昇る気分だった。「ええ、もう行かないと」そうさ、そうだとも。こんなふうにキスをしたのだから、帰りの馬車の中で、このばかげた結婚をちゃんと完成させてやる。シャルルはそう思っていた。

二人は帰りの挨拶をしながら人々のあいだを縫って進んでいく。シャルルはその間、それまで以上に浮き浮きした気分で、いつものように自分が主役になっていることを悟った。有頂天になっていなかったと言ったら嘘になるだろう。残念ながら、シャルルが舞い上がっていたのは、ルイーズの手首から先を半分味わい、彼女の口の内側を舌でぬぐう感覚があまりにもよかったせいだけではなかった。あのようなキスと、ショールを拾い上げ、真っ赤になって出ていこうとする妻の姿に彼の自尊心は浮き足立っていたのだ。ルイーズに色目を使う多くの若い愚か者たちの前で、シャルルは虚勢を張る自分にたちまち酔いしれた。

かわいそうに、若造どもは自信をなくしているだろう。でも、これほどの喜びがあるだろうか！　この世のものとは思えない美しい精気を漂わせて歩いている彼女は僕のものだと（今のところ、そう断言するのは少々いんちきだったが……）思い知らせることができるなんて。シャルルは有頂天で馬車まで歩いていった。自分の妻を征服したことを自慢したかった。まだ実現したわけではないが、もう目の前に迫っている。彼は妻の愛情を勝ち取ったと世の中に向かって叫びたい気分だった。

ところが馬車に乗り込むと、ルイーズは激しい怒りをこめてこうささやいた。「今度、人前であんなことをしたら、その気取った片目の顔をひっぱたくわよ。わかったわね？」彼女は手足を伸ばし、ドレスを広げ、ポケットバッグとショールと扇を座席の真ん中に置き、シャルルが座れないようにした。

しばらくためらった後、シャルルは彼女の正面に腰を下ろし、「気取った片目の顔」をしかめ、不満げな表情を見せた。「君だって喜んでキスしていたじゃないか」

「恥ずかしかったわ。あんなことするぐらいなら、ヴィルギュールみたいに片脚を上げたほうがましだったでしょう」彼がニースの家で飼っているマスチフ犬のことだ。「私ににおいをつければよかったのよ。これは僕の木だってね」

シャルルは腕を組んだ。「君は僕のものだ」

ルイーズは彼のほうに体を傾け、きっぱり否定した。「違うわ。私は私のものよ」

彼は顔をしかめた。反論することさえできなかった。自分が何をしたのか、わかりすぎるぐらいわかっていたからだ。

二人は黙ったまま出発した。

23

二人が膝を突き合わせて進むあいだ、馬車の窓から注ぐ日差しのほとんどはシャルルの胸と顔をかすめており、彼は目を細めていた。確かに、これこそぞっとする表情というものだ。しばらくその顔をじっと見ていたら、ルイーズはなんとなく後悔を覚えた。彼女はぎこちなくこう言ってみた。「焼きもちを焼かないで」

「もしそうなら、許してほしい」

「気持ちを抑えたほうがいいわ」

シャルルはぶすっとした顔でルイーズを見た。「妻がびっくりするほど美人で、自分はこんな顔なんだ。焼きもちを克服できるはずがないと、君は思ったことがないのか？」

「あなたは大人だし――」

彼は脇の座席に置いてあったものをルイーズに投げつけた。小さな塊が彼女の胸に当たる。

「おっと、ずいぶん分別のあることを言うんだな」それは彼のハンカチだった。何かを包んで縛ってあるようだ。

彼は鼻を鳴らした。「君だって、いつまでも欲求不満で、混乱していて――」

「ばかげた振る舞いばかりしている……」

「そのとおり《エグザクト》」彼は低くうなるような声で言った。

このひとことで、二人はまた黙って馬車に揺られているはめになった。それならそれでいいわ、とルイーズは思った。馬車が道を下っていくにつれ、彼女は室内に妙なにおいが漂っていることに気づいた。かすかにではあったが、独特な、本当に変わったにおいが狭い空間にこもっており、それは彼女の膝に置いてあるハンカチの包みから発散していた。

「これは何?」ルイーズは包みをつまみあげた。

シャルルはちらっと見たが、すぐ窓の外に目を戻した。「お土産。君にと思って持ってきたんだ」

「お土産?」ルイーズは彼の言葉を繰り返した。

彼は何も説明しなかった。何も答えず、相当、不機嫌そうな顔で空をじっと見つめていた。窓の景色を見ていると、この馬車は空高く飛んでいるのかもしれないと思えてくる。地面は存在せず、存在するものと言えば、木々の梢と、馬車のスプリングや車軸をキーキー言わせている不安定な振動だけだった。耳障りな音だ。

それにこの香り。ルイーズは「お土産」に注意を向けた。お土産といってもたいしたものではなく、何か小さなものがハンカチにきゅっと包んであるだけだった。結び目をほどいていくにつれ、コケのような、甘くインパクトのある香りが強さを増していく。布の端を持って広げると、真ん中にしっかりと包んである物が現れた。そして、最後の一枚を開き、彼女が目にしたものは、どういうことのない、蠟のような、灰色の小さな塊だった。透明で、大理石のような模様が入っている。香りは強烈だが、いやなにおいというわけではなかった。いや、まったく悪臭とは言えない。

ただ強烈なだけだ。確かに排泄物のように刺激的だが、そう表現することが可能なら、甘い芳しい香りがした。涼しげで、芳醇な、かすかに海草のようなにおいがする。雨のような、湿気を帯びた森から漂う土に似たにおいと言ってもいい。

小さな灰色の塊には、色々な破片、残骸が埋まっており――磨り減ったイカのくちばしだ、と彼女は思った――それがまだら模様になっていた。ルイーズにはその正体がわかった。きっとあれに違いない。柔らかい。ハンカチからアンバーグリースの小さな丸い塊を転がして手のひらに載せてみる。それは握り締めた手のぬくもりで少し溶け、固形の油のような、獣脂のような感触があった。魅力的な感触。香りは手の上で変化した。ムスクに近い香り。ほんのりスパイシーで、なぜか、東洋的と言ってもいいほどの香りを放っている。

「これ、とっても素敵な香りね」ルイーズは自分のほうを向こうとしない男のために、声に出して言った。

すると、彼はいらいらした視線を投げてよこした。

どうして彼が腹を立てているのだろう？　人前で真っ赤になるようなことをされたのは私のほうなのに。

しばらくしてから、ルイーズはまた同じことを口にした。「焼きもちを焼かないで。自分を抑えるべきよ」

シャルルは自分を抑えるどころか、つり革をつかみ、力いっぱい握り締めた。「冗談じゃない。僕がこんなふうになるのは、君をとても愛しているからだ」

ルイーズはびっくりした。頭が真っ白になり、「なぜ?」としか言えそうになかった。それは率直な疑問だった。だが実際には率直というより、嫌味な訊き方をしてしまった。「私にどうしてほしいの?」

シャルルは気持ちを落ち着けようともせずに答えた。「僕が君を愛するのは、君が積極的で、自分に正直で、意志が固いからだ。君は驚くべき意志の強さで、自分が選んだものに向かって自分を駆り立てている。僕は君の選択そのものを愛している。僕もその一つになりたいんだ。君にどうしてほしいかって?」彼はルイーズの言葉を繰り返した。「僕を選んでほしい。自ら進んで、君の固い意志をもって、がむしゃらに向かってきてほしい」

シャルルは深く座り直し、腕を組んだ。満足したというより、打ちのめされた気分だった。心が乱れるあまり、話を続けることができなかったのだ。こんなことを言ってしまって、ルイーズと同様、自分も驚いていた。

シャルルの言葉は彼女に刺さっていた。ルイーズは目をそらすことができない。彼の言葉が、とっぴで魅力的な愛の告白がその場を支配したまま、二人の乗った馬車はがたがた揺れながら進み、急な坂道を駆け抜けていく。

とうとう彼女は意識的に目を伏せた。

そして、丸めた手のひらに載っている、アンバーグリースの小さな丸い塊を見た。見た目は本当にぱっとしないが、香りの存在感はとても大きかった。強烈で、情け容赦なく人を惹きつけ、本能に響く目に見えない力を持っていた。その香りはいつまでも宙に漂い、手の毛穴に徐々に入り込んでいく。これまで出会った中では最も強烈だが、それでも「心地よい」香りと言っていい。涼やかな、いい香りだ。春の雨の中でひざまずき、森林の表面に密生するコケを掘り返し、柔らかな毛皮を敷き詰めたような茂みや、若い木の根や、ざらざらした大地に鼻を押しつけてにおいをかいでいるような気がする。

アンバーグリースの見た目が、その魅力や豊かな特徴とほとんど関係がないことにルイーズは驚いていた。アンバーグリースの出所と香りが結びつかなかったのだ。

こんな神々しい香りが、どこまでも広がっていく粘り強い香りが、クジラの不格好な結石に入り込んでいるとは、なんと不思議なことだろう。

家に到着し、シャルルは馬車を下りた。だが、ルイーズに手を差し伸べると、彼女は馬車の戸口で立ち止まった。それから体を少し前に傾け、彼という人間を見極めるように、その目をまっすぐ見つめた。シャルルはまだひどく怒っていて、それを隠すことができない。ルイーズは彼の手に自分の手を重ねて言った。「そんなに不安に思うことはないのよ。あなたはそれほど醜いわけじゃないわ」

そう来たか。それなら、それでいい、とシャルルは思った。もっとも、二人に彼のばかげた愛の告白を話題にするつもりがなかったことだけは確かだ。

だが二人はそれを話題にした。遠回しにではあったけれど。ルイーズはかすかに微笑みながら馬車の踏み段を下りた。「私の意志?」それは質問のようでもあり、からかっているようでもあった。

シャルルはどう答えていいかわからない。ルイーズは首を横に振っているが、何に対してそうしているのかわかりかねた。

それから、ルイーズは驚くほど効果的なやり方で、彼を元のように当惑させ、あらゆる苦悩を思い出させた。彼の腕をつかんでこう言ったのだ。「シャルル、あなたは手の焼ける妻を押しつけられてしまったのよ」彼女は眉をひそめ、美しい目を細め、不安そうな顔をしながら続けた。「自分がどんな人間かわかっているわ。私はわがままよ。自分を思いきり偽らないと、人に寛大な態度を取れないの。寛大な気持ちになったことなんか一度もないのよ。そうなる努力もほとんど放棄してしまったわ。私が積極的ですって? シャルル、私は強情っぱりで、うぬぼれ屋よ。本当に、妻の務めにはこれっぽっちも興味が持てないの。人付き合いは上手くこなせるし、二分間なら誰にでも親切にできるけど、それは、私が筋金入りの嘘つきだからよ」シャルルが口を開きかけたが、ルイーズは手を振って彼の反論を拒んだ。「ええ、自分が美しいことはわかっているし、あなたがそれを評価してくれていることは嬉しいわ。私には色々な顔があるの。でも、親切な人間ではないのよ。そうだったらいいのにと思うけど。あなたは親切だわ」

何の前触れもなく、ルイーズの手が近づいてきた。シャルルは最初、頭を下げ、目を閉じて体を引き、顔を背けた。とても気の利いたお土産になるだろうと思って持ってきたアンバーグリースが、彼女の手から強い香りを放っている。

やがて彼は動かなくなった。ルイーズの手が頬に触れるのがわかった。彼の傷ついたほうの頬に、とても優しく。温かなものに押される感触だけがまぶたをたどり、感覚を失った傷跡をたどっていく。ルイーズは彼の顔をじっと観察しており、彼女が目にしているに違いないものを思うと、シャルルは内心うんざりした。同情されている。ああ、頼むから同情なんかしないでくれ。それから、ルイーズは小さくつぶやいたが、彼にとってその口調はおおいに満足のいくものだった。「ちっとも醜くなんかないわ」

魔術師が魔法をかけるかのように、ルイーズは平らにした手のひらをシャルルの顎に当てた。彼は自分で動こうと思っても動けなかったかもしれない。大胆にも、彼女の目はシャルルの顔を隅々まで見渡し、観察しながら、その目や鼻や口がどうなっているのか探っていた。シャルルは心が落ち着かず、気力も奪われ、しげしげと見られることに耐えられそうになかった。ルイーズは相変わらず、興味深そうに、丁寧に、嘘偽りのない心で彼を見つめている。それから、彼女はこんなことを言ってシャルルをはっとさせた。「シャルル、あなたの顔を見ていると心を奪われてしまうの。でも、それはそれとして、私、あんなふうにキスをするのがいやだったの。私の手を愛撫する、あなたのやり方もいやだったのかもしれない。だって、人前で本当の自分をさらけ出したくないんだもの。あなたは妙に私の心を動かすのよ。

それを皆にばらすようなことはさせないで。私が確実にあなたのものだということをほかの人たちにわからせる必要があるなら、ご希望に添うようにするわ。あなたのために一生懸命やるつもり」ルイーズは少し間をおいた。「お互い様よ。あなたは一生懸命、私の面倒を見てくれるんだから」

彼女は手を下ろし、再びスカートを持ち上げて彼を通り越していった。

シャルルは動けなかった。まるまる五分、車回しに独り取り残され、言葉を失い、足の裏から頭のてっぺんまで興奮し、頭皮が小刻みに震えていた。感謝したくなるような興奮の波に襲われながら、彼は今の言葉の意味を考えていた。ルイーズは「彼の面倒を見る」などと驚くべきことをほのめかした。いったい何をしてくれると言うのだろう？　あの冷淡で生意気な一八歳の小娘が……。

24

ルイーズがほのめかした「彼の面倒を見る」とは、こういうことだったらしい。その週、シャルルの姉のところに生まれた娘の洗礼式があり——卒業旅行中のあの愚か者が、どういうわけか招待状をまんまと手に入れていた——教会を出る際、ルイーズはシャルルの手を握った。家族や友人に挨拶をするあいだもずっとそうしていた。その後パーティがあり、シャルルは従兄弟が演じるたわいもないパントマイムを落ち着かない様子で見守っていた。というのも、そのとき例の若者がルイーズの気を引こうとしていたからなのだが、彼女は部屋を横切ってシャルルのところまでやってきた。そして彼の腕にさりげなく自分の腕をかけ、二人で一緒に皆の挨拶に応えると、爪先立ちになり、体を傾けて彼にキスをした。

その感覚そのものに気が遠くなりそうだった。タフタに包まれた胸が彼の上着の袖や腕に一瞬、押しつけられ、傷ついたほうの顔の耳のすぐ前に柔らかな唇が触れる。まさかこんなことが……。しかし、ルイーズがこのような行動に出たときの感激、彼女とつながっているという気持ちは抑えがたいほど激しかった。シャルルが感じていた嫉妬からくる不安は二人の争いのもとになるところだったが、彼女はパートナーの不安を淡々と如才なく和らげてしまったのだ。

だが、ルイーズの態度はシャルルの不安を消し去りはしなかった。自分よりハンサムな男が彼女の気を引きたがることを心配したり、不満に感じたりする可能性はやはり消えなかったのだ。ルイーズの態度は、なぜかシャルルの苛立ちを招き、それは痛みとしてはっきり感じられるようになった。まるで二人で殴り合いをしているような痛みを感じたが、ルイーズはまったく無頓着で、傷をわざわざこすって悪化させるより、癒すほうがいいでしょうと言わんばかりだった。

シャルルが彼女に求めた理解は、このようなものではなかった。こんなことをしてほしいと思った覚えはない。ルイーズ本人は相変わらずとても遠い存在に思え、彼女の顔がだんだんうつろになっていく気がした。この「わがまま」な少女は、シャルルがこれまで味わったことのない感情をもたらした。自分の気持ちが同情によって和らげられているという、嘘偽りのない感覚をまざまざと思い知ったのだ。それでも、彼はルイーズをとても愛しており、何を考え、どこを見ればいいのかほとんどわからなくなってしまった。

一〇月の最初の週末に、二人は再びニースに戻った。家の中に入ってすぐのこと、シャルルは上着とベストを脱ぎ、クラバットを緩めてくつろいでいたのだが、そのとき二人は、ダイニングルームのテーブルに箱入りの大きなバラの花束が置いてあることに気づいた。

シャルルは同封されていたカードを読んでから言った。「卒業旅行中のあの若造の喉を杖で締め上げて懲らしめてやらないといけないな。構わないだろう？」

ルイーズは笑って、そのバラをごみ箱に放り込んだ。

だがシャルルは笑っていなかった。花束を拾い上げ、痛烈な返事を書いたあと、花の首をすべてへし折ってしまった。それから、カード、頭を切り取られた茎、つぼみなど、ごみを全部、再び箱に押し込んだ。しかし、すべてをやり終えたころ、ルイーズはもういなくなっていた。

シャルルはため息をついた。花を送り返してやることはできる。でも、そんなこと、どうだっていいじゃないか。なぜなら、僕にもルイーズにも、小包を送りたくても送れない男が一人いるからだ。それは僕自身。あの船に乗っていたもう一人の自分だ。ルイーズがどこに行ったのかはわかっている。彼女が何をしているのかもわかっている。でも、どうすればそこに割り込めるのかわからない。

ルイーズはニースに戻ってくるとすぐに向かう、いつもの場所に行ったのだ。シャルルは彼女を追って、浜辺へと下りていった。

ルイーズもいずれ船の男のことは忘れる。二週間前、シャルルはそう思っていた。初恋にはよくあることだろう。失恋としては重症なケースだが、基本的には若い女性の初体験であり、彼女は初めて大人の感情を味わい、大人の関係を持った。彼女にとっては初めて実現した、活気あふれるロマンスだったのだ。その思い出も時とともに色あせ、時期が来れば消えるだろう。その一方で、彼女の目の前にいる本物のシャルルが、二人の共通点はこれだけあるのだ、共通していない部分もすべて完璧に調和させることができるのだと、日々証明してやればいい。そうすれば、どう考えても、生きて呼吸をしている男のほうが、思い出よりも輝き、よく見えるに決まっている。

それなのに、過去のシャルルの中で、あの船に存在した何かが、まるでやり残した仕事であるかのようにルイーズを引きずっている。シャルルは船上で交わした二人の情事が強烈だったのではないかと心配していた。また新婚二日目の終わりに、バスタブから抱き上げてきた彼女が、こちらが当惑するほど傷ついていたこと、そしてジャスミンの香水のにおいをかいだあと、彼女がニースに戻りたいと言いだしたことをくよくよ気にしていた。ルイーズにとって、船上の情事が終わったことはつらい経験だったらしく、シャルルは彼女がそこまで心を痛めるとは思っていなかったのだ。彼はもっと微妙な問題を恐れていた。その一つは、彼がルイーズの想像を助長してしまったことだった。**何でもいい。僕は君がそうであってほしいと思う人物だ。**彼女は若い女性のありとあらゆる願望で暗闇の記憶の空白部分を埋め、もう一人のシャルルを理想の人物に仕立て上げてしまったのではないか？　生きている男は誰一人、期待に添うことができないほどの人物を仕立て上げ、その理想の男に常に誠実であろうとしているのではないか？

浜辺でルイーズに近づいていくと、彼女は海のほうを向き、はるか先をじっと見つめて立っていた。目に見えないチュニジアの海岸と向き合っていることは十分考えられる。幽霊に恋をしているのだろう。とんでもない男にほれたものだ。シャルルにその男がやってくるのが見えるとすればだが……。

だから、もう彼女に話してしまおう、とシャルルは思った。今がそのときだ。二人のあいだは上手くいっている。今だ。今、話すんだ。だが、彼は毎日、何度となく自分にそう忠告しておきながら、実際に口を開けば、決まってこんなことを言ってしまうのだ。「君はあのごくつぶしに、放っておいてくれと言ったのかい?」

ルイーズはぎくっとした。髪が風になびいている。そよ風に吹かれた巻き毛が崩れ、いくつかの束になって流れていた。彼女がシャルルのほうに振り向くと、束の一つが顔にかかった。髪が少し乱れたまま、彼女は目をしばたたいた。彼がそこにいるとは知らなかったのだ。

「言ったって、誰に?」

「君に花を送ってきた、あのイギリス人さ」

「ああ」ルイーズはうなずき、緊張を解き、再び海を見渡した。水面は穏やかだったが、急に風が吹き、さざ波が立った。あたりはひんやりとしていて、空は雲で覆われ、今にも秋の最初の雨が降ってきそうだった。「そうよ、シャルル。あの人には言ってやったわ。でも、ばかな人間は理解するまでに時間がかかることがあるでしょう」

確かにそうだ、とシャルルは思った。彼はうっかり叱られてしまったかのようにうつむいた。

彼は船に乗っていたときの自分を覚えていた。ああ、なんてシニカルに、なんて巧みに

「愛」という言葉を避けていたのだろう。僕はただ、夜な夜なルイーズを愛撫し、彼女の話を聞き、セックスをしただけだった。だが、彼女のために甘い言葉をささやきつつ、心の中では、皆に誤解されているかわいそうな子、僕の大事な友達、大事な妻と呼びかけていた。そういった言葉を口に出さないまま、五日間の付き合いのうちに、僕はあの船のどこかで、ルイーズ・ヴァンダミーアと気持ちの上で結婚していたのだ。あのとき以来、僕は変わってしまった。

ルイーズが彼の腕に触れた。シャルルはその手を取り、手のひらにキスをした。反射的にそうするようになっていた。少なくとも人目につかないところでなら、思いどおりにルイーズの手に触れ、キスをさせてもらえる。これまで、あらゆるやり方で、あらゆる女性のあらゆる部分を自分のものにしてきたが、そのどれと比べても、彼はこの女性の指、手のひら、関節、手の甲をよく知っていた。ルイーズは手をよじって自由に使えるようにした。それから思いがけず、指先をシャルルの首にはわせ、シャツの襟の内側に触れた。そして、手のひらでシャツの外側をたどり、前立てをたどり、胸に触れた。シャルルは、純粋な驚きがもたらす喜びで急に体が痙攣し、抑えようにも上手くいかなかった。

ズボンのウエストバンドのあたりで手を引っ込め、彼女はいつもと違う妙な目で――ヒヤシンスのような青紫の目で――シャルルをじっと見つめた。

シャルルは今なら言えると思っていたことがあったが、もう、それが何だったのか忘れてしまった。ここにやってきたもっともらしい理由もわからなくなっていた。

またこんなふうに触られているということしかわからない。

シャルルは混乱した頭で、話のつながりを思い出そうとし、口を開いた。「君が話してくれた男のことだけど。君が死んだって言った――」

「いいの」ルイーズは彼の言葉をさえぎった。唇を固く結び、首を横に振っている。「その話をする必要はないわ。前は、それもあなたが嫉妬する理由の一つだったのかもしれないけど、もう違うのよ」

もう違う？　シャルルはこれで自分の立場がどうなるのか解読しようとした。もう自分に嫉妬しなくていいとはどういうことだろう？　彼は目的を実行に移そうと思った。「ルイーズ、話しておきたいことがある……」

二人とも足を止めた。シャルルは彼女の名前を口にしていた。心の中で呼んでいた名前が口をついて出てきた。ルイーズはすぐに振り返った。

彼女はその男性のほうを向き、その顔を見つめた。もちろん、そこには彼の奇妙な、魅力的な顔があった。だが、それもほんの束の間のことだった。

まさか。彼は私が時々聞きたくなる名前を口にしただけよ。それでも、彼女は尋ねずにはいられなかった。

「どうして、私をそんなふうに呼ぶの？」

シャルルは一瞬、何も答えなかった。「わからない。つい出てしまっただけだ。嬉しいんだと思う。君の名前を全部ちゃんと呼ぶことが。君のあらゆる一面と向き合うことが嬉しいんだ。君のすべてが欲しい。何もかもさらけ出した君が欲しい」

何もかもさらけ出す。その言葉を耳にしたルイーズは、バスタブの前で彼が服を脱いだ日のことを思い出した。今の彼はあのときと同じだ。また私の前で服を脱いでしまいそう。

ルイーズはおどけた調子で言った。「一度、さらけ出したことはあるの」彼女は一瞬、言葉を切り、短く素っ気なく笑った。「でも、結局いいことはなかったわ」

シャルルはルイーズをじっと見つめていた。とうとう彼女は顔を背け、再び海の向こうを見渡した。すると、彼がとても静かな声で言った。「今そんなふうに心を開いてほしい。僕に向かって開いてほしい」痛々しいほど心のこもった言葉だった。

ルイーズは何か言いたかったが、喉が詰まってしまった。

彼女は答えず、シャルルはその理由を推し測っていたようだ。彼はまた先ほどと同じことを口にした。「君が死んだと言ったあの男は――」

ルイーズは話をさえぎった。「シャルル、本当にもう終わったことなのよ。そう、もう終わったの」それからこう打ち明けた。「それと、彼は死んでないわ。そうだったらいいのにと思っただけ」

「何だって？」

ルイーズはまっすぐ前を向いたまま、海を見ている。夫と向き合うことができなかった。

それでも、彼のためにそうしよう、もう一度、頑張って心の内を明かそうと思った。彼女はぎこちなく話しはじめた。「その人と関係を持ったの。どうってことなく終わるはずだったのよ。私は、自分を見せられると思った。その……見せるという言い方は正しくないんだけど……私は……」ルイーズはため息をついた。はっきり言葉にできない自分がもどかしい。

「一緒にいると──」

また喉が締めつけられ、今度は声も奪われてしまった。ルイーズはとにかく唇と息だけで、無理やりその言葉を口にした。「その人と一緒にいると、いつも心の内側にひっそり隠れていた自分を表に出すことができたのよ」

そう言ったあと、一瞬の間があり、ルイーズはすぐにその間を埋めようとしたが、相変わらず、ささやくような声しか出なかった。「自分を出せると思ったの……ありのままの自分を。これは情事なんだから、いずれ終わってしまう関係なんだから、できるだろうと思ったの」彼女の声は回復したが、かすれており、きちんと発声されたかと思うと、次の瞬間にはただの息となり、いつまでもそのままの状態だった。「でも、そんなふうに自分をさらけ出したことや、秘密の自分をさらけ出した私に対するあの人の応え方が……」

ルイーズはしばらく続きを言うことができなかった。喉がすっかりふさがり、締めつけられるようで苦しかった。だが、ぐっとつばをのみ込み、唇をかむと、びっくりするほど力強く言った。「そうなるのはわかっていたけど、それ以上にあの人に親しみを感じてしまったの。それがよく思えたのよ。そんな自分が好きだった。その感覚が好きだったの。でも、あの人はそうじゃなかった。私を置いて行ってしまったわ。二人とも最初からそのつもりだったし、予定どおり去っていった。それなのに……私は何かが変わってしまったと思って……。

ああ、私は……」ルイーズは首を横に振った。「どうでもいいわ。あの人はハンサムで、さっそうとしていて、今思えば、とんでもない女たらし《カサノバ》だったのよ。すごく口の上手い人だった。きっと、前にもああいうことをしていたのね」そして、こう言い添えた。「何もかもごまかしていた彼が憎い。あんなふうに私を丸裸にして去っていった彼が憎い。あの人は私が信頼したことを面白がっていたんだわ」

ルイーズはシャルルが何か言ってくるのを待ったが、嫌悪の表情を浮かべているのではないかと思い、彼を見ることができなかった。だが、彼は何も言わず、ルイーズは続けた。

「なぜこんな話をしたかというと、私がよそよそしいのは自分の顔のせいだとあなたが思っているからよ。あなたのせいじゃないわ。あなたの見た目がとても好きになったの。だからあなたのせいじゃないのよ。私のせいなの。私、とてもみっともないし、とてもたどたどしい言い方だった。説得力がないし、ぶっきらぼうだ。それでも彼女は言った。「前からずっと、人に対して疎外感を持っていたの。私はずっと――」とてもすごく腹が立っている。心がとても混乱しているのよ」ルイーズは唇をぎゅっと結んだ。「すごく腹が立つの……。自分に……。たぶん、彼にも。ものすごく怒っているのよ」

かなり長いこと、波が打ち寄せる音しか聞こえなかったが、ようやく彼の声がした。「怒っているようには見えないよ。きっと、そんなに怒っているわけじゃないから、君は――」

「いいえ、怒っているわ。本当よ」ルイーズは彼を見て笑った。「私は行儀作法をわきまえているから、怒っていても表に出せないの。黙って腹を立てるのよ。内心、怒りで煮えくり返ってるわ」やっと、こういうことを口にできて本当にいい気分だった。特にシャルルに伝えることができてほっとした。

ルイーズは穏やかに、きっぱりと言った。「悲しみというか、喪失感というか、そういうものみたい。私はあの人を思い出してばかりいるの。思い出したくないときでさえ、そうなのよ。それで、思い出してしまうことに自分でも腹が立つの。何もかも腹が立つわ。私を怒らせているのはあの人なのよ。私は心を開いて、何もかもさらけ出したのに、あの人は鍵をかけた窓のない部屋みたいに心を閉ざしていた。人の気持ちにつけ込むこつを身につけていて、実はそれを魅力的な武器にしていたんだわ。女性が服従するようにしてしまうのよ。時々思うんだけど、もし一度だけ彼を見かけたら……ばったり会うことがあったら、私は……。わかるでしょう?」ルイーズは覚悟を決め、横目でシャルルをちらっと見た。

シャルルは彼女を見つめていた。表情はうつろで、何を考えているのか見当もつかない。彼は小声でつぶやいた。「いや、わからない。どうするつもりなんだ?」

意外にも、ルイーズは笑った。心から笑っていた。「殴ってやるわ。せめてそれだけはしたいのよ、絶対に。きっと楽しいでしょうね」悪気のない復讐心に燃えながら、彼女は想像したことを口にした。「私をからかった、あのばかな女たらしをぶん殴って、地面に押し倒して、踏んづけてやるわ。許してやるもんですか。あんな浅はかな、くだらないやり方で楽しんでいたなんて。大ばか者よ」

その後、しばらくして隣から声がした。「そうだね。僕はこれっぽっちも君が悪いとは思っていないよ。どうやらそいつは、とんでもなくばかな男みたいだな」

ルイーズはうつむいたまま、彼がもっと何か言ってくれるのを待った。シャルルが顔を背けていたことにも気づかずにいたが、やがて濡れた小石を踏みつけ、その中に沈んでいく彼の足音が聞こえてきた。

ルイーズは一瞬、心がざわめき、急に顔を上げた。こんなことを話して、彼を傷つけてしまったかしら？　かつて私にはほかに大切な人がいて、今はその人に腹を立てていると話したことがいけなかったの？　私が信頼しているのは夫であること——実はとても信頼していて、だからこそ、これ以上ないほど私を傷つけた出来事を話せたのに、それがいけなかったの？　彼に話してよかったんでしょう？

浜辺を歩いていくその男性は、不機嫌そうにも、特に傷ついているようにも思えなかった。ただ自分の心を見つめ、様々な思いを巡らしているようだ。

突然、冷たい水がルイーズの足元に打ち寄せ、足首を覆った。彼女は思わずスカートを持ち上げ、シャルルのシャツが風に吹かれて胴に張りつく様子を見つめた。黒い髪がそよ風になびき、横に流れている。

そうよ、私は彼の容貌が好き。彼は堂々としている。立派な体の持ち主だわ。脚の調子が悪くなければ、大股でゆっくりと、同じペースで歩くけれど、馬に乗っている時間が長すぎて脚を酷使しすぎたときは、魅力的とも言えるリズムで歩いている。彼は痛い思いをしなくて済む生き方をしようとは思っていない。その姿勢は、今や二、三歩ごとにリズムが狂う、彼の歩き方に表れている。

風はシャルルのシャツを背中に打ちつけていた。降りだした霧雨に吹きつけられてシャツは濡れ、左右の肩甲骨からズボンのウエストバンドにかけての筋肉に挟まれた深い溝に、薄手のキャンブリック地がぴたりと張りついている。

ああ、そうだったのね。ルイーズは両手で鼻と口を覆った。それは何かを発見し、ショックと驚きを示す仕草だった。腹が立っていることも、もう一人の男性のことも、目の前の彼が歩いていってしまった理由もどうでもいい。この人よ……。

私は彼を求めている。

手にキスをされることだけではなく、彼の肉体すべてが欲しかった。いつからこんなことになったのだろう？　いつから私は心ひそかにこの人を求めていたのだろう？　あんな奇妙な目と傷跡を持ち、不規則な歩き方をする彼を……。美しい背中と力強い肩の持ち主を……。そして、嘘偽りのない、優しい思いやりを私に示してくれるこの人を……。

どうしよう、もしかすると、彼を愛することさえできるかもしれない。気まぐれな空想ではなく、現実のこととして、欠点も何もかも愛せるかもしれない。

そう思うと、最初は嬉しかった。これですっかり丸く収まるだろう。二人は愛し合えるかもしれない。

しかし、さらに考えてみると、「愛し合う」が意味するもう一つのこと、自分が相手に与えなければならないものについて、だんだん慎重な気持ちになっていった。彼女は自分の美あら、私ったら……。彼女は独りで笑ってしまった。私は徹底的にわがままを楽しんでいる。浜辺を歩いていくあの人を求めている。自分が彼にふさわしいかどうかは棚上げにしておこう。

それから、ルイーズは考えた。そんなこと、どうでもいいじゃない。とにかく私は、自分も含め、私は誰に対しても、とても高い基準を設定してしまうだけ。

シャルルは愛していると言ってくれたけれど、自分では愛すべき性格ではないように思える。優しくて、思いやりがあって、善良で親切な性格だったらいいのに……。ほかの人が好きではないというのではない。私はシャルルが好きなのだ。それは間違いない。ただ、自分

色々な一面が組み合わさった、私のこうした性格は愛すべきものなのかしら？

意志がある。それはとても強力で、正しく使えば素晴らしいものだろう。

がむしゃらになっている。シャルルならそう言うだろう。私の意志……。確かに私には強い

いと思っているし、努力を続けている。彼女は再び笑った。**正直であろうとして、捨て身で**

あの船で彼の姿をちゃんと見たわけではないのだから）。私は正直な人間だ。そうでありた

の動きがどことなく船上のシャルルに似ていると思った。でも、そんなことはあり得ない。素晴らしい想像力が備わっていることも好都合だ（彼女は歩き去っていく夫を見て一瞬、そ

でも、自分の頭が切れることはわかっている。それに、悲しいかな、毒舌であることも。

私の意志？　自分ではそれがどういうものかわからない。

彼はほかに何て言っていたかしら？　私の意志だ。ルイーズはそれを思い出して微笑んだ。

しさを思い出した。ああ、もううんざり。きっとそれ以上のものを求められているのだろう。

自分にはふさわしくないものを手に入れようだなんて。

シャルルが私を愛していると思っているなら、試してみたっていいでしょう？　どういう感じがするものなのか、やってみればいい。私とシャルル・アルクールがお互いに感じているものが、この「愛」という言葉と、たとえほんのわずかでもつながっているのかどうか確かめてみよう。

ルイーズは夫の姿を、今度はあからさまに、しげしげと見つめた。彼は片手をポケットに深く突っ込み、打ち寄せる波を踏みつけるように歩いていく。シャルル・アルクールのような人はほかにいない。彼こそ魔法使いだ。シャルルは運命が与えた試練を受け入れ、優れた自分自身を作り上げたのだ。上品な趣味、個性の強さ、優しさ、心の広さ、そして知性を美しく滑らかに調和させた傑作だ。彼のこういった要素はすべて、その風変わりな容貌によって度合いを増すか、丸みを帯びるか、強烈になるかしている。あるいは、その容貌ゆえに価値が高まり、まともな部分をすべて足してもはるかにおよばない魅力を発揮している。

海がルイーズのむき出しの足を再び洗い、彼女の空想を妨げた。今度はスカートを上げ損なってしまった。水が引き、スカートが足首に張りついた。それから、水は再び彼女のほうに進んできた。穏やかな地中海。彼女はその青さを見渡した。遠くでは水面に雨が激しく降り注ぎ、断続的な音が聞こえてくる。その青い海ははるばる対岸まで続いているようだ。ああ、何ということだろう。シャルルとシャルル。二人の立場が逆転してしまった。私が求めているのは夫のシャルルであり、別れたいと思っているのはもう一人のシャルル。この亡霊は実に生きと、時には本当に生きているように思えてしまい、追い払うことができなかった。私には自分が望んでいる以上の想像力がある……。ルイーズは再び夫を見つめ、顔をしかめた。彼を見ていると、時々本当に、あの人を思い出してしまう……。

ルイーズは自分の新しい考えに沿って行動しようと思った。その晩、ありとあらゆる最新の設備が整ったニースの大きな家で、彼女はシャルルの寝室に向かった。彼は洗面台で歯を磨いているところだった。

ルイーズの姿が目に入ると、シャルルは動きを止め、歯ブラシを口に入れたまま、持ち手越しに彼女を見つめた。ルイーズは歯ブラシを取りあげて磁器の洗面台に置くと、彼の顔を自分のほうに引き寄せ、キスをした。彼は不意を突かれ、手を貸すでもなく、邪魔をするでもなく、優に一〇秒、彼女のされるがままになり、ただ低いうなり声で応えるばかりだった。最高だ。それは間違いない。彼女も同じ気持ちだった。彼の歯はガラスのようにつるつるしていて、口の中は彼が使っていた重曹のピリッとした味がする。水の冷たさと、男性の口の中の温もりとで、キスの味は素晴らしかった。それから、相手役である彼が、実に男らしい力強さでルイーズをつかまえ、彼女は後ずさりした。肩が壁に当たり、モダンな家の電気回路が遮断された。

部屋はたちまち真っ暗になった。

夫は一瞬、動きを止めた。どうやら戸惑っているらしい。暗闇の中で彼女を見つけられないといった感じだ。ルイーズも動きを止めた。二人はそこに立ったまま、互いの息遣いだけを聞いていた。

なぜかとても不思議なひとときだった。二人ともそう感じていた。だが次の瞬間、それも中断された。彼が照明のスイッチを入れたのだ。二人は互いにじっと見つめ合った。まるで誰かが、別の男性が二人のあいだにこっそり入り込んでいたかのように。もう一人のシャルルだ。彼がその瞬間、現れて、二人を立って見ていた気がした。

また同じことが起きていた。一人の男性なのか。二人の男性なのか。二人は不可解なほどよく似ている。夫があの船に乗っていさえすれば、ルイーズも自分で理解できたのかもしれない。あるいは、夫がハンサムで脚も引きずっておらず、鼻持ちならないほど自信に満ちた人であったら……。彼女は今、夫が時々脚を引きずらずに歩いていることに気づいていた。脚を引きずる夫を見て、一度は、彼があの恋人である可能性を除外したが、やがてこう自問せずにはいられなくなった。**どうして除外するの？**

納得のいく理由は見つからなかった。

このようにして、ルイーズは愛と憧れの気持ちをほんの少し表に出してみたのだが、最初はその努力もほとんど役には立たなかった。ルイーズの人生にも、彼女の身に起きているらしき事態にも、すぐには変化が見られなかった。

彼女はある種、病的に海に執着するようになった。まるで、自分が抱えている葛藤の原因がそこにあるかのように。ニースにいるあいだはほぼ毎日、通りを渡って海まで出かけた。

グラースに戻ってくると、断崖や木々や屋根の隙間からちらっとでも海が見えると、その機会を逃すことはまずなかった。彼女は自分の居場所に、つまりシャルルのそばに留まっていたかった。それなのに、時々空想にふけり、一日、あるいは一週間、船を借りられないだろうかと考えてしまう。タンジールやマラケシュやカサブランカに向かう風に乗って船を出すことさえできれば、何もかも理解できるかもしれない。ルイーズにとって、これらの街の名は、エデンの園、天国、神の殿堂《ヴァルハラ》と同じ響きを持っていた。あるいは地獄と同じ響きだったのかもしれない。

ルイーズはくよくよ考え込んだり、思い悩んだりするより、何かしようと試みた。しかし、シャルルが持ってきてくれたジャスミンの香水の勉強に取り組もうとしても、結局、蓋をしたままのボトルと向き合っただけだった。化学の家庭教師とは一度会ったものの、その後、宿題の本を読んでおくのを忘れ、二度目の授業はキャンセルしてしまった。また、食べる物をいちいち選り好みするようになり、体重が減った。グラースでは、ティノが手腕を振るっていることもあって、彼女は不健全な習慣に陥っていた。目が覚めると寝室のバルコニーに出て、ナイトガウンのまま腰を下ろし、二〇キロ先の地中海をじっと見つめて過ごすのだ。その間ずっと、街に出てみようとか、化学の勉強をしようとか、この前のパーティの礼状を書こうなどと考えながら。

少し気持ちが落ち込んでいるけど、それだけのことよ。ルイーズは自分にそう言い聞かせた。彼女は今、言ってみれば成功の狭間にいて、一時的に人生が空しく思えている。自分のために用意された目標はすべて達成してしまった。社交界にデビューし、求愛され、結婚したのだから。少女時代の勝利はこれで終わった。でも、それ以上この人生でやりたいことが見つからない。自分の存在理由《レゾンデートル》を探していたが、それが見つからなかったのだ。だから、こうして太陽を浴びながら、座り心地のいい椅子に収まり、存在理由のほうが彼女を見つけてくれるのを待っていた。

「入ってもいいかい？」

ルイーズははっとした。「な、何？」

もう日が暮れかけている。寝室のバルコニー側に開いているフレンチドアからシャルルの顔がのぞいた。「勝手に入っているけどね。ご一緒しても構わないかな？」

ルイーズは椅子にきちんと座り直した。時間や場所の感覚がすっかりなくなっている。ご一緒って？　ここはどこ？　太陽はどこにいったの？　今日という日はどこに消えてしまったのだろう？　「私……」彼女は体の下に入れていた脚を伸ばし、それから、自分があのラベンダー色のナイトガウンを着ていたことに気づいた。シャルルのせいで少々色落ちしてしまった、あのガウンだ。彼女はその下に何も着ていなかった。ガウンはだらしなくはだけており、片方の胸がほとんど見えている。彼女は襟の折り返しをぎゅっとつかんで引き上げた。

「シャルル、ちょっと待って」彼女は中に入っていてと、身振りで示した。

彼が引っ込むと、ルイーズは立ち上がり、ガウンのベルトをしっかり締め、指で髪を一度とかした。髪はだらりと垂れている。ひどい格好だ。

　彼女は身構えながら寝室に入っていった。怠惰で物憂げな自分にばつの悪さを感じつつ、酒をがぶ飲みしているところを取り押さえられた酔っ払いのように少し怒った顔をしている。

「何か用?」優しいどころの訊き方ではなかった。

「プレゼントがある」シャルルは平たい大きな箱を脇に抱えて立っていた。「君があまり楽しくなさそうにしているからね。元気づけてあげたいと思っていたんだ」

「そんなことしてくれなくてもいいのよ、シャルル。大丈夫だから」

「いや、大丈夫じゃないだろう」夫はきちんとした格好をしていた。ぱりっとしたシャツ、シルクのクラバット、黒いズボン。少し赤みがかったベストは、深みのある鮮やかな色の刺繡が施されている。フロックコートは何着かあるうちの一着で、丈のあるフォーマルなもの。派手なほうの杖をついている。

　シャルルは脇に抱えていた幅のある箱を取り出した。手品を披露するように手首をおおげさに回転させたが、彼はそういう仕草をとても自然にやってのける。それは黒っぽい色をしたビロードの四角い箱だった。高級な宝石用に使われる類の箱だ。

　ああ素敵、とルイーズは思った。また宝石が増えるのね。ティアラやネックレスはもう五○個ぐらいしか残っていないし。でも、ちょっと待って。

　ルイーズは、その箱がシャルルにとって何らかの意味があるのだと悟った。それに、彼は言うべきことを準備してきたのだろう。顔に、尻込みするようなぎこちない表情が浮かんでおり、なんとかその言葉を口に出そうとしているのがわかる。

シャルルは咳払いをした。「パリまで行って買ってきた。結婚する前にね。僕は君の恋人になるんだと思って買ったんだ。本当にそういう存在になりたかった。今もそう思っていて――」彼は、そんなことを言いたかったのではないとばかりに手をひらつかせた。「でも今、君にこれをあげたいと思ったのは、僕が恋人とは違う存在になったからなんだ。自分でもそんなものになるとは思ってなかったけどね。僕は君の友達になった。僕らは本当の友達さ。僕には恋人はたくさんいたけど、親友は一人しかできなかったみたいだから、その親友にこれをプレゼントしたい」シャルルは少し寂しげに笑った。「結婚祝いだ」シャルルは箱を差し出し、ほっとしたように大きく息を吐いた。これで試練は終わった。

箱は濃いダークブルーのビロードで覆われていた。シルクビロードだ。ルイーズは両手で箱を受け取ったとき、そのことに気づいた。

「まあ、シャルル」宝石であろうとなかろうと、彼のそのような意思表示が嬉しかった。

「シャルル、こんなことする必要は――」

「開けてごらん」シャルルはにこやかに笑った。

蓋はエッチングを施した銀で縁取られており、蝶番がついている。指をひねると、箱は簡単に開いた。中に入っていたものは――。

黒真珠のネックレス。ルイーズはじっとそれを見つめた。壊れたままになっている自分のネックレスによく似ている。糸が一本切れてしまい、船の甲板に当たって、そこらじゅうに転がってしまったあの黒真珠。たった一粒だけ彼女の頰を転がり、指先から口に運ばれ……そのあと、上下に揺れる船の床で、輪を描きながら転がっていたあの黒真珠……。

ルイーズは足元の床が本当に揺れているような気がした。

「ほら、つけてあげるよ」

「でも……どうして……。どうしてわかったの?」

「わかったって何が?」

「あの……あの私のお気に入りの……。ああ、信じられない。あのなくしてしまった――」

「君のお父さんが送ってくれた写真や、ニューヨークの家に飾ってあった肖像画で、君は黒真珠のネックレスをつけていた。だから、きっと気に入ってもらえると思って買ったんだ」

そうね。それなら筋が通っている。「でも……」いいえ、筋なんか通っていないわ。ルイーズは後ずさりした。

シャルルは前に出て、彼女の手から箱を取り上げた。その直後、彼女の胸に無数の黒真珠が当たり、その重みは数キロにも思えた。何連にもなった真珠は、一連目が喉元から始まり、バスローブの前で輪を描きながらウエストの下まで連なっている。

「ああ、シャルル、こんなに親切にしてくれてありがとう。これはすごく――」重くて、冷たい。高い位置にある喉元の数連はガウンの前に流れるように垂れ下がり、彼女が動くたびに、ほかの輪を内側に引き入れていた。というのも、ごく小さなプラチナの棒で複数の留め金がつながっていたからだ。シャルルはその留め金を掛けているところだった。彼の腕がルイーズの視界をさえぎり、香りが彼女のほうに漂ってきた。シトラス・ムスクと――今や、彼女もその香りがわかるようになったのだ――濃厚なアンバーのにおいがする。夫らしくない香りだ。それよりも……。私の恋人が使っていた石けんやアフターシェーブ・ローションを、なぜか夫が買ってきている……。ああ、そんなことがあり得るの？ ルイーズは肩越しに手を伸ばし、首の後ろをつかもうとした。そのせいでネックレスがガウンの奥に入ってしまい、真珠は左右の乳房の先端で小刻みに揺れ動いていた。「私――」彼女はしゃべることができなかった。

「気に入ってくれて嬉しいよ。ほら、貸してごらん。僕がやってあげよう。手をどけて。それじゃあ、髪の毛が留め金に絡まってしまう」シャルルは彼女の両手を押しやり、首の後ろで三つ、四つ、留め金を掛けた。「さあ、できた」そう言って、彼は後ろに下がった。ルイーズはガウンの前にさらにネックレスが垂れ、奇妙な、ひどくいやな感覚が走った。ルイーズは再び両腕を上げ、首の後ろに持っていったが、留め金は髪の下に隠れていて、すぐに探り当てることができなかった。ネックレスをはずしたいのかどうか、自分でもよくわからない。彼女はネックレスを気に入ろうと努力した。気に入るべきよ……。

だが突然、彼女は強く意識した。ちっとも気に入らない……。

留め金を探り当てたが、そこにはフックがたくさんついていて、信じられないほどややこしい作りになっていることがわかった。いらいらが募る。ルイーズは腕をひねり、肘が宙に浮いた。「ねえ、シャルル、手を貸して。これをはずしてちょうだい」彼女が留め金を持って揺すると、ネックレスはさらにガウンの内側に入り込んでしまった。ずしりとした感触。真珠はカチカチと音を立てている。

ルイーズが再びぐいと引っ張ると、外側に残っていた分も内側に入り込み、何連にもなったネックレスがすべて、カチカチ、カチャカチャ音を立てながら、襟の折り返しのあいだで前後に揺れ、ガウンを引き離していった。そのせいでベルトも引っ張られ、ゆっくりとほどけて垂れ下がっていく。そして、とうとう下に落ち、ガウンの前は完全に開いてしまった。

ルイーズの願いは、このいまいましい黒真珠を体からはずすことだけだった。ネックレスは揺れながら彼女の体に当たり、彼女が留め金と格闘しているあいだ、真珠の粒は乳房の上でくるくる回転していた。真珠は片方の乳首をとらえ、ルイーズが体を揺すって、その一連をどかすと、それは激しく揺れながら、胸にぶつかり、回転し、もう片方の乳首をとらえようとした。「手伝って」ルイーズは懇願するようにシャルルを見た。

ネックレスの感触は不気味で恐ろしかった。邪魔ものの化身のようだ。あのもう一人の男、ルイーズが抱えている不安、抑えがたい、時に意地悪になってしまう自分の心の化身。「お願い」

だが、シャルルはただそこに突っ立っていた。「ああ……」しばらくのあいだ、彼の口は開いたままだった。やがて彼は口を閉じ、唇をなめ、彼女の体を見つめた。「君の……君の肌は象牙色で――」彼は意識を下のほうに向けないよう努めながら、無難な場所に目を走らせていたが、ついに降参し、いちばん見てはいけないところをじっと見つめた。「それに、ブロンドなんだね。アンティーブの砂浜のような色だ」

なんて、ひどい人……。「シャルル、はずせないのよ」ルイーズの手は感覚がなくなっていた。「あなたがつけたんでしょう！　はずしてってば！」

「はずす？」シャルルはつぶやいた。彼女が何か別のことを話しているような気がした。ネックレスの悲惨な留め金には、八七個の真珠がつながっている。金具は硬くて、縁が鋭くて、とても小さかった。彼女の乱れた髪が糸を通した真珠の至るところに絡まり、まったくひどい状態になっていた。重くて、つるつるする真珠の連は片方の乳房の上で分かれ、ガラスのように滑らかな一本のひもとなって、生き物のごとく揺れ動き、舌をちらちら出して彼女の体を腰までなめ回し、そこから再び輪を描いて出発点に戻っていく。

ルイーズはぞっとした。切羽詰まったように全身が震えだした。「シャルル、お願いだから」彼女は懇願した。破廉恥なネックレスの層が襲ってくる。層《ティア》が……。それとも涙《ティア》？　まさか、涙なもんですか。しかし動揺すればするほど、喉が締めつけられ、目がひりひりと痛んだ。

一方、シャルルは悩ましい思いでそこに立っていた。動くこともできず、垂れ下がったラベンダー色の布の陰で無防備な姿をさらしている彼女を隅々まで眺め回している。彼の呼吸は聞き取れるほど大きくなっていたが、口はしっかり閉じていた。抑えきれないものを、完全に意志の力だけで取り締まっているといった感じだ。「ああ……」彼は息を吐くように言ったが、そのあとは息を吸うことができなかった。

「いい加減にして。シャルル、ここよ」ルイーズは背中を向け、自分が何にてこずっているのかわからせようとした。「これをはずして」

背後でシャルルの声がした。「ルイーズ、僕が近づき、もつれた何かを元どおりにするとすれば、それは僕自身と……君だ。僕は――」

「お願いだから、助けて」ルイーズは言うことを聞かない留め金をカタカタ動かした。重たいネックレスは彼女の乳房のあいだでカチカチぶつかり、ムチのように彼女の腹を叩いている。ルイーズはそれを握り締めた。もう引きちぎってしまおう……。

「よせ」シャルルの声がした。彼はルイーズの後ろにやってきた。温かくて背の高い、がっしりしたシャルルが留め金をつかんだ。

泣きたい気持ちは治まったが、ルイーズは心のどこかでさらなる不安を覚えた。何のせいで？　シャルルが手を貸そうとしているのがわかった。と同時に、彼はルイーズを後ろ向きに引き寄せ、自分に寄りかからせた。そして、彼女の手を払いのけ、ネックレスに絡まった髪を引き出そうとした。その最中、彼は頭をかがめ、彼女の首の曲線にキスをした。

力強く、かみつくようなキスだった。熱い激しいキスだ。おかげで何もつかんでいないルイーズの両手はそのままほったらかしになった。それから、シャルルはルイーズをぐっとつかんで壁のほうに追いやり、彼女の手のひらと頬が壁紙に押しつけられた。彼は自分の体で彼女を包み、片方の手のひらで彼女の胸をゆっくりと磨くように、美しい真珠を転がしながらそこにこすりつけた。そして、大胆にも、もう片方の手は彼女の下半身に持っていき、そこを手のひらでぴたりと覆った。

シャルルはそんなふうにルイーズを引き寄せ、後ろから自分の腰を彼女に押しつけた。それから腰を引き、再び前に押し出す。強い反発に遭い、シャルルの体は緊張した。彼はルイーズのヒップに張りつき、体をこすりつけるように小刻みに動いている。そして、長くゆっくりと、満足げなうなり声を漏らすと、さらに「ああ、うぅ……」と意味不明な言葉を彼女の耳元でささやいた。「ああ、何てことだ《ドゥー・モン・ドゥー》」

本当なら「オオ、ゴッド」と英語で言うべきだった。シャルルはルイーズに抱きついて彼女をわしづかみにし、後ろから乱暴に突いている。ああ、この快感、彼を感じる喜び。それがあまりにも強く、あまりにも不可解で、あまりにも健全な喜びであることをルイーズは確信した。息苦しくなるような甘い快感。彼の動きに合わせてルイーズはかかとを上げ下げし、壁に頬をすりつけながら体を少し起こしては、また元に戻している。下半身にある彼の手は彼女を愛撫し、上のほうにある手は、彼女の首につるされたネックレスをずっと転がしていた。真珠の粒は、滑らかな丸いものもあれば、角ばったものもあり、すべてが糸に通されたまま回転していた。ええ、そうよ。ルイーズが求めているのはこの夫だった。いいのよ、シャルル。私を抱いて。私を愛して。思いきり私を引き寄せて。

「こっちを向いて」シャルルがつぶやいた。

ルイーズは動かなかった。両手で壁にへばりついている。シャルルは相変わらず背後におり、ルイーズは壁紙と羽目板に自分を押しつけている彼にぴたりとふさがれ、その心地よい苦しさで、ほとんど息ができなかった。

「ルイーズ、こっちを向いてごらん」

彼女の中で激しい動揺が湧き起こった。何かがひどく間違っている気がする。「はずして……」彼女は言葉をのんだ。真珠のネックレスのせいに違いない。「ネックレスをはずして。お願いだから」

シャルルはずっとルイーズを壁に押さえつけていたが、それでも彼女の髪の下に手を伸ばし、留め金を器用にはずした。ルイーズは、ネックレスが自分と壁のあいだをずり落ち、そこに押しつけられている胸の谷間にずしりとはまり込むのを感じた。

「立たせて」

シャルルがゆっくり後ろに下がるのがわかった。ネックレスが落ちていく。ルイーズと壁のあいだを転がり、彼女の体の曲線に沿って……。と同時に、シャルルは彼女の肩をつかんで自分のほうに向かせた。

シャルルはルイーズを再び押しつけた。彼女の肩甲骨が壁に当たると、彼はナイトガウンの内側に両腕を入れ、彼女のウエストのくぼみに手を置いた。温かい手は彼女の体を滑りながら背中に回り、ヒップのほうに下りていく。シャルルはそこで彼女をしっかりととらえ、持ち上げた。頭を下げ、裸の彼女を引き寄せ、自分の体を押しつける。彼は自分と壁のあいだに彼女を上手く挟み込み、キスをした。

それは狂おしいキスと言ってもよかった。飢えたような、抑えていたものが一気に解き放たれたような、錯乱したようなキス。その力強さに今にも膝が折れてしまいそうだった。恍惚とした歓喜が一気に盛り上がり、そのまま、とろけるような官能的な興奮を覚えたが、すぐに心がかき乱され、少しぞっとした。やがて、彼女はすっかり恐ろしくなってしまった。何かが間違っているという感覚がどんどん膨らんでいく。彼の唇。彼の体。欲望、憧れ、反感、魅力、暗闇の真珠……こういったものすべてが、つかみどころのない力によってルイーズの心と体の中で混ざり合っていた。彼はもう一人のシャルルのにおいがする。彼は私のもう一人のシャルルのような感じがする。キスの仕方や動き方まで、あの人にそっくり。もしも彼が私の中に入ってきたら、そのときの感触はまさに――。ああ、どうしよう……。

まさか。あり得ない。私の素晴らしい、誠実な夫がそんなことをするはずがない。だが、彼はルイーズの口の奥まで舌を差し入れている。そのとき、ある声がした。いいえ、**彼に似ているんじゃないわ。同一人物よ。あの船で出会った恋人。彼はあの人なんだ。**

まさか……。どうして？　何のために？　そんなはずない！　「シャルル、放して」彼女は彼を押し、もがいた。

ルイーズはもがきだした。心の動揺が体に表れたのだ。「何なんだ、ルイーズ？」シャルルがつぶやいた。その言い方は乱暴でぶっきらぼうだった。「何だよ《コワ》？」二人のシャルルはどちらも、深みのある低い声をしていた。

違う。これは夫の声よ。ルイーズは自分にしっかり言い聞かせた。それに、自分の想像力にも。「放して。お願いだから。シャルル――」そう言ったあと、しばらく混乱して、自分が誰に話しかけているのかわからなくなった。だが、そんなことはどうでもよかったのだ。「お願い。やめて。独りにしてちょうだい。気分がよくないの」

それは控えめな表現だった。壁が揺れ、床がぐるぐる回っているように思えたのだ。彼女の脚は震えていた。

「ルル？」その声は遠くから聞こえてきた。ルイーズは体の前にひんやりした空気を感じた。「出てって」それは命令だった。彼女は目を開けた。ほんの少しだけ……。夫が後ずさりした。それは紛れもなく彼女の夫だった。数十センチ先で、シャルル・アルクールが彼女をじっと見つめている。まるで正真正銘、気がふれてしまった人間を見るかのように。「出てって！」ルイーズはさらに力を込めて言った。

彼は戸口のほうに後ずさりしていくが、奇妙な目はルイーズに釘づけになっている。彼女は体の周りにガウンを引き寄せ、その上から腕を巻きつけた。彼がもう一歩後ろに下がり、居間に足を踏み入れると、彼女は意識して威厳を保ち、ゆっくりした足取りで前に進んだ。そして寝室のドアを閉め、自分を不安にさせるこの男を閉め出した。ルイーズが暗いドアの羽目板に肩をもたせかけ、掛け金の落ちる音が最後にカチッと響いた。

彼女は次に起きたことを説明できなかった。

ルイーズはドアに背中をつけたまま、ずるずると沈んでいった。深い絶望の波が、嵐の海のうねりとなって盛り上がり、彼女の上に音を立てて落ちてきたかのようだ。彼女は波に打たれ、引きずり下ろされ、とうとうドアの足元にうずくまってしまった。彼女はそこで、言いようのない大きな苦しみを覚えた。何と呼べばいいのかわからない、原因もよくわからない大きな苦しみ。いや、原因がたくさんありすぎたのだ。不満がありすぎて、重大な失敗がありすぎて、あまりにも大きな自己嫌悪に陥っていた。そうした気持ちがルイーズを大波の下に引き込み、彼女に激しく襲いかかったのだ。そのせいで彼女は泣いていた。すがりつくものが見つからず、この苦痛を和らげたり、鎮めたりしてくれそうな方法も見つからない。ルイーズは、挫折と不正で染まったよどみに深く深く沈んでいった。そして水の底までくると、息を吸い込んでしゃくり上げ、三〇分以上も涙に溺れていた。


シャルルは閉め出されたまま、ドアの反対側に立っていた。額をドアにくっつけていると、ルイーズが泣き崩れる声が聞こえてきた。彼は独り取り残された気分になり、ぞっとした。自分にぞっとしたのだ。そして罪悪感を覚えた。何にも増してひどい罪悪感に襲われた。彼女は何かを嘆き悲しんでいる。ひょっとすると僕のせい……もう一人の僕のせいかもしれない。まるで僕が本当に死んでしまったかのようだ。

あんなに悲しませるくらいなら、死んだほうがましだ。

こんなことを続けるわけにはいかない。もうたくさんだ。彼女を座らせ、卑劣なたくらみについて何もかも説明するときが来た。もう、はぐらかすのはやめよう。自己弁護もしない。こんなゲームを仕掛けたばっかりに、彼女を苦しめてしまったのだ。

25

「不調の原因は君だな、アルクール君。奥さんは妊娠している」オリヴィエ医師が言った。あんなことがあった翌日、ルイーズは昼過ぎまで死んだように眠っていたため、午後になってシャルルは医者を呼んだのだ。「心配はいらんよ。奥さんの健康状態は申し分ない。というより、健康そのものだ。体重が少し減っていたかもしれないが、妊娠初期にはよくあることでね。胎児が母親の食欲に影響を与えるんだ。好きな食べ物を以前のように受け入れられなくなるのだよ。それと、奥さんがあれやこれやでくよくよしていても、深刻にとらえてはいけない。妊婦は少々感情的になることがあるからね」

「妊娠？」シャルルはばかみたいに同じことを言った。「じゃあ……じゃあ、僕はどうすればいいんですか？」

「どうする？」

シャルルはどういった類のアドバイスを求めればいいのかわからなかった。ルイーズが物憂げで、だるそうにしていた原因が妊娠だったなんて。そんなこと思ってもみなかったのだ。子供ができるような行為はしばらくごぶさたというときに、妊娠などという考えがすぐに浮かぶものではない。「妊娠ですか」シャルルはまた繰り返した。

　オリヴィエが笑った。「そのとおり。君がすることは何もないよ。こういうことは勝手にどうにかなっていくものなんだ。それに、妊娠と言っても、まだ毛が生えた程度なんでね」

「毛が生えた程度？」

「内部組織が黒ずんできた。つまり、変色が始まったところでね。子宮が上がって、骨盤にごく小さなでっぱりができている。何でもないと言ってもいいぐらいのものだがね。でも、私は間違いないと思う。奥さんから聞いたところでは、生理が二週間遅れているそうだから」オリヴィエはシャルルにウインクをした。「結婚して一カ月ちょっとの女性なら、いかにもありそうな兆候だ」そして、もう一度ウインクをしてみせたが、目が痙攣しているようなウインクだった。「ハネムーン・ベビーか」オリヴィエはシャルルの背中をバンバン叩いた。**おまえも立派な種犬《たねいぬ》だな**と言っているような叩き方だ。「おめでとう」医者は手を差し出した。「最初からこの調子じゃ――」彼はシャルルの腕を元気よく振っている。「あっという間に、おじさんに追いついてしまうぞ。子だくさんで忙しくなりそうだな」

　医者は帰っていったが、シャルルは玄関の広間にそのまま突っ立っていた。妊娠。妻としては一度も抱いたことのない妻が妊娠した。これは少々難しいことに……。

　いや、だめだ。難しいことはもうたくさんだ。ルイーズの苦悩は妊娠で説明がつく部分もあるだろう。だが、彼女があそこまで心を痛めている原因は妊娠ではない。シャルルはそれが何か、かなり確信を持っていた。本当に勇気をもって彼女に率直に告げなくてはいけない。

ルイーズの寝室に堂々と入っていって、何もかも言ってしまおう。そして――これを思ったとき、シャルルの顔がほころんだ――この子の父親は自分だと打ち明けよう。子供。家族。自分が父親になるのかと思うと、シャルルはがく然とした。子供。僕の子供。

シャルルは嬉しさで少しぼうっとした状態で二階に向かった。きちんと説明し、罪を告白し、謝ろうと心に決めていた。時間をかけ、心から謝ろう。今からルイーズは激しい怒りの対象と向き合うことになるのだ。子供が絡んでいるというだけで、軽い罰で済むだろうなどと幻想は抱いていない。覚悟はできている。彼女はかんかんに怒るだろう。でも真相がわかってしまえば……。彼女が僕を許してくれれば……。

シャルルはルイーズの寝室のドアの前でいったん立ち止まると、息を深く吸い込み、ノックをした。

「どうぞ」ルイーズの声がした。

シャルルは中に入り、メイドのジョゼットを見てうなずいた。「二人だけにしてもらえるかな?」

ドアが閉まり、シャルルはベッドの裾のほうに歩いていった。ルイーズは昨日よりだいぶ具合がよさそうだった。目は少し腫れているものの、顔色はいい。天蓋の下で頭と肩をもたせかけ、仰向けに寝ていた。ひどい有様とはいえ、彼女はとても素敵だ、とシャルルは思った。ゆうべはよく眠れなかったのか、髪はほどけてすっかり乱れ、頭の下や顔の周りでもつれている。彼女はそんな状態でシャルルの子供を宿し、そこに横たわっていた。

ルイーズは後ろめたそうにしていた。彼女が後ろめたさを感じているとわかって、一瞬、驚いたが、次の瞬間、ほとんど滑稽に思えた。彼女はすでに自分の「情事」について多少話していたものの、それは遠くの出来事、以前の出来事、大昔の出来事のような気がして、とても今の彼女を妊娠させることには思えなかったのだ。

ルイーズは自分のほうこそ、説明すべきことがあると思っている。

こんなに神経質になっていなかったら、シャルルは笑っていただろう。彼はポケットに両手を突っ込み、毛布を尖らせている彼女のつま先を見下ろした。「大丈夫？」彼は小さくささやいた。

ルイーズはうなずいたが、視線は彼の顎の高さまでしか上げなかった。「先生の診察がものすごく恥ずかしくて、そのあと、落ち着きを取り戻すのに苦労しているけど」そして言い添えた。「でも、診断を聞かされたときはその倍ぐらい恥ずかしかったわ」彼女は控えめに尋ねた。「先生から聞いたの？」

「ああ」

二人はそのまま一分ほどじっとしていた。ベッドの裾にいるシャルルは、くつろいだ時間が訪れ、謝罪が受け入れられ、許してもらえることを祈っている。ルイーズのほうは上気した顔で少しうつむいており、頬がピンクに染まっていた。その目はまつ毛が長いのをいいことに、表情を隠している。彼女は罪を自覚し、自責の念に駆られていた。

「先生に嘘をついたわ」

「そうなのか？」

「生理は四週間遅れているの。ほぼ四週間。つまり、ちょうど私たちが結婚したころ、来る予定だったのよ。それで、あれやこれやで気持ちが動揺していたから、遅れているだけだろうと思ったの。前にもそういうことはあったし。でも――」ルイーズはため息をついた。

「そうではなかったみたい」

「うん、僕もそう思う」シャルルはほかにどう言えばいいのかわからなかった。彼女は動揺している。彼は実は嬉しかった。子供か……。彼はずっと考えていた。僕が欲しかった家族……。シャルルは彼女に微笑み、毛布に隠れたつま先をつかんで優しく揺さぶった。「大丈夫だよ」彼はどう切りだせばいいのかわからず、いちばん肝心なところを出し抜けに口にした。「いいかい、それは僕の子だ。僕の子供なんだよ」

ルイーズはすぐに目を上げ、シャルルを見つめた。それから、顔をしかめ、言われたことをしばらく考えていた。彼女は唇をかんだ。「ああ、だめよ、そんなこと言っては――」

シャルルはもっとはっきりと言った。「僕は子供の父親なんだ」

ルイーズは一瞬、混乱したように見えたが、すぐに顔を背けた。「シャルル」彼女は唇をきつく結んだ。「あなたの言葉、あなたがしようとしていること、とても感謝するわ。あなたは誰よりも気高くて、心がまっすぐで、素晴らしい人よ……」

シャルルは位置を変えた。「いや、僕はそんな――」

「いいえ、あなたはとてもいい人よ」ルイーズは本気だった。彼女は信頼に満ちた目で彼を見上げた。あるいは信頼したいと思っていたのかもしれない。「だから、もうこれ以上、二人のことで色々ごまかすのは絶対にいやなのよ。ちゃんと聞いて。前に話した情事のせいよ。あの船の上でそういうことになったの」ルイーズは口に手を当て、うつむいた。「ああ、本当に恥ずかしいわ」頭を下げたままの彼女は、これ以上ないほど慎み深く、かわいく見えた。それから、麗しのルイーズは英語でつぶやいた。「あの人、避妊具がどうのこうのって言っていたけど。わざとやったのね。あの最低男……」

シャルルの眉毛が勝手にぴくっと動いた。彼は頭皮が後ろに引っ張られるのを感じた。

ルイーズは話を続けた。「あなたのことは愛しているわ。本当に愛しているのよ、シャルル。それなのに、あのもう一人の……あの悪党の記憶が私を放っておいてくれないの。復讐してやりたいわ。今では、憎たらし《サクレ》いあの男の断片が私の中にいるのよ」彼女がフランス語ののしり言葉を正しく使ったのは、もう一つの驚きだった。「ものすごく腹立たしくて、へどが出そうよ」

「子供は欲しくないのかい？」

ルイーズは少し考えた。「うーん、そんなことはないけど。子供がいるのはいいと思う。それを考えるとわくわくするわ。でも……。とにかく、こんな形で子供を持つことになるとは思ってなかったのよ」

「そうだね」シャルルも同感だった。「でも、本当に僕の子なんだ、ルイーズ。わかるだろう――」

「シャルル」ルイーズが言葉を挟んだ。「あなたが世間の人に、自分の子だと思わせたい、私の味方になりたいと言うなら、本当に感謝するわ。もちろん、皆にはあなたが望んでいるとおりのことを何でも話すつもり。でも二人のあいだに見え透いたごまかしはいらないのよ。お願い。私はこの情事のすべてを何もかも率直に話すことができてとても嬉しいの。ほっとしたわ。人をだますのは本当にいやなのよ」

シャルルは彼女を見つめ、話に耳を傾け、頬の内側をかんだ。

「それに、ティノや私の両親も本当のことを知ってくれたら、いちばんいいと思うんだけど。だって、赤ちゃんはほかの人に似ていることになるでしょう。私はますます悪く思われるだろうけど、あなたはますます尊敬されるわ。本当よ。そして、二人で何もかも打ち明けて、すべてを正直にさらけ出して、私のパシャを追い払ってやりましょう」

「君の何だって？」

「パシャよ」ルイーズはばつが悪そうに微笑んだ。「私、その人のことをひそかにそう呼んでいたの。アラブ人だったから。たぶん……ああ、シャルル、子供の肌はきっと浅黒い色をしているわ。それに、濃い茶色の目をしているはずよ。ああ、大変……。どうしよう……」

彼女は深く悔いているようだ。いつも冷静な若い顔にこういう表情が浮かんでいるのを見るのは、やはり悪くない。「シャルル、ごめんなさい。あなたが何と言おうと、誰もあなたの子供だとは思ってくれないわ。私たち、二人とも青い目をしているんだもの」

「ルイーズ、僕が言いたいのは――」

ルイーズは目を上げた。「ああ、シャルル。あなたはとても大切な人なのよ」

「そうじゃなくて」シャルルは首を横に振った。「いいかい――」

今度はルイーズが首を振る。彼女は聞いてはいなかった。「私、あなたがこんなに素晴らしい人だとは思ってなかったみたい。あなたは私が出会った中で誰よりも気高い人よ、シャルル・アルクール。私はあなたを、自分の夫を、ものすごく尊敬しているわ」彼女は誠実そのものといった目でシャルルを見据えた。

シャルルはしばらくルイーズを見つめていたが、やがて当惑したように顔を背けた。彼は窓辺へ行き、外を眺めた。

「あなたにジャスミンを売った人はアラブ人だったんでしょう？ 名前は何ていうの？」ルイーズは単刀直入に話を進めようとしている。

シャルルは鼻を鳴らした。「誰のことだ？ オールド・アル・バグダードか？」

「誰？」最初に妙なことを言われ、ルイーズはびっくりしたような声を出したが、それも無理はなかった。彼女は用心深く「そうだと思う」と言い、少しためらってから尋ねた。「彼が子供の父親よ。その人のこと、よく知っているの？」

「前はそう思っていたけどね」シャルルは胸の前で腕を組んだ。「それから、そいつはアラブ人じゃない。フランス人だ。フランス人の大ばか野郎さ。アラブ人だろうが何人《なにじん》だろうが、都合よくなりすまして、どこかの間抜けな女たらし《ドン・ファン》みたいに、コート・ダジュール界隈の女性の半数を誘惑してきたんだ。自分の虚栄心を満足させたいがためにね。それに、あいつはとびきりの臆病者さ」シャルルは肩越しにルイーズをちらっと見た。「ついでに言っておくが、あいつは青い目をしている」

ルイーズは顔をしかめた。「それは違うと思うわ、シャルル。目は茶色よ」

シャルルはぐるっと向きを変えて彼女を見た。「そうなのか？　見たのかい？　そいつの目をじっとのぞき込んで、茶色だとわかったのか？」

なんてじれったいのだろう。ルイーズは僕が言っていることを信じていないのだ。実は、僕が君の船上の恋人だと告白しているのに、このいまいましい少女は、その男は別人だと確信している。ハンサムで、上品で、しかも、素敵な茶色の目が二ついていると思っているのだから、あきれるじゃないか。彼女は僕の言うことを信じてくれない……。

ルイーズのほうは体を起こし、毛布を見つめていた。自分の記憶に自信がない。中東の人がかぶる頭巾越しに、サングラスの奥にある浅黒い顔がちらっと見えたことは見えたけれど。船の電話越しに耳にした声は心地よかったかしら？　目は茶色だったかしら？

ルイーズは尋ねた。「彼と知り合ってどれくらいになるの？」

シャルルは肩をすくめた。

「あなたが言うほどひどい人なの？　つまり、私は彼に本当に腹を立てているけど――」

シャルルは一瞬、ルイーズをにらみつけた。彼の最も恐ろしい表情だ。

ルイーズは黙ってしまった。だが、怖かったからではない。

子供のことで、彼はさぞや苦しんでいるに違いない、と思ったのだ。何しろここにいるのは、妻が恋文をもらったというだけで花の首をへし折ってしまう人なのだから。今、彼は、最も難しい要求が書かれた恋文を突きつけられており、そのメッセージは妻の子宮の内側に書かれていた。船上の恋人について、これ以上、夫に尋ねるのは酷と言うものだ。

それなのに、ルイーズは尋ねてしまった。「その人のことを聞かせて」

もちろん夫は何も言わなかった。ただ首を横に振り、長いため息をついた。彼は苛立ち、気分を害している。傷ついているのではなく、裏切られたと思っているのでもなく、ただいらいらしていた。

このときから、ルイーズは情報を得るために質問をするのをやめ、あからさまに相手の出方を試すような質問をしはじめた。もっとも、彼女がそう思ったのは後のことだったのだが。

シャルルが口を開いた。

だが、最初に話したのはルイーズのほうだった。「彼はハンサム?」

シャルルは目を細めて、彼女をちらっと見ると、激しい口調で言った。「醜いよ」

言葉を発した途端、彼は青ざめ、息を深く吸い込んだ。まるでその言葉をまた吸い込もうとするかのような激しい呼吸だった。

彼は一瞬、ルイーズの同情を勝ち取った。「ああ、シャルル」彼女は混乱し、再び確信が持てなくなった。

二人が話題にしているのが誰であれ何であれ、醜いという言葉が、なぜか彼の自白のように思えた。それは勇気あるひとことであり、ルイーズは彼の口からその言葉が出るのをこれまで聞いたことがなかった。シャルルはプライドの一部を犠牲にして、醜いと言ったのだ。

「あなたには醜いところなんかないわ。私が知っている中で、あなたは誰よりも立派な人よ」ルイーズは本当にそう思っていた。彼女は心の底から言った。「初めて会ったときから、あなたはとても英雄的に私のことを思いやってくれたし、色々なことをしてくれたし、ずっと我慢してくれたでしょう。それなのに、私は必ずしも感謝していたわけではなかったわね。でも、わかってほしいの。今は感謝しているのよ。それに、あなたは素晴らしい精神の持ち主だし、私の知る限り、誰よりも美しい心の持ち主だと思っているわ」

確かに、ルイーズの夫は、妻を溺愛する夫は、彼女を満足させていた。彼女は夫を崇拝し、夫を愛していた。シャルルも彼女を愛していた。何もかも完璧だった。

そのとき、誰よりも立派な人がルイーズを見た。部屋の向こうの窓辺から、しばらく彼女をじっと見据えていた。それから、彼は再びため息をつき、ドアのほうに歩きだしたが、ベッドの裾でもう一度足を止めた。「そう、僕は英雄だ」彼は咳払いをした。「ルイーズ、今のところ特に必要なものがないなら、僕は下で一杯やってこようかと思う。ちょっとしたお祝いといったところかな」それから、彼は白状した。「かなり頭が混乱しているみたいなんだ」

彼は再び尋ねた。「じゃあ、本当に大丈夫なんだね？」

「ええ」

「よかった」シャルルは片手でルイーズの髪をすき、それから、自分の上着の乱れを直した。

うぬぼれだ、とルイーズは思った。夫には強いうぬぼれがある。もちろん、すごくいい意味で。だが、彼の場合、見ればすぐにわかるほどのうぬぼれなのだ。それはとても強力な、はっきりしたうぬぼれであり、暗闇でも感じることができただろう。暗闇でもはっきりとわかるうぬぼれ……。そう思ったとき、ルイーズは身動きが取れなくなった。

まさか。違うわ。そんなことあるはずがない。夫は立派に振る舞おうとしているいい人よ。私をもてあそんだ悪党とは違う……。もてあそぶ？　私はからかわれているの？　彼にとって私は物笑いの種だということ？　違う、違う。夫は私を愛してくれる。甘やかすように愛してくれる。彼は私が頼んだことは何でもしてくれた。彼は誠実で、まっすぐな人よ。だが彼女の質問は自分に向けられるようになった。頭のいいあなたが、いつまで自分に嘘をついていられると思っているの？

ベッドに横たわるルイーズにはわかっていた。一カ月以上、彼女を混乱させてきた二人の男性は、だんだんと近づいていき、輪郭のはっきりした一つの存在になっていた。そして、彼女はその存在をまっすぐ見据えていた。自分の夫を……。違う、そうじゃない。彼女はまた思い直した。その事実を認めようとしなかった。たぶん、無視してしまえば、事実は事実でなくなるだろう。彼女は夫に微笑んだ。「ありがとう、シャルル。本当にありがとう。あなたはとても優しくて、私にとてもよくしてくれるのね」

ルイーズは去っていく彼を見守った。だが、寝台の支柱を静かに通り過ぎ、ドアを出ていくのがいったい誰なのか、相変わらず認めてはいなかった。それを認めれば当然、彼女のいとしい愛情深い夫は、彼女が思うほど素晴らしく献身的で、まっすぐな人ではないということになってしまう。ひょっとすると、ずる賢いところが多少ある人だということになってしまう。それに、もしそうだとすれば、彼女の重要な武器であり、彼女に言い寄るあらゆる男性から身を守る手段である完璧な容姿は、自分が思っていたほど全能でもなければ、自分を守ってくれるものでもなかったということになってしまう。

だってあの人は、知り合って一日と経たないうちに、私の武器を笑い飛ばしてしまったのだから……。

五分後、シャルルが一階で四杯目のウイスキーを注いでいると、大きな悲鳴が聞こえてきた。女性の叫び声のようだ。それから、何か物がぶつかる音が二つした。一つはガシャンと砕け、もう一つはルイーズの部屋と思われる壁に当たったらしい。

別にいいさ。ショットグラスを空けながら、シャルルは思った。二階にいる彼女が——女という生物として当然の報いを受けた犠牲者が——物を投げつけているんだ。だが、その後、しばらく音がせず、シャルルはルイーズが大丈夫かどうか見にいくべきだと思った。

彼はなんとか無事に階段を上がり、上りきったところで、僕の足は驚くほどしっかりしていると、ぼんやり考えていた。すでにアルコールが少々回っているのはわかったが、あの錯覚を起こさせる効果が発揮されたおかげで、物事が何もかも、よりはっきり見えるような気がした。ルイーズの部屋に通じるドアを開くと、細かいことすべてが際立って見えた。酔いが覚め、頭が冴えてしまった。

ルイーズはナイトガウンを着て洗面台の脇に立っていた。あの薄紫色の美しいガウンだ。彼女は洗面台と、遠くの壁のそばで粉々になった水差しを――少なくとも六メートルは投げつけられたことになる――眺めていたが、目を上げてシャルルを見た。彼はルイーズの顔をよぎる様々な感情を観察した。壊れたかけらを見つめるその顔には、怒り、怯え、当惑とも言える表情が浮かんでいたが、彼を見上げたときには、しかめた顔がくしゃくしゃになっていた。

「いいんだよ」シャルルは小声で言った。部屋に一歩入ると、ルイーズは彼の腕の中に入ってきた。彼はそのまま彼女を抱き締めた。「いいんだ。こんな、いまいましい家の物なんか、何もかも壊してしまえばいい」

シャルルはさらに何か言おうとして、はっとした。ルイーズが体をそらせ、両手のひらを彼の胸に当てたのだ。彼女はその手を上に滑らせ、肩から腕へとなで下ろし、そこで動きを止め、じっとしていた。それから、背後にある彼の手首をつかむと同時に、自分の腰に押しつけ、身を乗り出した。両肘を後ろに回したまま、彼女は顔をしかめ、何かを探るように、彼の顔をつくづく眺めている。いったい何を探っているのだろう。

何か言おうとするかのように、ルイーズの口が開いた。だが、柔らかい湿った唇は相変わらず何も言えずにいる。彼女の口の中を見ると、そろった白い歯の艶やかな先端がのぞいていた。それから、何かのせいで――おそらくアルコールのせいだろう――彼は頭がくらくらした。ルイーズの髪は乱れており、シャルルは両手で彼女を支えた。彼女の長い優美な背中は、彼の手の下で徐々に幅が狭まり、腰のくびれた部分に彼は自分の前腕を置いていた。その位置から彼女の腰は女性らしく、豊かに張り出している。このときを待っていたのだ。もう我慢できない。シャルルはそこで彼女にキスをしていたはずだった。

ただ、驚いたことに、先にキスをしてきたのはルイーズのほうだった。彼女は体を前に押し出し、爪先立ちになっている。それは飢えたような、激しい、最高のキスだった。彼を迎えるように、彼女の唇は濡れ、ほどよく熱くなっている。それにもかかわらず、シャルルがそのキスを受け入れたとき――彼は頭をひねり、包み込むように彼女を抱き寄せ、思いどおりに舌で彼女の口を愛撫した――彼女は両手を握り締め、彼の胸を二回、強く叩いた。わけがわからない……。

しかしシャルルにはわかっていた。今までと何かが違う。彼は部屋が揺らいでいると感じはじめていたが、そのわりには驚くほど機敏にルイーズを抱き上げ、二人そろってベッドに倒れこんだ。

ああ、彼女は柔らかくて、すべすべしている。シャルルは貪るようにルイーズを求めた。彼女のいちばん感じやすい、無防備な場所を探し当てると、その中に指を滑り込ませ、びくんと反応する彼女の体を愛撫し、低くつぶやくような歓喜の声に聞きほれた。彼女は滑らかで、たっぷり濡れている。部屋がぐるぐる回りはじめた。ウイスキーのせいもあっただろうが、ほとんどルイーズのせいであることははっきりしていた。

シャルルがズボンの前ボタンをはずしているとき、ルイーズが小声でつぶやいた。「言って」

そこで、彼は彼女の首、頬、顎にキスをしながら、こう言った。「君が欲しくてたまらない。君の体の隅々まで触りたいんだ。僕の体で君を愛したい。君を感じていたい――」「違うの」ルイーズはそう言って、シャルルを強く押し、彼の腕の中でくるっと向きを変えてしまった。「ああ、シャルル」彼女は再び悲しみに沈み、体を丸めた。

違う？　シャルルは巻きつくようにルイーズを包み、引き寄せた。彼女を慰めようと思ったのだ。だが、硬く勃起した彼の下半身は今や解放され、結局、彼女のヒップの、温かくて滑らかな二つの丸みに挟まれた谷間を軽く突いていた。彼は身震いし、答えを見つけだそうとした。ルイーズがなぜ背を向けたのか？　そのほかの合図はすべてイエスなのに、ノーと言ったのはどういうことなんだ？　だがシャルルは彼女が欲しくて、もうどうしようもない気持ちになっていた。彼は腰を前に動かし、その割れ目を一突きし、太もものあいだの狭い空間に入っていく。彼の体は朝焼けの空のように燃えた。ぴったりと包み込んだルイーズの素肌はさらさらと滑らかで温かく、その感触に頭の中が真っ白になった。それから、水に潜っていく杖の先端のようなペニスは、彼女がすっかり濡れていることを知った。シャルルはルイーズの腰をつかみ、自分でも気づかないうちに、彼女の中に入っていた。

ルイーズは一瞬、抵抗したが、どうということはなかった。シャルルは力強く彼女を押さえつけていたからだ。彼女の肌が密着している気がした。それはするりと逃げたかと思うと、彼をつかみ、引き寄せ、解放し、彼から滑り落ち、再び彼を求めた。その行為を補い、完成させたのは、滑らかで柔らかなヒップのあいだから与えられる、歓喜に満ちたもう一つの長い愛撫だった。ルイーズがうめいたが、シャルルにはそれが苦痛の声なのか喜びの声なのか、彼女が反抗したいのか、協力したいのかわからなかった。彼は手と腕で彼女を包み、全身の力をこめて彼女をつかみ、再び彼女の中に入った。

そして、いとしいルイーズは、角度を変えて、ヒップを後ろ向きにぴんと立てると、シャルルに体を押しつけ、膝を突いて前かがみになった。なんと正しい、なんとありがたい衝動だろう。彼は彼女の奥深くまで入り、欲望を爆発させた。欲望は破裂を繰り返し、まぶしい砲弾はその威力で彼をばらばらに吹き飛ばした。

シャルルは正気を装っていたが、ベッドの天蓋がゆっくり上下に揺れ、回転し、彼の胃を引き上げた。そのとき、例のウイスキーが暴れ回り、ルイーズがもたらす、打ち寄せる波のような幸福によって血管の中に追い込まれていった。彼の体のごく一部分はすっかり満足していたが、残りの部分は疲れ果て、降参していた。それはルイーズも同じだった……。

彼女が何か言ったが、シャルルは首を横に振っただけだった。目に載せた腕をどけるべきだ、と彼は思った。目の焦点を定めていれば、部屋がぐるぐる回るのも少しは治まる。自分にそう忠告したのを最後に、彼の記憶は途切れた。疲労、不安、人事不省……。それが何であれ、彼を圧倒していた。

26

そのころ、二人の伝説が生まれていた。その根拠となったのは、彼らが知り合って二週間で駆け落ち同然に結婚したことであり、人前で公然とキスをしたこと、しかも唇だけではなく、指の背、手のひら、手袋のボタンの隙間から手首にキスをしたことだった。こういった実際に目撃された事実が、結婚当日は夕食が終わるのも待ちきれず、文字どおりめちゃくちゃな、激しい初夜になったらしいとの噂によって脚色され、面白おかしく書き換えられたのだ。さらに使用人階級の人々から、二人は家じゅうをはしゃぎ回り、浴室から廊下、居間、寝室へと水が垂れた跡が残っていたとの噂も流れた。おまけに公爵は妻にべたぼれで、高価なネックレスをプレゼントしたなどと言われたのだった（あんなことがあった次の晩、ある芝居の初日を観にいくとき、ルイーズは突然、感謝の意を表するように、ネックレスをつけたのだ）。

そんな噂について何か手を打とうにも、シャルルにできることはあまりなかったのだろう。ルイーズと結婚したことで、彼はいつの間にかすべての男性の憧れの的となり、やっかみの対象となり、すべての女性の理想の恋人像となっていた。リヴィエラのどこに行っても、アルクール公爵夫妻は最もロマンチックなカップルだと言われた。シャルルがいくら謙遜して、自分たちに与えられたその肩書きを訂正しようとしても、家族や友人からそう呼ばれ、結局、単なる知り合いや赤の他人からもそう呼ばれるようになった。ルイーズの妊娠がわかって大騒ぎになると、二日後にはついに新聞にもその肩書きが登場し、今やシャルルはセックスで人生最大の失態を犯した男と思われていた。

「誰かさんは時間を無駄にしなかったってことだな。こんなことが書いてある」シャルルは朝食を取りながらルイーズに話しかけた。

二人はニースの家の格式ばったダイニングルームに座っていた。これが「朝食」かとあきれるほど、ごちそうが並ぶことになり、広い場所が必要になったのだ。そうしようと決めたのはルイーズで、彼女はもりもり食べていた。シャルルはカフェオレを飲みながら、朝刊の記事を彼女に読んで聞かせた。「〝このたび、おめでたが発覚したのは誰であろう、見ているだけで、こちらが熱射病にかかって気絶してしまうあのカップル、アルクール公爵夫妻にほかならない。古きフランス王族の次なる世代は少々早めに生まれてくるかもしれないというのがもっぱらの噂だ。ご夫妻には心よりお祝いを申し上げたい。どうやら古き王族の血を引く人であっても、厳密に言えば、しかるべき時期より若干早く沸点に達してしまうことがあるらしい〟」

ルイーズは笑った。

シャルルは新聞の端から目を上げ、ルイーズを見た。彼女はダイニングルームの長いテーブルのはす向かいに座り、フォークで「アメリカ風」のスクランブルエッグをすくっている。「意地悪ね！」笑い方が派手になった。彼女にとって新聞の社交界欄の中傷記事は、今、卵と一緒に食べているベーコンのように美味しいものなのだ。

シャルルは口元を引き締めた。「〝熱射病〟だって？」

「皆、頭が悪いのよ」

「〝熱射病〟？」彼は繰り返した。「君が風呂で泣いたり、僕の顔をひっぱたくと脅したりすると、やつらは熱射病になるのか？」おとといの夜の、妙にしっくりこなかったセックスについては、声に出して言うことさえできなかった。それは、彼をひどくまごつかせていた。彼にわかるのは、あれ以来、ルイーズがなぜかいらいらしていて、彼に腹を立てているということだけだった。それが何をほのめかしているのか、よく考えてみようとも思わなかった。

ルイーズはだんだんおとなしくなり、トーストにバターを塗っていた。

シャルルは新聞をたたんだ。「それで、君のご両親は疑っていたのかい？」

「何を？」

彼は視線を落とし、ルイーズの腹を、つまり早めに生まれてきそうな赤ん坊のほうを見た。

「ああ、それはないと思う。本当の父親が誰なのか両親には内緒にしておくというのでいいわ。そうしましょう」

シャルルは、両親に「真実」を言わないようにとルイーズを説得したのだった。彼は微笑んだ。せめて、この厄介な問題と屈辱を自分の前途から取り除けたことは満足だった。

だが、次の言葉を耳にし、満足どころではなくなった。「私たちが本当に正直に言わなければいけない相手は子供の父親よ。連絡を取るには、どうすればいいの？　あの人のことよ。ほら、何という名前だったかしら？　バグダード・アリ？」

「連絡は取らないよ」シャルルはぎこちない手つきでコーヒーカップを置いた。

「彼には知る権利があるわ」

シャルルは顔をしかめた。「いや、ないね」

「妊娠させたかどうか知りたいと思うのではないかしら？」

「絶対にそんなことはない。僕だったら、船で束の間の情事の相手をはらませたことなんか、絶対に知らせてほしくない」

ルイーズはけげんな表情をした。美しい顔が彼を嘘つきと呼んでいる。「いいえ、知りたいはずよ。彼を食事に呼んで」

「何だって？」シャルルはまず笑ってしまった。

「彼を食事に招待して」

「絶対にそんなことはしない」彼はダイニングテーブルをぐっと押して立ち上がった。「どっちみち、彼は来ないよ、ルイーズ」それは確実と言ってほぼ間違いなかった。

「彼に説明して。知り合いなんでしょう。彼に伝えて――」

部屋の壁は面白い造りになっていて、四枚のうち三枚は、形も大きさも様々なフレーム付きの鏡で覆われていた。これはシャルルの趣味で、一生分のコレクションと言っていい。姿見のギャラリーだ。その鏡たちが今、彼の化身をいくつもいくつも映し出していた。彼はこう提案してみた。「子供のことは僕が伝えておこう」

「自分で言いたいの。会いに来るように彼を説得して」

「そんなことするもんか」それから、彼はさらにもっともらしく言った。「できないんだ」

ルイーズは、いよいよ話が本題に入ってきたと言わんばかりに、椅子に深く座り直し、腕を組んだ。「わかったわ、シャルル。なぜできないの?」

なぜ? なぜ? なぜ? 鏡に映る自分の姿のように、このひとことが繰り返し聞こえてくる。シャルルは自分の顔を見つめた。額に入ったどの鏡にも、困惑した、心もとなげな男の顔が映っている。なぜ?

なぜなら、すっかり途方に暮れてしまったからだ。自分のたくらんだ策略があまりにも複雑になってしまい、そこから抜け出す努力を放棄してしまったからだ。彼はこのとき、ルイーズのパシャをただ葬り去ってしまいたかった(「私のパシャ」だって? ルイーズは、どうして女ってやつはそんなふうに考えるのだろう?)。ルイーズは、このもう一人のシャルルに腹を立てている。しかも猛烈に。そして彼女はシャルル・アルクールを崇拝している。だから、シャルル・アルクールは後ろめたい思いを抱きながら、彼女の気持ちを受け入れた。彼女はシャルル・アルクールを理想化しており、そのイメージだけが唯一、自分に味方してくれる気がした。まさに英雄のイメージだ。だが、英雄たちは、時として救い出した乙女とセックスをするが、腐ったろくでなしはその恩恵にあずかれない。

シャルル・アルクールは彼女のパシャと比べてセックスが下手だと思われているのではないか？　もう一人の男に会いたいという彼女の願いを考えると、なおさら心配になった。

またわからなくなってしまった。ルイーズともう一人の自分との関係がどういうものなのか、見当もつかない。彼女は船上の情事がうわべだけのものだったこと、ごまかしだったことを憎んでいた。それなのに、暗闇の男の幻想を完全に手放していないのではないだろうか。ルイーズは両方のシャルルを気にかけているらしい（**両方のシャルル**。この言葉に彼はめまいを覚えた）。では、両方のシャルルは自分自身をどこに置いてきてしまったのだろう？

どこにも見当たらない。一瞬、頭が真っ白になった。

それから、ひとりでに、ばかげた考えが浮かんできた。それは自分のジレンマに対する、常軌を逸した、拷問のような答えだった。

だめだ。そんなことは考える価値もない。

そして、シャルルは鏡張りのダイニングルームに立ち、そこに映っているいくつもの自分の姿を見つめていた。どの自分も少し野蛮で、貧相に思える。彼はその突飛な着想を検討し、捨て去ったが、それは彼の頭の中にまたもぐりこんできて、真剣に考えてみろと迫った。

ルイーズのパシャが戻ってくれば、彼女はやつの人格を見定めることができるだろう。しかもやつは破廉恥なろくでなしで、それを知った彼女は傷ついた気持ちを清算し、やつに肘鉄を食らわし、一気に追い払ってしまうかもしれない。

一方、シャルル・アルクールはずっと英雄のまま、ルイーズの人生の中心に一人で立ち続けることになる。

だめだ。だめに決まっているだろう。シャルルは自分に言い聞かせた。なんてばかなことを考えているんだ。

実行すること自体不可能じゃないか。自分の家の玄関から入って、別人のふりなどできるはずがない。実行不可能だ。常道をはずれているのは言うにおよばず、「英雄らしい、立派な心」の持ち主のすることではない。

でも、もしも……。もしも、ルイーズのパシャが戻ってきて、最初の目的を果たすために、前と同じ振る舞いをさらに続けたらどうなる？　つまり、変身の仕方を完璧に心得ているシャルルが、ゲームを楽しむ身勝手なろくでなしとして振る舞ったら？　それから、さらに面白くない「もしも」がどこからともなく現れ、シャルルは不意を突かれた。

もしもパシャに会いたいというルイーズの要求は、結局、彼女がまだ情事を終わりにしていないということだとしたら？　彼女のパシャがろくでもない男として振る舞い、それを彼女が気に入ってしまったら？　前にもそうだったように……。

そもそも、このような混乱を引き起こしたのは、最初にある疑問が浮かんだことがきっかけだった。魅力的なルイーズ・ヴァンダミーア・アルクールは、彼女なら難なくやってのけられることを、いつでも、自分がしたいと思ったときにするのだろうか？　最近へまばかりやらかしている醜い夫を、妻を寝取られた男にすることができるのだろうか？

「シャルル？」ルイーズの声がした。「いったいどうしたの？　大丈夫？」

彼はまばたきをし、たたんだ新聞をサイドボードに置いた。「もちろん。大丈夫だよ」彼はあたりを見渡して上着を探した。「僕が――」上着を見つけ言葉を続ける。「街に行って、あいつに電報を打ってきてあげようか？」

「何ですって？」

シャルルはルイーズをちらっと見た。喉に詰まったような声を出していたからだ。彼女は食べかけのリンゴを手に持ったまま、その向こうにいる彼をじっと見つめている。

彼は微笑み、「オールド・アル・バグダードに」と説明した。「電報を打って、彼が来るかどうか確かめよう。それでいいね？」

率直であることを求めたあの人はどこに行ってしまったのだろう？　ルイーズは知りたかった。自分を選んでほしい、がむしゃらに向かってきてほしいと言っていたあの人はどこに行ったの？　それに、自分をいくつもの人物に仕立てている人を、いったいどうやって選べと言うの？　こんなに急いで、夫はどこに行くのだろう？　電報局ではない。それだけは確かだ。彼のゆがんだ考えは、今度は彼をどこに連れていってしまうのだろう？

この回りくどいことをしている男性と私は愛し合っているのかしら？　それともただもつれ合っているだけ？

この六週間、もしルイーズが気づいていなかったら――だが突然気づいてしまったのだ――シャルルが二人のために編み上げたもつれがどれほど大きなものか、想像もできなかっただろう。そんなこと、あり得ない。でも大きなもつれは確かに存在する。ほら、ここに……。

パシャの豊かな声がした。完璧なフランス語で、どこに帽子を置き忘れたのだろうと言っている。ルイーズは、帽子を探すシャルルのあとから家じゅうを歩き回った。彼は脚を引きずっていなかった。少しも。いや、ほんの少しだけ引きずっているのかもしれないが、上手くごまかしているのだろう。ルイーズは気づいていた。慎重に歩けば、彼は脚を引きずっていないように見せられるのだ。彼女の前で、彼はいつもそうしている。**ありのままの自分でいろ**。それは暗闇の中で、シャルルがルイーズに言った言葉だった。それなのに、どう見ても、言った本人がその助言を守っていない。

「階段の柱。階段の柱の上にあるわ」

ルイーズは先に行って、平らな柱頭から帽子を取り、シャルルに渡した。昨晩、二人で二階に上がる途中で、彼はそこに帽子を置いたのだ。私の大事な人……。ルイーズの部屋にやってきて、ずっとそこにいることを許されたとき、シャルルは取り乱していた。いつもの冷静さや機転は失われていた。素晴らしいひとときだった。体のほうはスリル満点だったわけではないかもしれない。でも、彼女の心は深く深く満足していた。彼が本当のことをすっかり話してくれるのをまだ待っていたのでなければ、幸せを感じていたかもしれない。

そして、今はこの有様だ。何なの、これは？　彼は自分に電報を打ちにいくつもりなの？　許してあげなければいけないことはたくさんあったが、彼女はそれをやってのけた。冷淡で厳しいルイーズ・アルクールにとって、それはとても大変なことだったのだ。

今、彼女に必要なのは、シャルルが正直になってくれることだった。**話して。話して、シャルル。あなたの正体を明らかにして。あなたを私の思いのままにさせて。話して。あなたが考えついた、このばかげたたくらみについて何もかも話して。**

しかし、願いかなわず、シャルルは差し出された帽子を受け取った。ルイーズは顔をしかめた。昨夜、素晴らしいひとときを過ごしたあとも、今朝それとなく促してみたあとも、彼はきっと何もかも話してくれるだろうと思ったのに。

そのかわり、シャルルはキスをしてくれた。素敵なキスだった。彼女を抱き寄せ、唇を重ねてくれた。パシャもこんなキスをしてくれたかもしれない。愛情のこもった、湿り気のある、柔らかなキスだ。夫はどうにかスマートにキスを終わらせ、きちんと、脚を引きずることなく出ていった。彼女のパシャと同じようにゆったりとした足取りで。

ああ、絶対に間違いない。ついに彼を見ることができたのはとても嬉しかったが、なんとなく恐ろしくもあった。

彼の唇の感触がまだ残っており、ルイーズはかつて自分たちがしたこと、そのときの動機を思い出した。間違いない。この人だ。私にありとあらゆる浅はかな下心を抱いていたのは、目の前にいるこの人だったのだ。彼は私をカモにした。そんなつもりはなかったのかもしれないけれど、私を傷つけた。さらに悪いことに、彼は何もかも知っている。私が自分から話してしまった私自身のことをすべて知っている。私や両親が公爵に知らせないでおこうとしたことをすべて知っている。しかも、私の口から直接聞いたのだ。

私は自分をさらけ出した。二度もさらけ出した。一度は船の上で。一度はここの浜辺で、妙なことに、自分の夫に、もう一人の彼にまつわる私の秘密をすべて話してしまったのだ。

「ああ、シャルル」ルイーズは去っていく彼を見つめながらつぶやいた。「もうこれ以上、何かたくらんだりしてはだめよ。だって、あなたがそんなことを続けたら……」それは二人の存在や二人の将来にとって、とても悪い前兆だった。

ルイーズは首を横に振り、小声で言った。「真実を話すべきよ」

彼女は本気でそう言ったのだ。もしも彼がそんなことをするなら、もつれた糸の結び目が「電報を打つ」ことでさらに増えるのなら、このごたごたは延々と続いていくだろう。

すべては彼女の言葉に凝縮されていた。あなたが、自分の思っていることを私に話せないのなら、私に自分を見せられないのなら、あなたを私の思いのままにさせてくれないのなら……。ああ、シャルル、もしそうなら、私はあなたのすべてを理解することはできないのよ。

そうでしょう?

それに、理解してあげようとも思わない。

ルイーズは自分に誓った。もしシャルルがこれ以上こんな茶番を続けたら、そのときは、お腹の子供と一緒にアメリカへ帰ろう。こんな人生はあまりにも奇妙で、あまりにもつらい。ベーコンエッグ付きの朝食をたっぷり、すぐに食べられるところへ帰ろう。独りぼっちで裸のまま放っておかれずに済むところへ帰ってしまおう。

27

その晩、ルイーズは早めに床に就いた。夜になるとだいたいそうなのだが、お腹に子供がいるせいでとても疲れてしまい、その日も、夕食のあいだほとんど目を開けていられなかった。ありがたいことに、今は自分が消耗している理由はわかっていたので、彼女はシャルルにおやすみの挨拶をした。彼は何かに気を取られている様子で、彼女に軽くキスをし、あとで行くからと約束した。今やそれが習慣となりつつあった。というのも、彼は単に、ルイーズほど眠る必要はなかったのだ。

かくして、部屋の外で物音がしたとき、彼女は独り、夢うつつの状態だった。いったい何の音なのかよくわからない。起き上がって確認しにいくと、バルコニーに突然、一人の男が現れた。ルイーズは飛びのき、何か叫んだが、声をすっかり出しきらないうちに、口を手でふさがれ、力ずくで部屋に押し込まれた。

「シーッ、静かに。あいつに聞こえてしまうだろう」英語だ。英国で教育を受けたことを思わせるささやき声には少し外国語なまりがあった。下地がフランス語であることはすぐにわかった。アラビア語ではない。

「シャルル？」ルイーズは誰に話しかけているのかわかっていたのに、すっかり信じることができなかった。あの丈の長い衣服と頭巾、薄暗い中に浮かぶ影……。シャルルは街にこれを調達しにいったのだ。突然、暗闇に見慣れた人影が現れ、彼女はめまいを覚えた。

ルイーズは笑いたかった。バルコニーの向こうに彼を投げ捨ててやりたかった。

「どうやって上がってきたの？」片目が不自由で距離感覚がなく、片脚も不自由な人が、わざわざ木に登ったり、蔓を渡ったりするのはどうかしているが、彼はそこにいた。正気の人間なら高所恐怖症になっていてもおかしくないだろう。

考えてみれば、彼は高所恐怖症だった。ルイーズは目をしばたたいた。船上のシャルルは、ほかに選択肢があれば、手すりを飛び越えたりはしなかった。なんてばかなんだろう。私って、本当に間抜けだわ。どうしてそこに気づかなかったのだろう？

「シャルル」名前を繰り返し呼べば、彼を表に呼び出せるような気がした。

だが、もちろんそうはならなかった。なぜなら、ルイーズが、ほかならぬ彼女自身がねじまがった考え方をしていたせいで、この回りくどい関係をさらに混乱させていたからだ。彼女は自分がますます大ばか者に思えてきた。

それなのに、こう言わずにはいられなかった。「シャルル、あなたなのね！」

「そうに決まっているだろう。片目の見えない君の夫から聞いたんだけど――」

「ああ、やめて！　そんなことしないで！」

彼はルイーズをつかまえようとした。

だが、ルイーズのほうが彼をつかみ、両手で彼の服を握り締めた。片手は彼の肩を、もう片方の手は彼の二の腕をつかんでいる。彼女はこの男を揺さぶろうとしたが、彼は石のように重く、びくともしなかった。「言って」

「だから、言っているじゃないか。君は、夫になる男が醜いから火遊びがしたかったんだろう。あいつは相変わらず醜い男だ。君はまだ火遊びがしたいのか？」

「シャルル——」

「それと、僕の本当の名はアランで——」

「やめて、やめて、やめてってば！」ルイーズは彼を叩き、押しやろうとしたが、腕をつかまれてしまった。彼女はほとんど頼み込むように語りかけた。「何度も切りだそうとしたんでしょう」それは嘘ではないと彼女も気づいていた。「今、話して。最後の最後で、そんな見え透いたやり方で問題を避けたりしないで。私の態度が完全に、や、やさ……」彼女は「優しく」なくても、と言おうとした。

そして、ルイーズは手を離し、照明のほうに向かって部屋を突っ切っていった。

何が起きているのか彼が気づく間もなく、彼女はスイッチを入れた。

シャルルはその姿をすっかりさらしていた。丈の長い衣服をまとい、頭をくらくらさせながら、悪いほうの目を細めて彼女を見つめている。「ルイーズ」

彼女は顔を背けた。「ああ……」彼を見ることができなかった。彼女はタンスのいちばん手近な引き出しをぐいと開け、中の物を出してベッドの上に投げはじめた。

「何してるんだ？」

「出てくのよ。シャルル、こんなことやってられないわ」

だが、彼はこう返しただけだった。「気づいていたんだね。前からずっと」

ルイーズはむきになり、彼のほうに向き直った。「ええ。でもそういう問題じゃなかったの。二日前の夜に気づいたのよ。あなたが私を抱いたときに。私はあなたに言ってほしかった。私に告白することを選んでほしかったのに――」

「言おうとしたんだ――」

「してないわ。いつも完璧な瞬間を待ってばかりいたじゃない。がむしゃらに向かってきてほしかったのよ。私にはそう言ってくれたでしょう。あなたにも同じようにしてほしかった。あなたのそういう考えが好きだったのよ。だから、私はやってみようと思ってた」

シャルルは少しうめくような声を上げ、小声で言った。「すまない」

だが、ルイーズはもう背を向けていた。衣装ダンスの底からカバンを一つ引っ張り出し、下着をめいっぱい詰め込むと、留め金をきっちり締めた。そのカバンを脇に抱え込み、ナイトガウンのまま、彼女は部屋を出ていった。

「どこに行くんだ？」アラブ人の格好をしたシャルルが、足を滑らせながら彼女を追いかける。「モントリオールか？」

ルイーズは足を速め、廊下をどんどん進んでいく。「いいえ。両親のところへ行って、それからアメリカに帰るわ」

シャルルは思った。今、言ってみるべきかもしれない。彼はフランス語に切り替えた。どうやらフランス語を話す彼の声には、ルイーズを立ち止まらせるものがあったようだ。彼女は階段のいちばん上でためらっていた。

「君を傷つけるつもりはなかった。こうすれば君を傷つけずに済むと思って……」彼は正直に言い添えた。「つまり、一度ばかげたことをしたら、それが既成事実になってしまって、後戻りできなくなったんだ。その事実を維持するために、僕は大きな犠牲を……」言葉もなかった。たくさんの挫折が思い出されるばかりで、それを説明することができなかった。

ルイーズはしばらく彼を見つめていたが、ただ指摘しただけだった。「シャルル、二度でしょ？　あなたは後悔のあまり、ばかげたことを二度もしたのよ」彼女は階段を下りはじめた。

「今、話すよ。説明させてくれ、ルイーズ。君が言ってほしいことは何でも話す」

「もう遅いわ」

「そんなことはない」シャルルは遅れずについていこうとしたが、バルコニーに登ったせいで膝が痛んだ。どうすることもできず、彼はルイーズに呼びかけた。「誓うよ。自分でもどう誓えばいいのかよくわからないけど、これだけはわかる。僕は立ち去ったりしない。君もそうすべきだ。この船のタラップをこそこそ降りてはいけない。僕らは一緒に航海をすべきなんだ。僕を信頼してくれていいんだよ、ルイーズ。許してほしい。そして、これ以上何も言わないでほしい。そうしたら、僕も君を許そう」

ルイーズは途中の踊り場で振り返り、シャルルをちらっと見た。そして、下着がいっぱい詰まったばかげたカバンをぐっとつかんだ。「私を許す？　私が何をしたの？」

「君が僕にこんなことをさせたんだ」彼はなんとか言ってみた。

「私のせいで、こんなばかげたことをしたって言うの？」と彼女は迫った。「そんな幼稚で無責任なたわごと、聞いたことないわ。もうお別れよ」ルイーズは残りの階段をほとんど走るように下りていく。

一階の床まで、階段は踊り場をはさんで続いていた。素早く階段を駆け下りて彼女をつかまえようにも膝が痛み、その術がなかった。シャルルは、彼女のほうが速い足取りで玄関に向かっていることに気づいた。

ルイーズが逃げ出そうとしている。彼女の賢さは健在だ。シャルルはためらった。下までどれぐらいの距離があるのかはっきりわからない。ただ、いちいち階段を下りて踊り場で折り返していたら、時間がかかってしまう。飛び降りたら三、四メートルだろうか。できそうな気がする。彼は手すりに両手を置いた。そこに体重をかけて上体を傾け、勢いをつけて両脚を引き寄せ、ひらりと手すりを乗り越える。

シャルルは飛び降りた。そして、どんどん落ちていった。数秒間、自分がどこに向かっているのか、はっきり認識できなかった。宙に浮いたかと思うと、床の上にいた。着地したのだ。その過程で、いいほうの膝をひねってしまった。彼は手足を投げだし、仰向けに倒れていた。頭を強く打ち、目から火花が散っていたが、こんなことを考えるだけの意識はあった。

ああ、いいざまだ。

だが、それほどばかなまねをしたわけでもなかったのかもしれない。ルイーズはドアのノブをつかんだまま立ち止まった。「何をしたの？」彼女は厳しい口調で尋ねると、口をすぼめ、顔をしかめ、彼のほうに近づいてきた。そして、同じことを繰り返した。「何をしたの？」

シャルルは床の上からルイーズの顔を見上げた。彼女は彼の上にかがみ込んでいる。「ちょっとがむしゃらになっているんだ……と思う」

ルイーズの眉が上がり、少し叱りつけるような口調になった。「がむしゃら？」

「できそうな気がしたんだ」シャルルは体を少し起こして自分を見下ろし、途方に暮れ、むっとした。「床がこんなにすぐ迫ってくるとは思わなかった。ちょっと計算違いだったな」

「怪我をしたの？」ルイーズはしゃがみ込んだ。まだ怒ってはいるが、立ち去ろうとはしていない。

さほど大きな計算違いでもなかった、とシャルルは思った。彼はにやっと笑い、初めてうめき声を上げた。「ああ……怪我どころか、すっかり壊れてしまった。神経も高ぶっているし、ぼろぼろだ」彼は顔をしかめてみせた。「骨が折れているかもしれない。優しくしてくれなくてはだめだよ、ルイーズ。何もかも心配いらない、僕を許すと言うべきだ。そして先へ進もう」

「あなたは卑劣だわ」

「君だって後ろめたいことがあるだろう」

「ないわ！　私がめんどくさい、ややこしい茶番を演じるようになったのは、二人が引き合わされてからのことで――」

「違う。君はほかの男を誘惑しようと思っていたんだ。君があの船で男といちゃついたりしなければ――」

二人とも同時にしゃべっていた。

「私はあなたの気持ちをもてあそんでいたのよ」

「あんな、ろくでもない大尉と……」

「私はあなただと気づかなかった。だから、あなたをずっと探していて――」

「暗がりであいつと一緒にいる君を見て腹が立ったんだ。僕は君に待ってほしかった……」

「自分が待っているんだってこともわかってなかったの……」

「僕や、僕が差し出すものに敬意を表してもらうために……」

「私、あなたを醜いと思っていたの」ルイーズは息をついた。「そして、自分は――」

「僕は醜い」シャルルは話を中断した。「君はどうなんだ？　自分は醜いと思っているのかい？」

「そうね。時々思うわ。私の態度が――」ルイーズはそこで話すのをやめ、目をしばたたいた。「私の両親がこうなの」

「こうって？」

「二人同時にしゃべるのよ。ほかの人には二人が何の話をしているんだか、さっぱりわからないの」ルイーズは笑った。「そんな二人を見ていつも思ったわ。微笑ましいなって。私、焼きもちを焼いていたの」彼女は床に尻をつき、そのまま後ろに倒れて、シャルルの横に寝そべった。「ひどいわね！」ひどかろうが、なかろうが、彼女は笑った。

ルイーズのユーモアが感染したらしく、シャルルも笑っている。だが、彼女が何を笑っているのかよくわかっていなかった。二人は玄関ホールの床に寝そべり、なぜか愉快な気分になっていた。そのとき、ルイーズが叫んだ。「微笑ましい！」彼女は、太鼓を連打するような低い声で陽気に笑っていた。こみ上げてくる笑いをほとんど抑えることができず、シャルルのほうに顔を向けた。「ああ、私、微笑ましいことをしていたのね」彼女はまだ笑っている。「ちょっと違うかもしれないけど。ねえ、どう思う？」

シャルルはルイーズの手をつかんだ。「今がそのときだと思う。ルイーズ、僕に向かってきてほしい」一瞬、間を置き、彼はそっと言い添えた。「君を愛してるから」

沈黙が訪れた。

それから、シャルルはルイーズを自分の上に引き寄せると、彼女の髪に指を入れて頭を押さえ、キスをした。

ルイーズもキスを返した。息をつき、息を止め、荒い息をしてはあえぐといったことを繰り返しながら。シャルルはあることを思い出し、彼女のにおいをかいだ。ああ、とどめの一撃だ。暗闇の中、どんな香水も彼女のにおいにはかなわなかった。あらゆる香水の下からも上からも、彼女のにおいはぐっと立ち昇ってくる。健康的でさわやかな、甘い草のようなにおい。朝の牧草地で搾ったばかりのミルクのようにみずみずしく、桶に入ったミルクのように温かみがあって、表面を指ですくえるほど濃厚なクリームのように豊かなにおい。

シャルルはルイーズの唇をふさぎ、彼女が顔の向きを変えるたびに、その唇を追い、何度も何度も、激しくキスをした。心から満足して彼女を抱き締めた。もう言葉を発することができない。だが、彼女は相変わらず何か言おうとしている。二階で二人きりになりたい、部屋の明かりを全部つけて、と。

いいとも、もちろん、そうしよう。寝室の明かりは一つ残らずこうこうとつけておこう。シャルルはドアを閉め、少しもうろうとしながら、後ろ向きでふらふらと踊るようにドアにもたれ、最新式の照明器具のスイッチを入れた。それから、彼女をどんどん後ろへ押して、二人で崩れるようにベッドに倒れこんだ。ルイーズは仰向けに横たわり、シャルルが自分の脇にするすると上がってくると、うめき声を上げた。

ルイーズは寝返りを打ってシャルルのほうを向き、指を広げて彼の顔に触れ、手のひらでぴったりと頬を包み込んだ。それから、両手を目の上、鼻の上へと滑らせ、彼の感触を味わった。あの船の上でも、彼女はこういうことがしたかったのだ。

「本当になんともないの？」

「まさか」シャルルは寝返りを打ってルイーズの上に乗り、彼女を抱いてもう一度、転がり、彼女が自分の上になるようにした。「この体位ではどうだい?」

「何の体位ですって?」

「あと、壁でもいい。壁を使うのはすごく得意なんだ。この話、したことあったかな? あとは椅子だ。椅子でするときの僕のやり方を知ってもらわないとね」

「椅子?」ルイーズは目を細め、彼の顔をじっと見下ろした。「ああ……」彼女は赤くなった。本当に真っ赤になり、口元を緊張させた。「壁を使うやり方は知っていたと思うけど。ねえ、シャルル……私が一階の床の上にあなたを残して出ていかなかったからと言って、何もかも上手くいっているなんて思わないで」

「ルイーズ、何もかも上手くいくことは決してないんだよ」彼は顔をしかめてみせた。「昔から言うだろう。人生は色々あるものなんだ。それでも、言わせてもらうよ、僕の大事な、かわいいルイーズ。僕の道は、どんなに曲がりくねっていようと、すべて君に通じている。そして、君の道もすべて僕に通じている。ずっと一緒にいてほしい。ルイーズ、君の旅はここで終わりにしよう」シャルルはルイーズの顔にそっと息を吹きかけて目をつぶらせると、弧を描くように彼女の向きを変えさせた。「君の心の苦痛に涼しい風を吹きつけてあげるから」彼はルイーズの頭を押しつけて、自分のほうに向かせ、彼女の口に息を吹き込んだ。

夫のふわふわした羽毛ベッドの巣に深く沈みこみ、ルイーズは少し主導権を握った。彼女はシャルルのサスペンダーをはずし、シャツを脱がせた。そして、彼の胸の毛と皮膚に閉じた目をこすりつけ、頬ずりをし、唇を滑らせた。それから、ルイーズとシャルルは役割を交換した。シャルルは彼女のガウンを肩からずらした。彼はルイーズを見つめ、目にしたものを触っている。むき出しになった彼女の腹部に鼻を押し当て、輪を描くようにくすぐりながら、彼女のにおいを思いきり吸い込んだ。

それから、シャルルはベッドの脇に立ち、残りの衣服をすべて脱ぎ捨てた。と同時に、一糸まとわぬ姿となった彼が体をまっすぐに起こし、ルイーズの目の前に見事な光景が現れた。「ああ」彼女は小さくつぶやいた。「シャルル、あなたはとても立派よ。神々しいほどたくましくて、男らしいわ」彼は解放されたヘラクレスであり、豊穣の神プリアーポスだ。ルイーズはかつてシャルルに言ったことをもう一度口にした。「あなたは美しいわ」

彼は一瞬、何を言うべきかわからなかったようだ。だが、やるべきことはわかっていた。彼は再びベッドに上がり、ルイーズが着ているものをすべて脱がせた。最初のうち、ルイーズは少し恥ずかしがっていた。シルクや羽根飾りや凝ったアクセサリーで外見を飾ることに慣れていたからだ。シャルルはそんな彼女を勇気づけた。「僕はもう、明るいところで君のそういう姿を見ているんだよ。忘れたのかい？　ほら、船の上で。もっとも、あのとき君は目隠しをしていたけどね」

そうよ。ああ、そうだった。ルイーズはシャルルに身を任せ、彼の思いのままになった。そして、がむしゃらに彼に向かっていった。

訳者あとがき

今回お届けするジュディス・アイボリーの新作『闇の中のたわむれ』(原題　Beast)の主人公は、いわば美女と野獣です。アメリカの大富豪の娘ルイーズは一八歳。人もうらやむ美貌の持ち主ですが、常に外見だけで判断され、両親に敷かれたレールの上を歩くだけの人生に不満を覚え、本当の自分を探そうともがいています。彼女は会ったこともない、フランス人貴族との結婚を了承しますが、それも、これで親元を離れ自分の足で歩くことができると思ったからです。

一方、相手の男性シャルルは、貴族であると同時に調香師でもあり、南仏で香水作りに情熱を注いでいます。彼がこの結婚を決めたのは、捕鯨船を所有するルイーズの父親から、香水の原料となるアンバーグリースを入手するためでした。シャルルは顔の片側に大きな傷跡があり、脚も片方が不自由で杖が手放せず、一見、恐ろしげな人物ですが、洗練された社交術と魅力的なキャラクターで世の女性を惹きつける、南仏一のプレイボーイでした。アメリカからフランスへ渡る客船で偶然ルイーズと乗り合わせたシャルルは、若い航海士といちゃつく彼女を目撃します。航海士から「結婚相手は醜い男だ」と聞かされ、動揺する彼女に反発を覚え、彼は一計を案じます。暗闇で正体を偽ってルイーズを誘惑し、彼女が落ちたところで未来の夫の姿を明かしてやろうと考えたのです。ところが、誘惑には成功し、ルイーズはシャルルに夢中になりますが、彼自身、ちょっと生意気で傲慢な彼女のことが本当に好きになってしまいました。結局、正体は明かせずじまい。船はフランスに到着します。かくして二人は初対面の者どうしとして結婚しますが、ルイーズは船で出会った恋人が忘れられず、夫を拒み続けます。つまり、シャルルは自分自身を最強の恋敵としてしまったのです。彼は真相を告白したい衝動と、ルイーズに嫌われる不安とのあいだで葛藤し、ルイーズは恋人への思いと、わがままな自分を受け入れてくれる優しい夫、どこか恋人を彷彿とさせる夫とのあいだで葛藤し、まさに究極のすれ違いストーリーが展開していきます。

美しさにしろ、醜さにしろ、二人がとらわれていた共通のコンプレックスは外見でした。船の暗闇はそのコンプレックスを取り払い、二人が本音で語り合い、心を通わせることができる場所だったのです。二人はそこで、これまでの人生で味わったことのない安らぎを覚え、互いに惹かれ合ったのでしょう。遊びではない本当の恋、本当の意味での初恋を味わったのかもしれません。しかし、ルイーズは外見から解放された場所で恋人の姿を想像し、皮肉にも、今度はその面影にとらわれ、苦しむことになってしまうのです。

この物語に登場するアンバーグリースについて少し補足をしておきましょう。シャルルも説明しているとおり、これはマッコウクジラの腸内にできた結石です。見た目は少々グロテスクですが、乾くと芳香を放ち、香水の原料として使われる場合、他の香りを引き立て、持続させる働きがあるそうです。東洋でも古くから珍重され、媚薬としてハーレムで用いられていたのだとか。中国では竜のよだれが固まったものという意味で竜涎香《りゅうぜんこう》と呼ばれ、日本でもその名が使われています（白檀との相性がよく、高級線香に用いられるそうです）。見た目とは裏腹の魅力、他の香りを引き立てる力、媚薬といったイメージが何を象徴するかはおわかりですね。こうした特性と、登場人物のキャラクターとを結びつけた作者の発想には脱帽です。ジャスミンの花のようなルイーズは冒険を求め、海上を漂うアンバーグリースと出会い、暗闇の中で本来の魅力を発揮しました。そして南仏にたどりつき、様々な経験を積み、さらに魅惑的な香りを放つことになるのでしょう。

現在、商業捕鯨は禁止されていますから、アンバーグリースと呼ばれる香料はほとんど化学的に合成されたものです。それについて作者は「今やアンバーグリースは郷愁を誘う香りとなりました。きっとマッコウクジラのためには、想像とフィクションの世界に残しておくのがいちばんいいのでしょう」と記しています。

二〇〇八年二月

ライムブックス

闇の中のたわむれ

著　者　ジュディス・アイボリー
訳　者　岡《おか》本《もと》千《ち》晶《あき》

2008年3月20日　初版第一刷発行
2008年3月26日　初版第二刷発行

発行人　成瀬雅人
発行所　株式会社原書房
〒160-0022東京都新宿区新宿1-25-13
電話・代表03-3354-0685　http://www.harashobo.co.jp
振替・00150-6-151594
ブックデザイン　川島進（スタジオ・ギブ）
印刷所　中央精版印刷株式会社

落丁・乱丁本はお取り替えいたします。
定価は、カバーに表示してあります。
 ISBN978-4-562-04337-8　Printed in Japan